The Earl of Christmas Past

KERRIGAN BYRNE

OLIVER
HEBER
BOOKS

CHAPTER 1

CALVINE VILLAGE, HIGHLANDS,
SCOTLAND – 1891, WINTER SOLSTICE

*F*ate had been Vanessa Latimer's foe since she could remember.

She was the most unlucky, ungainly person of her acquaintance, and had resigned herself to an early death. However, she always imagined said death would be glorious, as well.

Or at least memorable.

Something like tripping and accidentally sacrificing herself to a volcano in the Pacific Islands. Or perhaps becoming the unfortunate snack of a Nile crocodile or a tiger in Calcutta.

Meeting her end as a human icicle in the Scottish Highlands had never made it on the list.

Not until the angry blizzard turned the road to Inverness treacherous, and something had spooked the horse, sending the carriage careening into a boulder the size of a small cottage.

The driver informed her that the wheel was irreparably damaged, and that she must stay in the carriage while he went for help.

That had been hours ago.

When the dark of the storm became the dark of the late afternoon on this, the shortest day of the year, the

1

temperatures plummeted alarmingly. Even though Vanessa had been left with furs and blankets, she worried she wouldn't survive the night, and set off along the road with a lantern and the most important of her luggage.

Now, huddled on the landing beneath the creaking shingle of Balthazar's Inn, she clutched her increasingly heavy case to her chest, shielding the precious contents with her body.

The surly innkeeper's impossibly thick eyebrows came together in a scowl as he wedged his bulk into the crack of the open door to effectively block any attempt at entry. Even the gale forces didn't save her nostrils from being singed by his flammable scotch-soaked breath. "As ye can see, lass, ye're not the only traveler stranded in this bollocks storm, and I let our last remaining room to the other rank idiot not clever enough to seek shelter before the storm fell upon us. So, nay. Ye'll have to try elsewhere."

"Was that rank idiot a shifty-eyed man in his fifties named McMurray?" she asked, forcing the words out of her lungs like a stubborn bellows to be heard over the din. The wind buffeted her skirts this way and that, plastering them to her trembling legs.

"Aye," he said with a self-satisfied smirk as he also managed to leer. "But doona think to be offering to share his bed; we're a reputable establishment."

"Never! I wouldn't—that isn't—what—" Vanessa gaped and shuddered for a reason that had nothing to do with the cold. Her driver had left her out there to freeze to death while *he'd* purchased a room with her fare? She should have listened when her instincts had warned her off hiring him.

Her case, growing heavier by the moment, threatened to slide out of the circle of her arms and down her body, so she bucked it higher with her hips and redoubled her efforts to hold it aloft with fingers she could no longer feel. "Is there somewhere nearby that might take me in?" she called, coughing as a particularly icy gust stole her breath.

"Aye." He jerked his chin in a vaguely northern direction. "The Cairngorm Tavern is not but a half hour's march up the road." He said this as if the angry wind did not threaten to snatch her up and toss her into the nearest snowdrift.

Swallowing a spurt of temper and no small amount of desperation, Vanessa squared her shoulders before offering, "What if *this* rank idiot can pay you double your room rate to sleep in the stables?" She pointed to the rickety livery next to the sturdy stone building. 'Twas the season and all that. If it was good enough for the baby Jesus, who was she to turn her nose up?

At this he paused, eyeing her with speculation. "Ye'll pay in advance?"

A knot of anxiety eased in her belly as she nodded dramatically, her neck stiff with the cold. "And triple for a warm bath."

He immediately shook his head, his jowls wobbling like a winter pudding. "Doona think I'll be spending me night hauling water for ye and yers."

"J-just me," Vanessa said, doing her best to clench her teeth against their chattering. "N-no m-mine."

"No husband? No chaperone?" For the first time, he looked past her as the storm finished swallowing the last of the early evening into a relentless chaos of white snow and dark skies.

"I'm—I'm alone." Vanessa told herself the gather of moisture at the corner of her eyes was the sole fault of the untenable weather. *Not* her untenable circumstances.

A banshee-pitched shriek sliced through the wail of the storm. "Rory Seamus Galbreath Balthazar

Pitagowan, ye useless tub of guts and grog!" The door was wrenched out of the innkeeper's hand and thrown open to reveal a woman half his height but twice his width.

She beat him about the head and shoulders with a kitchen towel, the blows punctuated by her verbal onslaught. "Ye'd leave this child to freeze to death? And the night of the solstice? If no one were here to witness, I'd wake up a widow tomorrow, ye bloody heartless pillock! Now go make up Carrie's chamber, lay a fire, and heat water for this poor wee lass's bath."

Mr. Pitagowan's arms now covered his head to protect it from the stinging abuse of his wife's damp towel. "Carrie's chamber? But...me love...it's haunted. And what if she—"

"I'm sure the bairn would rather sleep with a ghost than become one, wouldn't ye, dearie?"

At this point, she'd sleep next to the Loch Ness Monster if she could get warm. Besides, the very idea of a haunted bedroom in an ancient structure such as this one couldn't be more tempting. She would be warm *and* entertained. "Oh, I don't really mind if—"

"And tell young Dougal to put a kettle on!" Mrs. Pitagowan hollered as her husband plodded away, looking a great deal shorter now that his wife had cut him down.

Arms truly trembling now, as much from the weight of her burden as the cold, Vanessa took a step toward the door, which remained blocked by a large body. "Do you mind very much if I come insi—?"

"Are ye hungry, lass?" Mrs. Pitagowan's hand rested atop her ample belly, which was accentuated by the ruffles of an apron that might have struggled to cover a woman two stone lighter.

"I'm actually colder than any—"

"The wee mite is starving to death, just look at her!"

4

she shouted after her husband, snatching the case from Vanessa before she could so much as protest. "So, make sure to set aside a bowl of stew and bread!"

Panicking about her case, Vanessa held her arms out. "Oh, do be careful, that's ever so fragi—"

"Well I doona ken why ye insist on standing out there in the cold, little 'un, come in before I can snap yer skinny wee arms off like icicles." The round woman carried her burden like it weighed a bit of nothing as she waddled into the common room.

Vanessa shivered inside and closed the door behind her, struggling with the ancient latch. She knew she was a rather short and painfully thin woman, but at eight and twenty, she'd not been addressed as *child, bairn, wee mite,* or *little one* for longer than a decade.

If ever.

Turning to the common room, Vanessa swallowed around a lump of anxiety as she noted that, indeed, the place was filled to the exceptionally low rafters with wayward travelers.

Most of them male. All of them staring at her.

A glow from the over-warm room rolled over her as a blush heated her stinging cheeks.

"G-good evening," she stammered, bobbing a slight curtsy before brushing quickly melting snow from her cloak.

The only other woman looked up from the table where she tended her husband and four unruly children to send her a pinched and sour glare. No doubt she made assumptions regarding Vanessa's vocation due to her lack of chaperone.

She was aware unfortunate women traveled to such taverns looking to pay for their lodgings with their company and favors. And after what Mr. Pitagowan had said in front of the entire assembly, Vanessa couldn't exactly blame the woman for her speculation.

Besides, she was used to it.

Her attempt at a smile was rebuked, so she turned it on the handful of men clustered in overstuffed chairs around the hearth, nursing ale from tankards that might have been crafted during the Jacobite rebellion.

"Bess!" a kilted, large-boned man crowed, wiping foam from his greying, ill-kempt beard with the back of his hand. "Tell 'er if she's afraid to bed down with the ghost, I'll be happy to offer an alternative arrangement." His eyes traveled down Vanessa's frame with an uninvited intimacy that made her feel rather molested. "One that would keep the wee lass warm, but I canna promise ye'd be dry."

As she was wont to do, Vanessa covered her mortification with all the imperious British pomposity she could muster, lifting her nose in the air. "You needn't speak as if I were not standing right here. I am capable of understanding you exceptionally well, sir. Correct me if I'm wrong, but I highly doubt you've ever had a woman accept such a crass and ridiculous proposition. One you didn't have to offer recompense, that is."

The men gathered around the fireplace all blinked at her, dumbstruck.

"I thought not," she said. "Now I'll thank you not to make such ill-mannered and indecent suggestions in the presence of children." She gestured to a grubby lad of perhaps eight, who promptly tossed a piece of bread into her hair.

The boy's father boxed his son's ears, and the child let out an ear-splitting wail, setting her teeth on edge.

"English." A thin, pockmarked highlander harrumphed the word into his ale glass. "The night's too cold for a frigid, prickly wee bundle of bones, Graham," he said to her harasser.

"Aye, she's hardly worth the trouble." Another spat into the fire, and the resulting sizzle disgusted her.

"Ye barbarous Douglasses behave!" Mrs. Pitagowan thundered over her shoulder as she turned sideways to squeeze herself down the aisle created by the six or so tables in the common room. "Or ye'll find yerselves arseways to a snowdrift and make no mistake! Now follow me, lass, and let's get ye out of those wet clothes."

Vanessa turned to obey, cringing at the Douglasses' disgusting noises evoked by the innkeeper's gauche mention of her undressing. She passed a long bar, against which two well-dressed men in wool suits picked at a brown stew and another grizzled highlander wore a confounding fishing uniform in the middle of winter and leagues away from the ocean.

She'd heard tell the Scots around these parts were an odd lot, but she'd underestimated just how truly backward they might be.

Balthazar's Inn, at least, was charming. Though the pale stone walls were pitted with age, a lovely dark wood wainscoting rose from the floor to waist height, swallowing some of the light from the lanterns and the fireplace to create a rather cozy effect. In observation of Christmas, boughs of holly and other evergreens were strewn across the hearth and over the doorways, tied in place by red ribbons. Similar braided wreaths moated the lanterns on each table, filling the room with the rather pleasant scent of pine.

"Thank you for taking me in, Mrs. Pitagowan." Vanessa remembered her manners as she followed the woman through a chaotic scullery.

"Call me Bess, everyone else does," the lady sang.

Vanessa jumped out of the way when Bess's grumpy husband threw open an adjoining door and stomped past them carrying an empty cauldron and muttering in a language she'd never heard before.

"Bess, then. I appreciate your generosity—"

Turning in the doorway, Bess narrowly missed smashing the case against the frame, causing Vanessa to blanch. "Doona get the idea I'm being charitable, lass. I heard ye offer thrice the room rates. And I'll be needing payment afore I ready the room."

Right. Vanessa sighed, digging into the pocket of her cloak for her coin purse. "How much?"

"I'll take half a crown what with the bath and stew."

Vanessa counted out the coin, fully aware she'd pay half as much at any reputable establishment in London, but she was beyond caring, what with a bath and a hot meal so close at hand. "You called this *Carrie's room* before," she mentioned, more to make conversation than anything. "Is Carrie the name of the apparition who will be keeping me company?"

A dark, almost sympathetic expression softened Bess's moon-round face as she used a free hand to tuck a pale lock of hair back into her matronly cap. "Oh—well—that's just a bit of local superstition, isn'it? Nothing to worry about. A lady like ye'll be perfectly safe."

Local superstition was exactly what drew her to the Highlands for Christmas, but Vanessa thought it best not to disclose that to Bess just now.

What had the woman meant, *a lady like her?* Someone wealthy, perhaps? English? Or female?

Either way, fate had left her little choice but to find out.

CHAPTER 2

*J*ohnathan de Lohr was awoken from his blank torpor by the sound of a delicate sneeze.

It was time again. The solstice maybe, when the sun flared and tugged at the planet in such a way the tides became wilder. The storms became more violent. The creatures of the earth more feral.

Untamed.

And those dead like himself, cursed to still inhabit this plane, were called to be restless.

Reminded what it was to be human.

Only to have it ruthlessly taken from them again.

He materialized—for lack of a better word—by Carrie's old bed in time to have a dust sheet snatched right through his middle by a large, apple-cheeked woman in a matronly apron.

He didn't recognize her at all.

"We've a water heater but no piping to the rooms, far as we are from civilized Blighty," she said, snatching the last of the covers off a tall wardrobe as a portly man with wild tufts of greying hair dumped an empty metal basin on the floor with a derisive clang.

Ah, *there* was Balthazar, or at least one of his kin. John had known generations of them to come and go, but this iteration he'd seen when the man was younger. Much younger.

The innkeeper stomped out with nary a word and was replaced by a lad of maybe fifteen with longish unkempt dark hair and a cauldron of steaming water, which he poured into the tub.

Wait, they'd let the room? *His* room? This was not to be tolerated.

He could make himself visible, of course, on a night like tonight, could take to wailing and thundering and all manner of ghostly things. He might even be able to summon the energy to touch or move something. To breathe on or even grab at someone with icy fingers, terrorizing them away so he could regain his own tranquility.

It took so much from him, though, exerting his will in the realm of the living.

Waking always discombobulated John. For a moment, the chaos of the round woman's tidying, the noise of a full inn and the water crashing into the metallic basin, along with the press of three or more bodies in such a small chamber overwhelmed him. A storm screamed and battered at the ancient window, the snow knocking like the very fist of a demon in gusts and surges.

The blasted woman—whom he assumed was the current Balthazar's wife—had tossed the dust covers out the door and was now rushing toward where John stood in front of the bed, with a fresh pile of sheets and new pillows.

He didn't like the odd sensation of people walking through him; it rankled like that odd tickle one felt when bashing their elbow, but without the pain.

10

Unable to easily avoid the rotund woman in the cramped space, he retreated a few steps until he found himself standing inside the wardrobe, his vision hindered by the closed doors and the darkness inside them. Much better. Was this piece new? He tried to remember if he'd seen it the last time he'd lingered here. They'd no doubt procured it to cover the door that led to—

Another small sneeze interrupted his thoughts. "Forgive me," begged a British female voice before a delicate sniff. "Dust always makes me sneeze." She cleared her throat. "It *is* kind of Dougal and Mr. Pitagowan to draw a bath. I feel it is the only way I'll ever be warm again. And the room is really so charming, I'm certain I'll be comfortable here. I might not have survived a march to the Cairngorm Tavern."

John closed his eyes as a strange, incandescent vibration shimmered through him.

The new feminine voice was husky and smooth, like smoke exhaled over the most expensive brandy. It slid between his ribs like a smooth assassins' blade, nicking at a heart that hadn't ticked for at least a century. It both stirred and soothed him in equal measure.

"Like I said earlier, miss, this isna kindness, it's a service. One ye paid generously for, so enjoy it with our blessing and warm yer wee bones before ye shiver right out of them."

John had always been an appreciator of the Scottish brogue, but *this* woman's pitch could likely offend sensitive dogs. It was especially jarring after the crisp, clear notes of British gentility.

He poked his head back through the wardrobe doors to find who belonged to such a sound, and realized immediately why he'd missed her before.

Dressed in the most peculiar plain grey wool cloak

that'd been soaked through, the slip of a woman had flattened herself against the grey stone wall just inside the door, her skirts protecting an oddly shaped brown case on the floor beneath her. A plain, dark felt hat shadowed her features in the room only lit by two dim lanterns, but he could tell it had obviously not kept her ebony curls dry. The impression of a sharp jaw and shapely lips above a thick black scarf drew the rest of him from the wardrobe to investigate.

She'd been out in that bastard of a storm? This waifish girl? No wonder the Pitagowans had interrupted his peace to prepare the room for her. The laws of Highland hospitality—if there still was such a thing —would not have allowed them to deny anyone sanctuary.

"You have my gratitude all the same, Mrs. Pitagowan," the woman said.

God, how he had missed the dulcet pronunciations of the gently bred ladies of his homeland. It'd been so long. He wanted to bid her to speak, to never stop.

"I told ye, call us Bess and Balthazar, everyone else does." The innkeeper trundled over to the door and accepted a tray of tea, which she set on the small stand next to the bed. After, she squeezed around her husband, who'd returned with yet another cauldron of water, to the small brick fireplace on the far wall. Rolling up her sleeves, she squatted to arrange a fire.

"You must call me Vanessa, then."

Vanessa. John tested the name on his tongue, and he thought he saw the woman tense beneath her layers.

Could she hear him already? The sun hadn't gone down yet.

"Where are ye from, lass?" Bess asked, carrying on the conversation.

John found himself equally curious.

12

"My family resides in London, mostly," Vanessa answered. "Though I am compelled to spend most of the time at our country estate in Derbyshire."

John thought her reply rather curious, not only the phrase but the bleak note lurking beneath the false cheer she'd injected into her voice. Compelled. An interesting word.

If Bess thought it odd, she didn't mention. "Where were ye headed in such a storm, if ye doona mind me asking?"

"Not at all." Bending to drag the case with her, Vanessa rested it by the tea-laden table, out of the way of Balthazar's and Dougal's stomping feet. "I was on the road to Fort Augustus on Loch Ness when the blizzard overtook us." She poured herself a cup of the steaming brew as she answered.

"Is yer family there?" Bess turned to cast a queer look at her. "Will they be fretting after ye?"

The lady didn't bother to sweeten the tea; she simply lifted it to her soft mouth and puckered her lips to blow across the surface before taking a sip.

A strange, hollow longing overtook John as he watched her shiver with delight as she swallowed the warm liquid and let out an almost imperceptible sigh.

Christ he'd give his soul to taste tea again.

"My family is in Paris for Christmas this year," she answered vaguely after the silence had stretched for too long.

"And ye're not with them?" Bess prodded, catching flame to a bit of peat she'd laid beneath the kindling.

"No. No, I am not invited to—that is, I don't travel with them, generally. I am more often occupied by my own adventures."

An awkward silence fell over the room like the batting of a moist blanket. The lady sipped at her tea, retreating deeper into her cloak and her thoughts as the tub was filled.

Once Bess had built the fire to a crackling height, she added one more extra-large, dry log from the grate next to the fireplace, and stood with a grunt. She reached in to test the water and flicked it off, wiping her hand with her apron.

"A strange trunk, that." She nodded to the ungainly square case. "Not quite a trunk, I suppose, and not a satchel either."

"It's a camera." Vanessa abandoned her empty teacup to the tray to stand over it. "I was to be on a winter photography expedition at Loch Ness before the storm hit. I left my trunk with my belongings on the abandoned coach."

A camera? John squinted at the case. He'd never heard of such a thing.

Bess clapped her hands together in delight. "Och, aye? Now's the time to find Nessie, if there ever is one! No doubt ye caught wind of the Northern Lights this year. We could see them snapping across the sky afore the clouds covered them. 'Tis, no doubt, the reason this storm is so powerful. All things are intensified during the *Na Fir Chlis*. And during the solstice, and Christmas after that..." She let the words linger, winking conspiratorially. "All things are possible, are they not?"

"That was my hope." Vanessa smiled broadly, and John felt a catch in his throat, as if the very sight of that smile had stolen something from him.

"Well, here's ye a toweling and some soap. Though perhaps not as fragrant and fancy as ye're used to."

"It'll do perfectly," Vanessa assured her with a kind smile.

John had always appreciated a woman who was kind to those beneath her in rank, stature, or wealth. It had been one of his greatest irritations when a shrewish lady was demanding or unfeeling to the help.

"I'll leave ye, lass," Bess said with a smile. "I'll see if I canna find ye something to sleep in. Get warm and dry and then come to the common room for some supper."

The moment the door latched, the woman, *Vanessa*, locked it and immediately grappled with the knot on her scarf. Unraveling that, she hung it close to the fire, pulled the pin from her hat, and discarded it, also.

John was stunned into stillness at the unfettered sight of her face.

Lord, but she was lovely. The structure of her visage delicate enough to be elfin, pale and sharp, even in the golden firelight. Her eyes, he was pleasantly surprised to find, were as grey as a winter sky. On many women, such dramatically precise features appeared to be cold and fathomless. But not so in this case. She seemed to glow with this sort of...radiant luminescence that was initiated behind her eyes and spilled over the rest of her like a waterfall.

What was the genesis of such a phenomenon? he wondered. What would he call it?

Life, he realized. An abundance of it.

As someone who hadn't been alive in—well he couldn't remember how many years, precisely—he was drawn to the way it veritably burst from her. Like such a diminutive frame could barely contain it all.

Damned if he didn't find that alluring as hell.

After bending to unlace and remove her boots, she turned her back to him, facing the fire. She shucked her woolen cloak and hung it on a wall peg close to the heat to dry.

Then, she went to work on her blouse.

Bloody hell and holy damnation. This desirable creature was about to strip bare and bathe. *Here*. In the room that had been his prison for so damnably long.

Her movements were harried and jerky, as if made clumsy by exhaustion and the cold.

John had been bred a gentleman in his day. Over-educated and imbued with codes and creeds and ratified rules of behavior. That breeding tore at him now. He should turn away. He should leave her to wash and dress. This interloper upon his dark, abysmal existence —if one could even call it thus. This tiny creature of light and life.

He might have done the noble thing...

If he hadn't hesitated long enough to watch her peel her blouse down her arms, uncovering shoulders smooth as corn silk and white as rich cream.

Lord, but he was transfixed. Even though he technically levitated above the ground, his feet were as good as pegged to the floor.

He watched her unlace her own corset that knotted in the front and wondered when that had changed over the years. Her chin touched one shoulder to glance behind her, as if sensing the intensity of his regard. She looked straight through him, which was a blessing, because if he'd been visible, she'd immediately notice that he sported a cockstand large and vulgar enough to offend even a courtesan.

His conscience prickled. He *shouldn't* watch her... but in this bleak and lonely hell so far from home, she was an oasis of beauty. An English rose among Scottish thistle.

The firelight silhouetted the fullness of her slightly parted lips, the pert upturn of her nose, and the astounding length of her lashes in stark relief.

He was helpless to do anything but appreciate the vision.

Sighing and shaking her head slightly as if to ward off her own silliness, she fiddled with the buckle of a wide belt and pushed her skirt from her hips, drawing down a thin white cotton undergarment at the same time.

Had he knees, they would have buckled. Had he a fist, he would have bitten into it to stave off the hollow groan of longing fighting its way up his chest.

As she assumed she was alone, she was neither self-conscious nor was she self-aware. This was no slow, practiced uncovering of a mistress, meant to tease and titillate. And yet, the sight of her heart-shaped bare ass as she bent to step out of her clothing was enough to unravel whatever matter remained of him.

If she'd been facing the light and not away from it, he would have been granted a peek at the intimate cove between her thighs.

The gods were not so kind.

She straightened, peeling a simple white chemise from her body with a shivering stretch, and turned toward the bath in the center of the room.

Toward *him.*

A watering mouth was the first thing that alerted him to the fact that he would slowly, with infinite, infuriating increments, regain a semblance of corporality.

He would have welcomed the sensation, if he wasn't so utterly distracted by the sight of her in all her nude glory.

Christ. She was a masterpiece, someone crafted by a loving artisan from some other material than the minerals and mud that forged the rest of man. Every other woman now seemed a clumsy clay attempt at the marble-smooth perfection of her.

Though her form was diminutive, her shoulders were not; they were straight and proud, held so by an erect spine and practiced posture. Said posture displayed her tear-shaped breasts to perfect effect, their nipples, peaked and puckered with cold, the same peach hue as her cupid's bow mouth.

God but his hands ached to touch her. To explore every creamy inch of her. To find the places that made her gasp and tremble.

To discover where else she might be peach and perfect.

As if she was loath to leave the warmth of the fire, she took up the soap and her underthings, and tiptoed to the edge of the bath.

The crude basin only came up to about past her knees, so she barely had to lift her leg to test the water within. She dipped a toe, then engulfed the delightfully feminine arch of her foot before wading in to her shapely calf.

John had never been jealous of an inanimate object in his life, but as she hissed and sputtered whilst lowering her chilled body into the hot water, he would have changed places with the liquid in an instant.

It's not as if he was exactly solid.

Though, he was getting *hard*...

He crouched when she did, his eyes unable to leave her as she drew her legs into her chest and settled into the heat with a sibilant sigh of surrender.

He'd give what was left of his soul to coax a sound like that from her. Especially now that he knew what she looked like with naked pleasure parting her lips, and the dew of steam curling the tendrils of her hair that she had yet to take down from its braided knot.

Abandoning her soap and undergarments to the side, she did little but enjoy the heat of the water for a moment, cupping it in her hand and pouring it over what parts of her chest, breasts, and shoulders, she couldn't completely submerge.

God, he remembered what that felt like, sinking into a hot bath on a chilly night.

He'd give anything just to feel warmth.

John made himself dizzy trying to follow every bead

of water that caught the firelight along the tantalizing peaks and valleys of her body. Though she was a woman in a crude basin on a packed floor on the edge of the civilized world, she might as well have been a winter goddess bathing in a dark pool.

Would that he could attend her. That he could follow the little bejeweled droplets with his tongue and find the intriguing places they would land.

Would that *he* could make her wet.

She eventually gathered up her undergarments, which were still rather clean all things considered, and scrubbed at them with the soap.

He remembered that she'd mentioned she had no trunk with her, and would likely need to wear them again tomorrow until her things could be fetched.

That finished, she wrung them out and set them aside before taking up the soap once more.

John had been no saint as a young man. He'd frolicked and fornicated in the presence of his young and noble mates, sharing courtesans and the like. He'd enjoyed watching women. What they did to each other, to other men.

To themselves.

But he could truly never remember gleaning as much intimate enjoyment as he did watching her start at her foot, and lather a bit of coarse soap up her leg to her thigh and in between them before working her way back down the other side.

Had he not been dead, he might have expired from the length of time he held his breath.

Restless, aroused, John drifted in circles around the tub as she washed, humming an unfamiliar tune softly as the firelight danced across her skin.

He found himself behind her as she ran a lathered hand over her shoulders and did her best to reach her back. She was about to get suds on a dark velvet curl that had escaped her coiffure and reflexively, John's hand made to brush it aside.

Knowing he couldn't. Understanding that his hand would pass through her before it actually did.

Even so, his body was helpless but to reach for her.

Which was why her muffled shriek startled them both.

CHAPTER 3

*A*s gracefully as a gazelle, the woman surged to her feet, snatched the towel, and leapt from the bath to retreat as far away from him as possible.

John was almost too shocked to much lament the fact that she wrapped her torso in the towel and clutched it to her clavicles, protecting most of her lovely figure from view.

He looked down at his hand, pleased to note that it had become visible, or at least the transparent shadow of it, a flesh-colored outline through which he could see the floor beneath, interrupted only by the cuff of his crimson regimental jacket.

"Holy Moses," she gasped, breathing as if she'd run apace. Enough of her skin was still visible to notice that she rippled with tiny goosebumps. "You're a—shade. A man. A..."

"A ghost?" he politely finished for her.

She blanched unbelievably whiter, pressing a hand to her forehead as if to check for a fever. Apparently not finding one, she lowered her palm, unveiling a wrinkle of bemusement.

"You're not Carrie," she accused, her diction slow and uncertain.

21

"An astute observation," he answered wryly.

"Did you know her?"

"Know her?" He found the question odd and out of place.

"You're in her bedroom. Did you haunt her?" Brows lifting impossibly higher, her gaze shifted to the cobalt coverlet on the bed, and the spider-web thin lace of the curtains, no doubt making certain scandalized assumptions.

He opened his mouth to dispel them, but what came out was, "What year is it?"

She blinked back at him in mute confusion. Her eyes all but crossed and uncrossed as she looked at him, and then through him, and then at him again. "You're English," she said rather distantly. "But here...haunting the Highlands. Why?"

John drifted around the basin toward her. "Pay attention, woman, what bloody year is it?"

She swallowed, retreating from the bed and inching around the basin to keep it between them. "It's eighteen ninety-one."

He froze as his calculations astonished him. "I've been asleep for thirty-five years this time."

"My," she breathed, bending down to retrieve her undergarments from the edge of the tub as she backed toward the fire. "You must have been awfully knackered."

He scowled at her, not understanding the word. "You're quite calm for a woman being haunted. Why are you not running out of here, screaming for help at the top of your lungs?"

She seemed to consider his question carefully, letting go of one side of the towel as she tapped her chin in a contemplative posture. The towel slipped down her chest a little, and John felt his composure slip right along with it.

"For one, I'm not dressed. And for another, Bess warned me I'd spend the night with a ghost. I suppose it was my erroneous assumption that apparition would be female."

He allowed her to keep the basin between them, even though he could have passed right through it and not even disturbed the water.

Not yet.

"I do apologize if I frightened you, miss," he felt compelled to say. "Let me assure you I am a mostly harmless ghost."

"That's a relief to hear. Though I'll admit I was more startled than frightened...almost."

His scowl suddenly felt more like a pout, which irked him in the extreme. "I'll have you know, the mention of my very name has struck terror in the hearts of entire regiments. And you expect me to believe you are so bold as to be fearless? I am a bloody apparition after all. You're not even having a mild crisis of nerves?"

"I'm sure you were *very* terrifying, sir," she obligingly rushed to soothe his ego, which helped not at all. "But I'll admit I'm rather too elated to be scared."

"Elated?" He couldn't believe what he was hearing. Was the woman mad?

She nodded, her lips breaking into a broad smile, her slim shoulder lifting in an attractive and apologetic shrug. "I've always believed in ghosts, and I've never been lucky enough to meet one. I have so many questions. I could cheerfully murder myself for leaving my notebook back at the carriage." She said this as a muttered afterthought before looking up at him with a winsome smile. "Do you mind, awfully, turning around so I can dress?"

"I don't see the point," he challenged, crossing his arms over his chest and lifting a suggestive brow. "You act as though I haven't been here the entire time... watching you."

"How *dare* you?" she gasped in outrage, her notice flying to the bathtub as if it'd just dawned on her that he could have been present without her knowledge. Her color heightened as a comely blush crept up her chest and neck from below the towel.

He was coming to hate that bloody towel.

John bristled, but only because guilt pricked at him. "I *dare* because I'm dead and have been imprisoned in this godforsaken structure since before your grandparents were born, no doubt. What have I to do but observe the goings-on here? Most people are none the wiser."

Her eyes widened as she, no doubt, imagined what he'd borne witness to in so long a time. "That isn't excuse for your ghastly behavior! You are—were—a Lieutenant Colonel?" She raked her eyes over his form, a few more colors of his crimson regimentals lit by the fire at her back. "This is conduct unbecoming an officer, I say."

"Take it up with my superiors, then," he snorted, leaning in her direction with eyes narrowed until he willed himself to disappear.

"Wait!" Her panicked quicksilver gaze scanned the emptiness, hopping right over him. "Come back," she pleaded. "I'm sorry. I won't scold you. I promise. I was just—"

He reappeared paces closer to her, standing on her side of the basin now.

She made a little squeak as he did, hopping back as close to the fire as she could get.

An inconvenient conscience needled him again. He was behaving badly, but a century of isolation tended to strip a man of his manners. "Tell me. Would you have behaved differently were our places reversed?

24

Would you have looked away? Maintained my modesty, my privacy?"

Her gaze traveled down the length of him, and a very masculine sense of victory burned through his veins when he spied the glimmer of appreciation as it dashed across her features. An acute awareness of their proximity. Of his proportions in contrast to hers.

She was a woman.

He was a man.

They were alone in a room together with very little clothing between them.

And if he were naked, the warmth in her gaze told him she would drink in the sight of his body.

Just as he had.

"I cannot say what I would do in your case," she admitted, her voice lower, huskier. "But if you asked nicely, I *would* turn around."

He could refuse. What would she do then? But even as the thought flickered through him, so did another indisputable fact. One hundred and fifty years later, he was still a nobleman, one tasked to uphold honor.

And she was a lady deserving of his respect and deference.

Goddammit.

He bloody turned around.

The rustles of her unseen actions intrigued and tempted him, but he clenched his fists and forced himself to stay right where he was.

"I'm Miss Vanessa Latimer."

He heard the towel hit the ground and this time was able to bite into his fist. Death, it seemed, did not diminish desire.

"Johnathan de Lohr," he finally gritted out. "Earl of Worchester and Hereford."

"I don't think so," she laughed over the sound of her belt buckling.

"Do you presume to tell me I don't know my own name?" he asked crossly.

"Not at all, but I've been introduced to Johnathan de Lohr, Earl of Worcester at the Countess of Bainbridge's ball a few years past, and have it on good authority that he's very much alive. Also, the de Lohrs lost the Hereford title sometime in the eighteenth century."

He frowned, bloody irked by the entire business. "And how would you know that?"

Her rueful sound vibrated through the dimness. "My mother always wanted me to marry a peer, so I've studied *Burke's* more than the Bible, the encyclopedia, and most literature combined. More's the pity. I find it tedious in the extreme."

Hope leapt into his chest. News of his kinsmen never traveled to this place, and he always wondered about the fate of his family. "Tell me about him? About the Earl."

"Well..." She drew the word out as if it helped her retrieve a memory. "He's attractive but not in that charming, handsome way of most gentlemen. More like brutally well-built. Tall and wide, golden haired like a lion. His hand was warm and strong when we were introduced. And his eyes...his eyes were..." She drifted off, though the little sounds of friction and fabric told him she still dressed herself.

"Blue?" he prompted after the silence had become untenable. De Lohr eyes were almost invariably blue.

"Yes. But I was going to say empty."

"Empty?" he echoed.

She made a melancholy little sound. "He stared at me for a long time, and I could sense no light behind the eyes. They were cold and hollow as a hellmouth, I'm afraid." She seemed to shake herself, her voice losing the dreamy huskiness and regaining some of the crisp starch his countrywomen were famous for. "But worry not, he's possessed of an impeccable reputation and an obscene fortune, so you should be proud of your legacy, all things considered... When were you the Earl, my lord?"

"Please, call me John," he requested. "I've technically no title now; I died during the Jacobite rebellion of seventeen forty-five. My brother, James, became the Earl after I perished at the battle of Culloden."

"You had no heir?"

A bleak and familiar ache opened in his chest. A void that existed whenever he thought of the life he didn't have the chance to live. "I had no wife."

She made that noise again, one that made him wonder what she was thinking. That made him want to turn around to search her beautiful face. Her remarkability was evidenced in the description she'd made of his kinsman. Most people, when asked, would recount reputation and accomplishments, not impressions of one's soul behind their eyes. Miss Vanessa Latimer observed the world in a different way than most.

"It remains strange to me," she was saying, "that you are here. Culloden is miles and miles away."

"Yes. Well. I've gathered from listening to locals that we English won. That Scotland is firmly beneath the rule of King and Crown."

"Queen," she corrected. "Queen Victoria."

"Still?" he marveled. "Surely she's dead by now."

"She's ruled for fifty-three years. Though, while we're on the subject, I don't know many Scotsmen who would deign to call themselves British, though we are technically united under one sovereign. It's no longer a blood-soaked subject, but it's still a complicated one, even after all this time."

Of that, he had no doubt. "I always respected the Scots. I fought because it was my obligation. I was no great supporter of the Stewarts or the bloody King. The de Lohrs prosper regardless of what idiot ass sits on the throne, but we do our duty by our birthright, and sometimes that means going to war."

"Why, then, do you think you're stuck here haunting a small village inn some seventy miles from Culloden?"

He shrugged. "It's been a mystery I've been grinding on for one hundred and fifty years."

"Maybe I could help you," she offered, her voice bright with optimism.

"How could you possibly?"

"I'm stuck here too now, aren't I? At least until the storm blows over, and I love a good mystery. You're obviously not going anywhere, so why not?" She emitted a short sigh one might after completing a task. "There. You can turn back around."

The first thing he noticed when he did was that her damp undergarments were pinned to the fireplace mantle, drying in the heat.

Which meant beneath her clothing she wore... nothing but her corset. Somehow that knowledge was just as arousing as the idea of her completely naked.

Well. Almost.

He locked his jaw, glaring at her strange garments as if he could see through them. As if he'd never seen them before. The skirts of this decade were odd but ultimately flattering, spread tight and flat over the hips and flaring like a tulip toward her knees. A wide belt with an ornate buckle accentuated her impossibly small waist, and the bodice was made of some fabric other than silk. Something lighter that bloused out at the shoulders and bust.

Suddenly he wanted to know everything there was to know about this strange and extraordinary woman.

She peered up at him rather owlishly. "Goodness, I can see more of you now."

And he could see less of her, he silently lamented.

"You have color," she noted, as if to herself. "Your hair is as gold as your namesake's. In fact, you rather look a great deal like him."

Did he? And she'd called him handsome.

Sort of.

He did his best not to preen. "The fault of the solstice, it seems, and the strangeness of the Northern Lights at such a time of year. There's maybe been five such occurrences in the past one hundred and fifty years, and if this is anything like those, I'll become more corporeal as the night goes on."

Her eyes flew wider. She opened her mouth, no doubt to ask a million questions, inquisitive minx that she was.

So, he headed her off at the pass. "What sort of weapon is a *camera*?" He said the word carefully, tasting the syllables, trying to dissect its root words as he drifted toward the case. "You said you were going to take a *photo* with it. Do you really think to battle the Loch Ness Monster in the middle of winter?"

She blinked, moving in front of the case as if to protect it from him. Her delicate features, once so open and intrigued, were now closed, defensive.

Perhaps a bit reproving.

"Photo is the abbreviation for photograph," she informed him stiffly.

He searched his education of the ancient languages. "Photo meaning light. And graph meaning...something written."

"Precisely."

"I couldn't be more perplexed," he admitted.

"I'll show you." She crouched down to open the case, undoing buckles and straps and throwing it open to unveil the strangest contraption he'd ever seen. She didn't touch it, however, but took a flat leather satchel from where it was tucked beside the machine. What she extracted after opening the flap stole the next words from him.

Perching on the bed, one knee bent and the other foot still stabilizing her on the floor, she placed a strange and shiny piece of paper on the coverlet. And then another. And another. And several more until they were all splayed out in wondrous disarray.

John could have been blown over by a feather.

With unsteady fingers, he reached out to the first photograph, a portrait of the Houses of Parliament in London, but this depicted it with a cracking huge clock tower built. The edifice glowed and reached into the sky taller than anything he could imagine. The rendering was nothing like a painting. Colorless and with only two dimensions. But it was *real*, as if the moment had been captured by some sort of magic and...

"Written by light," he breathed.

She nodded, watching him with a pleased sort of tenderness as he discovered a modern miracle that she probably considered quite pedestrian. The next photograph was of the Westminster Cathedral. Another a close-up of a tall lamp. The flame fed by nothing he could imagine, as there was no chamber for wood nor oil. It was as if the fire floated on its very own.

He was about to ask after it when something else caught his eye.

"What the bloody hell is this?" He smoothed his hands over a rather terrifying-looking automaton comprised of arms, levers, whistles, and wheels.

"A locomotive engine. We call it a train, as it can pull dozens of boxcars behind it endlessly at astonishing speeds. I left England on the seven o'clock train last night and arrived in Perth early this afternoon."

He shook his head in abject disbelief, aching to see the real thing. To discover how his empire and world had changed in so long. "How does it work, this locomotive?"

"I'm no engineer, but the engine is powered by steam created with coal fire." She put up a finger as if to tap an idea out of the sky. "You'll be interested to know, ships are powered by steam and steel, as well, rather than wind and wood. We can cross to America in a matter of six days."

"America?" He scratched his head. "Oh, you mean the colonies."

Her lips twisted wryly. "Well...that's a long and rather disappointing story. But the short of it is, they are their own sovereign nation now."

He narrowed his eyes at her. "You're having me on."

"I am not. Declared their independence in seventeen seventy-six. They've their own parliament and everything."

"And what royal family, I'd like to know?"

"A democratic republic, if you'd believe it. A society whose aristocracy is chosen from the best capitalists."

"Not landowners, then?"

She shrugged, gathering back a few of the portraits from the bed into a tidy pile. "Some. But mostly industry giants and war heroes. Machines, factories and the like have changed everything. England's like that too, now. The new century will belong to innovators rather than aristocrats, I'd wager."

"Good God, what I wouldn't give to see that." He couldn't decide what would be worse, dying before his time and missing what might have been. Or existing past his death and learning what he was still missing. What if the Empire rose and fell, and he was still sitting here in the bunghole of Blighty, watching generations of Balthazars raise, eat, and sometimes bugger sheep?

Her eyes brimmed with sympathy, as if she could read his thoughts. "I wish you could see it all. I plan to.

31

I haven't been to America yet, though I'm dying to visit New York. I think I'll go there next if my journey to Constantinople is delayed."

"You're traveling to Constantinople? With whom?" He looked pointedly at her ring finger, which he noted was bare.

Why that ignited a little glow of pleasure in his chest, he couldn't say. It wasn't as though he could speak for her. It wasn't as though he knew he would. They'd been acquainted for all of five minutes.

"Oh...haven't decided yet," she hedged, glancing away and plucking at a loose thread in the coverlet.

"You mentioned your family wanted an advantageous marriage for you, but you didn't introduce yourself as nobility."

His observation seemed to displease her. "No. But my father owns a shipping company, and the thing to do is marry off rich heiresses to impoverished lords."

He made a sound in the back of his throat that he wished didn't convey the depth of his derision on that score. It wasn't that he thought women shouldn't marry above their rank.

It was that he instantly and intensely hated the idea of *her* being married.

She was young, but old enough to have been made a mother many times over. Maybe twenty and five or so...So why wasn't she spoken for?

John allowed his notice to drift to another photograph, this one of a woman in a dark dress seated in a velvet chair. She posed like one would for any master of portraiture, looking off into the distance. Her features carefully still.

From her place at his elbow, Vanessa said, "This is my eldest sister, Veronica. The Dowager Countess of Weatherstoke."

"A Countess. How fortunate for her."

"I wouldn't have traded places with her for the entire world." The melancholy note in her voice made him glance up at her, but her faraway expression didn't brook further discussion.

He saw the resemblance between her and the woman in the portrait. Hair the color of midnight. Bright eyes, a heart-shaped face, and elegant, butter-soft skin.

"My family is visiting her in Paris, where she lives among the beau monde," she said, her voice injected with a false, syrupy insouciance. She picked up the photograph as if to hide it from him, examining it with a pinched sort of melancholy. "Veronica is the beauty of the family."

"No," he insisted more harshly than he meant to. "No, she is not."

She peered up at him oddly, her gaze had become wary and full of doubts he dared not define. "Yes, well…the photo doesn't do her justice."

"It doesn't have to. She doesn't hold a candle to you."

CHAPTER 4

$\mathscr{V}$anessa's focus had been arrested. Nay, seized and held captive.

The air thickened between them and the storm seemed closer now. The wild chaos of it slipping into the night. Invading the space between them. Prompting her instincts to prickle and her hair to stand on end.

She was a kitten who'd stumbled into the den of a lion. Nothing more than a light snack. Something he could pick his teeth with.

So why did she have the very feline urge to arch and glide toward and against the lithe strength of his form?

To search for warmth. For protection.

His body, as iridescent as it still was, radiated as much heat as the firelight. His shoulders were wide and his arms long and thick beneath the fitted lines of his crimson jacket.

His features were distinguished, compelling, the product of centuries of such ancestors breeding his sort of perfection. His eyes weren't just blue, they held a startling lapis brilliance, as if backlit by something electric, like lightning. His spun gold hair was caught behind him in a queue. It shone lambent, as did his gauzy specter, barely able to catch the light that pierced through him rather than reflected off him. The square chin above his high, white collar framed a wide, hard mouth that curled in such a way, she might have called it cruel.

His eyes were kind, but that mouth was most certainly anything but.

The word *depraved* came to mind.

A corner of his lip lifted as she stared at it rather rudely. Not quite a smile, but the whisper of one.

The ghost of one.

He cleared a gather from his throat and turned away, dispelling the tension as he drifted over to the camera.

"So, this device is what you use to capture these photographs? This…camera?"

She would never not smile at the way he said that word.

Shaking off whatever had held her mesmerized, she hopped to engage. "Yes. Would you like to see how it works?"

"Very much."

Vanessa had to stop herself short of clapping her hands like a delighted child. Photography was one of her passions, and while many people were curious about it, she'd never had the chance to show it to someone quite so captivated.

Or, rather, captive. But who was she to split hairs?

His feet levitated some six inches off the ground, and his hands locked behind his back in a posture befitting an officer of his class. He looked down at her from over his aristocratic nose and she had the sense he mentally *disassembled* her for examination whilst she *assembled* her tripod.

"I eavesdropped on you and Bess before," he admitted.

"Oh?" She wasn't quite certain how she felt about that, so she remained silent on the topic.

"I'm given to understand you didn't go to Paris with your family because you'd rather stand on the frigid shores of the deepest lake in the world and try to photograph a creature that only exists in folklore?"

She glanced up from where she screwed on the mounting bracket. "And?"

He gave a rather Gallic shrug. "It can't be astonishing to you that someone might remark upon the decision. It seems…rather out of the ordinary."

Vanessa tried not to let on that his assessment stung, as if she weren't aware that her behavior was remarkable. That she was doing what she could to make the most of her exile without advertising it. She didn't allow herself to look up at him as she pulled the accordion-style lens and box from her case with a huff. "I'm a woman who is only interested in extraordinary."

"Evidently."

She cast him a censuring look as she affixed the camera to the tripod. "So says the iridescent apparition levitating above me."

"Touché." He twisted his mouth into an appreciative sort of smile as he studied her. "So, you believe in ghosts and lake monsters. What else? Fairies? Vampires? Shapeshifters? Dragons?"

"And why not?" She crossed her arms, wishing he didn't make her feel itchy and defensive. "Did you know a woman, Mary Anning, found dinosaur bones the size and shape of the long-necked mythos of the Loch Ness Monster only decades ago? Which means creatures like Nessie *have* existed, and perhaps still do."

She held her hand up against his reply. "And if you go to church, they'll tell you about angels and demons. Saints and spirits. Like you, for example. I've done extensive readings on the supernatural, and the stories are eerily similar across all sorts of nations and civilizations. If the native peoples of Australia and also the Scandinavians have similar myths of flying serpents and dragons, doesn't it seem like their existence might be possible? Probable, even?"

His mouth pulled into a tight, grim hyphen, even as his eyes twinkled at her. "Historically, I'd have said no, but at the moment it does seem ridiculous to argue the point."

"'There are more things in heaven and Earth, Horatio, Than are dreamt of in your philosophy,'" she quoted, wagging a finger in the air like some mad scientist as she bustled around her camera, checking bits and bobs. "Truer words were never written."

When she looked back up at him, he'd drifted close. Too close. Close enough that the fine hairs on her body were tuned to him, to the inevitability of his touch.

A touch that never came.

"People still quote Shakespeare?" he murmured.

She swayed forward, and had he been real—or rather, alive—she'd have bumped into him. Instead, her shoulder sort of just...passed through his and she was fascinated with that same odd sort of sensation she'd had in the bath.

Not contact but—but what? An impression?

She swallowed around a dry tongue. "Always. People will *always* quote Shakespeare."

Ye gods, it had been a long time since she'd been alone with a handsome, virile man. One who looked at her like that. Who crowded her and invaded her space in a way she didn't find the least bit irritating.

Overwhelming, yes. But in the best of terms.

She'd forgotten the heady experience of it. The places in her body that would come alive, and demand attention.

Once again, he retreated, floating backward to give

37

her space to work. "What do you call yourself? A mystic investigator of some sort? You travel the world looking to make these realistic portraits, these...photographs of the unexplainable?"

"Not exactly. I travel the world searching for adventure. I just like to capture these adventures in effigy. Because it's sort of like capturing a memory, isn't it? Sometimes that means a Grecian ruin or a Galapagos tortoise, and sometimes..." She snatched the dark cover she had to put over her head in order to see through the lens. "It means a ghost or a relic of something supposedly extinct."

He made a deep, appreciative sound in his throat. It plucked a chord inside of her that vibrated deep. Deeper than church bells or bagpipes or the crescendo of the most tragic opera. Deeper into the recesses of her body and soul than she dared contemplate just now.

She retreated beneath the dark cloth, looking through the lens of the camera, turning the dial to focus it.

When she spied him, she let out a little sound of triumph. "Put your hand to your lapel," she directed. "And levitate perhaps...three more inches toward the ground."

He leveled an abashed look somewhere above the lens, then tried to peek around it as if looking for her. "You're not—trying to photograph *me*, are you?" He seemed as if the idea had curdled his cream.

"I've heard any number of mediums have photographed ghosts. They say you can capture ectoplasm in photographs, and that's supposed to be a gelatinous sort of goo left by spirits and ghosts. You're ever so much more than goo."

"Do try to contain your effusive admiration." His voice could have dried the Amazon into the Sahara.

"I'm endlessly flattered to be placed above ectoplasmic *goo* in your estimation."

She giggled, a mischievous part of her wanting to trap the pinched and offended look on his savage features for posterity. "Come now, don't be missish. You look so smart in your uniform. Handsome, I'd dare say."

He straightened a bit, blinking this way and that as if looking for somewhere to place her compliment for safekeeping. "You think so?"

She looked him over, from his chagrined expression to his shiny boots. He was so tall and broad, almost offensively so. No one would call him elegant; he was too ferocious for that. But no one could call him wild; he was too regal for that.

So, what was he? *Who* was he?

So many questions almost choked her mute until one was allowed to spill out.

"How did you die?"

He stalled.

She poked her head up from beneath the camera. "Oh, lands. I'm sorry. I didn't mean to be uncouth. I just… Well you don't look at all injured. I'd have assumed your coat would be riddled with bullets, or you'd have some ghostly axe sticking out of your head. I suppose I read too many penny dreadfuls."

He didn't move, except to tug at his collar before he returned his hand to rest on the lapel of his jacket. "It was a bayonet to the neck," he informed her with almost no inflection at all.

"Oh…" Vanessa was sorry she asked. But his neck didn't at all look—bayonetted. So that was lucky for them both, she supposed. He would have made for ghastly company. "Don't move," she directed before pointing the flash at him and shooting.

He flinched.

"I thought I said not to move," she admonished him.

"You didn't bloody warn me it would be as loud as a musket blast," he muttered. "Can I move now?"

"You might as well," she sighed.

She was going to have to get used to the silent way he sort of—floated around her. It just wasn't seemly for a man of his stature.

"When do I get to see the photograph?" he asked, a boyish sort of anticipation making him appear years younger as he peeked over her shoulder.

A frown tugged at her lips as a heavy stone of sadness landed in her belly. "Well, you won't. After a few minutes, a negative impression will appear on a pane of glass, and I can get that developed into a photograph when I go back to the city. But—you'll only see shadows and light on the glass. I'll bring the photo back here, though, if it actually captured you."

"Perhaps it did," he said blithely with a smile that didn't at all reach his bleak, sapphire eyes. "For I am just like your negative…shadows and light."

A knock at the door saved her from bursting into tears. Vanessa shooed at him as she hurried to unlock it and opened to an anxious Bess.

"I heard the blast!" she fretted. "I came to make sure the ghost hadna gotten to ye."

"The ghost and I are getting along just famously," Vanessa said with what she hoped was an encouraging smile. "I was merely testing the camera to make sure the storm hadn't damaged it."

"Aye, well." Bess itched at her cap. "Would ye like to come through to the common room for stew, so Balthazar and Dougal can haul your bathwater away?"

"Of course, thank you." She turned to the ghost. The Earl…

John.

"I'll be right back," she promised him.

Bess leaned into her room and eyed the device warily. "Ye're really attached to that contraption, aren't ye? Talking to it and the like."

"Oh, no, I was talking to—" Vanessa looked over to see that he'd disappeared. "Well, actually, yes. It's my most prized treasure."

Bess regarded her askance, but ultimately shrugged. "I talk to me oven sometimes," she admitted. "It's a mite smarter and more useful than me husband and less temperamental, too."

Vanessa laughed merrily as she followed the woman through the adjacent storeroom and toward the front. "You called your husband Balthazar, but I heard you refer to him as Rory not too long ago."

"Aye well, the keepers of this inn have had Balthazar in the name since back when this part of the world was Caledonia. Since it is the name of the place, they all seem to take it on."

"I see," she murmured, not seeing at all.

Because the Douglasses were getting even more drunk and sloppy by the fire, Vanessa eschewed the mostly empty tables for the bar, at the end of which the two gentlemen in fine suits were nursing drinks and playing cards.

Bess placed a steaming bowl of stew in front of her and hovered as Vanessa tucked into it immediately.

"How do ye like it?" the proprietress asked, pretending to shine a glass.

"Oh, this is…" *Delicious* wasn't the word. She luckily had some incredibly fibrous and gamey meat to chew as a stall tactic. "It's really filling and—erm—flavorful."

"Aye, it'll put some meat on yer bones." Bess winked. "I gave that driver of yers something extra in his stew. He'll be up all night heaving into a chamber pot for leaving ye in the storm like a blighter."

Vanessa suppressed both a giggle and a spurt of

KERRIGAN BYRNE

sympathy for the man while she reminded herself never to get on Bess's bad side.

Even after only a moment away, Vanessa was antsy to get back to her room.

To Johnathan. However, she thought this an excellent time to do a little sleuthing for his sake. "So, Bess, you were saying, about the inn. It was here during the Jacobite rebellion? And the battle of Culloden?"

"Och, aye!" Bess said, obviously delighted to have someone to tell, as she was a natural raconteur. "Like many crofts and castles around here, it was a safe haven for the Jacobites, to be sure."

"But, not the English?"

Bess's features wobbled as she narrowed only one eye at her. "Well, no offense to yer countrymen, but after the battle at Culloden, the English were everywhere were they not? They stayed at the inn, to be sure, as it was sedition to deny them entry. But, they never found our secret spots, did they?" She tapped her head as if she'd thought of those secrets herself.

Vanessa perked up. "Secret spots?"

"Just so. Like Carrie Pitagowan's Chamber of Sorrows."

"Chamber of Sorrows?" Vanessa echoed. "Now that sounds deliciously ominous."

Bess leaned closer, her chins wobbling in agreement. "Aye, Carrie worked beneath these old rafters during the days of Culloden. A saucy minx she was. Curious, like you. Always looking for something more."

Vanessa winced. Was she that obvious?

Bess seemed not to notice, continuing with her story. "Carrie would go to Jacobite battlefields and strip the English soldiers of their treasure. It was about this time of year back then, another blizzard, another *Na Fir Chlis* when 'twas said she cursed that room. Warned

42

all who would listen that a lion lived there and would devour any who stayed."

Chills spilled over every part of Vanessa, and she took another bite just to distract herself from them.

Oblivious to her discomfiture, Bess continued, "Of course each new generation doesna believe in Carrie's lion, but every time we try to let that room, the occupants are haunted right back out of it again."

At this, Vanessa frowned. "Why let it to me, then?"

Bess cast her eyes down as she drew her fingernail through the pit in the wood of the bar. "I doona ken, lass, if ye want the honest truth. I couldna leave you out in the storm and...something told me the Chamber of Sorrows would welcome ye, and the lion with it."

Vanessa swallowed the dry meat in a lump that made its uncomfortable way down her esophagus, and drank a long swallow of dark ale to force it down.

She could see Johnathan de Lohr as a lion. Fierce and golden haired. Not only a conqueror but commander, ruler of all he surveyed.

And well he knew it.

"Ye've known a bit of the longing that lives in that room, I wager." Bess lowered her voice to the decibel of confidants. "And yer fair share of sorrow, too. Else why would ye be here alone what with Christmas bearing down on ye? If ye doona mind me asking, why's yer family in Paris without ye?"

Her pitying look speared Vanessa through the ribs as she cast about for an answer. "Well I—"

"Tell me the young, cheap whisky isn't making me see things, Priestly," a nasally, masculine, *British* voice slurred with a bit of a lisp. "Tell me this isn't little Vanessa Latimer, wot?"

Vanessa turned to see that the men who had been playing cards at the edge of the bar now crowded close around her, effectively trapping her onto the tall stool upon which she perched. They each had an empty glass in their hands, and the one who'd addressed her swayed, dangerously.

"By Jove." His dark-haired friend—Priestly, she presumed—might have been passably handsome but for sporting a pathetic, thin mustache. He leered down at her from marble-dark eyes held way too close together. "I thought she looked familiar when she blew in, but she was in such a state of disarray I didn't care to look at her. She cleans up rather well, though. I could almost believe she was respectable."

"Yes," the first one intoned, combing his hands through fair hair made greasy with too much pomade. The scent of it was nearly overpowering. "Quite respectable. But we know better, don't we?"

The food turned to ashes in her mouth. Vanessa locked everything down just as she'd taught herself to when preparing for just one such encounter.

"Gentlemen," she greeted soberly. "I don't believe we've been introduced and, therefore, it is not polite to approach me thusly."

Priestly's eyebrows shot up. "My, aren't we all grown up and putting on airs? What do you say to that, Gordie?"

Gordie's watch chain gleamed as he leaned in obscenely close, his breath reeking of scotch. "We've heard tell you spend your time galivanting to exotic places. Learning, no doubt, *exotic* skills."

Priestly all but tossed his glass to Bess. "I'd take a whisky, but not the kind that tastes like we've licked a peat bog. The good stuff you're no doubt hiding back there. And I'll make a bloody ruckus if you water it down."

Vanessa let out an outraged breath, ashamed of her countrymen. "That's beneath you, gentleman, talking to a proprietress like that."

Gordie leaned even closer, forcing her to bend over backward to escape him, which caused her to bump into Priestly. "I'd rather *you* were beneath me."

"I beg your pardon!" she huffed. She'd been heckled before, but not so publicly. Nor so rudely.

"Really, Gordie, don't be vulgar; we're sharing a room in this shitehole, there's not privacy at all."

Gordie's suggestive expression caused the gorge in Vanessa's stomach to rise into her throat. "We can share other things. We've done it before." He raked her with a glare miraculously overflowing with both disdain and desire. "Woman like her will let you put it anywhere you like."

Before he even finished his last word, her entire bowl of stew lurched from the table and was heaved into his face, the scalding gravy latching onto his skin.

A shrill scream erupted from him as he clawed at himself, trying to wipe it off.

Vanessa's hands were still clenched at her sides. She'd never even reached for the bowl.

She looked across the bar at Bess in time to see that the whisky bottle she'd retrieved was snatched from Bess's hands and smashed over Priestly's head. The jagged neck hung in the air as if brandished by an invisible hand, ready to plunge into the man's throat.

"Sweet Christ in heaven." Bess crossed herself and made a few other signs against evil as well.

It was her ghost. Even though she couldn't see him, there was no denying it.

"John," Vanessa gasped into the empty air next to the floating bottle. "Johnathan, don't."

The bottle dropped.

Priestly turned on her. "You putrid slag! You're worth no more than a—"

His entire body flew back as if it had crumpled. He landed on the table by the fireplace, splintering it and scattering half a dozen drunk and slightly dozing Douglasses.

The highlanders launched into action, leading with their fists, assuming, no doubt, they'd nearly missed a tavern brawl.

Gordie managed to wipe mutton out of his eyes in time to catch a fist to the jaw, dropping him to the floor immediately.

Vanessa whirled to Bess, who wiped her hands on her apron and reached beneath the bar. "Go back to yer room, dearie. I'll restore order here." When she extracted a plank the size of an oar, Vanessa quickly retreated. She passed Balthazar on her way, grinning and rolling up his sleeves as if eager to join the fray.

Picking up her skirts, she ran to her room, dove inside, then shut and locked the door behind her.

Her skin burning with humiliation, she went to the window and threw it open, letting the cold air steal her breath in a welcome blast.

Johnathan appeared, his color heightened and sharpened as his entire form slammed into the room like a mountain of muscle and wrath. "Those bog-faced sons of a whore! Were I myself, I'd wrench his arm from his socket and beat him to death with it, and then I'd decapitate his friend just so I could piss into the empty cavity where his spine used to be."

"Please, calm down." Vanessa let out a few shaken puffs into the blizzard, pressing her freezing hands to her burning cheeks as the storm pricked her with crystals of ice.

She could stand it no longer than a few seconds, so she wrestled the window closed and latched it.

John paced the length of the bed next to her, his fists white with unspent rage. "Are all gentlemen in this age such smarmy, weak-limbed dandies? Makes one wonder how many cousins had to fornicate to produce such a slithering strop of a rubbish heap and call it a man. I have a few regrets in my life, and my afterlife, but not slicing him open with that bottle is going straight to the top."

Even as she pressed her forehead to the cool windowpane, she fought a sad little smile at his vehemence. "Yes, well, none of that was necessary, but thank you all the same."

"He called you a slag!" John roared.

"It doesn't matter," she whispered, her breath spreading in an opaque circle in front of her.

Even though his motions made no noise, she could sense that he stopped pacing. "Doesn't. Matter?" he said with a great deal of emphasis on all the T's.

She closed her eyes. "I've been called that and worse. I'm used to it."

"How is that bloody possible?" he thundered. "You're…well you're—"

"I'm ruined," she said gently, finally gathering the strength to turn around.

She had expected to see him be incredulous, but not his head cocked to the side in doglike befuddlement. "What? Ruined?"

She breathed in a deep breath through her nose, preparing to lose his respect and regard. Mourning it already. "This is why I am not with my family at Christmas. Or any holiday, really. I'm *persona non grata* in the eyes of society. My reputation couldn't be lower if I actually sold myself on Whitechapel High Street."

At that, he became impossibly still.

"It happened long ago," she explained, already exhausted. "I fell in love with William Mosby, Viscount Woodhaven. He gave me a ring with the largest diamond I'd ever seen. We made love beneath the Paris sky…"

"And then?" he growled.

47

"And then he married Honoria Goode, the daughter of my father's shipping rival, for her dowry was ten thousand pounds more obscene than mine."

"He broke his word to you." The statement was murmured softly, almost without inflection. "Did he break your heart?"

Vanessa couldn't bring herself to look at him.

"Well…not irreparably at first. Not until he—until he published a pamphlet scoring the lovers he'd had. Prostitutes, mostly. But I was on the list, and my score wasn't very favorable. *Pathetically eager, but impossible to please,* he said. He called my… my um…" She looked down, wondering why it was so difficult to say. Why she'd stopped feeling ashamed so long ago, but was suddenly afraid of the opinion of a dead man. "Well he said I am broken."

The rickety chair at the bedside shattered against the far wall.

"Have you no brothers?" John thundered. "Your father didn't kill him in a duel?"

She stared at him in open-mouthed astonishment for a moment. He was magnificently angry. His muscles seemed to build upon themselves as he heaved in breaths to a chest she could still mostly see through to the fire on the other side.

The effect was rather apropos, as the flames licked at his chest, seeming to ignite the scarlet coat with the same inferno that blazed in his eyes.

"Well," she answered somewhat demurely. "Duels have been illegal for some time now."

He gaped at her. "You're joking."

"I'm afraid not."

"You mean to tell me, there is no recourse to besmirched honor?" He gestured broadly as if he couldn't comprehend the idiocy. "Any blighter can walk around

48

and say whatever they might to defame an innocent, and others do what... *believe* them?"

It did sound rather ridiculous the way he said it. "If they're a man of influence, they are believed," she answered. "That seems to be the way of it. I mean, there are libel laws, but...that recourse is rarely taken."

He made a disgusted face and threw a gesture at the door toward the chaos on the other side of it. "This age isn't enlightened, it's barbaric."

"I don't know about that. Fewer people die in duels, so...I suppose you might call that progress."

"Not in my opinion. Not this bloody—" He whirled on her. "What was his name again?"

"William Mosby."

"William... I'd cheerfully murder the ponce myself. I'd strike his entire legacy from the annals of time until—"

"No need." Vanessa held her hand up against him. "Truly. He's...well, he's met his fate. What's done cannot be undone."

Suddenly. Miraculously. His features softened as he looked down at her, his arms dropping to his sides as he lingered close. Closer. His hand reached out as if to lift her chin, but he never quite managed. "I am sorry that you suffered."

She summoned that false-bright smile for him. The one she'd learned so well. "I am lucky, in many respects. I still have a generous stipend from my father, to assuage his guilt, I imagine, for keeping me away from them socially. And with it I plan to see the world. I go on adventures like this one. And, reputation-wise, I've nothing to lose, so I may do what I please."

His brow furrowed in consternation. "But you're alone. Why not have a companion to take on such adventures with you?"

She let out a very unladylike snort. "The idea of compelling someone to keep me company with coin never appealed to me. Besides, then I'd be responsible for them, wouldn't I? And, if I'm honest, very few would consider an association with one as besmirched as I a very desirable position. No one would consider my references a boon."

The look on his face caused her own to fall. She couldn't bear the tenderness. Or the pity.

"It is not so much suffering," she all but whispered. "When there are so many in the world who know such pain, my bit of shame and isolation seems rather small in comparison."

He dipped his head, his lips hovering above her forehead. "Suffering can be profound or prosaic, but it is suffering all the same. Yours is not inconsequential."

His words melted her like honey decrystalizing in the summer heat. His presence washed over her like silk flowing in a breeze. Insubstantial, sensual, and yet compelling.

"You're not broken," he said. "You're not ruined. Not to me."

"You're being kind," she choked out over a lump of emotion lodged in her throat.

"I mean it," he said fiercely.

She ducked away from him, turning to hide the burn of tears, pinching the bridge of her nose against their ache. She was too proud for this. She could not come apart in front of a veritable stranger.

"What?" he asked. "What's wrong?"

"You—have a ruthless side," she admitted breathlessly. "It—um—it makes my blood rush around a bit."

He was close again. Right behind her. His presence a relentless affectation. "I frightened you?"

"No! I mean. Not entirely. You're the only person who has ever stood up for me before," she admitted, moving toward the fire and smoothing her dress down her thighs in a nervous gesture.

"Then why retreat from me?" he persisted.

She could tell the flames nothing but the truth. "When you touch me I...Well, actually, you don't *touch* me. But you were able to hold on to inanimate objects. To do a man violence."

He let out a long breath. "I'm little better than an awareness most of the time. Something I could slip in and out of at will at first, but the longer I tarry, the more I spend in the void. But there are holy days—solstices and equinoxes where, if I concentrate very hard, I can become something like corporeal. At least, for a moment. I can will things to move, but it depletes me. On nights like *Na Fir Chlis* I am the most visible, but I cannot sustain contact for long."

"I see," she whispered.

His voice ventured closer, until she could almost feel his warm breath against her ear. "When I reached for you in the bath, my hand went through you... You felt that?"

"I feel—something. Not your skin, per se. Something else. It's like..." She cast about for the word. "A tingling. No, stronger than that. A vibration, perhaps."

He made an amused noise deep in his chest. "Really?"

"It's disquieting."

"Does it cause you pain?"

"No. No, quite the opposite."

"The opposite?" He drifted around her, standing so close to the flames a normal man would have caught. "The opposite of pain is pleasure."

She retreated a step. "So it is."

He advanced, his eyes liquid pools of carnal promise. "Does my touch pleasure you, Vanessa?"

"I don't—I don't know how to answer that."

"Why?" he pressed. "Why after being so fearless, is it pleasure that scares you? Do you fear your desire for it?"

She swallowed. "Yes. Maybe. I couldn't say." She feared the ruin it had already brought her. The derision of another lover. Another man she thought she might care for. Who might profess to care for her. She feared the strength of her feelings, her desires, after only knowing this man for the space of an hour.

His hand reached out, a tremor visible in the long, rough fingers. His palm caressed her face, but not in the way she wished it would. It was there, but it wasn't. The warmth of his touch lingered; a callus might have abraded her soft cheek. *There.* Right there. But also, just out of reach.

It was both bliss and torment. The vibrations of his energy, of the very striations etched into the palm of his hand, were tangible. But whatever touched her was not flesh. Not exactly.

It was enough to make her weep, the longing she sensed in the gesture. The cavernous pain she read etched into the grooves branching from his eyes, and in the tension of his skin stretched tight over his raw, beautiful bones. "I haven't touched a woman in a lifetime. In a handful of lifetimes."

"Do you want to?"

"Is that an invitation, Vanessa?" His voice was like liquid velvet, his eyes twin azure flames. "If I could, would you let me?"

"I—Um…" She was a quivering, boneless puddle of sensation. Of desire. Her loins ached, moistened, bloomed for him. Her lips plumped and her skin burned to be touched.

Her entire body was one thrumming chord of need.

Was she the only one undergoing this torture? "John?" she whispered, turning her head out of his palm, if only to spare them each more impotent longing. "Can you *feel* desire as you are?" she queried. "Can you—erm—manifest it? Physically?"

His lips actually stirred her hair as he growled against her ear. "I've been hard as a diamond since the moment I watched you undo your buttons."

CHAPTER 5

ohn leaned back and let his admission crash
into the space between them, overflowing it
with heady, carnal, unspoken reveries. His.
Hers. All amalgamating into one frustrated frequency
of need.

All the chaos of the common room had gone quiet,
no doubt Bess had kicked everyone to their beds. In
this abandoned corner of the structure, he and the
comely Miss Latimer might have believed they were
the only two people in the whole of the Highlands.

John watched her intently as she stared—or rather
—glared at him. Unblinking. Her chest rose and fell beneath the high-necked blouse as she very distinctly did
not allow herself to look down.

She'd have found the answer to her question if she
had, straining against the placket of his trousers.

However, after what he'd just discovered about her,
he realized he might have been too forward. Might
have overwhelmed a woman who'd only just been ha-
rangued by undesirables.

He closed his eyes and stepped back, allowing her
space. "I shouldn't have said that."

Squirming with shame and regret, she instantly

buried her face in her hands. "No. That is—the fault is mine. I asked you the vulgar question. I don't know what's gotten into me."

"I order you to stop feeling shame," he said with a stern frown.

She looked up at him askance. "You can't command emotions, that's not how they work."

"I can and I will," he shot back, looking to goad her past her mortification. "I insist the blame for our—indelicate interaction be placed on my shoulders. I've forever been a man too plain of speech. Too blunt and coarse and forbidding. It made for a successful Lieutenant Colonel, a mediocre nobleman, and well… ripe shit at relationships."

The tremulous tilt at the corner of her mouth told him his candor was working. "Which relationships?" she queried, her relentless curiosity returning. "With women, you mean?"

"'Twas doubtless why I remained a bachelor at five and thirty. I assumed one took a wife like one took a hill in combat. It was all strategy and espionage, if not an all-out battle. I was built to win, not woo, and I frightened many a maidenly noble lady into the arms of some gentler, more civilized man."

She wrinkled her nose at that rather adorably. He wasn't certain how to interpret the expression, but that didn't stop him from continuing, if only to put conversational space between their previous fraught interaction.

He marched around her, exploring the space of his chamber with his hands clasped behind him. He did his best not to prowl like the predator he was. To draw his tense shoulders away from his ears. "My social ineptitude reached past the fairer sex to anyone, really. My parents. My brother, James. Even after everything, he came to claim my remains all those years ago. Or perhaps he only returned for the ring, and taking my be-nighted bones back to the de Lohr crypts was an afterthought, though I couldn't say I'd blame him."

"The ring?" She grasped onto the one subject he'd only mentioned as an afterthought.

"A de Lohr signet. Given to my templar ancestor—the Lion Claw, they'd called him—by his ladylove so many generations ago." A Scotswoman, if he remembered correctly.

John summoned a picture of the piece into his mind. The head of a lion had been etched into the pre-cisely crafted purest gold; rubies set into the ocular cavities as if the blood spilled by the apex predator reflected in his eyes.

"Surely your brother came to collect *you*, and the ring was the afterthought."

"You underestimate the significance my family put on that ring," he said gruffly. "And you didn't know my brother. We did not part on the best of terms. I regretted that. I was a hard man to know, and I did not understand his impulsive passions. His depth of emotion. And, if I'm honest, I envied him his freedom as the second son, his shoulders unencumbered by the weight of the de Lohr name." Unbidden, John looked into the past, seeing the familiar face of his brother, the disap-pointment in his eyes the last time they spoke. "I am confident James made a better Earl than I might have. At least, I hope he did."

"The Earldom of Worchester is still one of the most wealthy and respected titles in the Empire," she explained gently. "If that is any condolence to you."

It was, actually. "You're kind to say so. I don't get word of such things up here. It's mostly clan gossip and peasant revelry."

Something about that elicited a giggle from her, and when he looked, her silver eyes were twinkling like the little diamond bobs in her ears. "We don't call them peasants anymore. Not that it should matter to you much, I suppose."

He chuffed out his own sound of mirth. "Yes. A more enlightened age, you've mentioned." He was about to ask her to tell him about it when she began to pace as if puzzling something out.

"So not even your remains are here in Scotland. I still find it extraordinarily peculiar that your bones should rest in the de Lohr crypts but your spirit should be *restless* here of all places. Did you visit this inn before you died?"

"Never."

"Perhaps you killed the previous proprietor in the war?"

"No, I'm certain it has something to do with Carrie Pitagowan and her blasted curse." He'd been over and over it in his mind, and he wasn't exactly excited to re-work it with her. "Do you happen to know any witches who might be able to break it?"

She ignored his dry sarcasm. "What about her Chamber of Sorrows?"

At the mention of the room, he went still.

She continued, pacing the length of the bed. "I asked Bess, and she told me that Carrie went to Jaco-bite battlefields and took things, especially from Eng-lish officers. I've noticed you have no saber nor hat nor medals upon your jacket." She whirled on him, ceasing her pacing as she held her hands up in a mo-tion that might stop the entire world so it might listen to her next sentence. "John! What if she took your ring?"

Christ but she impressed him. She'd been here all of five minutes and she'd discovered what it'd taken him decades of eavesdropping to find out.

"I have no doubt my body was looted after the battle, by starving, angry highlanders. But I've searched the Chamber of Sorrows. Nothing in it belongs to me."

John had done many distasteful things in his life as a soldier, and also in his short tenure as the heir to an Earldom, but smothering the enthusiastic light shining from Vanessa Latimer's open, upturned face had to be the worst.

Still, he could tell he'd not defeated her as the wheels and cogs of what he was coming to understand was a sharp and restless brain didn't cease their machinations. "Can you take me to this Chamber of Sorrows?"

"Certainly, though it's not far." He motioned to the wardrobe, a piece of furniture almost as tall as he was. "The Pitagowans have merely covered the door with this."

She circled the thing, tapping on her chin as she was wont to do. Testing its heft with a little push. "I don't know if I can move it."

John didn't know if she could either, which meant he'd have to. "I'll do what I can to help you."

Clearly heartened, she gifted him with a brilliant smile that sparked a little flicker of joy in his guts before she flattened her back against one side, bracing her feet on the ground to pit her entire weight against the thing. It scraped and budged, but only an inch or so.

John joined her, levering over her and bracketing her head with his arms. If someone walked in at this moment, that person would do well to assume they were about to kiss.

Or had just finished doing so.

As if she'd read his thoughts, her eyes dropped to his mouth. Her tongue snaking out to moisten her own lips.

John's lids slammed closed as lust roared through him. "Goddammit, Vanessa. *Push.*"

The wardrobe gave way beneath their combined efforts, and he all but leapt away from her and retreated to the opposite end of the room.

It'd been a long time since he'd asserted himself onto the world of the living so often in one night. It tired him. Weakened him in so many ways.

The chief among them his self-control. In one respect a heavenly thing, and in others, pure hell.

He willed his inflamed libido to cool and ordered the heart that'd begun beating again to stop. He commanded his soul to stop yearning. To cease aching for what should not—what could *never*—be.

"That took a lot from you, didn't it?" she observed.

He looked down at his own outline and noted it was thinner, more translucent, the features blurred.

"I'll be fine," he sighed. "Though I'll hope you'll forgive me for not opening the door."

Vanessa took one of the oil lamps from the sideboard and pushed open the doorway that was really no bigger than a cupboard. Even someone as petite as she had to duck to get inside.

John merely went through the wall.

He found himself watching her more than noting any of the treasures in the dusty old place. Pure, unadulterated awe slackened her jaw, parting her lips as she twirled in the center of the tiny antechamber as if trying to take in the entire glory of the Sistine Chapel.

She all but floated to the haphazard shelves and rickety cases lining the long chamber.

As one could never do in a museum, she reached out trembling, elegant fingers and tested the sharpness of a saber mounted on the wall or threaded them through the plume on a hat. It was as if she could see with her eyes, but never truly had a vision of anything until she'd experienced it through touch.

John found himself wanting to trade places with inanimate objects as she caressed them with the reverence of a lover. Buckles. Buttons. A rifle, a medal of valor, irons for captives, chains and whips and other implements of violence and war.

She didn't belong in this place, this so-called Chamber of Sorrows. She was a creature of light and joy. One to whom melancholy and sorrow did not attach itself for long.

What must it be like to move in the world in such a way?

Vanessa Latimer had transfixed him like nothing or no one had done before.

Everything she did, every gesture she made was attractive to him. From the way she blinked the fans of her eyelashes, to the swift, almost sparrow-like movements of her graceful neck as she tried to look at everything all at once. The sway of her skirts soothed him, drew him toward her as she ventured deeper into the long chamber, which was actually more a corridor that ran the length of the inn.

She paused at a small table upon which letters and miniature portraits of women or children were stacked neatly. As if understanding they might disintegrate if she touched them, her hands hovered like butterfly wings above the loops of writing often stained with blood.

He'd known her for such a short time, and yet he understood that she burned to stop and read every word, absorbing it into her memory.

Eventually, she glanced back at him, her gaze brimming with so many things. "Have you read these?" she asked hopefully.

Once again, he hated to disappoint her. "This is maybe the third time anyone has ever brought a light in here when I was awake. I've rarely been able to truly examine these things, and when I could I was searching for something that might belong to me."

"You need light to see?" The very idea seemed to surprise her.

He felt his features melt, quirking into an endlessly amused half-smile. "I'm a ghost, not a vampire."

She rolled her eyes at his teasing, swatting at him with no real heat. "How should I know the rules? I mean, you float above the floor and you can walk through walls."

"Sadly, I cannot see in the dark." Or through things. Like her clothing.

She made a noncommittal noise as she moved further along the chamber. Her ankle rolled beneath her skirts and she nearly lost her footing.

Reflexively, he reached for her, but she righted herself before he could do anything.

Clearing her embarrassment from her throat, she pointed beneath her and offered an abashed explanation. "The floor is uneven."

He nodded his head, his heart too much in his throat to reply.

She returned to examining every single treasure. "Are you *sure* none of this is familiar? These sabers, a hat, perhaps? Even a button?" She sounded almost desperate now.

He shook his head. "No, none of these are mine. Though I recognize a few of them as belonging to compatriots."

Ones he mourned for many years.

She ran her hands across a bayonet, testing its edge. "You said you sleep a great deal. Is that truly what it's like to be…" She made an uncomfortable gesture at his general personage.

"Dead?" he clipped.

"Well I didn't want to seem indelicate."

61

She was so delicate, she'd never seem anything but.

"It's just I have so many questions. And I am afraid to ask them, but when else will I get the chance? Is there a light anywhere like people have claimed, at the end of a tunnel perhaps? Have you met others like yourself? Or angels? Or—or anyone else out of the ordinary? Out of our limited mortal understanding, I mean."

He wished he could spin her a hypnotic yarn that would make death seem less depressing, but he was an honest ghost, and a boring one, evidently.

"I've met no other apparitions and my torpor, it's—not even like sleep, exactly. It's nothingness." He almost hated to admit it, because sometimes the void terrified him. "I want to say darkness, but it's not even that tangible. I am gone, and then I surface. I am here, but I have no part of myself. I have nothing but a vague sense of who I am. And each time I go under...I stay for longer. There are days I fear I'll become one with nothing, and every part of who I was will be lost."

What he didn't say was that each time he went under, he was always disappointed to be brought back. He would rail and stomp and use what little power he had to throw things. To rattle the bedposts and windows and make the stones of his cage tremble. He'd frighten people just to do it. Because now that he'd found himself again, he'd have to dread the next time he was lost.

She blinked watery eyes up at him, her sharp chin pitting and quivering with emotion. "How do you endure it?"

"How can I do anything but?" he replied, his finger aching to smooth an unruly tendril of hair away from her furrowed brow.

Her throat worked over a difficult swallow. "I wish I could save you, somehow."

A tenderness welled in him in that moment and

threatened to spill over into emotion he had no idea what to do with. What a Countess she'd have made. So small and yet regal. So soft-spoken and yet brave. Independent. Unbiased. Kind. Honest.

God. He'd have offered for her hand after one chaperoned meeting. He'd have claimed her and planted children inside of her, creating an undeniable legacy of which any man would be proud.

It was almost worth one hundred and fifty years of loneliness to have met her.

She'd brought him back to himself, somehow.

Whatever she saw in his eyes caused her to step in toward him. And, once again, she stumbled.

Catching herself this time, she lifted her skirt to examine the packed earth beneath her.

Whatever she found caused her to gasp.

"Hold on." Rushing past him—nearly rushing through him had he not moved out of the way in time—she retrieved the lantern from the entry and plucked a bayonet from the wall.

Returning, she shocked him by placing the lantern on the ground, kneeling down in a pool of her skirts, and using the bayonet to scratch and dig into the dirt.

"What the devil are you about?" He hovered over her, worried that she'd finally reached the edge of her sanity.

"This floor has a dip right here about the size of my shoe," she said around the labor of her digging. "After I tripped this last time, I thought, if Carrie was a clever girl, she might *bury* her most prized possessions to make certain they weren't discovered. Even if the Chamber of Sorrows was."

Something within him ignited. He wished he could grab something and rake at the earth next to her. That he could reach into it and pull whatever might be down there above ground. But the bland weight of weakness still tugged his limbs until they were heavy, and he began to admit to himself that the torpor was calling to him.

Every moment he spent with her cost him, dearly.

But the darkness would have to drag him away. He'd not go willingly. Not while he could bask in her presence for one more moment.

She worked until she was winded, and the helplessness he felt made him want to throw things. To shake his fist at whichever angry god cursed him to such an existence.

Until a hollow sound announced the bayonet had struck something.

Their eyes met for a breathless moment.

Then, she attacked the ground around it with renewed vigor, scraping out a small, square wooden box. She stood, and John could hear Vanessa's heart beating hard enough for the both of them as she opened the simple container.

Every jewel inside the box glittered gem-bright in the golden glow of the lantern.

But it was the twin rubies he found that suffused him with a lightning bolt of sensation.

"Vanessa. The ring."

With trembling fingers, she plucked it out and held it up so they could both gawk at its magnificence.

He could feel it pulsing with a magnetism no inanimate object should possess. The lion stared at him from hot ruby eyes.

Claiming him. Calling to him.

He thrust his hand between them, splaying his fingers. "Put it on."

Her forehead crimped. "What if it doesn't work?"

"Vanessa."

She nodded, lowering her hand to slide it onto his finger.

His boots hit the earth with a heavy thud. He had weight. He had mass. The air bit at his cheeks and filled his lungs with a cold incredible breath. His heart threw itself against wide ribs and his muscles corded with strength. Veins pulsed with blood.

With need.

His hand gripped hers. Slim, cold fingers trembled against his flesh. His skin.

Her eyes were wide and watery as she stared at him without blinking.

"John?" she whispered.

He was almost sorry.

Almost sorry that a strangled groan was all the warning she had before he crushed her to him and captured her already open mouth.

CHAPTER 6

*H*is kiss was a sweet violence. Both a conquest and a claiming.

Vanessa welcomed the assault on her senses as this *man*, this solid, starving, sexual man clamped her entire body to his and devoured her mouth as if her kiss could restore his very life.

The sensation of his lips—his skin—was more than a tingling suggestion now. He was tactile. Warm. Almost as if fed by lifeblood.

Almost.

She still detected that the feel of his flesh was imperfect. A vibration persisted where the smooth whorls of his fingerprints should be. It was at once more than an ordinary touch, and not enough.

It didn't matter. She'd take whatever she could get.

He had a scent now, cedar and leather and the faintest trace of gunpowder.

It tantalized her endlessly.

Her hands clutched the lapels of his crimson wool coat, reveling in the coarse fibers abrading her fingertips because it meant he was *real*. Tangible. She suddenly wanted to explore everything. Everywhere. Every hot, smooth and strong inch of him.

He kissed like a man denied a hundred and fifty years of pleasure. Of pain. Of desire and release. There was a savage wildness in it, an untamed urgency that sent little thrills of anxiety and anticipation pouring down her spine and spreading into the deep, empty recesses of her womb.

With a strong, hot lick, his tongue parted the seam of her mouth and dipped inside to sample her flavor.

He tasted like a wicked sin. Like every drink too masculine for her to sip and every dessert to decadent to be indulged.

His arms felt like iron shackles around her, and she became his willing prisoner there in the Chamber of Sorrows. Surrendering to the inevitability of what he was about to do to her. Of what demands he would make of her body.

The very thought made her legs puddle beneath her until she feared she couldn't remain standing.

When she went all but limp against him with a sibilant sigh into his mouth, his kiss unexpectedly gentled, his lips sweeping across hers in featherlight drags. The contrast was her undoing as she lifted onto her tiptoes to seek more.

His large, rough hands drew up her arms and shoulders until he bracketed her jaw in his palms and tilted her face up, pulling back to look down at her with agonizing tenderness.

"My God, you are so pure and perfect," he marveled in a harsh, breathless tone.

His words evoked a hot blush that spread up her chest and heated the cheeks he cradled so reverently in his hands.

Vanessa's lashes swept down over eyes pricked with tears, as a familiar shame swamped her, dousing the flames of her ardor a few degrees. "You know I am not so pure. Not in the sense of the word that seems to matter to most people. I'm no virgin. No *ingenue*. But neither am I a whore. Do you understand that?" She worried the knowledge he had made her seem more accessible to him, and another part of her fretted that he would think less of her.

"Woman," he growled, his breath coming in agonized pants, his azure eyes smoldering down at her like the core of a flame burning too hot to be contained. "I'm about to do things to you that would make a virgin faint. I'm going to worship you in ways that would offend a whore. So, I suppose we should both be grateful you are not either of those things."

She gaped up at him, astonished by his wicked candor. "What sort of thing—Oh!"

He snatched her off the ground with unsettling strength and swept her out of the chamber in a few strides. This time, he had to duck to get through the doorway and deposit her on the bed.

Vanessa was glad for the sturdy wood of the frame rather than creaking brass as he ripped his coat from his heavy shoulders and joined her there.

She had a feeling they would have woken the entire inn with what they were about to do.

He prowled up her prone body like a great cat until he settled fully upon her, his weight a delicious press as he took her mouth once again.

Ribbons of desire unspooled within her as she wound her hands around his neck, tugging the leather thong that caught his long hair into a queue. Releasing it, she twined her fingers into the silky mass at his nape, curling them into claws and nipping at his lip.

His lips tore from her with a ragged sound. "Fucking Christ, Vanessa, if you do that, this won't last long."

Vanessa tried to appear contrite, but she very much

doubted she mastered the look if his urgent response was anything to go by.

He broke away from the circle of her arms to unlace his shirt, reach back and pull it over his head and down his arms in one graceful move.

Had she been less mesmerized by the magnificence of his figure, she might have been curious about the odd workings of his historical trappings as he divested himself of them.

But he loomed like Apollo above her, his skin like gold and honey poured over solid sinew and steel. The cords and veins in his arms danced and flexed as he worked his belt and trousers free.

Vanessa's fingers lifted to the buttons at her throat, but he stopped her with a curt order as he bent to kick away his boots.

"The thought of your bare ass beneath that skirt has teased and tantalized me all night," he said in a low rumble. "Now you'll let *me* be the one to decide when to undress you."

Dominance from any man had always caused a tight ball of frigid defiance to form in her chest, immediately freezing any warm feelings she might harbor toward him.

But *his* command released a flood of hot, liquid desire from her loins as she veritably bloomed beneath the intensity of his regard.

Vanessa let her hands fall demurely to her sides as she lay back on the coverlet. It was an excruciating exercise in a discipline she'd never actually possessed.

Her eyes touched him everywhere she could not, drinking in the fantastic breadth of his shoulders and the vast mounds of muscle that comprised his torso. She counted the obdurate ripples of his ribs and the corrugated plane of his abdomen before boldly fol-

lowing the vee of his hips to where his arousal jutted
from a corona of dark gold hair.

Vanessa realized belatedly that one measly lover
could never have prepared her for a man like Johnathan
de Lohr.

She swallowed hard.

He groaned low.

And then his hands were upon her, circling her an-
kles and prying her legs open so he could fit between
them. Rough palms rasped up the smooth swell of her
calves, lifting the hem of her skirts, tracing those other-
worldly sparkles of sensation in their wake.

He bent to kiss her in strange places she'd never
imagined so seductive. The delicate skin on the inside
of her knee, for example, as his questing fingers inched
up her thigh.

Aroused and overwhelmed, she reached for him,
tugging at his shoulders, needing the safety of his
weight again. Craving the comfort of his kiss.

He obliged with a silent look of tender understanding, his lips returning to hers, one arm bracing his
weight as his other hand resumed its wicked discovery
of her.

She clung to him, greedy for more of the sensation
sweeping like wildfire from his lips. From his fingertips
as they glided over the thin skin of her inner thigh.

How could she have thought she'd known desire before? Never had it been like this with William. He'd
been all charm and coaxing, evoking a maidenly curiosity from her born of innocence and not a little inse-
curity. This encounter was nothing like the weightless
little butterflies he'd set free with his artless caresses
and quick fumbles in the dark.

This. *This* was a tempest as powerful and encom-
passing as the one raging outside. Her belly quivered,
her limbs trembled, and her breath caught on little

gasps of need that he took into his own lungs as if to lock parts of her inside of him.

His kiss was ferocious where his fingers were not. He dominated her mouth once more, his tongue flexing and exploring in decadent strokes reminiscent of the act itself.

Gentle fingers petted through the intimate hair at the apex of her parted thighs, finding abundant moisture there.

They gasped against each other's mouths when he split the silken center of her with one lithe stroke.

Reflexively, her thighs clamped together, imprisoning his hand there.

William had struggled with her pleasure, had become frustrated with how complicated sensation had been to evoke from her body. He'd written about it. Told the world she was impossible to please.

That the fault had been hers.

And she'd believed him.

She understood now it was because she never wanted him like this. She never felt anything close to this unleashed frenzy of mindless, animalian need.

Sparks already threatened to take her over the edge as she realized that whatever miracle of magic and energy that made John corporeal also produced that strange, indescribable vibration wherever his skin connected with hers.

Against the sensitized flesh of her sex, it was an ultimately unparalleled sensation.

His finger slid easily between the slick ruffles, testing the damp folds and swirling her liquid desire around the little bud that throbbed with such fervency it bordered on pain.

"John," she implored against his lips.

"So wet," he groaned, his eyes unfocused as if he didn't mark her plea.

"John, I'm already going to—"

"Yes," he agreed fiercely. "Yes, you are."

With a couple expert flicks of his finger, he blew her entire world apart.

Vanessa felt as if the storm outside now originated from somewhere within her. The climax whipped her this way and then that, pushing and pulling her in powerful gusts of pure extasy.

Hoarse cries were ripped away from her throat as she threw her head back into the mattress, whipping it from side to side as if to escape the overwhelming intensity of the pleasure.

He seemed to instinctively understand when it became too much, and he slowed his lithe ministrations, bringing her back to herself in slow increments.

She lay sprawled out for a moment as his hands remained beneath her skirts, soothing and petting her. Cupping her as he crooned soft encouragements into her ear, nuzzling her neck and exploring it in little nips before soothing them with a glide of his tongue.

Vanessa wasn't certain what she expected from him, then. Perhaps that he would rip her clothing from her, spread her wide and sink inside of her for a few barbaric thrusts. Lord knew he'd earned it.

But no. He reclined away from her, covering her with her skirts.

His eyes glittered with masculine mischief as that cruel mouth spread into a dangerous Cheshire grin.

"What?" she queried with an anxious little gasp.

He gave her one dark command that both startled and stymied her.

"Kneel."

It occurred to her to explain to him that she wasn't one to be ordered about…as she obediently scrambled to her knees.

Yes. Just as soon as they finished, she'd certainly tell him so.

Curious anticipation dispelled whatever languor had stolen into her blood after her initial release, and she found that excitement began to build at this new and unique encounter.

In a moment he was behind her, fiddling with her skirts.

She had the idea that she knew where this was going, and the thought rather disappointed her. Not that she *minded* being taken from behind, especially not by him. She just didn't think that their first time would be in such a position.

"Would you like—that is—should I bend down?" she ventured.

"Stay as you are until I move you."

She did. Kneeling straight like a penitent at prayer as he rustled and disturbed the bed a bit.

And then his hands were on the insides of her thighs, prying her knees wider to make room for...

His shoulders?

Her eyes peeled wide as he maneuvered himself on his back beneath her skirts, his hands splaying her thighs wider, charting her bare backside as his breath grazed the intimate flesh splayed open over his face.

Her knees nearly lost their starch.

Thoroughly scandalized, Vanessa leaned to one side, meaning to wriggle away, when his long, unyielding arms clamped around her thighs.

Oh dear God. She blindly grabbed for anything, her fingers grasping the headboard.

"I—I don't think we—"

"Don't think for once, Vanessa," is what she thought he muttered, though the words were a bit muffled by her skirts.

Clearly, he didn't know her well. Which meant they

73

should not be doing something so astoundingly intimate and immoral. "I just—"

He stole her words with one wicked kiss. One wicked, carnal, wet, and languorous kiss to lips that had never before known the mouth of a man.

Suddenly the entire world was very far away. Anything and anyone she'd ever known might never have existed. She was not herself. He was not a dead Earl. They were not in Scotland on a snowy winter night trapped by a gale and perhaps by fate.

There was only what *his* mouth did to *her* sex.

First, he supped and sampled in teasing little tucks and twirls, using only his lips, causing her body to respond with little flinching twitches as the pleasure ebbed and flowed beginning at her core and sparkling through her entire body. She'd have not been able to support herself in such a position if it weren't for his arms winched around her thighs, taking the crux of her weight.

His tongue joined the fray before too long, eliciting a sharp gasp of delight from her as her knuckles tightened on the headboard. His mouth was relentlessly skilled as he slipped and slid around and through the petals of her flesh with inquisitive delight.

It was an exquisite torture. An excruciating bliss.

She wondered dimly where the distant, pathetic, demanding little mewls and gasps were coming from. Surely not her. She'd never dream of making such sounds.

Then, *oh then*, merciless monster that he was, he cleaved her with the flat of his tongue. Tasting the entirety of her topography, he laved at the little bud at the aperture of her sex with a relentless pressure that catapulted her into the stars.

Her fingernails scored the wood of the bed frame as he centered all his attentions on her core, his muscles tightening around her thighs as she bucked and writhed, arched and contracted against the onslaught of pulsating pleasure. She rode his magnificent mouth as unadulterated bliss rolled over her like a tide this time, slamming into her with the strength of a rogue wave and drawing her under. Each time she threatened to surface, the wave in the distance was upon her and again she would be dragged beneath it, helpless against the fluid potency.

And yet he was her anchor, his unfailing strength gifting her with the precious knowledge that she would never be lost. Not while he held her.

He unlatched himself from her with a noisy sound before the storm of her climax had truly passed. She made a plaintive sound in her throat as his strong hands held her legs open and he maneuvered himself into a sitting position. Resting his back against the headboard, he split her legs over his lap while she still shuddered and twitched in the aftermath of an orgasm woefully interrupted.

He stared at her for a moment, and Vanessa scrambled to find her wits so she could fathom what she read in his eyes.

But she never had a chance, not when he lowered her to where the hot, blunt head of his cock rested against the flesh still quivering with release.

Before she could beg him to do so, he lowered her onto him, filling her with one long, slow impale.

CHAPTER 7

*J*f John wasn't already dead, joining with this woman would have killed him.

The wet velvet sheath of her was a heaven in its own right as it welcomed his cock, giving way only in incremental inches as her intimate flesh pulsed around him.

He set his jaw against the storm of a release already gathering at the base of his spine.

It was why he'd not undressed her.

Of course, he'd wanted to see her body again. To unwrap her like God's very own Christmas gift. But also, he found her prim, high collar stitched with simple lace unwaveringly erotic when her sex was currently pulling his straining shaft into her body somewhere beneath her skirts.

It would last longer like this. Without the added tantalization of watching her unbound breasts sway in front of his eyes.

It'd been longer than a century since he'd been with a woman, goddammit, and a man could only take so much.

But she took all of him. And she gave as well, holding nothing back as he made his erotic demands of her.

God, she was magnificent. Her lips bee-stung from his punishing kisses and her silver eyes a gunmetal grey, dark and dilated with passion and the aftershocks of a pleasure he was about to resurrect.

There wasn't a man alive who deserved her.

And neither did he.

Lodging himself to the hilt, he held her there for a moment, flexing within her, kneading the soft globes of her ass with restless fingers.

When he could stand it no longer, he arched away, lifting her up to enjoy the soft pull of her channel as it clenched at him.

She was so fucking small. So tight. So perfect. He couldn't use the word enough. Vanessa Latimer was the perfect woman. His perfect match.

He'd only had to die and wait a century and a half to meet her.

It had been worth it.

His every muscle clenched and corded with tension as he released her hips to run his hands down her smooth thighs.

Trembling as they were, she took over, her knees gripping his hips as she lowered her body to meet his relentless upward thrusts.

Of course they found a perfect rhythm immediately. Of course they did. Of course they *would*.

Even as they gathered speed, he reached behind him to unlatch her fingers from the headboard and nudged them to grasp his shoulders.

He wanted to feel the bite of her nails as he made her come one more time.

Licking his thumb, he reached beneath her skirt and found slick places where they joined—his hardness, her softness—and he thrummed the little peak of her pleasure, knowing her climax still lingered there because he'd left it at the ideal crest to make it crash upon her once again.

Her mouth fell upon his, open and gasping. And the moment he felt her silken sheath clench around him, drenching his cock with yet another release, he threw open the gates and allowed the storm of his own pleasure to devour him.

It took him with more force than even he expected, locking every muscle into a paroxysm of bliss. His skin caught fire, his veins constricted then released, filling his blood with an inferno of pure, carnal power.

One word swept through him as he released an agonized groan into her mouth, clenching her to his arching, straining body.

Mine, he thought, a wave of melancholy following on the wings of the most powerful pleasure he'd ever taken with a woman.

His woman.

Mine.

It was a fact. She was his. He'd claimed her just now.

And it was also a lie, because they could never be.

They stayed locked like that for an eternity, or perhaps only a few moments, it was impossible to tell in the dark.

She collapsed against him, her ear to his chest. John took entirely too much delight in wrapping one of her ringlets around his finger, uncurling it, and starting again.

Finally, after the silence had stretched between them for too long, she said, "I can feel your heart beating."

"Really?" he murmured. Because he could only feel it breaking.

She sat up, miraculously still joined with him as she blinked languidly with her doe-bright eyes. "But you're not—returned. I can feel you fading. I can see that you're diminished."

She swallowed what he knew was a lump of tears and summoned a brave smile for him, even though anguish shined in her eyes.

"I know." He lifted his knuckles to run them against her downy cheek, realizing that he could almost see her skin through his hand. He was tied to the ring, and it had given him precious time...

But it wouldn't be enough to keep her.

Slowly, with infinite care, he finally got around to undressing her. His fingers appreciating every button, buckle, and clasp. Delighting in every slip of skin he uncovered.

She lifted off him and they found a fresh ewer and towel left by the innkeepers, and washed themselves before sliding into bed like a couple long used to each other's nearness.

Like it was the most natural thing in the world.

He tucked her against him, her back to his front, and he rested his head in his hand so he could gaze down at her. Commit her face to his memory.

For who knew if he would ever see her again after tonight?

She snuggled into him with unabashed relish, greedily drawing from his warmth.

"You should rest," he murmured. Pressing a kiss to her temple as she covered a yawn with the backs of her knuckles.

"I'm not going to sleep," she mumbled, her eyes opening a little less each time she blinked. "I'm not going to miss one moment with you."

"I know," he said against her hairline. Pressing little love kisses to her eyebrows. Her lids, feathering his lips across them, tasting the salt of the tears she refused to let fall. He didn't want to say goodbye, either.

"Will you do something for me, Vanessa?"

"Anything."

He slid the ring that belonged on his pinky onto her ring finger. "Return this ring to Lioncross Abbey for me. Perhaps it can put me to final rest."

She curled her fingers into a fist. "Perhaps, if I keep the ring with me, I'll keep you, too," she slurred, half asleep. "You could be my ghost. You could haunt me."

Somehow, he knew it wouldn't work, but he didn't have the heart to tell her so. His fingers worked over her face, as if learning her features like a blind man. Smoothing at her brows with featherlight touches until her jaw cracked on a yawn.

"Don't make me sleep." She fought it valiantly as a recalcitrant toddler. "I haven't shown you your photograph yet. The glass negative."

"Tomorrow." He said the word like a promise. A promise he already knew he would break. "I love you, Vanessa."

She mumbled something he thought might be the reply he hoped for. It didn't matter. As much as he desired her heart, he also wanted it free. Because she would live the most extraordinary life, and he was just lucky to be a part of it for one memorable solstice night.

CHAPTER 8

CHRISTMAS DAY—LIONCROSS ABBEY

*V*anessa let out a violent sneeze as she once more descended into the dust of the de Lohr crypts, her body and her heart recoiling from what she was about to do.

She'd infiltrated the de Lohr crypt, a monolithic cavern beneath the granite cliffs upon which the incomparable stones of Lioncross Abbey lorded over lush and verdant lands.

If the noble family had been in residence, there'd be signs of life, but as she circled the grounds on horseback, she'd spied none. No gas lamps lit the predawn light, nor did even so much as a drape twitch in the tower.

The castle itself was an impenetrable fortress, but sometime over the past hundred years or so, an enterprising Earl had added on a lavish manner home to the keep and landscaped it in such a way that the gardens at Versailles would weep with envy.

The crypts, fortunately for her, were situated on a dark corner of the grounds and were accessible enough if an enterprising body didn't mind clipping away vines of ivy and squeezing through the slats of an iron fence that would have kept out an invading army.

But not one enterprising slip of a woman.

She'd eschewed her skirt for the mission, donning a pair of lad's trousers and a coat that swallowed her to the knees. She'd pinned her hair high on her head and hid it beneath a cap.

Frost had crunched beneath her feet as she crept across the outer bailey to the mausoleum-like crypt entrance. She descended a few of the spiral stairs down below the frosted earth, before lighting her lantern. She tiptoed past the stone slabs covering many a de Lohr ancestor until she came to the one marked the year of Culloden, chiseled with the same name as was etched into her heart.

She pulled the chain upon which the ring rested from beneath her blouse, and wrapped her fingers lovingly around it, letting it burn against her palm. Could she do this? Could she uncover his bones and not fall to pieces at the sight of them?

She'd only known him one night. And that was all it took to fall.

Whatever shame and sadness she wore as a coronet before was no comparable tragedy to the past few days she'd spent waiting for him to appear.

Awaking in the sunshine after a Scottish storm, alone in the bed they'd shared, had just about broken her spirit.

He was lost to her, of that she had no doubt. Lost so soon, when she'd only just found the one man to whom she'd consider relinquishing both her name, her hand, and her heart. A man who'd transfixed and teased her. Who'd pleasured and protected her. A man to whom true honor meant more than reputation.

He'd only ever asked one thing of her.

But it was a cruel thing.

She closed her eyes and took a fortifying breath, filling her lungs with the loamy scent of earth and frost and a hint of decay. She released the ring, letting it settle between her breasts, a comforting weight around her neck.

One she'd have to give up.

She could do this. She'd done difficult things before.

She set the lantern onto the earth and discarded her gloves beside it before placing her hands on the stone slab above his coffin and pushing with all her strength. She groaned and strained, even let out a few curses, but it didn't budge.

Blast. She'd need leverage. Perhaps a—

Strong arms seized her from behind, drawing her back against a body as hard as iron. One arm locked beneath her breasts, the other around her throat.

"I'll give you two breaths to tell me what you are doing here, before I snap your neck." The growl was ferocious, arrogant, and alarming.

And no sound had ever been so dear.

"John?" she whispered around the tightness of her heart throbbing in her throat. She turned her face to the side, instinctively searching for his warmth. "John, is it really you?"

"A woman?" As quickly as she was seized, she was released. Cast away from the embrace she craved with the strength of an opium fiend.

She turned to see him, drinking in the sight of him with the thirst of someone finding an oasis in the desert.

Before her glowered a man of pure flesh and blood. Sinew and strength. His golden hair was cut in neat layers, even though it now spiked in wild disarray, as if he'd rolled out of bed only minutes prior. It suited him, the lord of Lioncross. The structure of his body was achingly familiar. The same long frame, the same wide shoulders and tapered waist accentuated by a dark wool coat thrown over a hastily buttoned shirt.

Aside from deeper brackets around his hard mouth and longer sideburns, he *was* John.

Except.

His eyes were perfectly dull and flat. So empty a blue as to almost be called grey as they assessed her with all the emotion one might attribute to a shark.

"You address me so informally, madam," he said over an imperious look.

Her heart gave one powerful, painful thump, before sputtering and dying. "I'm sorry," she gasped. "I can explain."

One golden brow arched over a look of recognition. "We've met before."

"Y-yes," she stammered. "At Lady Bainbridge's fete."

Recognition flared in the dim lantern light. "You're Veronica's sister."

Just when she thought her heart could sink no lower. "Yes. I am."

He made a rumbly, pensive sound, half between a purr and a snarl. "I still don't understand why they call her the pretty one."

"What?" Suddenly it was impossible to breathe.

He shook his head, blinking as if trying to clear it. "Sorry. Do you mind telling me what the bloody devil you're doing in my crypt on Christmas?"

"I um…" She itched at her hair beneath her cap, wondering just how to get herself out of this predicament without being thrown in an asylum. "You wouldn't believe me if I told you."

He leveled her a droll look, propping his shoulder against a stone wall. "Try me."

She gazed at him a long time, at the lantern light splashing deep hollows beneath his chiseled cheekbones. Something in the imperturbable stillness of his gaze told her she could say anything.

So, she attempted the truth.

84

"I took refuge at a place in the Highlands of Scotland called Balthazar's Inn on solstice night. While I stayed there I…met…" She sputtered and stalled out a bit. It was impossible to express her experience without choking up, so she reached behind her neck and unclasped the chain, letting the lion head ring slip from it into her palm. "I happened upon this, and was told it belonged to Johnathan de Lohr, the one who was lost at Culloden. I was…tasked to return it."

Those heartless, ruthless eyes affixed on the ring, and she thought she might have read a spark of life in them.

But only just.

"The Lion's Head." His voice had become deeper, like a monk's at prayer. "All this time. All these many generations have searched for it…and it just walks into Lioncross at Christmas." He reached for it. Paused. And flicked his eyes back to hers. "May I?"

"It's yours." She offered it to him reluctantly, loath to let go all she had left of her lover.

He handled it as if it were made of spun glass, tilting it to unveil an inscription on the inside, which she'd never noticed. "Ever faithful."

She leaned over to take a closer look, immediately aware that if either of them tilted their heads a fraction, their lips would meet.

"I've seen so many drawings. We've always assumed the ring was lost at the battle of Culloden. This was crafted in the Holy Land and gifted to the Lionclaw to always adorn the hand of the Earl of Worchester. In fact, a replica was never made because this one meant so much. They said there was a bit of magic crafted with it."

Swallowing a surge of grief, Vanessa looked longingly at the coffin behind her. "I suppose I should have given it to you. I just thought...Well I wanted to return it to its rightful owner."

The corner of his mouth tilted, and for a moment she thought she might burst into tears.

"That is good of you." He hesitated, drawing a hand through his mane in an attempt to tame it. "It's freezing out. Might I invite you in for some warm tea?"

She shook her head, needing to lick her wounds. Unwilling to have to look at him in the brilliant winter sun. "Oh. I don't want to take up any of your—"

"Please," he murmured, capturing her hand. "It's a rather large castle, and it's just me, now. The last de Lohr...well of my line, anyhow. You'd be doing a solitary man a kindness on Christmas."

She swallowed a spurt of pity and called it ridiculous. He was one of the most eligible bachelors in the Empire. If he wanted companionship, he'd only have to crook a finger.

"I'm no sort of company," she argued. "And not someone you'd want to be seen socializing with, besides."

The tiniest hint of an azure flame flared behind his eyes, causing them to glow like black sapphires in the dark. "I'm a de Lohr. I do as I fucking wish."

Worry crimped her forehead. "Perhaps you haven't heard about me."

"Oh, I heard," he said meaningfully. "I saw the pamphlet that blackguard, Woodhaven, passed around my club." His voice took on a savage bite to match the ferocity of his features. "I burned them all and got his bloody membership revoked."

She smiled at that. "Well...maybe one cup of tea."

He took up her lantern and turned away, so she followed his shoulders up the stone steps, blinking against the brightness of the morning.

Which was why she bumped into him.

It was like running into a boulder.

Jostled by her, he dropped the ring, and it rolled between his feet as he took a few steps before he realized.

Vanessa bent to pick it up, and a snowflake landed on the tip of her nose as she straightened. She blinked and looked around, mesmerized by the drifting crystals of frost dancing toward the earth. It was as if the sky had released little diamonds, and they'd chosen to land in the Lioncross gardens, adorning them with indescribable wealth.

"Odd," he remarked, tilting his neck up. "It wasn't snowing when I followed you down here. In fact, it was a clear morning."

Something gripped her at the sight of his throat arched to the sky. Something both foreign and familiar, and she cleared her throat to dislodge any gathers of emotion and the odd impulse to fall upon it like a vampire.

"Here," she offered, taking the ring between her thumb and fingers and reaching for his hand.

He looked down at her and relinquished his hand to her grip. It was so similar to the one she'd become acquainted with, she thought she might expire. A few different marks and calluses, but nothing remarkable enough.

She slid the ring over his knuckles.

A perfect fit.

She wanted to rip it off again. To claim it for her own. Because it didn't belong to him, this man with the empty eyes and kind, familiar smile. It belonged to John. *Her* John. The ghost who'd been somehow more full of life than even this magnificent specimen of a man.

She wanted to go back down into the crypt and sit with his bones. She wanted to go back to Scotland and sleep in the bed she'd shared with him. And mourn. Wail. Cry.

She knew it was pathetic, and she couldn't bring herself to care, because he was gone. She could feel not only his body but his soul missing the moment she'd awoken after the solstice.

Perhaps he was finally at rest.

"Vanessa."

She jumped at the sound of his voice. Looked up into his face.

His face.

The hollows had disappeared and...the eyes! The *eyes* were the same. No longer a grey/ blue but sharp with that familiar larkspur brilliance.

His name escaped her on a choked whisper.

John.

She jumped into his arms and he caught her against his chest, sweeping her around in the cheerful flurry before setting her back down.

"How is this—? What are—? Is he still—?" She couldn't seem to finish a sentence, she was too incandescently happy.

He put his hand to his temple and then threaded it through his hair, testing locks much shorter than his had been. "It isn't just him. That is, it's me. But also him."

"I don't understand," she croaked, fighting tears of hope and disbelief.

His smile could have eclipsed the sun. "I can't say I do, either. All I can tell you is...when we, you and I, met at the Bainbridge ball all those years ago, I wanted you then. But I'd already planned not to marry because I didn't have a heart nor a soul to give to a woman, and you deserved everything of that and more."

Johnathan de Lohr, the Earl of Worchester lifted his face to the sky once again, allowing snowflakes to gather on his eyelashes as if he enjoyed the sensation for the very first time.

"I was born empty," he told the clouds. "It would scare my mother to look into my eyes. She said she didn't think I had a soul. It was why she never had more children. And I felt it too..."

"And now?"

He captured her with his gaze. "Now, I think I was always a vessel. I *am* Johnathan de Lohr. Perhaps was *meant* to be him—me—whatever. I still have my memories." He gave her a hot look that threatened to scorch through her trousers. "I have his memories, as well."

She tried to believe it, though her mind couldn't seem to grasp just what was happening, and then she realized. "I never told you my first name."

"Vanessa. I *am* the man you spent solstice with. You showed me photographs of locomotives and of what I now understand to be gas lamps. You stood with me in the Chamber of Sorrows and made love to me while a tempest raged around us."

A tear slid down her cheek as the marvelous truth of it slammed into her with all the power of that locomotive at full tilt.

Vanessa's entire body stilled. Her lungs froze in her chest and her heart forgot to beat as one word settled into her soul, looking for a home.

Made love.

Love... Dare she hope?

His expression was so full of tenderness it threatened to melt her into a puddle of pure, blissful sentiment. "It's as if for one hundred and fifty years, one hollow note was playing in my ear, driving me mad, and then you blew in on a blizzard and brought with you every symphony I could hope to hear. You are my match, Vanessa. I never needed more than a moment to know it with unquestioned absolution. And I want to see the world with you, if you'd let me."

He captured her hand and held it to his lips, pressing a worshipful kiss into her palm before he continued. "Like I said, I am *that* Johnathan de Lohr, and *this* one, who also lived an entire lamentable life without you. Since the moment I met you, you haven't been far from my thoughts. I might not have the same body you became acquainted with, the same scars or history. I don't have the hands that touched you. The mouth that tasted you, not exactly. But I have the soul that adored you from the first moment I laid eyes on you."

Eyes. Ye gods what immaculate and incandescent light beamed at her from those eyes.

What life.

"I like *these* hands," she whispered, fondling the ring, then she lifted it to her own lips to return his kiss, before peeking up at him from beneath coy lashes. "I would not mind acquainting myself with the rest of you. It is not as if my reputation can't handle going into your castle unaccompanied."

"Wait." He stopped her, held her back from marching toward Lioncross. "I would invite you in only with the understanding that my intent is to carry you across the threshold as my Countess as soon as possible. I would defend your honor, Vanessa, and restore your good name."

A smile engulfed her entire being, even as snowflakes landed on her heated cheeks like chilly little blessings from heaven.

"Let's start with tea and see where that takes us," she teased, knowing that the moment he proposed properly, she'd have no other answer for him but yes.

Yes. Forever yes.

"Kiss me, Vanessa," he growled, dragging her against

his inflamed body. "Kiss me because it's Christmas and you're in my arms. Kiss me because I'm the luckiest soul to ever live and then live again."

Yes, she thought as she was swept away by the potency of his kiss. Entranced by the same magic she'd experienced that first time in the Highland storm.

It *was* Christmas.

And never would a gift mean so much as the soul of the man she loved.

SNEAK PEEK: COURTING TROUBLE

A GOODE GIRLS ROMANCE

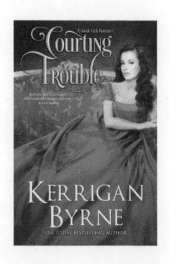

CHAPTER 1

LONDON, NOVEMBER, 1879

*T*itus Conleith had often fantasized about seeing Honoria Goode naked.

He'd been in an excruciating kind of love with her since he was a lad of ten. Now that he was undoubtedly a *man* at fourteen, his love had shifted.

Matured, he dared wager.

What he felt for her was a soft sort of reverence, a kind of awe-struck incredulity at the sight of her each day. It was simply hard to believe a creature like her existed. That she moved about on this earth. In the house in which he *lived*.

That she was two years his senior at sixteen years of age was irrelevant, as was the fact that she stood three inches above him, more in her lace boots with the delicate heels. It mattered not that there existed no reality in which he could even approach her. That he could dare address her.

The idea of being with her in any capacity was so far beyond comprehension, it didn't bear consideration. He was the boy-of-all-work for her father, Clarence Goode, the Baron of Cresthaven's, household. Lower, even, than the chambermaid. He swept chimneys and fetched things, mucked stables and cleaned up after dogs who ate better than he did.

When he and Honoria shared a room, he was beneath her feet, sometimes quite literally. One of his favorite memories was perhaps a year prior when she'd needed to mount her horse in a paddock and no mounting block could be found. Titus had been called to lace his hands together so Honoria might use them as a step up into her saddle.

He'd seen the top of her boot that day, and a flash of the lily-white stocking over her calf as he'd presumed to slide her foot into the stirrup.

It was the first time she'd truly looked at him. The first time their eyes locked, as the sun had haloed around her midnight curls like one of those chipped, expensive paintings of the Madonna that hung in the Baron's gallery.

In that moment, her features had been just as full of grace.

"You're bleeding," she'd remarked, flicking her gaze to a shallow wound on the flesh of his palm where a splinter on a shovel handle had gouged deep enough to draw blood. Her boot had ground a bit of dirt into the wound.

And he'd barely felt the pain.

Titus had balled his fist and hid it behind his back, lowering his gaze. "Inn't nothing, Miss."

Reaching into her pocket, she'd drawn out a pressed white handkerchief and dangled it in front of him. "I didn't see it, or I'd not have—"

"Honoria!" her mother had reprimanded, eyeing him reprovingly as she trotted her own mare between them, obliging him to leap back lest he be trampled. "To dawdle with them is an unkindness, as you oblige them to interaction they are not trained for, and take them away from their work. Really, you know better."

Honoria hadn't said a word, nor did she look back as she'd obediently cantered away at the side of her mother.

But he'd retrieved her handkerchief from where it'd floated to the ground in her wake.

From that day on, it was her image painted on the backs of his eyelids when he closed them at night. Even when the scent of rosewater had faded from his treasure.

Today, two of the three maids in the household had been too ill to work, and so the harried housekeeper tasked Titus with hauling the kindling into the east wing of the Mayfair Manse to lay and light the fires before the family roused.

He'd lit the master's first, then the mistress's, and had skipped Honoria's room for the nursery where the seven-year-old twins, Mercy and Felicity slept.

Felicity *hadn't* been sleeping, as she'd been huddled in bed, her golden head bent over a book as she squinted in the early morning gloom. The sweet-natured girl had given him a shy little wave as he tiptoed in and lit her a warm fire.

Against the mores of propriety, she'd thanked him in a whisper, and blushed when he'd given her a two-fingered salute before shutting the door behind him with a barely audible click. After tending to the hearths of the governess and the second-eldest Goode sister, Prudence, Titus finally found himself at Honoria's door.

He peered about the hall guiltily before admonishing himself for being ridiculous.

He was supposed to be here. It wouldn't do to squander this stroke of luck and not take any opportunity he could to be near her.

Alone.

Balancing the burden of kindling against his side

with one arm, he reached for the latch of her doorway, then paused, examining his hands with disgust. He flexed knuckles stained black from shoveling and hauling coal into the burner of the huge stove that heated steam for the first two floors of the estate. Filth from the stables and the gardens embedded beneath his fingernails and settled in the creases and calluses of his palm.

A familiar mortification welled within his chest as he smoothed the hand over his shirt, hoping to buff some of the dirt off like an apple before trying the latch and peering around the door.

Titus loved that—unlike the rest of her family—Honoria slept with all her drapes tied open and the window nearest the honeysuckle vines cracked to allow the scent of the gardens to waft inside. It didn't seem to matter the season or the weather, he'd look up to her window to find it thusly open.

Sometimes he would sing while he worked outside. If he were lucky, the sound would draw her to the window, or at least he fancied it did, when she gazed out over the gardens.

Like the sun, he couldn't look at her for too long.

And she barely ever glanced at him.

Titus told himself if she closed the casement against the sound, he'd never utter another note.

But she hadn't.

It was as if she couldn't bear to be completely shut in. As if she couldn't bring herself to draw the drapes and close out the world.

On this morning, the November chill matched the slate grey of the pre-dawn skies visible through her corner windows. Fingers of ice stole through his vest and thin shirt, prompting him to hurry and warm the room for her.

Shivering inside, he held his breath as he eased the

door closed behind him, taking extra care against waking her as she'd been drawn and quiet for a few days and often complained of headaches.

In the dimness, she was little more than a slim outline beneath a mountain of arabesque silk bedclothes curled with her back to him. Her braid an inky swath against the clean white pillow.

She occupied the second grandest bedroom, her being the eldest and all, the ceiling tall enough to boast a crystal chandelier that matched the smaller sconces flanking her headboard. More than one wardrobe stood sentinel against the white wainscoting, containing her plethora of garments and gowns, each to be worn at different times of the day or for varied soirees, teas, and other such events unimaginable to someone like him.

She favored gem-bright hues over pastels and silks over cottons and velvets. With her wealth of ebony hair and eyes so dark it was hard to distinguish pupil from iris, every cut and color flattered her endlessly.

But Titus knew red was her favorite. She wore it most often in every conceivable shade.

In the stillness of the morning, he could hear that her breaths were erratic and uneven, as if she were running in a dream, or struggling with some unseen foe.

On carpets as plush as hers, his feet made no sound as he tiptoed past the foot of a bed so cavernous that it would have swallowed his humble cot in the loft above the mews three times over.

Was she having a nightmare?

Would it be a kindness to wake her?

Perhaps. But he'd expect to be summarily dismissed for even presuming to do such a thing.

He dawdled over the fire, laying the most perfect blaze ever constructed. Once the flames crackled and popped cheerfully in the hearth, he lingered still, content to simply share the air she breathed.

"Is it burning?"

Her hoarse words nearly startled him out of his own skin.

Titus jumped to his feet, upsetting his kindling basket, and dropping the poker on the stones with a thunderous clatter.

"The—the fire, Miss? Aye. It's burning proper now. It'll warm your bones and no mistake." Compared to her high-born dialect, his Yorkshire accent sounded like ripe gibberish, even to his own ears.

"It's burning me," she complained tightly, the words terse and graveled as if her throat closed over them.

"Miss?" His heart pounded as he approached her side of the bed, then sank at what he found.

Her braid was a tangle, escaped tendrils matted to her slick forehead and temples as if she'd done battle with it all night. Lines of pain crimped her brow and pinched the skin beside her full lips thin and white.

She wasn't simply curled against the cold but, more accurately, around herself. As if to protect her torso from pain. Though beads of sweat gathered at her hairline and her upper lip, she shivered intermittently.

It was her eyes, though, that terrified him. Open, but fixed on nothing, not even noting his approach.

"Miss?" he whispered. "Can you—Can you hear me?"

Suddenly her limbs became restless as she arched and flailed weakly, shoving her bedcovers away from her body, revealing that she'd clawed her nightdress off sometime during the night.

Honoria Goode was pale in the most normal of circumstances, but her lithe nude limbs were nearly indistinguishable from the white sheets, but for the feverish red flush creeping up her torso, over her breasts, and toward her clavicles.

"It's burning my skin," she croaked, levering herself up on shaking arms. "Everywhere. Put it out, boy, *please*."

Boy. Later, the word would pierce him like a lance.

She made a plaintive sound that sliced his guts open and made to roll off the bed.

"No, miss. You're with fever. Lie still. I'll wake the house." Without thinking, he reached for her shoulders, meaning to keep her in place.

She stunned him by collapsing back to the bed in a heap of bliss at his touch. "Yes," she sighed, clutching at his hands. "So cold. So...better."

The winter air was frigid and damp this morning and laying the fires had done next to nothing to slake the bone-deep chill from his fingers and toes.

Her skin did, indeed, feel as hot as any flame beneath his palms, leeching whatever comforting cold his hands could offer as she warmed him in kind.

Panic trilled through him, seizing his limbs. As an uneducated boy he knew very little, but he understood the danger she was in all too well. She *was* burning from the inside out, and if something wasn't done, she'd become just another ghost to haunt the void in his heart where his loved ones used to live.

Snatching up her sheets, he carefully swaddled her enough to keep her from doing herself any harm before tearing out of the room.

He rang every bell, roused every adult from their beds with frantic intensity. The Baron immediately sent him for their doctor, Preston Alcott. Not wanting to waste the time it took for the old stable master to saddle a horse, Titus ran the several blocks to the doctor's, arriving just as his lungs threatened to burst from the frigid coal-stained air.

Doctor Alcott was still punching his arms into his coat as Titus dragged him down his front stoop in a groggy heap of limbs and shoved him into a hansom. To save time, he relayed all the details of his interaction with Honoria, noting her feverish behavior, appearance, and answering supplemental questions such as what she'd had to eat the night before and where she'd traveled to in the past couple of days.

"You are a rather observant lad," the doctor remarked over the rims of his spectacles. It was difficult to distinguish beneath the man's curly russet beard if he was being complimented or condemned until Alcott said, "Would that my nurses would be half as detailed as you."

Even though it wasn't his place, upon their arrival Titus trailed the Doctor up the grand staircase and lurked in the hallway near an oriental vase almost as tall as he was, doing his best to blend with the shadows.

Through Honoria's open door he watched helplessly as Mrs. Mcgillicutty, the housekeeper, ran a cool cloth over Honoria's face and throat. The Goode's hovered behind her, as if nursing their firstborn was still so beneath them, they needed a servant to do it.

Honoria lay on her back, mummified by her sheets, her lids only half-open now.

Titus thought he might be sick. She'd become so colorless, he might have thought her dead already, but for the slight rapid rise and fall of her chest.

The doctor shooed them all aside and took only minutes of examination to render the grave verdict. "Baron and Lady Cresthaven, Mrs. Mcgillicutty, have any of you previously suffered from Typhoid Fever?"

Honoria's mother, an older copy of her dark-haired daughters, recoiled from her bedside. "Certainly not, Doctor. That is an affliction of the impoverished and squalid."

If the Doctor had any opinions on her reaction, he kept it to himself. "If that is the case, then I'm going to have to ask you to leave this room. Indeed, it would be safer if you took your remaining children and staff elsewhere until..."

"Until Honoria recovers?" the Baron prompted through his wealth of a mustache.

The doctor gazed down at Honoria with a soft expression bordering on grief.

Titus wanted to scream. To kick at the priceless vase beside him and glory in the destruction if only to see something as shattered as his heart might be.

"I knew she shouldn't have been allowed to attend Lady Carmichaels' philanthropic event," the Baroness shrilled. "I've always maintained nothing good can come of venturing below Claireview Street."

"Is there anyone else in your house feeling ill, Lady Cresthaven?" The doctor asked as he opened his arms in a gesture meant to shuffle them all toward the door.

"Not that I'm aware of," she answered as she hurried from her daughter's side as if swept up in Alcott's net.

"Two maids," Mrs. Mcgillicutty said around her mistress. "They took to their beds ill last night."

The doctor heaved a long-suffering sigh as they approached the threshold. "Contrary to popular belief, Typhoid contamination can happen to food and drink of anyone at any time. It is true and regrettable that more of this contamination is rampant in the poorer communities where sanitation is woefully inadequate, but this is a pathogen that does not discriminate based on status."

"Quite so," the Baron agreed in the imperious tone he used when he felt threatened or out of his depth. "We'll leave for the Savoy immediately. Leticia get your things."

"I'll need someone to draw your daughter a cool

bath and help me lift her into it," the doctor said, his droll intonation never changing. "If you'd inquire through the household about anyone who has been inflicted with Typhoid fever in the past—"

"I have done, Doctor," Titus stepped out of the shadows, startling both of the Goodes. "It took my parents and my sister."

Before that moment, Titus hadn't known someone could appear both relieved and grim, but Alcott managed it.

"Absolutely not!" Letitia Goode, Baroness Cresthaven was not a large woman, but her staff often complained her voice could reach an octave that could shatter glass and offend dogs. "I'm not having my eldest, the jewel of our family, *handled* by the boy who shovels our coal and horse manure. This is most distressing, Honoria was invited to the Princess's garden party next week as the Viscount Clairmont's special guest!"

Titus lowered his eyes. Not out of respect for the woman, but so she wouldn't see the flames of his rage licking into his eyes.

At this the doctor actually stomped his foot against the floor, silencing everyone. "Madam, your daughter barely has a chance of lasting the week and the longer you and your family reside beneath this roof, the more danger your other children are in. Do I make myself clear?"

"We're going," the Baron said, famously pragmatic to the point of ruthless, he took his wife by the shoulders and steered her away.

Without a backward glance at his first born.

Doctor Alcott took all of two seconds to dismiss the frantic bustle of the Baron's household and yanked Titus into Honoria's bedroom before shutting them in. "Where is the bathroom?"

Titus pointed to a door through which the bathroom also shared a door with the nursery on the other side.

"Does the tub have a tap directly to it, or is it necessary to haul water from the kitchens?"

"It's a pump tap, sir, but I've only just started to boiler and that only pipes hot water to the kitchens and the first floor."

"That's sufficient." The doctor divested himself of his suitcoat and abandoned it to a chair before undoing the links on his cuffs. "Now I need you to fill the bath with cool water, not cold, do you understand? We need to combat that fever, but if the water is freezing it'll cause her to shiver and raise her temperature."

"I'll go to the kitchens and have them boil a pan just to make sure it inn't icy."

The man reached into his medical bag and extracted an opaque lump. "First, young man, you will take this antiseptic soap and scrub your hands until even the dirt from beneath your fingernails is gone."

"Yes, Sir."

It took a veritable eternity for the water to boil, but it seemed he needed every moment of that to scrub the perpetual filth from his hands. Once his skin was pink and raw with nary speck, he filled two buckets as full as he could carry with boiling water and hauled it up the stairs.

The Baron and his wife swept by him on their way down. "We mustn't let on its Typhoid," he was saying as his wife plunged her hands into an ermine muff.

"You're right, of course," the Baroness agreed. "What assumptions would people make about our household? Perhaps influenza would be more apropos?"

"Yes, capital suggestion."

Titus firmly squelched the impulse to dump the boiling hot water over the Goode's collective heads, and raced to the bathroom his arms aching from the load. He instantly threw the lock against the nursery as he heard the high-pitched, fearful questions the young twins barraged their governess with on the other side of the door. He plugged the tubs drain and turned the tap. Cringing at the frigidity of the water, he balanced the temperature as best he could until he could dub the bath cool rather than cold.

That done, he returned to Honoria's room in time to see the doctor, clad only in his trousers and shirt-sleeves rolled to the elbows, bending over a nude Honoria with his hands upon her stomach spanning above her bellybutton.

Even in her catatonic state, she produced a whimper of distress that fell silent when the doctor's hands moved lower, his fingers digging into the flesh above her hip bone on the line where her pale skin met a whorl of ebony hair.

An instantaneous primal rage surged through him at the sight. With an animalistic sound he'd never made before, Titus lunged around the bed and shoved the doctor away from her, causing him to stumble into the nightstand, upsetting a music box and her favorite hairbrush.

Titus threw the bedclothes back over her, snarling at the doctor as he placed his body as a shield against the much larger man. "You keep your fucking filthy hands from her."

Rather than becoming guilty or defensive, the doctor's shock flared into irritation and then, as he examined Titus, it melted into comprehension. He adjusted his spectacles and retreated a few steps. "Listen to me, lad. I am a man, yes, but in this room, I am *only* a doctor. To me, this is the body of a dying human. I must examine her."

Titus narrowed his eyes in suspicion, wondering if

this man took him for a dupe. "You don't have to touch her, *there*. Not so close to—"

Alcott interrupted him crisply. "Though I am convinced of my initial diagnosis, I would do her a disservice if I didn't rule out all other possibilities. Internally, many maladies can produce these symptoms, and therefore palpating the stomach will often help me make certain she is not in other danger. You have an organ, the appendix, right here." He indicated low on his torso to the right side almost to his groin. "If it becomes swollen or perforated it will spread fever and infection through the blood. If this were the case with Miss Goode, an immediate operation would be needed, or she'd be dead before noon."

Noon? Titus swallowed around a dry lump, peering over his shoulder at her lovely face made waxen by a sheen of sweat.

"Your protection of her is commendable. But it is my duty to keep this girl alive," the doctor prodded, venturing closer now. "That obligation takes precedence in my thoughts and my deeds over anything so banal as modesty, as it must in yours now as you help me get her into the bath. Do you think you are capable of that?"

Titus nodded, even as a fist of dread and pain knotted in his stomach.

The doctor reached out and patted his shoulder. "Good. Now help me get the sheet beneath her and we'll use it as a sort of sling."

She fought them as they lowered her—sheet and all —into the bath before suddenly settling into it with a sigh of surrender. After a few fraught moments, her breath seemed to come easier. The wrinkles of pain in her forehead smoothed out a little as her onyx lashes relaxed down over her flushed cheeks.

Alcott, his movements crisp and efficient, abandoned the room only to return to administer a tincture she seemed to have trouble swallowing.

"What's that?" Titus queried, eyeing the bottle with interest.

"Thymol. Better known as Thyme Camphor. It's has anti-pathogenic properties that will kill the bacterium in her stomach, giving her greater chance of survival."

"The doctor gave us all Naphthalene," Titus remembered. "It helped with the fever, but...then they all got so much worse." The memory thrummed a chord of despondency in his chest with such a pulsating ache he had to press his hand to his sternum to quiet it.

Alcott snorted derisively, his skin mottling beneath his beard. "Naphthalene is more a poison than a medicine and, while less expensive and more readily available, it is also little better than shoving moth balls into your family's mouth and calling it a cure. I'd very much like a word with this so-called physician."

Would that he had known before. That he could have perhaps asked for this... Thymol. "I don't know why I didn't get so sick as them. I did everything I could for their fevers. Yarrow tea and cold ginger. I couldn't lift them into a bath, I was a boy then, but I kept cold compresses on their heads and camphor and mustard on their chests."

Alcott's features arranged themselves with such compassion, Titus couldn't look at him without a prick of tears threatening behind his eyes. "You did admirably, lad. Sometimes, despite our best efforts, death wins the battle and we are defeated."

To assuage both his curiosity and his inescapable anxiety, Titus questioned the doctor about bacterium, pathogens, medications, dosages, appendixes, and any other organs that might arbitrarily perforate until Alcott deemed that Honoria had spent long enough in the water.

It was difficult to maintain the sort of clinical distance Doctor Alcott seemed capable of as they maneuvered her back to the bed, dried and dressed her in a clean night rail. Titus did his best to avoid looking where he ought not to, touching her bare skin as little as possible.

But he knew his fingertips wouldn't forget the feel of her, even though it dishonored them both to remember.

The doctor left her in Titus's care while he went to administer Thymol and instruction to the maids, both of whom were afflicted with the same malady but not advanced with high fevers or this worrisome torpor.

Once alone, Titus retrieved the hairbrush and, with trembling hands and exacting thoroughness, undid the matted mess that had become her braid. He smoothed the damp strands and fanned them over the pillow as he gently worked out the tangles. The texture was like silk against his rough skin, and he allowed himself to indulge in the pleasure of the drying strands to sift in the divots between his fingers. Then, he plaited it as he sometimes did the horse's tails when they had to be moved *en masse* to the country.

He even tied the end with a ribbon of burgundy, thinking she might approve.

His efforts, of course, were nothing so masterful as Honoria's maid's, but he was examining the finished product with something like satisfaction when the appearance of Dr. Alcott at his side gave him a start.

The doctor, a man of maybe forty years, was looking down at him from eyes still pink with exhaustion, as if he'd not slept much yet before he'd been roused so early. "We'll let her sleep until her next dose of Thymol. Here I'll draw the drapes against the morning."

"No," Titus stood, reaching out a staying hand for

the doctor. "She prefers the windows and drapes open. She likes the breeze from the garden, even in the winter."

The doctor nodded approvingly. "It's my opinion fresh air is best for an ailing patient." He moved to put a hand on her forehead and take her pulse, seeming encouraged by the results. That finished, he turned to Titus, assessing him with eyes much too shrewd and piercing for a boy used to living his life largely unseen.

"She means something to you, boy?"

She meant *everything* to him. But of course, he could not say that.

"Titus."

"Pardon?"

"My name is Titus Conleith."

The doctor gave a curt nod. "Irish?"

"My father was, but my mum was from Yorkshire where they worked the factories. We were sent here when my dad was elevated to a foreman in a steel company. But the well was bad, and Typhoid took them all three months later."

Alcott made a sound that might have been sympathetic. "And how'd you come to be employed in the household of a Baron?"

Titus shrugged, increasingly uncomfortable beneath the older man's interrogation. "I saved old Mr. Fick, the stable master, from being crushed by a runaway carriage one time. He gave me the job here to keep me from having to go back to the workhouse as his joints are getting too rheumy to do what he used to, and no orphanage would take in a boy old enough to make trouble."

"I see. Have you any schooling?"

Titus eyed him warily. "I have some numbers and letters. What's it to you?"

"You've a good mind for what I do. A good stomach

for it, as well. I've a practice on Lowood Street, do you know where that is?"

"Aye."

He clasped his hands behind his back looking suddenly regimental. "If Mr. Fick can spare you a few nights a week, I want you to visit me there."

"I will," Titus vowed, something sparking inside of him that his worry for Honoria wouldn't allow to ignite into full hope.

The three days he sat at her side were both the best and worst of his life.

He told her tales about the horse's antics as he melted chips of ice into her mouth. He monitored for spikes of fever and kept her cool with damp cloths and cloths packed with ice. The doctor even let him dose her with the Thymol and look after most of her necessities when the maids took a turn for the worst.

He begged her to live.

All the while, he crooned the Irish tune his father used to sing to his mother on the nights when they drank a bit too much ale and danced a reel like young lovers across their dingey old floor.

Black is the color of my true love's hair
Her lips are like some roses fair
She's the sweetest smile and the gentlest hands
I love the ground whereon she stands.

HE BARELY ATE OR SLEPT UNTIL THE FOURTH NIGHT, after she'd swallowed several spoonsful of beef bone broth, the deep sounds of her easier breaths lulled him to nap in the chair by her bed. Alcott had roused him with the good news that her fever had broken and had then ordered him to wash and change clothing and sleep in the guest room down the hall.

A commotion woke him thirteen hours later.

Without thinking, he lurched out of bed and scrambled down the hall. Skidding to a halt he narrowly avoided crashing into the Barron's back.

Every soul in the Goode family gathered around Honoria's bed, nearly blocking her from view. Prudence, Felicity, and Mercy all chattered at the same time, and it was the happy sound of their cadence that told him that he had nothing to fear.

Titus squelched a spurt of possession, stopping just short of shoving in and around them to see what was going on. This moment didn't belong to them, it belonged to him.

She belonged to him.

"Young Mr. Conleith, there you are." Doctor Alcott, a tall man, stood at the head of the bed next to his patient, who was still blocked from Titus's view. "Miss Goode, you and your family owe this young lad a debt of gratitude. It is largely due to his tireless efforts that you survived."

They all turned to look at him, clearing the visual pathway to her.

Titus drank in the sight of Honoria sitting up on her own with an ecstatic elation he was not aware a mortal capable of feeling. She was still ashen and wan, her eyes heavy-lidded and her lips without color.

And yet, the most beautiful sight he'd laid his eyes upon.

Her fingers worried at the burgundy ribbon in her hair, stroking it as if drawing comfort from it.

Was it his imagination, or did dash of peach color her cheeks at the sight of him?

He already knew he was red as a beet, swamped in the blush now creeping up his collar.

"Thank you," she whispered.

Every word he knew crowded in his throat, choking off a reply.

"Yes," the Barron chuffed, taking his shoulder, and firmly steering him backwards. "Expect our gratitude in remuneration, boy. I'll call for you to my office tomorrow to discuss the details. There's a good lad."

The door shut in his face and he stared at it for an incomprehensible moment. From the other side, the Baroness's voice grated she asked the Doctor if Honoria might be well enough to attend the garden party at the palace in three days.

He dropped his head against the door and closed his eyes.

She'd looked right at him. Had *seen* him for the first time. Did she remember any of the previous days? Had she heard anything he'd said to her? Sung to her?

She'd thanked him.

And he'd said nothing. His one chance to actually speak to her and he'd choked.

And then he'd been shut out like the inconvenience he was. To them, the Goodes, he was still a nobody. Nothing. They would never think about him after today unless the dog shat upon the carpets and someone needed to clean it up.

Would she? Would she come to him? Had she noticed him, truly? Not as a servant or a savior but as himself...

One question haunted him as he dragged his feet down the hallway back to the mews, his hand curling over the memory of her skin.

Would he ever get to touch her again?

Want to read more of Honoria's story?
Preorder Courting Trouble.

Highland Darkness
Highland Devil
Highland Destiny
To Desire a Highlander

THE DE MORAY DRUIDS
Highland Warlord
Highland Witch
Highland Warrior
To Wed a Highlander

CONTEMPORARY SUSPENSE
A Righteous Kill

ALSO BY KERRIGAN
The Highwayman
The Hunter
The Highlander
The Duke
The Scot Beds His Wife
The Duke With the Dragon Tattoo
How to Love a Duke in Ten Days
All Scot And Bothered

ABOUT THE AUTHOR

Kerrigan Byrne is the USA Today Bestselling and award winning author of THE DUKE WITH THE DRAGON TATTOO. She has authored a dozen novels in both the romance and mystery genre. Her newest mystery release THE BUSINESS OF BLOOD is available October 24th, 2019

She lives on the Olympic Peninsula in Washington with her dream boat husband. When she's not writing and researching, you'll find her on the water sailing and kayaking, or on land eating, drinking, shopping, and taking the dogs to play on the beach.

Kerrigan loves to hear from her readers! To contact her or learn more about her books, please visit her site: www.kerriganbyrne.com

Lightning Source UK Ltd.
Milton Keynes UK
UKHW041145030121
376195UK00001B/13

9 781648 390531

SI J...

Américain protestant né ... anglaise, Julien Green se ... cisme. Un an et demi plu... lances américaines sur le f... italien de Vénétie en 1917.

Après la guerre, il finit ses études à l'Université de Virginie où il écrit sa première histoire *The apprentice Psychiatrist*.

Revenu en France fin 1922, et après avoir voulu être peintre, il commence à publier en français : ses livres conquièrent d'emblée un large public et sont aussitôt traduits dans les principales langues. Parallèlement aux romans, nouvelles et essais, Julien Green tient son célèbre *Journal*, qui couvre désormais plus de trois quarts de siècle.

Pendant la Deuxième Guerre Mondiale, mobilisé aux Etats-Unis, son pays, il est, sur les ondes, la voix de l'Amérique. A cette époque, il publie également un volume autobiographique, *Memories of Happy Day*, qui connaît un grand succès, et traduit Charles Péguy.

Romans, pièces de théâtre, études autobiographiques et historiques, volumes du *Journal* se succèdent après son retour à Paris en 1947.

Si j'étais vous, si je prenais la couleur de vos cheveux, vos idées fixes, vos rêves, le poids de votre corps, si j'étais vous, si je suivais vos instincts, si j'avais les idées de votre cerveau, les besoins de votre corps, si j'étais toi, l'autre, l'aimé ou l'adversaire... Qui n'a pas fait ce rêve de changer d'identité, d'être *ailleurs* ? Ce pouvoir est donné à Fabien. Nouveau Protée, il peut devenir qui lui plaît, en murmurant son nom à l'oreille de celui ou de celle qu'il désire être.

Alors l'étrange voyage commence. Voyage de la connaissance, car être un autre, c'est avoir à sa disposition tous les êtres . À chacun, Fabien peut voler ce qu'il veut, la beauté, l'intelligence, la richesse, la grandeur d'âme ; seule l'innocence lui est défendue, car même si, en passant de corps en corps, il ne peut accumuler l'expérience, il en reste assez de trace dans chaque avatar pour que le paradis soit à jamais perdu. Mais quelle ivresse : être l'amoureux et son amour, le meurtrier et sa victime, l'homme commun et le héros, l'homme en un mot avec son cortège de désirs, de rêves et d'horreurs ! Cependant, le souvenir de ce qu'il est vraiment, Fabien *l'unique*, demeure

—

(Suite au verso.)

au fond de sa mémoire comme la trace d'un lièvre dans l'herbe. Pour redevenir lui-même, il faudra des efforts considérables ; et une fois sa peau retrouvée, le cœur ne pourra supporter le poids des sentiments de tous ceux qu'il a été. Il s'en brisera. Est-ce la mort ? Est-ce le réveil ? N'était-ce qu'un rêve ou bien, à tout jamais, le cycle infernal de l'être en proie à recommencer *éternellement* sa recherche de lui-même ? Si j'étais vous : est-on jamais sûr de ne pas être un autre ?

Paru dans Le Livre de Poche :

LÉVIATHAN

JULIEN GREEN

Si j'étais vous...

ROMAN

Je est un autre.

Arthur Rimbaud

FAYARD

La première édition de ce livre a paru en 1947 aux éditions Plon.

En 1970 paraissait chez le même éditeur une version allégée de l'œuvre, comportant également le dénouement initial qui avait été, en 1947, écarté par l'auteur.

Le texte qu'on lira ici est celui de l'édition originale, au dénouement près, qui est celui de 1970. Il est précédé de la préface écrite par l'auteur pour la réédition de 1970.

à Robert de Saint Jean,
l'ami des bons
et des mauvais jours.

PRÉFACE
(1970)

Si l'on s'en tient à une certaine chronologie, ce livre est le premier de tous mes romans. J'en ai conçu le plan du début jusqu'à la fin — ce qui ne m'est jamais plus arrivé par la suite — pendant l'hiver de 1921, alors que j'étais étudiant à l'Université de Virginie. En avoir assez d'être celui qu'on est, changer de personnalité avec qui l'on veut, cette idée bizarre fondit sur moi tout à coup et me parut grisante. Elle répondait, en effet, à un besoin d'évasion qui me tourmentait depuis longtemps. Je me sentais malheureux et ne voulais plus souffrir. Autour de moi, je voyais des personnes visiblement satisfaites de leur sort. Je voulais être comme elles, je voulais être elles tour à tour, à mon gré. Mon héros aurait ce pouvoir.

Par une nuit d'hiver, sur une route déserte qui menait dans la campagne, je confiai mon projet à mon ami Jim. Bavard intarissable, il se tut héroïquement pendant tout le temps que dura mon récit et s'écria à la fin qu'il le trouvait sublime. Ce fut là mon premier public, le plus indulgent, celui qui me fit battre le cœur d'espoirs désordonnés que la vie se chargea de tempérer plus tard, et il me semble que j'entends encore les éclats de cette voix bredouillante et surexcitée dans le silence.

J'eus l'impression que l'œuvre était écrite d'un bout à l'autre, je la voyais étrange et profonde, je crus avoir réussi ce haut fait littéraire : la création d'un mythe nouveau. Je ne me rendais pas compte qu'à l'origine de mon histoire, il y avait la sinistre aventure du docteur

Jekyll et de Mr. Hyde que j'avais lue en classe d'anglais l'année précédente. Là, sans doute aucun, le lecteur assistait à l'opération mystérieuse et horrifiante d'un échange de personnalités en tous points contraires : l'homme juste devenant un monstre, puis le monstre redevenant l'homme juste, et cela dans un aller et retour perpétuel. Mon imagination, brodant sur ce thème que je m'appropriai inconsciemment, transforma le circuit fermé en un long voyage qui menait mon héros à travers une série de personnages très différents les uns des autres. D'une transformation à la suivante, le souvenir de sa dernière incarnation s'effaçait aussitôt. Il se rappelait seulement, comme on se rappelle une lointaine enfance, l'homme qu'il était au départ, mais lorsque, fatigué de ses pérégrinations, il regagnait son logis originel, sa mémoire lui rendait d'un coup tout ce qu'il avait appris en cours de route, et sous le poids de cette expérience surhumaine, il mourait d'en avoir trop su, fin logique et inattendue qui fit battre des mains à mon auditeur.

Mes difficultés commencèrent quand j'essayai de mettre par écrit cette randonnée fantastique — et j'emploie ce terme de randonnée dans le sens qu'il avait jadis, à savoir le circuit que décrit un animal autour de l'endroit où il a été lancé. Je fus vite arrêté par mon ignorance des êtres : mon tour du monde se révélait trop petit et là où il fallait savoir, j'inventais. Ce début de roman fut déchiré, puis, de retour en France, en 1922, je repris l'idée fascinante qui maintenant se présentait à moi sous un aspect humoristique, car mon propos était à présent d'amuser mon lecteur en m'amusant moi-même, et pour nous amuser tous les deux, je me moquai de mes personnages. Tout était prétexte à rire dans cette nouvelle version, mais l'ironie a ceci de fâcheux — je m'en aperçus au bout de quelques pages, c'est que l'auteur cesse vite de croire à des hommes et à des femmes dont il fait des êtres uniformément ridicules. Une fois encore, j'abandonnai mon récit.

Vingt ans plus tard cependant, ensorcelé par tous les possibles que j'entrevoyais dans un thème aussi riche, et surtout par son extrême élasticité, je repris cette œuvre ancienne et la traitai plus sérieusement. J'y retrouvai, avec les aspirations confuses de la jeunesse, une perpétuelle insatisfaction de la personne que j'étais et le souci d'aller de l'avant qui ne nous quittera qu'avec la vie. Il y avait aussi, au fond de tout cela, l'indiscrétion professionnelle du romancier qui ne prend jamais son parti du mystère des êtres. Pour lui, la multiplicité des destinées particulières irritera toujours cette curiosité secrète qui fait qu'en passant près d'inconnus, on se demande parfois : « Qui est-ce ? Que pense-t-il ? Où va-t-il ? Est-il heureux ? » Les questions sont nombreuses. Elles marquent le point de départ de rêveries souvent fécondes. Un visage entrevu est comme le résumé d'un roman magnifique dont un écrivain de génie, le temps d'un regard, nous livre l'essentiel. Combien faut-il avoir subi de déconvenues et d'humiliations pour avoir comme cette passante des yeux si fixes et si tristes ? Quel mauvais coup médite cet homme qui sourit tout seul en se frottant doucement les mains ? Où court ce jeune étourdi à l'œil hagard ? Je voulais savoir tout cela, je voulais être tout le monde.

Il fallait cependant réduire le nombre de mes personnages à quatre ou cinq afin d'éviter je ne sais quoi de mécanique dans les transformations successives. Je me rattrapai en accentuant les contrastes qui donneraient de la variété à mon histoire. C'est ainsi qu'à la brute se substituerait l'intellectuel, et de là je passerais au bellâtre insignifiant, mais représentatif d'un certain milieu. Par ailleurs, et ce fut pour moi la surprise la plus intéressante du livre, il y aurait un échec dans la série des avatars : à un moment donné, l'expérience ratait. Ce qui faisait obstacle, c'était l'innocence. L'intellectuel hanté de théologie voulait se loger dans l'âme d'un enfant par le moyen que lui avait enseigné l'esprit du mal, mais il n'y réussissait pas, la grâce déjouant le stratagème démoniaque. Car, bien entendu, il y avait du diable dans tout cela. Je pris plaisir à créer le personnage de Brittomart, vieux monsieur satanique qui sans être le diable, mais seulement un humble subalterne, n'en remuait pas moins toute la machine avec une bonne volonté infatigable, et s'il était vaincu par un gamin de six ans qui ne savait ce qu'était le mal, c'est que le péché est indispensable à celui que Dante appelle l'antique adversaire, pour faire prospérer ses opérations.

La question de savoir si nous serions mieux dans la peau du prochain que dans la nôtre n'est pas nouvelle. Elle a été agitée bien des fois. Maître Eckart à qui on la soumettait la jugeait futile et indigne d'une âme baptisée, car à chacun sa croix, et la croix est inévitable. Témoin cette histoire classique dans les milieux religieux sur l'homme qui, en ayant assez de son sort, veut se choisir une croix différente. Le Seigneur lui en fait voir de toutes sortes et, si je puis dire, de tous modèles. Veut-il celle-ci ? Non, elle est trop grande et par conséquent trop lourde. Il y en a beaucoup d'autres... L'une d'elles, toute petite, retient un instant son attention, mais par une sorte de pudeur il l'écarte : elle est vraiment insignifiante. S'il en faut une, qu'elle soit un peu plus sérieuse. Ah, il en voit une, là-bas, de grandeur raisonnable, ni trop lourde, ni trop légère. Elle lui convient tout à fait. « C'est précisément la tienne, lui dit le Seigneur, c'est celle que je t'ai donnée. »

A mesure qu'on avance en âge, ce désir bizarre de déménager corps et âme s'atténue. Si peu satisfait du personnage qu'on joue dans le monde, on se méfie de ce que cache la tranquillité apparente du voisin. Car, dans toute vie humaine, il y a un drame, et la plupart du temps il demeure secret. Derrière cette façade sereine, que de difficultés nous n'entrevoyons même pas, quand ce ne serait que l'insondable ennui dont Bossuet nous parle en connaisseur ! Le plus sage est de s'accepter soi-même, tel qu'on est, avec les humiliantes limites qui dérivent de la faute originelle. Si je rencontrais Britto-mart, et je crois que nous l'avons tous côtoyé à un moment ou l'autre, je ne lui dirais même pas que je n'ai nul besoin de ses services, parce qu'il est dangereux d'engager une conversation avec quelqu'un comme lui, mais je changerais de trottoir.

AVANT-PROPOS
(1947)

Le livre que je donne aujourd'hui au public est le résultat de préoccupations si anciennes qu'elles remontent dans mon esprit jusqu'à mes premiers souvenirs d'enfance. Je me rappelle très nettement qu'alors que je savais à peine tracer des bâtons sur une feuille de papier, je me demandais pourquoi j'étais moi-même et non une autre personne. Cette question qui n'a pas encore reçu de réponse n'a cependant jamais cessé de me paraître curieuse. Elle a, si je puis dire, grandi en moi, avec moi, et s'est mêlée à quelques problèmes que j'ai tenté de résoudre. Ce n'est pas que j'aie la prétention de proposer une réponse à l'énigme de l'identité humaine. Je crois, en effet, que si chacun de nous est emprisonné dans sa personnalité, c'est parce que la sagesse de Dieu l'a voulu ainsi, mais il ne coûte rien de rêver à ce qui aurait pu être. Qui d'entre nous ne s'est jamais dit : « Si j'étais lui... Si j'étais vous... » ? Le romancier, qui est à la fois tous les personnages de tous ses livres, se transforme, parfois à grand effort, en qui bon lui semble. J'ai voulu imaginer l'histoire d'un homme à qui ce pouvoir serait dévolu non sur le plan littéraire, mais dans la vie appelée réelle. En définitive, si médiocres que nous soyons, nous sommes bien, non pas comme nous sommes, mais où nous sommes, je veux dire dans le corps et avec l'âme qui nous ont été donnés. Malgré quoi, il y aura toujours des hommes qui chercheront à s'évader, parce qu'ils éprouvent l'amer-

11

tume particulière que Milton a si puissamment définie lorsqu'il fait dire à un personnage de Samson Agonistes : « *Tu es devenu, ô plus dure des prisons, le donjon de toi-même !* »

Deux races d'hommes réussissent le genre d'évasion dont je parle : les poètes, parmi lesquels je range les romanciers, et les mystiques. Grosso modo, et avec toutes les réserves à faire sur de telles simplifications, on pourrait dire que les poètes s'échappent de leur moi en le transformant, et les mystiques en oubliant que ce moi existe. Une partie de notre tristesse vient de ce que nous sommes perpétuellement les mêmes, de ce que chaque matin nous nous réveillons avec le même problème à résoudre, qui est de savoir comment nous supporter nous-mêmes jusqu'au soir, et jusqu'à la mort. En faisant usage de cette idée dans les pages qu'on va lire, j'ai évité de donner une couleur philosophique à mon récit, que j'ai cherché à rendre d'autant plus précis qu'il est fantastique et dont l'action se passe dans une ville du nord de la France, vers 1920. Si je voulais résumer d'un seul mot le sujet de ce livre, je dirais peut-être que c'est l'angoisse, la double angoisse de ne pouvoir échapper ni à son destin particulier, ni à la dure nécessité de la mort, et de se trouver seul dans un univers incompréhensible.

PREMIÈRE PARTIE

I

La porte cochère se referma derrière Fabien avec un fracas sourd qui emplit le silence nocturne d'un coup de tonnerre. Une seconde ou deux le jeune homme s'arrêta pour souffler encore, puis jetant son nom sous la voûte, il passa devant le grand escalier et gagna, dans un coin de la cour, l'escalier plus modeste qui le menait à son logis. Toutes les lumières étaient éteintes. Seule la clarté d'une lune de mars passait à travers les carreaux nus des hautes fenêtres et permettait d'y voir un peu. Il buta dans plusieurs marches et atteignit l'entresol où il se laissa tomber sur une banquette qu'un locataire avait placée à sa porte. Rien ne bougeait dans la maison et Fabien n'entendait que le son haletant de son propre souffle ; il ôta son chapeau ; peu à peu son cœur espaçait ses battements.

Il monta encore un étage et par une fenêtre entrouverte plongea son regard dans la grande cour pavée dont les pierres semblaient dormir. Cette vue l'apaisa. Depuis près de trois ans, il voyait chaque soir les rangées d'orgueilleuses fenêtres que dominait un fronton d'une sévérité classique et il prêtait au vieil édifice, où le logeait la charité d'une parente, des sentiments qui variaient avec sa propre humeur. La grande maison devenait une personne tantôt renfrognée, tantôt pleine d'indulgence, et d'ordinaire Fabien souriait de son air fastueux, du déploiement ostentatoire de ses corniches gréco-romaines, de son pavé ancien qui résonnait sous les pas des visiteurs. L'orgueil de la vie, le jeune homme ne pouvait guère lire autre chose dans la façade de cet hôtel où circulait encore une rumeur d'histoire. Cette nuit, pourtant, il promena les yeux sur les persiennes closes et leur sut gré d'être là comme d'habitude, de lui offrir le spectacle d'un ennui prospère et de quelque chose d'indéfinissable qui ressemblait à un désespoir de bon ton. Cette lourdeur et cette tristesse mêmes que Fabien redoutait, et dont il cherchait par tous les moyens à studieusement abolir en lui la présence, il les accueillait maintenant, il remerciait le vaste et pesant hôtel d'être aussi stable et aussi solide, alors qu'en lui-même l'inquiétude faisait bruire le sang à ses tempes.

L'oreille tendue au silence comme à une musique délicieuse, il laissa passer quelques minutes, puis monta sans s'arrêter jusqu'au cinquième étage, tira une clef de sa poche et entra chez lui. Ce fut alors seulement qu'il se sentit en sécurité. Il tourna la clef dans la serrure et verrouilla la porte avec un geste d'une précision énergique, comme pour prendre sa revanche de tous les moments de la journée où sa faiblesse s'était fait voir.

L'appartement était petit, obscur, encombré. Des rayons de livres rendaient plus étroit encore le boyau qui menait à la pièce où travaillait Fabien, mais là, posée au bout d'une longue table, une lampe répandait sa lumière tranquille sur les étagères de bois blanc et les rangées de volumes aux reliures fatiguées ; pourtant, si modeste que fût ce décor, il n'en avait pas moins une sorte de beauté studieuse qui parlait de vie intérieure. Le plancher nu et deux parois vides prêtaient à ce lieu un air d'austérité qui trahissait le goût d'un idéal difficile. On sentait qu'ici la pauvreté était acceptée avec orgueil, la chaise de paille et la petite bouteille d'encre beaucoup moins imposées par la gêne que préférées aux objets de luxe qu'un riche eût mis à leur place.

D'ordinaire, en rentrant, le jeune homme prenait

un livre et s'asseyait à la table, comme pour donner à la soirée une fin sérieuse en accord avec l'image qu'il se formait de lui-même, mais cette fois, sans jeter un coup d'œil dans la pièce, il ouvrit la fenêtre et, s'accoudant à la barre d'appui, porta la vue au loin. Par-dessus les toits, un énorme ciel noir ouvrait ses gouffres où palpitaient des étoiles. Fabien reconnut plusieurs constellations dont il murmura les noms avec le regret de n'en pas savoir plus. Chaque fois qu'il regardait ainsi dans les avenues de la nuit, il lui semblait qu'il s'élevait doucement au-dessus du monde ; ces points lumineux disposés dans un ordre secret fascinaient son esprit comme une énigme dont le sens incompréhensible l'apaisait et l'inquiétait tour à tour. Des minutes passèrent, et plus il regardait, plus il lui semblait qu'il s'éloignait de la fenêtre et de la maison sans que cessât pourtant la sensation de la barre d'appui sous ses coudes. On eût dit qu'à force de promener la vue dans le vide, une sorte d'abîme se creusait en lui-même, répondant à ces vertigineuses profondeurs où l'imagination défaillait. Plus rien n'importait sur la terre, pensait-il, si cette terre était vraiment aussi petite que l'affirmaient les astronomes, mais si chétive qu'elle fût et si minuscule un être humain sur cette terre, cet être n'en avait pas moins toutes ces étoiles dans sa tête. Et fermant les yeux, Fabien retenait en lui ce monde étrange fait de lumière et d'obscurité, s'y perdait, s'y jetait avec un effroi d'enfant, puis, les paupières rouvertes, lançait à nouveau dans l'espace sa vue qui chavirait d'horreur. Et le sentiment lui venait qu'elle emportait avec elle toute une partie de lui-même, la plus audacieuse, la plus vraie.

Rien de tout cela ne se formulait dans son cerveau et cependant rien n'était plus précis. Depuis son enfance il devinait en lui la présence de quelque chose qui, d'une manière inexprimable, demeurait hors de sa portée, et ce quelque chose se libérait quand il levait les yeux vers le ciel nocturne. Pour décrire cet état, les mots se montraient pitoyablement inutiles, mais, dans l'esprit de Fabien, les choses les plus belles de cette vie échappaient au langage inventé par l'homme. Avait-on jamais réussi à emprisonner dans une phrase un regard, un parfum, un accord musical ? Tout se réduisait à d'imparfaites allusions que chacun pouvait entendre à sa guise. Ainsi, devant les astres d'une nuit limpide, Fabien éprouvait la tristesse d'un muet cherchant à dire ce qui est en lui ; et il se demanda si jamais un homme avait pu délivrer son âme de ce grand poids de choses inexprimées dont la chargent les étoiles.

A regret il quitta la fenêtre et gagna sa chambre où il fut s'asseoir sur son lit. Pendant un moment il demeura dans l'obscurité, puis sa main se posa sur une table et déplaça plusieurs objets, comme une sorte d'animal fureteur ; enfin elle trouva la lampe dont les rayons tombèrent presque aussitôt sur la page d'un livre ouvert. Il sentit sous sa paume le papier lisse d'un exemplaire de l'*Imitation* que sa mère lui avait donné pour son vingt-deuxième anniversaire, et tout à coup il fut repris par un monde qui lui parut aussi étroit qu'une geôle : les parents, la famille, la situation qu'il fallait se faire. Comment se pouvait-il que ces choses parussent moins vraies parce qu'il venait de regarder dans le ciel le Baudrier d'Orion, et Vénus, et la Grande Ourse ? Entre ces constellations et son sort ici-bas, quel rapport ? Il soupira. Les rêveries des astrologues ne l'intéressaient pas. Seul lui paraissait évident le profond désaccord entre le personnage appelé Fabien, qui se plaisait à considérer les étoiles, et le personnage également appelé Fabien qu'on voyait tous les jours dans un bureau où il classait des fiches et répondait à des lettres. Que ces deux personnages n'en fissent qu'un seul, n'était-ce pas là le véritable mystère de son existence ? Qui regardait jamais les étoiles dans son entourage ? Était-ce une occupation sérieuse ?

D'une main lasse il arracha sa cravate et ouvrit son col. Chaque geste lui coûtait, ce soir. N'eût été la sottise de la chose il fût demeuré là, immobile, pendant une heure, comme si le silence de la nuit l'y eût convié. Toutes sortes de pensées lui traversaient la tête dans la confusion de la fatigue qui ressemblait déjà à la confusion plus subtile du rêve. Sa journée lui parut aussi vide que celles qui l'avaient précédée et que toutes celles qui, sans doute, allaient suivre, mises à part quinze minutes passées dans une église pour satisfaire à une promesse. Il se revit déjeunant mal dans un restaurant pauvre, puis flânant sous les arcades du théâtre pour échouer ensuite dans la petite pièce nue et froide qui servait d'antichambre au bureau de M. Poujars, son patron. L'imagination de Fabien avait beau s'évertuer, elle n'arrivait pas à concevoir un tableau de l'avenir qui différât du présent.

« Il ne m'arrive jamais rien, pensa-t-il. Cela ne fait pas une vie. Encore moins une jeunesse. »

Pourtant quelque chose lui était arrivé tout à l'heure et sa journée se distinguait par là de toutes les autres, mais il préférait ne pas trop y songer. C'était pour ne pas y songer qu'il avait voulu se perdre dans la contemplation des étoiles et se laver de toutes ses laideurs ; pour ne pas y songer aussi il passait en revue les heures lentes et mornes de sa vie quotidienne, mais il était comme dans un labyrinthe dont les allées le ramenaient invariablement au même point, et tout à coup, avec un étrange frisson de plaisir, il se rappela toute la scène ; la tentation d'y penser était trop forte.

Quinze minutes plus tôt, alors qu'il longeait une rue absolument déserte, une rue tranquille bordée de vieilles maisons grises et de jeunes platanes, quelqu'un s'était approché de lui. Un homme. Il était venu vers Fabien d'un pas oblique, comme s'il était sorti d'un mur. Rien ne le distinguait des gens que l'on croise tous les jours dans la rue, et pourtant Fabien avait tressailli en le voyant, car il se croyait seul et tout à coup il y avait cet homme. De taille moyenne, un peu épais, un peu engoncé, il portait un chapeau qui était un chapeau de jeune homme et dont le bord rabattu posait sur un visage blême et durci par l'âge un grand masque d'ombre que trouait le nez d'un blanc de cire ; la bouche mince et longue barrait une mâchoire au dessin veule. Il y avait dans sa démarche une lenteur qui créait une sorte de malaise et qui retenait malgré tout l'attention, parce que c'était une lenteur d'insecte, et quand Fabien s'était vu près de cet homme dont la bouche s'apprêtait à sourire, il avait éprouvé une vague inquiétude qui s'était changée presque aussitôt en un sentiment d'horreur. La bouche avait alors murmuré une phrase où il était question d'une rue difficile à trouver et Fabien avait dit très vite : « Je ne sais pas », ce qui lui parut ridicule parce que, précisément, cette rue était la sienne. Et ce qui lui parut encore plus ridicule, c'était que, tournant les talons, il s'était éloigné d'un pas résolu dans la direction opposée à celle qu'il avait prise tout d'abord. Pourquoi ? Il ne le savait pas bien et ne tenait pas beaucoup à le savoir. On aurait pu croire qu'il avait peur, mais pourquoi aurait-il peur d'un homme qui lui demandait le plus banal des renseignements ?

Tout en remontant la rue bordée de petits arbres, il s'efforçait de remarquer les vieilles maisons qu'il connaissait pourtant si bien : telle porte cochère dont la peinture verte s'écaillait par places, tel détail de ferronnerie où se distinguaient des chiffres bizarrement entrelacés ; mais, tourné le coin de cette rue, il s'était mis à marcher plus vite, puis à courir. On lui avait recommandé cependant de ne pas courir : le docteur Caronade, qui avait soigné son père, interdisait à Fabien tout exercice violent, mais ce soir-là le jeune homme se souciait peu des ordres d'un vieux médecin timoré et il courait si vite que les deux médailles d'or qu'il portait au cou sautaient en mesure sous sa chemise. Il passa devant les petites boutiques où il s'attardait d'ordinaire : la papeterie restée ouverte où les mêmes volumes fatigués retenaient invariablement son attention et, plus loin, éclairé par un réverbère, le magasin de curiosités avec ses cadres, ses yatagans, ses boules de verre et ses

20

services en opaline qui charmaient en Fabien un goût naïf de tout ce qui brille, mais ce fut à peine s'il les vit dans sa course ; il eut l'impression que ses pieds ne faisaient qu'effleurer les pierres du trottoir avec un petit bruit qui ressemblait à un chuchotement. En deux ou trois bonds il traversa une ruelle encombrée de voitures immobiles, puis tourna à gauche dans une rue plus large et plus sombre et dans laquelle il se jeta comme sous un grand manteau : sa rue.

A ce moment une douleur subite lui fouilla la poitrine. Il s'arrêta, étonné d'abord, puis saisi d'inquiétude et courbé en deux, partagé entre la crainte d'être vu dans cette attitude et la crainte plus vague de mourir dans la rue, comme son père. Le souffle rauque et bref qui sortait de sa bouche ouverte lui parut sinistre et il fit de violents efforts pour respirer par le nez ; la tête lui tournait un peu et il se demanda s'il n'allait pas vomir. Il attendit, guettant le moment où la souffrance se calmerait, s'éloignerait de sa chair. Enfin il put se redresser, ôta son chapeau et passa le bout des doigts sur son front moite. C'était fini pour cette fois ; il pouvait continuer son chemin.

La crise avait été si courte qu'il haletait encore. Pendant quelques secondes il avait eu l'impression que cette douleur se promenait en lui d'un grand pas dur et lourd, comme sur une route, et tout à coup il avait éprouvé l'indescriptible bien-être de la souffrance qui s'apaise. Il pensa : « Je n'aurais pas dû courir. Je ne parlerai pas de ça à Caronade. » En même temps il lui sembla que cette épreuve remettait tout à sa place, dissipait beaucoup d'illusions, le mûrissait. Tout à l'heure il s'était conduit comme un enfant. Comment avait-il pu courir parce qu'un homme dont le visage ne lui revenait pas lui avait demandé une indication ? Ce n'était pas vraisemblable chez un garçon de son âge. Ce qui était vrai, ce qui le ramenait impérieusement dans la réalité, c'était le moment qu'il venait de passer dans l'encoignure d'une porte, plié sur lui-même, avec cette espèce de râle où il ne reconnaissait pas le son de sa voix. Une goutte de sueur roulait sur sa joue ; du revers de la main il l'essuya et s'aperçut que des larmes lui coulaient des yeux. De nouveau il pensa : « Je n'en parlerai pas à Caronade », comme s'il avait eu peur de livrer son secret malgré lui, et il tira son mouchoir de sa poche pour en frotter sa main humide, puis, traversant la rue, alla sonner à la porte du vieil hôtel dont la façade se cachait dans la nuit.

Dans l'escalier — pourquoi n'en pas convenir à présent ? — il s'était dit : « Je sais qui était cet homme qui est venu à moi. » Il le savait parce que Blutaud, son ancien camarade de collège, lui en avait parlé naguère et, d'après ses descriptions, Fabien avait reconnu le personnage à la fois comique et sinistre, vrai gibier de correctionnelle. Mais il ne voulait pas penser à cela et même, tout en montant les marches couvertes d'un tapis avare, il avait fait de grands efforts pour diriger son imagination hors des voies qui s'offraient si largement à elle. Rien ne lui déplaisait comme ce genre de lutte où il fallait mettre la bride à sa fantaisie, mais, quelques heures plus tôt, obéissant à la promesse que sa mère lui arrachait tous les ans, il s'était rendu dans une église d'une laideur démoralisante et là, de même qu'on jetterait un paquet dangereux dans un puits, il s'était tapi sous un rideau noir, un rideau de crime, pour chuchoter dans l'oreille d'un homme dissimulé derrière un grillage ses actions les plus honteuses des douze derniers mois. Le visage en feu il était ensuite sorti du confessionnal, mécontent et troublé, mécontent parce qu'il venait de s'humilier devant un inconnu, troublé parce qu'au fond de lui-même il était convaincu que quelque chose venait de se passer, non seulement cette espèce de plongée dans le grand meuble bizarre, ce murmure de paroles, ce latin, mais quelque chose d'autre, quelque chose de plus. Sa difficulté résidait précisément en cela. S'il n'avait pas cru, avec quelle légèreté de cœur il eût quitté ce lieu d'agenouillements et de signes de croix où l'on ne voyait, du reste, que de vieilles gens !

Cette foi qu'il gardait encore, presque malgré lui, dérangeait à chaque printemps les petits plaisirs de son existence. A chaque printemps il y avait cette camisole de force qu'il fallait mettre à sa pensée pendant au moins douze heures ; jusqu'au moment de la communion, défendre de toute atteinte sensuelle un cerveau récalcitrant à une telle discipline et un corps qui ne comprenait rien à cette brimade ; rembarrer les idées vagabondes qui, d'ordinaire, traversaient l'esprit sans obstacles et à toute heure, comme une place publique ; enfin lutter contre le dragon multiforme de la tentation qui tournait autour de lui. « Et dire, murmura-t-il, qu'il y a des religieux qui ne font pas autre chose... » (il allait ajouter : « Faut-il être bête ! », mais il se retint). Quant à lui, non, par exemple ! Demain, tout reprendrait sa place habituelle, la vie d'un côté et la religion de l'autre : la recherche obstinée du plaisir, l'aventure sur laquelle on ne comptait pas, justification de toutes les randonnées inutiles et des allées et venues patientes, des fatigues ajoutées sans profit aux fatigues et, au bout de douze mois qui semblaient avoir passé à la fois comme autant d'années et comme autant d'heures, cette demi-journée de contrainte qui n'en finissait pas, cette sorte de cauchemar que représentait pour lui la continence. Pourtant ses bonnes fortunes étaient rares, mais ce soir, précisément... Il s'arrêta. A quoi songeait-il ? Si ce n'étaient pas là de mauvaises pensées... Elles étaient involontaires, sans doute ; il se rappela ce que l'abbé Courvoisier lui avait appris jadis sur ce point. Ah ! que tout cela finît vite, qu'il s'endormît et que demain il y eût cette minute où un prêtre passerait devant lui avec un ciboire ! Et après cela... Après... Il lui sembla que non seulement dans sa pensée, mais dans tout son être il y avait une sorte de bondissement vers cette libération des sens.

Maintenant il se tenait debout près de la fenêtre, les yeux perdus dans le ciel noir, attiré malgré tout par les grands espaces qui lui présentaient comme une image sensible du monde intérieur. Le trouble qu'il ressentait depuis une heure n'empêchait pas qu'en regardant les étoiles il éprouvât un peu de la joie énorme et confuse de l'enfance, un sentiment profond de sécurité ; mais en même temps, quelque part au fond de sa mémoire, dans les régions provisoirement interdites, résonnait une voix un peu sourde, au timbre agréable : « Je ne demande pas mieux... Oui, si vous voulez... »

Elle avait dit : « Si vous voulez... », cette voix à la fois douce et commune, un peu canaille, Fabien croyait l'entendre. Elle avait dit encore : « Dans huit jours, ici, à la même heure. » C'était ce soir. Ce soir même, entre tous les soirs de l'année, il avait ce rendez-vous, un rendez-vous inespéré ; inespéré parce que, lui semblait-il, les occasions s'offraient invariablement aux autres, jamais à lui, et il fallait que, par un absurde caprice de sa mémoire, il eût oublié que le mercredi en question était le mercredi saint, le seul mercredi de toute l'année auquel il n'osât pas toucher. Avoir un rendez-vous le mercredi saint, cela ressemblait bien à sa guigne. Si au moins il avait pu écrire un mot pour changer la date de ce rendez-vous, mais la rencontre était anonyme. De nouveau il se ressaisit, pris comme dans un flot de désir. Le sang battait dans sa gorge.« Je la retrouverai », pensa-t-il avec rage. Et les poings à la tête il essaya de faire le vide dans son cerveau, de ne plus penser du tout puisque chaque pensée le ramenait à ce visage et à ce corps.

Il ne put s'empêcher de se demander ce qu'elle eût dit, si elle avait su.« Alors c'est parce que tu avais fait une promesse à ta maman que tu ne voulais pas venir ? Elle t'aurait grondé, bien sûr. Et M. l'abbé aussi, peut-être... » Les joues lui brûlèrent tout à coup. A vingt-trois ans il obéissait encore à sa mère au point que cette chose d'une importance capitale, un rendez-vous d'amour, cédait devant une obligation religieuse, parce que sa mère avait obtenu sa parole à lui, à lui qui eût été soldat s'il n'eût été réformé à cause de son cœur. On ne pouvait guère être plus nigaud.

« Je ne demande pas mieux », reprenait la voix. Et elle ajoutait : « Tu croyais que je n'allais pas venir ? » Cela, c'était ce qu'elle dirait tout à l'heure, quand Fabien irait au rendez-vous, à l'entrée du passage.

Il se leva. L'idée de sauter par la fenêtre ouverte lui traversa l'esprit, mais il n'osa pas faire un pas dans cette direction. Il aimait trop la vie, le plaisir, pour avoir ce courage absurde, et il voulait écrire des livres, il avait des choses à dire.« C'est curieux, pensa-t-il dans un moment de calme subit, on dirait qu'à la veille de communier j'essaie de commettre tous les péchés mortels l'un après l'autre... Ce serait tout de même bizarre de mourir un mercredi saint ! »

Pendant plusieurs minutes il rêva à tout ce qu'il y avait de singulier dans sa vie. Mais toutes les vies humaines étaient singulières par quelque côté et ne paraissaient banales que parce qu'on les voyait seulement du dehors. Ainsi, pour les gens qu'il côtoyait tous les jours, il était le secrétaire de M. Poujars et gagnait sa vie en classant des papiers et en répondant à des lettres qui ne lui étaient même pas adressées ; aux yeux de la loi, il était Especel, Fabien, classe 18, réformé numéro 1 ; aux yeux de sa concierge, il était le petit jeune homme du cinquième sur la cour, trop pauvre pour donner des étrennes intéressantes, mais locataire tranquille et sans histoires ; aux yeux de sa mère, un bon petit garçon qui faisait ses Pâques, et s'il y avait autre chose, sa mère ne le savait pas, ne désirait pas le savoir. Pas même Blutaud ne le connaissait bien, puisque Blutaud ignorait que Fabien écrivait un livre.

Le nom de son camarade lui remit en tête la rencontre de tout à l'heure et il fit un geste instinctif pour chasser ce souvenir, mais la voix de Blutaud insistait : « Il paraît qu'il est riche et qu'il a une villa en banlieue. Toutes les femmes le connaissent. Elles l'appellent... »

— Elles l'appellent le Vieux, je sais, acheva Fabien tout haut, comme s'il eût espéré rompre ainsi l'ensorcellement de sa mémoire. Et qu'est-ce que cela peut me faire que ce personnage ridicule existe ou n'existe pas ?

« Qu'est-ce que cela peut te faire ? demandait alors une voix qui n'était pas celle de Blutaud. Qu'est-ce que cela peut te faire que d'autres soient heureux de cette façon-là et que toi, tu ne le sois pas ? De cette façon-là... Car on ne vient pas souvent à tes rendez-vous, Fabien, tu sais. »

Il ne put se retenir de dire à mi-voix que dans des moments semblables la prière était tout indiquée, mais il ne croyait pas vraiment à l'efficacité de la prière. Trop de fois, alors qu'il était tenté, il s'était mis à genoux, il avait récité les paroles apprises, utiles en pareil cas, et à peine s'était-il relevé que la tentation le reprenait exactement au point où il l'avait laissée. Cela finissait par être trop décevant ; toute sa foi en souffrait ; il aimait mieux lutter par ses propres moyens, se débattre, se dépêtrer comme il pouvait.

Il calcula qu'il lui restait dix heures avant la messe du lendemain. En défalquant l'insomnie probable, cela faisait cinq heures à veiller, à veiller dans cette chambre, car sortir n'était pas possible, sortir, c'était aller droit là où déjà il rôdait par l'esprit. Et tout à coup ce qu'il y avait d'absurde dans sa situation lui apparut avec une force et une simplicité qui faillirent emporter ses résolutions. Ce qui le retenait d'aller là-bas pouvait se formuler ainsi : il croyait, il croyait encore, que quelques milligrammes de farine deve-naient, par le fait de certaines paroles, la chair et le sang du Christ. Était-ce raisonnable ? A ce moment il entrevit, dans un éclair, de grandes gesticulations de prédicateurs : « Non, ce n'est pas raisonnable, c'est absurde ! *Quia absurdum*... Saint Augustin, mon enfant. »

Brusquement il se sentit très las.

Il s'assit à sa table et, par habitude, ouvrit le tiroir pour y prendre quelques feuilles de papier. L'idée d'écrire, ce soir-là, lui parut presque comique et il allait remettre les feuilles en place quand la curiosité de relire ce qu'il avait écrit la veille le saisit tout à coup et il étala devant lui deux pages couvertes de ratures. Tant de traits de plume barraient ses phrases qu'ils donnaient au manuscrit l'aspect d'un dessin où l'œil croyait voir, en un fantastique paysage de désastre, des ruines noircies par le feu, avec ce qui restait des lettres figurant des beffrois, des toits, des cheminées. Pour Fabien, ces corrections innombrables trahissaient une impuissance dont il avait honte et qu'il ne s'avouait que dans les moments de détresse. « L'inspiration, se disait-il alors avec une colère froide, je voudrais bien savoir ce qu'ils entendent par là. Si c'est la facilité... » Mais souvent, la nuit, il se jetait sur tout ce papier blanc non sans l'obscur sentiment d'une revanche qu'il prenait ainsi sur le monde. Ce que la vie lui refusait, il le trouverait là, dans cette petite pièce qu'il avait tant de mal à ne pas prendre en haine. Avec ses rêves il se ferait du bonheur ; ce serait le bonheur de tous ceux que le destin affectionne et caresse sans raison apparente, par caprice. Il écrirait une histoire dont il serait à la fois tous les personnages qui réussissent, il serait ceux qui sourient parce qu'ils ont tout. Parfois, au cours de rêveries qu'il poursuivait, le soir, le long des rues, il croyait distinguer les visages de ces hommes et de ces femmes à qui il donnait son âme inquiète, curieuse, avide, mais, dès qu'il essayait de les emprisonner dans des phrases et de faire parler ces bouches silencieuses, il se heurtait au mauvais vouloir des mots qu'il assemblait de force. Trop de choses lui manquaient pour qu'il exprimât les pensées qu'il avait en tête, et tout d'abord, il le savait, une ignorance profonde de l'expérience humaine. C'était, en définitive, à cause de cela que la langue lui résistait. Ce qu'il savait par intuition ne suffisait pas. La souffrance est l'étoffe dont sont faits les livres, et il n'avait pas encore assez souffert pour parler du bonheur.

Chaque être demeurait à ses yeux aussi secret que s'il eût appartenu à une autre race, même le moins complexe, même Blutaud, avec qui il avait grandi et à qui il ne savait jamais parler à cœur ouvert parce qu'il se heurtait toujours à une simplicité déconcertante, les aspirations de Blutaud étant presque invariablement physiques. Fabien, lui aussi, désirait ce bonheur du corps, qu'il appelait intérieurement le gros bonheur, de même qu'on parle de la grosse gloire, mais il ne le voulait pas de la même manière, ou si c'était le même bonheur dont il semblait s'agir, ce n'était pas la même personne qui le désirait.

« Que pense-t-il ? Qu'entend-il ? » se demandait Fabien en observant le visage innocent de son camarade alors qu'ils écoutaient ensemble un orchestre. « Cette façon d'applaudir comme un enfant au guignol et de devenir tout rose aux passages les plus tapageurs... » Également il s'interrogeait sur ce qui se produisait dans l'esprit et le cœur de Blutaud lorsque son œil toujours étonné se posait sur une page de Vauvenargues que Fabien proposait à son admiration.« Il comprend, mais quoi ? Et jusqu'à quel point ? »

« C'est épatant, mon vieux », disait Blutaud au bout de quelques secondes, intimidé par la supériorité de Fabien.

Celui-ci se sentait aussitôt rougir de honte, comme d'une trahison.« Je ne mérite pas la confiance de Blutaud, se disait-il. Je suis prétentieux, intolérant, et je le juge sans qu'il s'en doute. S'il savait ce que je pense de lui il ne me parlerait plus. Non, il me pardonnerait, il a le cœur plus grand que moi. »

« Qu'est-ce que tu as donc ? demandait alors Blutaud qui ne manquait pas d'intuition. On dirait que tu es fâché. C'est ce que je t'ai dit ? »

« Pourquoi est-ce que je pense à Blutaud ? » Fabien se posait cette question tout en feuilletant les pages couvertes de son écriture crispée. Il lut quelques phrases qui lui parurent tortueuses, puis il se dit que, pour faire de Blutaud un personnage de roman (en supposant que cette idée lui vînt), il faudrait pouvoir se mettre à la place de Blutaud et même, d'une certaine façon, se transformer en lui : « ... devenir Blutaud », fit-il à haute voix. Mais devenir Blutaud n'était pas en son pouvoir, encore moins devenir les inconnus qu'il rêvait de faire vivre dans son roman. Il aurait fallu pour cela sortir de lui-même comme on sort de sa maison, usurper ensuite la personnalité d'autrui comme on s'installerait dans la maison du voisin, enfin voir l'univers par d'autres yeux, opposer au vent un front d'une autre forme, n'avoir ni la même bouche, ni la même peau, ni les mêmes mains...

« Blutaud ne voit pas le même arbre que moi », pensa-t-il en se souvenant d'un poète qu'il aimait. Et sans transition il se dit : « Mais Blutaud est plus heureux que moi. » Cette nuit, par exemple, il savait que Blutaud avait un rendez-vous. Comme lui.

D'un geste impatient il écarta les papiers et murmura : « Encore ! » Ainsi tout le ramenait sans cesse au même point. Quelle méditation pour un mercredi saint ! Il allongea le bras et atteignit un petit exemplaire du Nouveau Testament qu'il ouvrit au hasard, mais le passage sur lequel il tomba ne parut pas s'appliquer à lui, et de nouveau ses pensées s'agitèrent. Il n'avait pas dit à Blutaud qu'il se confessait le mercredi saint. Blutaud admirait Fabien, mais si Blutaud, qui ne croyait à rien depuis l'âge de quinze ans, apprenait que son camarade s'approchait une fois l'an de la sainte table, comme une dévote, le même Blutaud, par une soudaine révulsion, le trouverait intellectuellement méprisable et par-dessus le marché fort hypocrite, car enfin, il y avait ces aventures. Alors Fabien se taisait et il espérait que Blutaud ne saurait jamais. D'abord Fabien ne communiait que pour faire plaisir à sa mère, pour éviter des larmes, une scène. Mais s'il ne croyait pas, irait-il communier ? Il répondit : « Non ! » tout haut et d'un ton qui le fit tressaillir. Qu'avait-il à parler tout seul ? Parle-t-on tout seul à vingt-trois ans ? A qui répondait-il dans le silence de cette pièce ? A lui-même, sans aucun doute, à une question qu'il se posait à lui-même, mais il se sentit tout à coup mal à son aise. Le soir, à certains moments, il eût souhaité d'entendre aller et venir ses voisins, mais pas le moindre bruit ne troublait l'épaisse tranquillité de la maison.

Il tira sa montre de son gilet et la posa devant lui. C'était une montre qu'il avait héritée de son père. Elle avait un boîtier d'or qui s'ouvrait brusquement lorsqu'on appuyait sur le remontoir. Fabien aimait cet objet, moins parce qu'il lui venait de son père, qu'il n'avait guère connu, que pour son poli, sa douceur et la finesse des chiffres sur le cadran, et aussi parce que, d'une manière indéfinissable, cette montre le rassurait : quand il la plaçait devant lui, au milieu de ses papiers, sur sa table, il avait l'impression qu'elle donnait à la pièce quelque chose de sérieux, de studieux et d'ordonné ; c'était peut-être à cause de ce petit bruit à la fois paisible et affairé qui sortait d'elle, emplissant le silence.

Tout en la considérant de ses larges prunelles mordorées, il se demanda quelles heures d'angoisse ou de plaisir ces aiguilles avaient marquées dans la vie de son père. Il savait vaguement que son père avait eu ce qu'on appelle une vie mouvementée et que les excès l'avaient tué alors qu'il n'avait pas encore quarante ans, mais rien de plus. Un voile épais retombait sur tout ce qu'il y avait eu d'imprudent et de passionné dans le destin de cet homme dont Fabien regardait la montre, qui, elle, continuait à vivre son étrange petite vie indifférente et bien réglée.

La face interne du boîtier formait un petit miroir dans lequel Fabien apercevait un coin de son visage : l'œil si bien dessiné qu'il ressemblait à celui qu'on voit dans les planches des encyclopédies et d'où partent des rayons pour expliquer le renversement des images sur la rétine, la peau mate et pâle, tendue sur les pommettes, puis une narine ouverte un peu comme les naseaux d'un animal, une narine sensible et colère, enfin le coin profondément creusé de la bouche dont les lèvres avaient une couleur particulière, inquiétante, un rose qui tournait tant soit peu au violet, comme si Fabien eût trempé sa langue dans une goutte d'encre. Il se dit : « Je serais mieux si

j'avais les lèvres plus rouges et si j'étais moins pâle.
Papa était beau, lui. Il a dû être follement aimé... »

Tout à coup, il saisit une plume et jeta ces mots en
haut d'une page blanche :

UN RENDEZ-VOUS AVEC LE DIABLE

« Quelle drôle d'idée, pensa-t-il. Cela fait un titre,
mais de quoi faire suivre un titre pareil ? »

Il fixa des yeux une tache sur son buvard comme si
elle dût lui fournir la réponse à sa question. C'était
une tache d'une forme bizarre, qui faisait songer à
l'ombre d'une main sans pouce. En la regardant bien,
on avait l'illusion de la voir bouger, si peu que peu, de
droite à gauche. « Peut-être, se dit le rêveur, cette
petite main s'anime-t-elle chaque fois que je dirige
mon attention vers elle. » Car il l'avait déjà remarquée
plusieurs jours auparavant. Les doigts longs et déliés
trahissaient une avidité particulière et aussi, d'une
façon difficilement exprimable, une intelligence au
service de cette avidité, une espèce de rapacité spirituelle ; cela ressemblait à une main de voleur, mais de
voleur qui eût volé autre chose que de l'or.

« Un voleur de vent », murmura Fabien. Et plus
haut il répéta : « Voleur de vent, voleur de vent. »

D'un seul trait, il écrivit :

*On l'appelait le Voleur de Vent parce que rien ne lui
réussissait, malgré tous ses efforts. Il avait de grands
yeux de faon très écartés et des cheveux noirs qui lui
retombaient sans cesse autour du front, doux et
brillants comme des plumes. Parfois il se mettait à
chanter des chansons dont les mots n'avaient pas de
sens, mais qui finissaient par mettre mal à leur aise
ceux qui les entendaient. « Où diable vas-tu chercher
ces sottises ? » lui demandait son père. Et il répondait :
« Je ne les cherche pas, c'est l'air qui me les apporte
quand il passe entre les tours de l'église. » Alors son père
allongeait la main pour le souffleter, mais le Voleur de*

Vent était trop agile pour qu'on l'attrapât et il se sauvait ; on ne le revoyait pas jusqu'au soir.

Où allait-il ? Le long des vieilles rues et le long du fleuve, qui était la rue la plus ancienne du pays. Sur les berges on voyait des tas de sable et des barriques derrière lesquelles les enfants se poursuivaient en criant. Des barques glissaient sur l'eau qu'elles coupaient comme des ciseaux coupent une pièce d'étoffe. Et parfois l'arche d'un pont engloutissait un remorqueur et ses chalands dans une bouffée de fumée noire dont l'odeur charbonneuse faisait rêver à des villes lointaines aux noms difficiles. En avril, le Voleur de Vent se tenait sur une passerelle et quand le soleil brillait entre les nuages blancs le cœur du garçon se gonflait de bonheur, comme si toute cette lumière eût été pour celui qui la trouvait belle et qu'il eût pu l'emporter chez lui dans ses mains. Et si la brise s'élevait tout à coup, frisant la surface de l'eau, il se mettait à chanter n'importe quoi, pour que l'air portât ses chansons par delà les toits, aussi loin que possible et jusque dans des pays où sans doute il n'irait jamais.

Lorsqu'il attrapa ses quinze ans, son père le mit en apprentissage chez un relieur qui fit voir au garçon comment on prépare la colle, mais le Voleur de Vent n'aimait pas la boutique sombre, ni l'odeur qu'on y respirait, et il avait envie de pleurer chaque fois qu'un rayon de soleil tombait à ses pieds sur le plancher poudreux, car il lui semblait que la lumière venait ainsi dans ce lieu obscur afin de savoir pourquoi il ne jouait plus avec elle.

Fabien posa sa plume et regarda sa montre. Trente minutes seulement s'étaient écoulées depuis qu'il avait commencé à écrire cette page. Il était neuf heures et quart ; le rendez-vous était à onze heures, mais dès dix heures et demie la lutte serait pénible, parce qu'à dix heures et demie, normalement, il aurait quitté sa chambre. Normalement, c'est-à-dire s'il n'y avait pas eu cet empêchement, cette promesse. Peut-être en écrivant oublierait-il l'heure ; en tout cas, cela le fatiguerait, il pourrait dormir. Ayant soupiré, il reprit :

Un jour, le Voleur de Vent ouvrit un livre d'images qu'un client avait apporté, et ce livre lui donna le désir de tout savoir. Aucune chanson n'était aussi belle que ce qu'on voyait sur ces pages : il y avait des montagnes, des lacs et aussi des jardins qui donnaient envie de mourir par ce qu'il n'était pas possible de s'y promener ; et tout autour de ces images se lisaient des mots dont le sens n'était pas certain, mais qui transportaient le garçon hors de la triste boutique, dans des régions pleines de lumière et de cris d'oiseaux. Il se sentait alors si heureux et à la fois si malheureux que le cœur lui en battait et qu'il serrait le livre contre lui, comme pour le faire entrer dans sa poitrine avec toutes ces montagnes, tous ces lacs et tous ces jardins ; et il se consolait de voir briller la lumière sur ses chaussures et de ne pas pouvoir courir après elle comme autrefois. Mais au bout de quelques semaines on revint chercher ce livre, un matin que le Voleur de Vent était dans l'arrière-boutique à remuer de la colle avec un cotret. Et quand il découvrit que le livre n'était plus là, le garçon ouvrit doucement la porte et se sauva dans la rue pour ne plus revenir.

Son père le mit alors dans un collège aux murs impitoyables et le garçon finit par s'assagir. Il ne chanta plus et il comprit que ce n'est pas en pressant un livre sur son cœur qu'on s'instruit, mais secrètement il regretta d'en savoir déjà si long, car il lui semblait qu'en apprenant une chose il en désapprenait une autre, et plus belle. Pourtant le goût du savoir lui vint avec les années, mais ce qu'il acquérait en étudiant se payait toujours d'un prix qu'il ne soupçonnait pas et ses maîtres le privaient peu à peu de toutes les ressources que contient ce que nous appelons l'ignorance. A présent il s'entendait à combiner des mots de manière à leur faire dire à peu près tout ce qu'il voulait, mais il ne savait plus parler au vent, ni à la pluie, ni à la lumière que le soleil versait à ses pieds comme avec un seau.

Entre lui et tout ce qui ne parle pas le langage humain un grand fossé se creusa.

Sa curiosité se tourna vers les hommes et les femmes qu'il voyait autour de lui. Un énorme appétit de vivre se mit à le travailler. Il voulait tout comprendre et tout posséder. L'idée que ce qu'il logeait dans sa tête devenait son bien reculait sans cesse les limites de sa convoitise, mais en plus de la science il voulait l'amour.

Toutefois ce qui lui causait plus d'ennui qu'on ne saurait dire, c'était que, jusqu'à sa mort, il serait toujours la même personne et que, tout le temps qu'elle passerait sur terre, son âme demeurerait attachée au même corps avec tous les inconvénients que cela suppose.

Ce chagrin bizarre l'occupait de plus en plus, mais il n'osait en parler à ses amis, de peur de sembler déraisonnable. Il savait bien qu'on lui rirait au nez et qu'on lui dirait que c'était là la condition humaine. Pourtant, un jour qu'il se promenait au bord de l'eau, quelqu'un le salua qui, justement, se souciait de tous les problèmes de ce genre, mais que personne ne prenait au sérieux parce qu'on le croyait un peu fou. C'était un vieillard aux façons honnêtes et au langage étudié et qui se souvenait de toutes sortes de gens dont on ne parlait plus depuis une génération. La plupart du temps, on ne comprenait pas bien ce qu'il disait, ni surtout où il voulait en venir, mais il proférait quelquefois des paroles qu'on n'arrivait pas à chasser de la mémoire et qui ne laissaient pas de troubler et même d'irriter ceux qui les entendaient car, pensait-on, comment sait-il ces choses-là ?

Il souleva donc son chapeau au moment où le jeune homme passait près de lui et en même temps murmura : « Ne souhaiterez-vous pas le bonjour à un vieux monsieur qui vous fit jadis sauter sur ses genoux alors que vous n'étiez pas en âge de parler ? J'ai connu madame votre mère... »

Le moyen de lui dire qu'il se trompait ? Il se pouvait que ce fût vrai. Déjà il avait glissé une longue main osseuse sous le bras du jeune homme et tous deux se dirigèrent sous les marronniers pour s'asseoir sur un banc, à l'abri du soleil. A ce moment le vieillard dit d'une voix très douce : « Je me souviens qu'on vous donna un joli surnom : le Voleur de Vent, mais, dites, à quoi cela sert-il de voler du vent ? Il est beaucoup plus amusant de voler des âmes. Pardonnez à un vieux fou de dire des folies, mais considérez le profit qu'il y aurait à voler des âmes, alors que voler du vent est toujours une médiocre affaire : le vent n'est-il pas à tout le monde ? Vous n'en sauriez voler une si grande quantité qu'il n'en reste assez pour tous les hommes de la terre. Les âmes, c'est bien autre chose ; d'abord, cela ne se remplace pas aussi facilement, et cela coûte beaucoup plus cher...

Fabien jeta un coup d'œil sur sa montre et laissa tomber sa plume : il était dix heures vingt-cinq. Une grande lassitude s'empara de lui tout à coup et, appuyant son front sur ses bras qu'il venait de croiser sur la table, il ferma les yeux et se demanda s'il parviendrait à dormir le temps que durerait l'épreuve. Et à l'instant même où il se disait qu'il ne pourrait dormir, il perdit brusquement conscience.

Quand il se réveilla, la petite montre marquait dix heures trois quarts. La résolution de Fabien fut prise aussitôt. Il avait encore le temps ; et renversant sa chaise dans sa hâte, il courut vers la porte.

II

A onze heures et quart Fabien consulta sa montre et pensa : « On ne viendra pas. » Un soupir gonfla sa poitrine. Ce n'était certes pas la première fois que ce genre de déception lui était infligé. Trop de choses lui manquaient pour qu'on lui tînt parole : l'assurance, un certain bagout qui plaît aux esprits vulgaires, et aussi une mise élégante. Qu'il ne fût pas aussi beau qu'il l'aurait voulu n'avait pas beaucoup d'importance en cette affaire, selon lui, mais il fallait savoir parler, divertir, persuader, tirer des cigarettes d'un étui d'or, étendre à demi le bras et faire voir à son poignet une montre précieuse (au lieu du vénérable objet qu'il tenait de son père et qu'il était forcé d'extraire honteusement de son gousset).

Il fut sur le point de rentrer chez lui et, quittant le passage, hésita sur le trottoir. Que devait-il faire ? Regagner sa chambre lui parut morne, mais où aller ? Comme pour venir à bout de cette incertitude, la pluie se mit à tomber tout à coup avec force et le chassa de la rue.

« C'est un signe », pensa-t-il en revenant sur ses pas.

Quel signe ? Il n'en savait rien, mais il croyait aux signes et en voyait partout, d'un bout à l'autre de la journée. Le passage désert n'était éclairé que par de grosses lanternes oscillant avec douceur à l'extrémité de leurs chaînes, dans le courant d'air qui balayait la longue galerie. La lumière indécise déplaçait de larges pans d'ombre qui semblaient des rideaux écartés par une main curieuse. On distinguait vaguement les objets aux devantures de quelques boutiques, là des livres dont les titres ne pouvaient se lire qu'au prix d'un effort, plus loin un magasin sur la vitre duquel ces mots étaient peints en lettres blanches : « Réparation de poupées. »

Fabien lut distraitement cette inscription et, tout à coup, elle lui parut si singulière qu'il la considéra d'un œil attentif, comme s'il se fût trouvé en présence d'une énigme. Se pouvait-il qu'il y eût des gens dont le métier consistait à remettre des yeux à des têtes de poupées alors que de si cruels ennuis tourmentaient la plupart des hommes ? A vrai dire, le lien entre ces deux faits n'était pas très apparent, mais Fabien demeura frappé de la question qu'il se posait à lui-même, et il l'agita dans son cerveau tout en examinant les bébés et les petites filles de porcelaine étalés sous ses yeux, derrière la grande surface de verre qui lui renvoyait son image. Il regarda ces têtes rondes auxquelles on avait collé des cheveux, ces figures joufflues et peintes, ces bras aux coudes troués de fossettes. Et soudain il aperçut ses propres traits dans la vitre, ses prunelles brillantes, sa bouche coupant d'une ligne sombre le bas de sa figure étroite. Cela ne lui était jamais agréable de se voir tout à coup dans un miroir, mais cette nuit, l'expression qu'il lut dans ses yeux lui causa une espèce de choc ; il avait l'air inquiet, avide d'un obsédé.

Son regard se porta vers le fond de la galerie qui se perdait dans l'ombre. A gauche, le passage faisait un coude et rejoignait le boulevard. On pouvait entrer d'un côté, sortir de l'autre, et ces deux issues, jointes à la solitude du lieu, évoquaient dans l'esprit des images confuses de rendez-vous ou de poursuites.

La pluie crépitait sur la voûte avec un bruit sourd et dru qui se répercutait dans ce long boyau désert. Fabien leva la tête, observa les lanternes aux vitres sales, puis fit quelques pas en avant, les mains dans les poches de son pardessus.

« Je suis un benêt d'être venu, se dit-il. On ne sort pas par une nuit pareille. »

Il se planta devant la librairie contiguë au magasin de poupées, déchiffra quelques titres sur les couvertures tachées de livres d'occasion ; c'étaient pour la plupart des ouvrages d'un genre appelé spécial et qui parlaient lugubrement de vices cruels ou difficiles à satisfaire. La boutique voisine étalait à sa devanture une quantité de décorations étrangères que l'on pouvait se procurer à vil prix ; cette pacotille brillait mystérieusement sur un fond de velours décoloré par la poussière ; çà et là, une pointe de strass jetait une faible étincelle et le rouge passé d'un ruban faisait ressortir la blancheur d'une étoile d'émail.

Fabien continua. Le magasin suivant était barricadé derrière des planches, mais celui d'après, bien qu'il fût plus obscur que les autres, laissait entrevoir une statue de marbre naïvement voluptueuse entre des potiches d'Extrême-Orient, et ces objets, perdus dans un foisonnement d'éventails, de boîtes et de presse-papiers, attiraient les yeux par leur laideur même. Il semblait que d'un bout à l'autre de ce passage s'échouassent misérablement les rêves de centaines d'inconnus, avec toutes leurs petites convoitises de gloire, de richesse ou de sensualité.

Le jeune homme tourna les talons et laissa errer sa pensée tout en regardant la pluie qui hachait la lumière jaune des réverbères de la place. Rarement il venait par ici, mais il goûtait d'une certaine façon la tristesse particulière à ce lieu où rôdaient l'ennui et le désespoir. De tous les quartiers de la ville, celui-ci était peut-être le moins attirant, le plus commercial et aussi le plus sordide ; la pauvreté y montrait son visage dur et offensant à la porte de maisons qui sentaient vaguement le crime.

Lentement il traversa les quelques mètres qui le séparaient de l'autre bout du passage et considéra la pluie avec plus d'attention. Autour des réverbères les gouttes étincelaient comme du cristal. Puis le regard de Fabien plongea dans une rue vide et il imagina les moqueries dont il était peut-être l'objet à cette minute même : « Figure-toi qu'il attend à l'entrée du passage... Je lui avais dit : dans huit jours, à onze heures. Mais il était si drôlement fagoté, et avec ça si godiche... Tandis que toi... »

« La vie est trop triste », murmura-t-il sans détourner la vue du réverbère.

A ce moment il entendit des pas derrière lui, mesurés, tranquilles. D'abord il n'y fit pas attention, puis il réfléchit que, le passage étant désert un moment plus tôt, il fallait que ce fût quelqu'un qui venait de la rue. La pensée traversa son esprit que, peut-être... Brusquement il se retourna et vit quelqu'un qu'il prit d'abord pour un ecclésiastique et dont la silhouette funèbre se dirigeait de son côté. Fabien ne put se défendre d'un geste d'humeur. Cette déception ajoutée à l'autre ! Les poings enfoncés dans son pardessus il observa de nouveau le réverbère, mais son

oreille demeurait tout attentive au bruit qui se rapprochait, à ces gros souliers qui marchaient vers lui et
qui n'en finissaient pas d'arriver. On eût dit, en effet,
qu'ils venaient de beaucoup plus loin ou que, d'une
manière inexplicable, la distance entre eux et Fabien
restait toujours la même. L'illusion devint si forte
que, malgré sa résolution de ne rien voir, Fabien se
retourna une fois de plus et faillit jeter un cri :
l'homme se tenait tout près de lui, immobile.

Leurs regards se rencontrèrent. Sous le bord du
chapeau noir, deux yeux d'un gris un peu glauque se
plantèrent dans les yeux du jeune homme qui ne
bougea pas.

— Puis-je vous demander l'heure ?

La voix était calme, lente, un peu paysanne dans ses
intonations. L'homme avait un visage d'un blanc mat
et malsain, et l'ombre de son chapeau dessinait une
sorte de loup qui lui couvrait les pommettes, mais on
voyait sa bouche aux lèvres minces et son menton
vigoureux hérissé de poils rudes. Fabien fut sur le
point de tirer sa montre de sa poche et se ravisa
aussitôt :

— Je n'ai pas l'heure, fit-il brièvement.

Quel ennui, en effet, si la personne vainement
attendue arrivait enfin, contre tout espoir, et le voyait
en conversation avec ce vieillard ! Il fit un pas de côté,
mais une grande main au bout d'une grande manche
se posa sur son bras avec délicatesse. Fabien remarqua que cette manche était absolument sèche,
comme, du reste, le vêtement tout entier et le chapeau
à larges bords. Se pouvait-il que l'inconnu habitât ce
passage ? Rien de moins probable : il n'y avait là que
des magasins et des bureaux. A la lumière du réverbère qui frappait le visage du vieillard, il vit se creuser
les coins de sa bouche, et la voix prononça ces mots :

— M'accorderiez-vous une minute ? J'ai quelque
chose à vous dire.

— Mais je ne vous connais pas.

— Je puis cependant vous être utile et vous ne
regretterez pas de m'avoir écouté... oh ! rien qu'une

minute... Ainsi, voyez : vous venez d'essuyer un contretemps ; ce sera un rendez-vous, un rendez-vous d'affaires... ou autre, qui ne vient pas, comme on dit. (Il sourit ; les dents étaient jaunes, carrées.) Mais une compensation vous attend, peut-être. La vie a aussi de bonnes surprises. L'art de les provoquer...

Une répugnance subite fit reculer le jeune homme d'un pas vers la rue.

— Oui, l'art de provoquer ces bonnes surprises de la vie, reprit l'inconnu d'un ton confidentiel, est su de certaines personnes. C'est quelque chose de semblable à un don.

Insensiblement il s'était rapproché de Fabien. Il y eut un bref silence pendant lequel le jeune homme remarqua le bruit que faisaient les gouttes d'eau sur la toiture de verre et, de nouveau, il s'étonna que l'inconnu ne fût pas mouillé. Tout à coup il s'aperçut que son cœur battait plus fort ; il hésita entre l'envie de partir sans un mot, sous la pluie, et une curiosité singulière qui le retenait là.

— J'ai ce don, dit le vieillard.

Fabien le regarda sans répondre.

— Vous en doutez ? demanda l'inconnu. Mettez-moi donc à l'épreuve. Ce rendez-vous manqué, par exemple, vous plairait-il que nous essayions d'en atténuer la tristesse, que ce soir même se produise une rencontre heureuse, dans les environs de ce passage ? Que risquez-vous ? Si je ne suis qu'un vieux fou, comme vous le croyez certainement, vous en serez quitte pour une légère déconvenue. Mais si j'ai raison, quel bonheur pour vous !... (Il marqua un temps.) *Quel gros bonheur !*

Comme il prononçait ces derniers mots, ses yeux se mirent à luire d'un éclat plus vif et presque juvénile, mais déplaisant.

Fabien demeura interdit et il eut l'impression qu'un vent glacial lui soufflait sur la nuque ; il frissonna.

— J'irai plus loin, poursuivit le vieillard. La nuit n'est pas clémente. Ce n'est guère un temps à battre les rues. Allez seulement à l'autre bout de ce passage.

Vous n'aurez pas à attendre : c'est même vous qui vous faites attendre en ce moment.

Il avança un peu la tête, comme pour donner une accolade au jeune homme et lui murmura dans l'oreille, d'un ton plein d'autorité :

— Allez donc, puisque je vous dis que vous serez content !

De sa grande main il le poussa par l'épaule et Fabien, en s'éloignant, éclata d'un rire gêné. S'il avait l'air d'obéir à cet excentrique, c'était, bien sûr, qu'il voulait rompre un entretien ridicule ; à l'autre bout du passage, il sortirait, tout simplement.

Arrivé à l'endroit où le passage faisait un coude, il se retourna et vit l'homme ôter gravement son chapeau en un large salut à l'ancienne mode. Fabien se contenta d'incliner la tête, puis il avança de deux ou trois pas encore, tourna le coin et s'arrêta net, la respiration coupée : quelqu'un attendait.

III

Pendant les quelques jours qui suivirent, Fabien eut sa part du bonheur que donne le monde ; l'illusion d'être aimé fit qu'il se crut beau et le consola de n'être pas riche ; et toute sa convoitise enfin assouvie il se sentit étrangement libre. Il jugea puérils les scrupules religieux qui avaient failli le priver d'une bonne fortune exceptionnelle ; désormais il allait être un homme et il expliquerait doucement à sa mère qu'un homme de son âge et de son époque ne pouvait plus accepter les commandements de l'Église. Comme la vie était simple sans ce poids, et belle !

Cependant l'habitude ôtait chaque jour un peu plus de saveur à cette félicité admirable et comme d'eux-mêmes des liens se dénouèrent qui d'abord avaient paru éternels. Fabien en éprouva une très grande mélancolie et songea qu'il serait bon de retrouver l'inconnu, moins pour lui témoigner sa reconnaissance que pour solliciter un service analogue à celui dont il avait si largement profité. Il s'en voulut de s'être montré si bougon avec ce vieillard et surtout de n'avoir pas pensé à lui demander son adresse. Ce fut en vain qu'il retourna au passage et qu'il en explora les environs : rentrant toujours bredouille de cette chasse bizarre, il finit par se lasser.

Avec le temps il en arrivait à croire qu'il avait été l'objet d'une illusion, qu'une sorte de rêve éveillé s'était joué de lui et que ce vieillard n'existait pas, mais à d'autres moments une soudaine impatience le saisissait, voisine de l'exaspération, car il pensait entendre les paroles qu'il avait échangées avec l'inconnu, et vingt détails d'une précision extrême lui revenaient à l'esprit, comme pour le défier de contredire sa mémoire. C'est ainsi qu'il revoyait la grosse main carrée qui s'était posée sur sa manche, une main aux ongles plats, rayés, rugueux et bordés de noir ; ou bien il se souvenait de ces yeux d'un vert indécis, ou encore de cette bouche mince et bien-disante.

Quelquefois aussi sa raison lui tenait de longs discours. Quoi de merveilleux dans cette histoire ? Le radotage d'un vieux fou méritait-il d'être aussi curieusement médité ? Sans doute il y avait cette bonne fortune que l'inconnu avait prédite, mais tout le monde savait la réputation du passage et le genre de flâneurs qu'on y rencontrait. Autant prophétiser à un homme armé d'une canne à pêche qu'il va attraper un poisson !

Vue de cette manière l'aventure paraissait banale et rassurante, mais Fabien ne voulait pas qu'on le rassurât par trop ; l'uniformité de sa vie quotidienne lui donnait le goût de l'extraordinaire et même d'une certaine inquiétude. Car enfin les plus belles heures de la journée s'écoulaient pour lui dans un petit bureau sombre, sis à proximité d'une gare. Là, dans le mugissement des trains qui partaient pour des villes lointaines, Fabien classait des fiches ou notait des commandes et, quand ni fiches ni commandes ne requéraient ses soins, on lui donnait à lire des épreuves sur lesquelles ses grandes prunelles d'animal sauvage se promenaient avec tristesse, ou encore il transcrivait des lettres d'affaires, car il travaillait pour le compte d'un éditeur de livres scolaires qui n'entendait rien aux rêveries de son employé et dont le visage s'allumait d'une âpre colère aux moindres bévues.

Dès neuf heures du matin on voyait le jeune homme assis entre deux portes, à une table de bois blanc. Quand un visiteur ne savait que faire de son chapeau, de son cache-nez, ou même de son pardessus, il les posait sur la table de Fabien, et Fabien, qui n'osait rien dire, tirait à lui ses papiers et ses bouts de carton et couvrait ces vêtements d'un long regard plein de rancune. De l'endroit où il était assis, il apercevait un coin de ciel au-dessus d'un toit noir et, se détachant sur ce fond sévère, le profil de Désiré Pitaud, le secrétaire de M. Poujars, leur patron à tous deux.

Pitaud n'était pas un mauvais homme, mais son titre de secrétaire montait à sa tête dont l'équilibre s'en trouvait menacé. Une de ses épaules se déjetait de telle sorte qu'il semblait immobilisé dans une sorte de haut-le-corps perpétuel ; sur son crâne dénudé se reflétaient, par certains temps, les montants de la fenêtre à côté de laquelle il était assis, mais si les cheveux manquaient à la tête de Pitaud, on pouvait supposer qu'ils avaient été roux, car ses mains, qu'il frottait souvent, comme pour se féliciter de quelque chose qu'il ne disait pas, se recouvraient d'une espèce de pelage aux tons de cuivre. Il affectait en parlant le style châtié de M. Poujars, qui avait des lettres, mais, à la différence de son modèle, Pitaud ornait son discours de liaisons qu'on n'attendait pas.

Les visiteurs qui avaient le plaisir d'écouter la parole fleurie de M. Poujars auraient été bien étonnés d'apprendre que ce personnage aux façons exemplaires savait inspirer la crainte à ses employés. Son visage rappelait celui des vieux humanistes dont les portraits ornaient les murs de son bureau. Peut-être le savait-il. Sa barbe neigeuse, taillée avec un soin extrême, lui assurait au regard des observateurs superficiels une réputation de bienveillance jointe à un grand savoir ; il promenait, en parlant, la vue au loin, surtout lorsqu'il s'agissait de sommes à débourser, et devenait alors d'une telle distinction qu'on hésitait à prononcer devant lui le mot d'argent. Il avait le nez long et sagace, l'œil d'un bleu innocent qui tournait à un admirable gris d'acier quand on faisait mine de solliciter une faveur, enfin les joues d'un rose qui annonçait une âme égale et une digestion facile. Sa corpulence ajoutait à sa dignité et donnait à tous ses mouvements une lenteur presque fastueuse. Parfois il souriait finement dans sa barbe, qu'il lustrait alors du bout des doigts, comme s'il eût voulu la récompenser d'être la barbe de M. Poujars. La colère se trahissait chez lui par un afflux de sang dans la nuque, le crâne et les oreilles dont les lobes se transformaient en cerises ; dans ces moments-là ses yeux devenaient plus petits et sa voix, au lieu de s'élever, descendait dans les profondeurs du coffre, ce qui n'était pas naturel et portait l'inquiétude dans le cœur de Fabien ; celui-ci, en effet, eût préféré un éclat à des menaces proférées sur un ton d'oracle, mais M. Poujars lui-même admirait qu'il se dominât aussi bien, et cette maîtrise de soi complétait l'image qu'il se faisait de sa personne morale, dont le caractère essentiel lui semblait être une immense bonté.

Ses relations avec Fabien étaient à la fois fréquentes et distantes. A tout moment un timbre appelait Fabien dans le bureau de M. Poujars, mais les yeux de M. Poujars ne rencontraient le visage de son employé que par accident et, même alors, leur regard passait à travers cet obstacle de chair et d'os pour fixer un point situé immédiatement derrière le crâne de Fabien. Cette circonstance faisait que le jeune homme soupirait de tristesse chaque fois qu'il entendait le son terne et autoritaire de ce timbre qui lui disait : « Lève-toi ! » Il n'aimait pas son patron dont la hauteur l'offensait. Il n'aimait pas non plus Pitaud qui avait un jour découvert des photographies d'actrices dans le tiroir de la table où Fabien rangeait ses tampons et qui, depuis lors, le saluait chaque matin d'un coup d'œil sournoisement interrogateur et multipliait les allusions goguenardes au cours de la journée.

Entre ces deux personnes Fabien se renfermait dans un silence têtu et faisait le morne calcul de toutes les joies que la vie lui volait. Pendant qu'il classait des fiches, des hommes et des femmes plus heureux que lui se promenaient et riaient au soleil. Le soleil ! C'était comme si M. Poujars l'avait mis dans sa poche. Ainsi pensait Fabien. Sans doute, il y avait les jours de congé. Surtout il y avait la nuit et le leurre de ses promesses dont une sur vingt était tenue, juste assez pour entretenir un misérable espoir. Là encore, là plus qu'ailleurs, Fabien se considérait comme voué à une malchance particulièrement attentive. Presque tout ratait dans sa vie. Il le voyait, il en était sûr. Cette certitude était le contrecoup d'un événement dont le jeune homme ne s'était jamais tout à fait remis : cinq ans plus tôt son père était mort, laissant des dettes dont il avait eu la faiblesse de ne rien dire et qui ruinèrent sa famille au point qu'une partie de son mobilier dut être vendue pour couvrir les frais de son enterrement. On découvrit qu'il avait perdu au jeu et dans des spéculations hasardées la presque totalité d'une petite fortune. Fabien fut retiré du lycée où il achevait sa philosophie, et l'été ne s'écoula pas que le jeune homme ne se trouvât installé à la petite table de bois blanc qu'il voyait quelquefois dans de mauvais rêves et qui lui dévorait sa jeunesse. Ce meuble, il le haïssait comme on hait un être humain. Parfois, ouvrant le tiroir pour y prendre un tampon, il se disait, bizarrement : « Si jamais je vais en enfer, j'entendrai le bruit que faisait ce tiroir en glissant dans ses rainures. » Ou encore : « Le grincement de ce tiroir est en réalité le grincement d'une chaîne. » A d'autres moments il se disait que cette table était faite des pensées qu'il avait en s'appuyant sur la surface de sapin, que toute sa tristesse et toute sa frénésie mal contenue se mêlaient à la substance dure et froide, et que, de même que dans les veines du corps circule le sang, ainsi dans les veines de ce bois circulaient ses rêves. Il l'aimait presque, tout en l'exécrant.

En général il consacrait son congé du samedi à des visites aux bouquinistes de son quartier. Feuilleter de vieux livres lui procurait l'illusion de la vie belle et studieuse qu'il aurait voulu mener, mais que son métier et son goût du plaisir rendaient également impossible. Le plaisir, il se le disait avec amertume, était un invincible élément de désordre, créait une sorte d'anarchie dans son existence. Avec beaucoup d'argent il eût essayé de réconcilier la faim du corps avec la faim de savoir, et c'était naïvement ce que Fabien pensait faire, malgré tout, en tournant les pages des coûteux volumes dont il respirait la poussière savante. D'une certaine façon cette occupation, qui ressemblait au Fabien qu'il aurait voulu être, absolvait à ses yeux le Fabien charnel qu'il était vraiment, car, ainsi que beaucoup d'hommes fascinés par le plaisir, il avait en lui une nostalgie inconsciente de l'austérité et croyait sans se l'avouer que la lecture de quelques pages écrites à Port-Royal le lavait de ses fautes, rétablissait même une manière d'équilibre. Aussi, des quelques heures de liberté que l'usage lui accordait en fin de semaine, il en donnait trois ou quatre à des recherches littéraires qui n'aboutissaient à rien, mais lui permettaient de courir, la conscience illusoirement apaisée, à la recherche d'aventures dont la plupart tournaient court.

Près de deux mois s'étaient écoulés depuis la rencontre du passage et les quelques jours de fièvre qui l'avaient suivie. Par un lourd et orageux samedi, alors qu'il ruminait ses désillusions le long d'une avenue déserte, Fabien s'arrêta tout à coup et s'écria : « Mais où donc es-tu, vieux corbeau ? Viens donc me délivrer de l'ennui comme tu l'as fait ce soir-là ! » Et il frappa le trottoir de son talon. Un grand silence accueillit ces paroles, puis une fenêtre s'ouvrit, et Fabien, qui se jugeait un peu ridicule, pressa le pas pour gagner une place voisine où les bouquinistes dressaient leurs boîtes sous des arcades, à l'entrée de magasins où les livres plus rares s'alignaient sur des rayons. Il franchit le seuil d'une porte, demanda le prix d'un ouvrage dont il croyait avoir envie et qu'il savait ne pouvoir s'offrir, dérangea les tomes d'un dictionnaire d'architecture religieuse, puis sortit avec cet air de somnambule qu'on voit souvent aux amateurs de vieilleries.

Les livres l'ennuyaient ce jour-là, mais l'idée de rentrer chez lui le remplissait d'un sentiment qui allait jusqu'à l'horreur. Pourtant rien de pénible ne l'attendait dans ces deux pièces ; rien du tout ne l'y attendait, et c'était cela qu'il ne pouvait souffrir. Il savait trop bien que ce qu'il allait trouver dans sa chambre, c'était lui-même, et à certaines heures, cette pensée ne lui paraissait pas supportable. Pour se fuir il eût marché d'un bout à l'autre de la ville, s'il avait cru que cet exercice le délivrerait.« Cette nuit, pensa-t-il, cette nuit... » Dans un éclair il entrevit les randonnées épuisantes à travers un quartier réputé giboyeux, puis le fiasco habituel. Peut-être était-il trop difficile. Quelqu'un lui avait dit un jour : « Il vous faut une statue d'or et d'ivoire ! » Oui, c'était cela, cela expliquait tout. Sans doute tenait-il de son père ces exigences. Un soupir d'impatience lui échappa : «Ah ! n'être plus moi-même, murmura-t-il, cesser d'être moi-même pendant une heure, fausser compagnie à ces éternels débats ! »

A présent, par un caprice de sa volonté malade, il avait envie de retrouver sa table et sa chambre, de se plonger dans ses papiers et dans ses livres pour s'étourdir, et quittant la place il se dirigea vers sa maison. Il marchait vite ; sa petite personne mince jetait une ombre agile sur le trottoir que frappait un soleil implacable. Depuis un quart d'heure, une chaleur pesante et sinistre s'installait dans les rues, et tout à coup le ciel se couvrit.

Fabien atteignit le vieil hôtel, passa sous la voûte et ouvrit la porte qui donnait sur la cour. Dans la cage de l'escalier dont la fraîcheur l'enveloppa aussitôt, il s'aperçut qu'il haletait. Pourquoi cette hâte ? se demanda-t-il. S'asseyant sur une banquette, il tira son mouchoir de sa poche et s'en essuya le visage. Pour la centième fois depuis qu'il habitait cette maison, il promena les yeux autour de lui et détailla la banalité du lieu où il se trouvait : les plantes vertes dans leurs pots d'argile, le carrelage noir et rouge et l'affreux tapis de reps grenat qui couvrait les marches. Aujourd'hui l'obscurité était telle qu'il y voyait à peine. Après avoir soufflé une minute ou deux, il se leva et posait la main sur la rampe quand il entendit le pas de quelqu'un qui descendait d'un étage supérieur.

Son premier mouvement fut de ressortir afin d'éviter une conversation possible avec un locataire, mais quelque chose le retint. Ce bruit sourd et monotone frappait le silence avec une régularité particulière qui faisait songer au va-et-vient d'une machine plutôt qu'au pas d'un être humain. A cause de cela, non sans un certain malaise, Fabien demeura immobile et dirigea la vue vers le palier du premier étage, mais ne put rien distinguer dans la pénombre. Il attendit un moment. Plus étranges que ce martèlement étaient sa persistance et le temps qu'on mettait à descendre un escalier de cinq étages. Pris d'une inquiétude presque aussi forte que sa curiosité, il monta plusieurs marches et, la tête renversée en arrière, se pencha sur la rampe. En vain ses yeux fouillèrent l'obscurité, et il eut l'impression que ce bruit de pas battait à ses tempes et se mêlait au bourdonnement de son sang. Au bout d'une minute il se redressa et se heurta tout à coup à quelque chose de noir qui recula. Des mots d'excuse tombèrent des lèvres de Fabien dans une sorte de bafouillement qui lui fit honte ; il s'aperçut qu'il avait peur.

— Nous nous retrouvons, fit une voix lente qu'il reconnut aussitôt.

— Je montais chez moi, dit le jeune homme sans bien savoir pourquoi il prononçait ces mots.

— Admirons la conjoncture, reprit la voix. Je descendais de chez un ami.

Il y eut un court silence, puis Fabien sentit une main se glisser sous son bras et un souffle tiède effleura son oreille.

— Montons, chuchota l'homme avec une douceur pleine d'autorité.

Ils montèrent. Un tel frémissement parcourait les jambes de Fabien qu'il ne se fût pas tenu debout sans le secours de la main puissante qui le hissait presque de marche en marche. Dans un effort pour dominer sa faiblesse il essaya de rire, mais ce rire même lui parut sinistre. Pourtant, ne se trouvait-il pas en compagnie de celui qu'il avait appelé à haute voix, une demi-heure plus tôt ? Que ne se félicitait-il au lieu de trembler ?

— Mon enfant, dit l'homme noir, vous êtes ému, je le sens. Peut-être vous ai-je involontairement troublé. Je ferai mon possible pour dissiper cette impression.

Ces phrases furent dites d'une voix si caressante et si chaude que Fabien eut la sensation de boire un cordial. Ses forces lui revinrent et il se dégagea.

— Je monterai seul à présent, fit-il, je vais bien.

Il sortit alors sa clef de sa poche, mais il y avait encore de l'incertitude dans ses gestes et cette clef lui glissa des doigts. Avec la rapidité d'un chat, l'inconnu ramassa l'objet, le retourna une ou deux fois dans sa grande main, en palpa les formes comme pour les fixer dans sa mémoire, l'approcha de son visage et le rendit enfin à son propriétaire, lequel se mit à rire de nouveau à la manière d'un enfant qui rit d'un tour de passe-passe, car toute cette opération semblait s'être faite en moins de deux secondes. Un rire plus dur et plus fort domina celui de Fabien et prit fin juste en même temps. Les deux hommes se regardèrent. Ils étaient maintenant à mi-chemin du troisième étage et les yeux de Fabien plongeaient dans ces yeux couleur d'eau de mer et tachetés de petits points bistre.

— Montons toujours, fit l'homme entre ses dents et

avec une sorte de complicité dans le regard et dans la voix qui parut à Fabien plus horrible que le reste.

Cette obligeance singulière d'un inconnu, quelles secrètes intentions cachait-elle ? Monter avec lui ? Pourquoi ? Un soupçon vint au jeune homme qui lui fit presque chavirer le cœur de dégoût. La lueur qui brillait dans ces yeux verts ne parlait-elle pas clairement de convoitise ? Brusquement Fabien détourna la tête et gravit les dernières marches aussi vite que ses jambes le lui permettaient. La clef entre ses doigts ne pénétra dans la serrure qu'après d'infructueux essais qui lui semblèrent durer une heure, puis il essaya d'ouvrir et de refermer la porte avant que le vieillard eût le temps de le rejoindre, mais, bien que ce dernier ne fît mine de se hâter en aucune façon, il entra avec le jeune homme dans le petit appartement obscur.

Un instant plus tard ils se trouvaient tous deux dans le bureau de Fabien. Par un geste instinctif qui n'échappa pas au visiteur malgré la pénombre, le jeune homme posa un livre sur les pages manuscrites étalées au milieu de la table, puis il passa derrière ce meuble de manière à le mettre entre lui et le bizarre personnage. Contrairement à ce qu'il avait craint, celui-ci demeurait immobile. Une minute s'écoula et Fabien, après avoir déplacé quelques bibelots sur sa table, alluma une lampe dont la clarté paisible brilla doucement sur les rayons de livres. Comme elle remettait bien tout à sa place, cette lampe ! Fabien n'avait plus du tout peur.

Maintenant, assis l'un en face de l'autre et séparés par cette longue table, ils pouvaient se parler, pensa Fabien, sans que leur entretien dégénérât en bataille. Du reste ses craintes de tout à l'heure lui paraissaient vaines à présent. L'homme, sans aucun doute, avait un aspect funèbre, mais ne manquait pas non plus d'une certaine dignité, peut-être à cause de ses vêtements de deuil et de ses cheveux blancs qu'il portait taillés en vergette. Sous un front bas et buté, mais pensif, le regard était trouble, guettant plutôt qu'il n'observait. Le nez long, carré du bout, la bouche large, mince, tirée comme pour mieux retenir ses paroles, et quelque chose d'anguleux dans la mâchoire faisaient une impression de logique mêlée à de la violence ; cependant il croisa les mains dans une attitude benoîte et prononça d'une voix douce quelques paroles insignifiantes sur le plaisir qu'il devait y avoir à travailler dans cette pièce. On eût dit que, dans ce studieux décor de livres, la lumière tamisée par un abat-jour lui inspirait de baisser le ton.

Fabien ne se souciait plus maintenant que de savoir comment il allait mettre à la porte celui qu'il considérait comme un vieux fou.« Il est probablement inoffensif, se dit-il, mais je crains qu'il ne devienne fort ennuyeux. » Et il se demanda par quelle aberration il avait pu agiter dans sa cervelle la question de savoir si cet homme était ou n'était pas un magicien. Pourquoi pas le diable en personne ?

— Vous savez, dit l'homme après un silence, ce n'est pas par hasard que je suis chez vous. D'abord le hasard n'existe pas. Et puis, je suis ici pour répondre à un appel, oui, à votre appel.

Fabien fit un geste de dénégation. Le vieillard leva les sourcils avec un air de surprise incrédule et n'insista pas.

En tout cas, reprit-il, voyez en moi quelqu'un soucieux de vous servir.

— Mais pourquoi ? demanda le jeune homme avec brusquerie.

Le vieillard le regarda dans les yeux.

— Vous m'intéressez, fit-il simplement.

« Nous y voilà », pensa Fabien.

Sans répondre, il se redressa un peu et prit un air froid. Son interlocuteur se pencha en avant.

— Votre avidité m'intéresse, dit-il. Cette lueur qui brillait au fond de vos regards, la nuit où vous m'avez quitté pour aller voir s'il y avait vraiment quelqu'un à l'autre bout du passage. Rassurez-vous, fit-il sur un nouveau geste de Fabien, je ne vous demande aucune confidence. Elle serait superflue, du reste. Ces aventures où dominent les sens ne retiennent mon attention que dans la mesure où l'âme s'y prête si peu que ce soit. L'âme, voyez-vous... Tôt ou tard, a dit un pieux auteur, on finit par n'aimer que les âmes.

Puis, d'une voix plus sourde où la sincérité mettait quelque chose de rauque, il prononça ces mots qui rendirent un son étrange dans la petite pièce tranquille :

— J'aime les âmes, *moi aussi*. Comme les hommes de plaisir tournent autour des corps, moi, je tourne autour des âmes. Mon enfant, savez-vous ce que c'est que désirer une âme, se réfugier dans une âme ?

Il posa la main sur le bord de la table et se leva très doucement. De nouveau Fabien se sentit envahi par la peur, non plus une peur qui lui séchait la gorge et faisait trembler ses membres, comme dans l'escalier, tout à l'heure, mais une peur beaucoup plus profonde et qui engourdissait son cerveau. Un effort qu'il fit pour quitter son siège demeura vain. Il lui sembla que cet homme n'en finissait pas de se lever et qu'il remplissait la pièce entière de sa silhouette noire. Rassemblant toutes ses forces Fabien desserra les lèvres et murmura :

— Laissez-moi !

Au même instant le prestige cessa. L'homme debout, en face de lui, souriait et de sa voix insinuante il reprit :

— Ce serait un malheur pour vous si je vous laissais. Je puis vous arracher à une vie médiocre. Vous ne me croyez pas ? Le signe que je vous ai donné dans le passage devrait pourtant vous suffire.

Il se pencha au-dessus de la table et, dans la lumière de la lampe qui le frappait à plein, son visage prit un aspect bestial :

— Est-ce le plaisir qu'il te faut encore ? demanda-t-il avec une violence subite. Me croiras-tu si je fais venir ici la personne que tu me nommeras, si je la fais entrer par cette porte dans l'heure qui va suivre ?

Du doigt il montra la porte sans quitter Fabien des yeux.

— Vous êtes fou ! dit le jeune homme.

— Et si je n'étais pas fou ? continua-t-il. Si c'était vrai ? Réfléchis donc : si c'était vrai ? N'y a-t-il personne qui ait jamais repoussé tes avances, quelqu'un que tu aies furieusement et vainement aimé ? Ah ! si, n'est-ce pas ? Dis-moi son nom, dis-le-moi !

Ses mains se posèrent à plat sur les papiers qui étaient devant Fabien. Celui-ci leva les yeux. Il lui sembla que tout s'obscurcissait autour de lui et que les larges épaules de cet homme lui cachaient le plafond et les murs. Dans son effroi il abaissa les paupières.

La voix parla de nouveau, mais beaucoup moins rude à présent et s'adoucissant par degrés jusqu'à devenir humble et presque suppliante :

— N'ayez pas peur. Je m'en irai si vous me dites ce nom. Rappelez-vous les refus que vous avez si patiemment essuyés, les déceptions, les rendez-vous où vous vous trouviez seul, où vous attendiez contre tout espoir pendant une heure, pendant deux heures... Rappelez-vous le plus beau visage qui vous ait dit non.

Alors dans le cerveau de Fabien il y eut comme un bouleversement de souvenirs, et des images glissèrent les unes sur les autres, sans ordre. Il reconnut des rues populeuses où il avait promené son chagrin, des coins de parc où il avait cent fois regardé sa montre jusqu'à ce que le froid, ou la pluie, ou la fatigue l'eussent chassé. Il se retrouva dans le foyer d'un théâtre, pressant une main qui se dérobait pendant qu'une voix murmurait avec une douceur cruelle : « Soyez raisonnable, voyons, puisque je vous ai dit que ce n'était pas possible. » Il se revit sanglotant de tristesse dans un café désert. Toute sa jeunesse anxieuse et frustrée reparut devant lui et tout à coup sa mémoire le mena dans une salle d'attente de gare où il avait vécu l'heure la plus désespérée et la plus solitaire, offensé au meilleur de lui-même, gardant dans ses oreilles le son terrible et pourtant délicieux d'un éclat de rire dont il venait d'être l'objet. Et comme un cri de douleur un nom revint sur ses lèvres qu'il ne put retenir.

L'homme se redressa aussitôt.

— Vous n'aurez pas beaucoup à attendre, fit-il avec une lueur de triomphe dans les yeux.

— Mais c'est impossible ! s'écria Fabien. Vous vous moquez de moi.

Un haussement d'épaules lui répondit.

— Nous allons voir, dit l'homme après un court silence.

Il parut tomber dans une rêverie de mathématicien qui se livre à des calculs, et, comme s'il se fût parlé à lui-même, il murmura :

— Dans l'escalier... A présent, dans la rue. Une voiture... elle s'arrête... elle repart. C'est bien.

Avec un sourire pensif, il abaissa les yeux sur le jeune homme qui le regardait en silence :

— Le nom que vous avez prononcé tout à l'heure est désormais le nom de votre esclave, dit-il d'un ton égal et tranquille.

Un instant s'écoula, puis il dit encore :

— Je m'en vais. Afin d'éviter une rencontre inutile je prendrai l'escalier de service. Oh ! je saurai le trouver ! Je connais ce vieil hôtel.

Sa main saisit le chapeau qu'il avait posé sur un meuble. Tout à coup il leva l'index.

— Ecoutez, fit-il.

Une seconde plus tard, ils entendirent la porte qui s'ouvrait et se refermait au bas de l'escalier. Fabien se leva ; ses joues étaient blanches.

— Ce n'est pas possible ! s'écria-t-il de nouveau.

L'homme fixa un instant ses yeux sur lui et sans ajouter un mot quitta la pièce. Fabien écouta le bruit de ses pas dans le couloir qui menait à la porte de service, puis le bruit de cette porte qui s'ouvrit et se referma doucement.

— J'ai rêvé, dit-il tout haut. J'ai rêvé et je me réveille. Je suis seul dans mon bureau, comme presque tous les soirs à cette heure, et voici mes livres, mes papiers.

Son cœur battait fort. Malgré lui, Fabien tendait l'oreille, et bientôt un autre bruit, sourd et régulier comme celui de son cœur, grandit dans le silence de la maison qui parut tout à coup attentive.

Il tenta de se raisonner : sans doute un locataire rentrait chez lui, montait au quatrième ou au cinquième, et ce bruit formait bizarrement une suite au rêve qu'il venait de faire. Dans quelques secondes, ces pas atteindraient son palier, puis continueraient leur chemin, graviraient un autre étage, et Fabien aurait la certitude qu'il avait rêvé. Personne ne venait le voir à ce moment de la journée.

Les pas s'arrêtèrent devant sa porte et l'on sonna. Fabien demeura immobile, debout et appuyé à sa table. Ses lèvres s'entrouvrirent sans laisser échapper un son. Au bout d'un moment il entendit un soupir d'impatience derrière la porte. Ses mains se joignirent ; il s'aperçut qu'elles étaient glacées comme en hiver. Une fois encore on sonna et il sembla au jeune homme que ce timbre déchirait quelque chose à l'intérieur de son crâne.

« J'ai peur, pensa-t-il, j'ai peur parce qu'on a sonné, peur de ce qu'il y a derrière cette porte. »

Une minute ou deux s'écoulèrent, puis les pas descendirent l'escalier avec le même bruit que tout à l'heure, et comme tout à l'heure aussi la porte qui donnait sur la cour s'ouvrit et se referma.

Fabien eut le sursaut de quelqu'un qu'on réveille et un cri d'angoisse sortit de sa poitrine !

— Si c'était vrai !

Courant jusqu'au bout de l'antichambre, il ouvrit la porte et se jeta dans l'escalier plutôt qu'il ne le descendit. Ses pieds touchaient si légèrement les marches que, malgré son trouble, il eut la sensation exquise de voler. Arrivé au bas de l'escalier il franchit d'un bon l'espace qui le séparait de la porte, et celle-ci se referma derrière lui avec un fracas qui emplit la cour. Il passa sous la voûte puis, haletant, se trouva

dans la rue qu'il regarda dans un sens et dans l'autre :
les réverbères l'éclairaient de distance en distance,
pauvrement ; elle était vide.

IV

Cette nuit-là Fabien marcha pendant des heures.
De rue en rue, les lumières clignotantes semblaient
l'appeler et lui dire : « Par ici, peut-être. » Mais souvent il hésitait, revenait en arrière et doublait le pas
pour rattraper le temps qu'il croyait avoir perdu.
Chaque rue se présentait à lui comme une nouvelle
énigme à résoudre. Qui pouvait dire si, derrière la
maison du coin qu'il apercevait là-bas, les pieds
mêmes qu'il avait entendus tout à l'heure montant
vers sa porte ne se hâtaient pas à présent vers un autre
but ? Dans la nuit que tourmentait encore un vent
maussade il eut l'impression que la ville entière cons-
pirait à lui cacher ce qu'elle lui avait offert un moment
plus tôt. Les toits allongeaient indéfiniment leur gros
trait noir au bas d'un ciel qui tournait au violet ; de
même les rangées de fenêtres barraient les façades
comme des mots sur une longue page grise, et il y
avait dans la fuite de ces lignes parallèles une sorte de
contrainte à laquelle l'esprit de Fabien finissait par
céder, comme on obéit à un ordre proféré d'une voix
de plus en plus impérieuse.
Marcher sans arrêt produit quelquefois une espèce
de vertige. Il lui sembla que ces rues vides se passaient
son corps l'une à l'autre, comme un objet dans un jeu
incompréhensible où l'ombre et le silence tenaient
leurs rôles de complices ; il lui sembla aussi qu'il était
sans cesse attrapé dans cette partie étrange dont le fin
mot était qu'il n'y avait rien, pas plus ici que là, ni plus
loin. Pouvait-il seulement dire qu'il chassait une
ombre ? Pas même. Il poursuivait un écho, un bruit

de pas montant, puis descendant des marches. Mais au lieu de lui montrer la vanité de ses efforts, la fatigue ne faisait qu'exaspérer son désir : en ayant déjà tant fait, pouvait-il s'arrêter à présent, et n'était-ce pas une raison de continuer que d'avoir parcouru déjà un si long chemin ? Puisqu'il était parti il fallait arriver, il ne fallait pas renoncer à sa proie, alors que cette proie n'était peut-être qu'à dix mètres de là, derrière ces maisons, au coin de cette autre rue. Tout à coup, avec un grand soupir, il s'adossa contre un mur et se contraignit à demeurer immobile, à perdre irréparablement les deux ou trois minutes qui le sépareraient pour toujours de ce bonheur convoité avec tant de rage. Ce ne fut pas sans un plaisir amer qu'il assura ainsi sa propre défaite. Il supputa comme autant de voluptés les privations qu'il infligeait par avance à son corps, car il finissait par le prendre en haine, lui et les exigences de son ingouvernable appétit. Et l'étrange pensée lui vint, une fois de plus, *qu'il ne voulait plus être lui-même* ; d'une manière inexplicable il sentit qu'elle venait de l'enrichir.

Il rentra chez lui. « Si j'ai rêvé, pensa-t-il, c'est qu'à certaines heures le rêve et la vie sont composés de la même substance, ou que je n'arrive plus à les distinguer. »

Les jours se suivirent, tissus d'ennui. Fabien délaissa le livre qu'il voulait écrire, sa main ne pouvant plus tracer qu'un seul nom ou les mots d'une lettre d'amour impossible à envoyer, car même eût-il su l'adresse nécessaire, l'extrême bizarrerie de ses phrases eût provoqué l'impatience, le dédain ou les rires, mais aucun des sentiments qu'il voulait faire naître. Un soir il fit une liasse de tous ces brouillons et les jeta au feu.

Dans son carnet il nota ensuite de sa petite écriture sage : « *Il y a deux plans. Ma vie se déroule tantôt sur l'un, tantôt sur l'autre. Que je travaille tous les jours pour le compte de ce pompeux imbécile dont je ne veux pas même écrire le nom sur cette page, cela est vrai. Que, d'autre part, l'homme noir dont je ne sais pas le* nom se soit assis dans cette pièce et m'ait parlé, cela est aussi vrai, mais d'une autre manière, et qu'on ait sonné à ma porte... »

Comme il s'endormait cette nuit-là il se demanda s'il reverrait jamais l'homme noir, et il se jura, si l'occasion se présentait de nouveau, de dominer sa peur, d'agir moins sottement ; mais à quoi tenait cette peur que lui inspirait l'homme noir ? Fabien n'aurait su le dire.

Le courrier du lendemain lui apporta un billet que terminait une signature illisible : « *Mon enfant*, disait ce billet *(permettez-moi de vous appeler ainsi), l'intérêt que vous inspirez sans le savoir à une personne que j'estime beaucoup l'encourage à vous confier que nous nous retrouvons à plusieurs, trois ou quatre fois l'an, dans un lieu que je vous dirai si, pour votre bonheur, vous passez mardi soir, un peu après minuit, sur la place qui est au bout de votre rue et qui s'étend en face (hélas !) d'une église, car cette nuit, précisément...* »

« C'est lui, pensa Fabien, et je n'irai pas. »

Il remarqua que l'encre était jaunie, comme si ces mots avaient été tracés depuis fort longtemps ; et il reconnut, dans l'onctueux charabia, la voix qui le mettait si mal à son aise. Aussi dit-il tout haut : « Je n'irai pas ! »

A minuit moins cinq, toutefois, il traversait lentement la place de l'église. La nuit était claire, froide et pure. Une lumière d'un bleu d'acier découpait de grands carrés noirs dans la haute façade grandiloquente, soulignait une corniche, frisait une barbe de saint. Sans s'arrêter devant l'énorme édifice dont les pierres lui redisaient ses années pieuses, Fabien gagna un coin sombre où il redoutait et espérait à la fois qu'une main, tout à coup, lui saisirait le bras. Rien de tel ne se produisit, mais à l'entrée d'une petite rue où flottaient des relents d'égout il trouva une voiture.

Dans l'obscurité elle n'eût pas été visible sans les reflets laiteux qui en dessinaient les contours, ni les flambeaux de métal blanc qui lui prêtaient un aspect à la fois luxueux et funèbre. C'était un de ces véhicules comme il s'en trouve encore au fond des vieux quartiers endormis, avec de grandes roues orgueilleuses et des portières qui luisent comme des miroirs. En s'approchant Fabien distingua la silhouette d'un cocher dont le chapeau de cuir bouilli recueillait les feux d'un lointain réverbère. Il s'arrêta, pris d'un doute, et se demanda s'il n'allait pas tout simplement rentrer chez lui. A ce moment la vitre d'une des portières s'abaissa et une voix qu'il reconnut l'appela avec une douceur impatiente. Comme par une inspiration soudaine, Fabien saisit alors la poignée de métal et se trouva presque aussitôt à l'intérieur d'une sorte de boîte capitonnée à la mode d'autrefois. Les stores de drap noir, tirés d'un geste rapide, firent la nuit dans la voiture, puis le cri des roues monta dans le silence et les sabots du cheval battirent sourdement le pavé.

De nouveau, Fabien sentit les approches de la peur. En vain il luttait contre lui-même ; ses doigts, malgré lui, tentèrent de relever un des stores, mais une main calme et puissante se posa sur la sienne et la maîtrisa.

— Remettez-vous, fit la voix, plus rude à présent. Ce rideau ne vous dérobe rien que vous ne connaissiez et il est nécessaire, par le secours de ce bout d'étoffe, que je vous cache le trajet que nous accomplissons. Ces paroles furent suivies d'une lourde pause pendant laquelle Fabien entendit le son de son propre souffle et il se compara intérieurement à une bête au fond d'une trappe.

— J'étouffe, murmura-t-il.

— Dormez ! commanda son compagnon.

Le jeune homme ferma les yeux, non pour dormir, mais pour mieux prendre conseil de lui-même. « Me voilà entre les mains d'un fou, se dit-il. J'ai négligé les avertissements de mon instinct et je suis tombé dans un piège. » Tout à coup il s'assoupit. Dans son rêve il crut que son compagnon se rapprochait de lui, l'obligeait à se rencogner plus encore dans la voiture, lui

prenait les mains et chuchotait à son oreille :
« Comme vous avez une belle âme, mon enfant ! Et
comme j'aime les belles âmes ! Tôt ou tard on finit par
n'aimer que les âmes, vous savez. Un pieux auteur...
Mon enfant (permettez-moi de vous appeler ainsi)...
Oh ! la belle âme, vraiment, la belle âme inquiète,
avide, curieuse !...»

Il se débattit, fit de terribles efforts pour crier, mais
on eût dit que la voix à la fois sourde et caressante
s'enroulait autour de lui, liant ses bras, serrant sa
gorge avec une douceur irrésistible. Soudain il y eut
un choc et le jeune homme s'éveilla. Un vent froid le
souffletait. Péniblement il se leva et crut qu'il allait
tomber, mais une main passée sous son bras le soutint. Au hourvari que faisait le vent il jugea qu'il se
trouvait sur une hauteur, et d'abord ses yeux ne
distinguèrent rien, puis il aperçut des lumières qui
brillaient à une grande distance.

— La ville, dit Fabien.

— Elle est à ceux qui en veulent, fit le vieillard. Il
suffit de savoir s'y prendre.

Le jeune homme ne répondit pas. Tout près, la
voiture qu'ils venaient de quitter luisait dans l'ombre
comme un bloc de glace.

— Allons ! fit l'homme noir en entraînant Fabien.

Quelques pas les menèrent à une grille monumen-
tale devant laquelle d'autres voitures attendaient. Ni
Fabien, ni son compagnon n'ouvrirent la bouche. Du
gravier crissa sous leurs chaussures alors qu'ils
s'engageaient dans une avenue bordée de grands
arbres dont les ramures ployaient en gémissant
au-dessus de leurs têtes, et au bout d'un instant ils
virent de hautes fenêtres éclairées qui se détachaient
dans la nuit.

Ils atteignirent enfin une maison d'apparence
extrêmement fastueuse, et dont la porte leur fut
ouverte par un valet en livrée de satin noir à boutons
de cristal. Après une courte hésitation, car il se savait,
lui, pauvrement habillé, Fabien fit l'abandon de son
pardessus entre les mains de cet homme d'une humi-

lité méprisante. Tout n'était que marbre, miroirs et lumières dans ce vestibule où des statues d'une blancheur éclatante fixaient les visiteurs de leur orbites vides, et Fabien demeura plusieurs minutes la bouche ouverte d'étonnement. Comme il regardait autour de lui ses yeux rencontrèrent son compagnon qui l'observait avec un intérêt visible, et l'aspect du vieillard fit tressaillir Fabien, car avec son habit noir et sa cravate blanche il semblait un mort qu'on vient d'habiller pour le mettre en bière ; seules vivaient les prunelles dans ces chairs d'une couleur terne et plombée. Pendant plusieurs secondes ils se considérèrent l'un l'autre, comme s'ils ne s'étaient jamais vus ; dans l'éblouissement du lustre qui pendait du plafond chacun semblait découvrir un nouveau personnage dont sa curiosité ne se rassasiait pas.

— Je ne vous ai pas encore dit mon nom, fit le vieillard. Il faut pourtant que vous le sachiez : Brittomart. Entrons ! ajouta-t-il avec brusquerie.

Les deux battants d'une porte s'ouvrirent, et Fabien se trouva tout à coup au milieu d'un salon où le bruissement d'une foule qui parlait à mi-voix se mêlait au bruit d'instruments à cordes dans une pièce voisine. Il sembla d'abord à Fabien qu'il avait un voile sur les yeux, puis il sentit deux mains fermes et chaudes envelopper les siennes et un regard attentif se poser sur son visage, en même temps qu'une voix pleine de sollicitude lui demandait s'il avait fait bon voyage.

— Car vous venez de loin, remarqua la voix.

Fabien se ressaisit aussitôt et vit un homme de taille médiocre, mais dont la petite personne était empreinte d'une grâce indéfinissable qui faisait songer à l'élégance naturelle d'un danseur ; même immobile, en effet, quelque chose dans son attitude évoquait l'agilité, le bond. Il semblait jeune. Ses yeux, d'un noir profond, brillaient sous des sourcils charbonneux et rudes qui accusaient la délicatesse nacrée et presque féminine de la peau. Un sourire continuel laissait voir des dents dont il tirait certainement vanité, mais son regard était modeste et ses paupières s'abaissaient à tout propos. Il parlait d'une voix nuancée, raisonnable, non sans une certaine chaleur cependant, qui prêtait aux mots une richesse de sens bizarrement inattendue.

D'une seule phrase, il mit Fabien à son aise, et de telle sorte que celui-ci, qui souffrait un moment plus tôt de sa gaucherie et de sa mise, eut l'impression d'être le mieux vêtu de tous les hommes qu'il voyait autour de lui. Sans doute l'accueil qu'on lui faisait justifiait-il cette erreur, car il était à peine entré que les conversations se turent et que les regards se tournèrent dans sa direction pour s'attacher sur lui avec une insistance respectueuse et en même temps un soupçon d'avidité ; ce mot, en effet, semble convenir à l'espèce de gourmandise que Fabien crut discerner dans tous ces yeux devenus attentifs. Il y en avait de tous les âges et de toutes les couleurs, mais tous portaient les marques d'une immense lassitude qui leur donnait un air de parenté spirituelle ; il y en avait d'un bleu transparent sur lequel on eût dit que déferlait une vague, et d'autres qui ressemblaient au fond d'une rivière que frappe le soleil ; d'autres, d'un noir impénétrable, faisaient songer à des puits ; il y en avait où passait un orage, et d'autres encore au-dessus desquels Fabien eût voulu se pencher pendant des heures. Depuis qu'il avait franchi le seuil de cette maison il lui semblait que le temps perdait de sa réalité, et il en éprouva une inquiétude qu'une simple pression de main de son hôte suffit à dissiper.

— La fatigue du voyage vous dispense de toute cérémonie, dit celui-ci de sa voix bien timbrée. Mes amis, ajouta-t-il avec un coup d'œil à la ronde et d'un ton à mi-chemin entre la jovialité et le commandement, les présentations viendront plus tard ; nous n'importunerons pas notre invité de nos questions.

A ces mots tous reculèrent dans un bruit de chuchotement que firent leurs pas sur les lames du parquet ; en même temps Fabien crut entendre une phrase murmurée sur un ton de curiosité mêlée de frayeur : « C'est pour le don... pour le don... » Il remarqua que ces hommes et ces femmes, vêtus avec tous les raffinements de l'élégance la plus exigeante, montraient des visages blêmes et défaits où des passions tyranniques avaient laissé des traces indiscutables. Un bras glissé sous le sien mit fin à ces observations.

— Si vous voulez, dit l'hôte, je vous montrerai quelques livres que j'ai rassemblés dans une pièce voisine. Il y en a de curieux.

Tout en parlant il se dirigeait avec Fabien vers une petite bibliothèque dont il referma la porte sur eux deux avec soin. Des reliures de cuir à fleurons d'or cachaient les murs comme d'un revêtement sombre et précieux où la lumière de plusieurs flambeaux jetait la caresse de ses feux. Fabien lut au hasard quelques titres d'ouvrages oubliés et tira même un volume, ce qui lui permit d'apercevoir un second rayon derrière le premier. Cependant ses paupières alourdies de fatigue se fermaient à moitié. Il flottait dans cette pièce une odeur lourde et capiteuse qui portait au sommeil. Presque sans savoir ce qu'il faisait, le jeune homme glissa dans un fauteuil de velours cramoisi et laissa tomber sa tête en arrière avec délices.

— Excusez-moi, murmura-t-il.

— Fermez les yeux, lui répondit-on. Je crois qu'ainsi vous comprendrez mieux ce que je vais vous dire.

Comme cette voix était douce ! D'une douceur presque physique, pensa Fabien. On eût dit qu'elle frôlait la surface de la chair et la couvrait de légers frissons, touchant le visage et le cou et résonnant jusque dans la poitrine.

— Mon ami, poursuivait-elle, vous dormez, mais quelque chose en vous m'écoute. De vous à moi, un lien fragile encore s'établit le jour où certaines paroles vous échappèrent, car rien n'est jamais dit en vain dans ce monde. J'appris que vous vous plaigniez de ce que la destinée humaine a d'étroit et d'uniforme...

Il y eut dans tout l'être de Fabien une sorte de glissement subit, comme s'il tombait dans un trou, puis il entendit :

— ... des rêves anciens, la vieille convoitise humaine. N'avez-vous jamais aperçu dans le crépuscule les formes de vos songes, un visage dans le carreau d'une fenêtre ? Ou la gloire fouillant dans vos papiers pour y trouver le livre dont elle a besoin ? Votre livre. Ou la richesse...

Fabien eut l'impression de lutter contre une masse d'eau, comme un homme qui veut remonter à la surface d'un fleuve où il est tombé. Après de violents efforts il réussit à rouvrir les yeux.

— Que disiez-vous ? demanda-t-il.

L'homme saisit un volume à portée de sa main et s'assit de côté sur un bras du fauteuil cramoisi. Tout à coup il eut l'air de se raviser et dit :

— Sortons !

Ils poussèrent une porte et descendirent quelques marches dans l'obscurité. Le vent passa dans leurs cheveux, baigna leurs visages comme une eau rafraîchissante. Lorsque les yeux du jeune homme se furent habitués à l'ombre, il reconnut les arbres sous lesquels il était passé tout à l'heure. Des odeurs de terre et de feuilles flottaient au gré de l'air, évoquant dans l'esprit de Fabien de confus souvenirs de bonheur.

— La nuit est douce, fit l'homme quand ils se furent quelque peu éloignés de la maison. Nous serons bien pour nous entretenir sous ces arbres. Le vent se chargera de disperser nos paroles, de même qu'on efface des mots sur une page.

Sa main se logea sous le bras de Fabien.

— Mon ami, demanda-t-il au bout d'un moment, n'avez-vous jamais rêvé ? Oh ! je ne parle pas des images douces ou violentes dont s'illustrent vos nuits, mais des grandes aspirations de l'intelligence et du cœur qui nous portent, à certains jours, au-devant de l'avenir. Vous êtes-vous jamais vu aimé, riche, vainqueur du monde ? Mais à quoi bon ces questions, n'est-ce pas ? A peine seriez-vous qui vous êtes (il lui

64

pressa le bras) si vous acceptiez votre état présent. Écoutez-moi, Fabien. Je ne suis pas un de ces enchanteurs dont on raconte l'histoire dans *le Cabinet des Fées*. Vous donner le plus beau visage du monde et glisser dans votre poche la bourse de Fortunatus, ces gracieusetés ne sont pas en mon pouvoir. Et d'abord, qu'en feriez-vous ?

— Ce que j'en ferais !..., ne put s'empêcher de dire Fabien.

— Vous vous lasseriez de ce visage comme de cette bourse. Ce qui distingue, en effet, les natures imaginatives de toutes les autres, c'est leur impatience, leurs perpétuelles rébellions contre l'habitude. Elles soupirent après du nouveau. Ces hommes et ces femmes que vous avez vus tout à l'heure sont des martyrs de l'ennui qui quémandent du secours. Beaucoup viennent de fort loin dans l'espoir d'une aumône. La jeunesse ! C'est cela qu'ils veulent, et ils n'ont que ce mot à la bouche. En échange de ce bien, ils m'offrent leurs âmes usées dont le ciel ne veut plus.

— Vous êtes donc le diable ! s'écria Fabien.

La voix de l'homme eut des inflexions d'une modestie charmante :

— Oh ! répondit-il, un simple subalterne.

Il rit doucement et reprit :

— A quoi servirait la jeunesse à ces pauvres gens ? Emprisonnées dans des corps séduisants, leurs âmes gémiraient à nouveau d'ennui au bout de quelques semaines. Changer de geôle n'est qu'un palliatif au mal dont elles souffrent. Il faudrait — m'écoutez-vous ? — pouvoir quitter la geôle avant que l'ennui s'y installe.

— Entendez-vous qu'il faudrait mourir ?

— Mourir n'est pas une solution, fit l'homme avec une pointe de gaieté un peu moqueuse. J'ai beaucoup mieux à offrir, pourvu qu'on ait l'audace d'accepter, ajouta-t-il plus bas, comme s'il se parlait à lui-même.

Il se tut ; leurs pas se ralentirent et ils quittèrent l'avenue pour s'engager dans un petit bois.

— Arrêtons-nous, dit l'homme quand ils eurent

atteint une clairière. Le silence est ici d'une profondeur admirable et le vent retient sa respiration, comme s'il se faisait scrupule de le troubler. Il semble que la nuit nous tienne dans ses deux mains refermées. Personne au monde ne saurait dire où nous sommes.

Il s'interrompit pour demander :

— Avez-vous froid ?

— Non.

— Avez-vous peur ?

— Je n'ai pas peur, dit Fabien.

— Je puis donc vous parler. Vous savez comme moi qu'une des causes majeures de l'ennui est l'étroitesse de notre destinée. Nous nous éveillons chaque matin les mêmes, et c'est en vain que des rêveurs de l'Antiquité ont soutenu que jamais la même personne ne passe deux fois par la même porte. La vérité est que chaque homme est condamné à vivre dans le même corps, à voir par les mêmes yeux, à comprendre et à méditer jusqu'à la mort par le secours du même cerveau. L'ingénieux supplice de l'identité crée un enfer beaucoup plus subtil que le lieu torride inventé par la superstititon. Être éternellement le même n'est pas supportable aux esprits affinés par la réflexion. Sortir de soi, devenir autre, n'est-ce pas là un des rêves les plus intelligents que l'homme ait portés en lui ?

Il se tut un instant et reprit :

— Cette nuit, par une faveur insigne, vous recevrez le don de changer votre personnalité contre celle qu'il vous plaira d'élire : vous deviendrez qui vous voudrez. Toute l'expérience humaine, éparse autour de vous, vous est offerte. D'un être à l'autre, selon le caprice de votre curiosité, vous voyagerez comme le voyageur qui s'arrête dans une ville le temps qu'il faut pour en épuiser les plaisirs ou satisfaire son goût de savoir. Vous ne connaîtrez de la souffrance que ce que vous en voudrez apprendre, et vous jouirez de tous les bonheurs possibles. L'humanité deviendra la bouche par laquelle vous assouvirez vos faims ; ses doigts, son corps, son cœur serviront à la dilatation énorme de vos appétits. Fabien, je vous donne le monde.

Ses mains saisirent les mains du jeune homme.

— Ce don est le don suprême, murmura-t-il. Oserez-vous l'accepter ?

Fabien ferma les yeux. Dans ses bras, dans sa poitrine, une force nouvelle circulait.

— J'accepte, souffla-t-il.

Que ce mot lui parut long à dire ! Ce fut comme si les syllabes emplissaient le silence pendant des heures et se répercutaient en d'interminables avenues.

— C'est bien, fit l'homme.

Et par un geste où il y avait une bonne camaraderie rassurante, il mit un bras autour des épaules de Fabien, puis il dit avec une grande simplicité :

— Cette parole que vous venez de prononcer nous tiendra lieu de tous les parchemins traditionnels signés de notre sang, voulez-vous ? De telles billevesées ne sont plus de notre temps, pas plus que ce mot de *diable* qui vous a échappé tout à l'heure et que vous bannirez de votre vocabulaire. Je vais, à présent, vous exposer ce que je puis appeler notre méthode, laquelle n'est simple qu'en apparence. La première chose à savoir est que la divulgation du secret serait punie d'une mort inimaginablement pénible — mais je suis sûr que vous n'allez pas faire l'enfant. Passons donc toutes ces horreurs.

Ils firent quelques pas et plongèrent de nouveau dans la nuit des arbres.

— Apprenez, fit l'homme, que votre personnalité est enclose en votre nom. Tout le principe des métamorphoses qui vous attendent tient, en effet, dans ces deux syllabes qui vous désignent et d'une certaine façon vous emprisonnent. En donnant ce nom à un homme ou à une femme ignorants de cette loi secrète, vous changez de personnalité avec eux. Ainsi donc, le premier venu se voit contraint d'héberger dans son corps cette âme qui est la vôtre, cependant que la sienne élit aussitôt domicile dans la maison de chair d'où vous venez de vous évader. Quelques paroles dont le sens vous échappera, mais que je vais nonobstant vous apprendre, assureront le succès de cette opération délicate...

Tout en parlant, ils s'enfoncèrent dans les bois qui recueillirent le murmure de leurs voix assourdies.

Une heure plus tard, Fabien se retrouva seul devant la grille du parc. Par quels détours son compagnon l'avait-il mené jusque-là ? Le jeune homme n'en savait rien. Tout se brouillait dans sa tête, et il lui semblait que les lamentations du vent qui s'élevaient jusqu'à une sorte de clameur emportaient dans la nuit le souvenir de toutes les paroles prononcées par l'inconnu sous les arbres, à l'exception de quelques-unes qui, celles-là, demeuraient essentielles.

Ces grands cris du vent Fabien les écouta comme s'il eût été sur le point d'y trouver un sens. Parfois la fureur de l'air se traduisait par un bruit sourd et violent qui ressemblait à un énorme coup d'épaule donné dans une porte, ou bien une douceur subite se répandait dans le ciel et l'on entendait un vaste chuchotement, comme celui de la mer déferlant sur une plage.

Fabien avança de quelques pas et aperçut le fourmillement des lumières de la ville. Il s'arrêta, étourdi. A ce moment une voix qui lui parlait presque à l'oreille le fit tressaillir et il sentit une large main rude qui s'emparait de la sienne pour le guider dans l'ombre. Le premier mouvement de Fabien fut de résister, car il n'était plus tout à fait le même depuis tout à l'heure, mais il réfléchit que le moyen lui était sans doute offert de regagner son domicile et il jugea profitable de céder. En effet ses yeux distinguèrent bientôt la voiture noire qui luisait sur la route, dominée par la haute silhouette du cocher immobile.

A peine dans ce véhicule eut-il le temps de reconnaître la pénétrante odeur du drap et de sentir contre sa joue une des bosses rêches et fermes du capitonnage, que Fabien dodelinait de la tête et presque aussitôt s'endormit. Malgré la profondeur de son sommeil, cependant, il lui sembla que la voiture roulait à fond de train, dans un grand tumulte de roues et de sabots. Parfois un cahot jetait contre lui son compagnon qui ne cessait de crier au cocher d'aller plus vite. Tout à coup, Fabien ouvrit les yeux et vit, comme dans une série d'éclairs, le masque blême du vieillard que frappaient les lumières espacées d'une rue, mais le jeune homme, recru de fatigue, perdit conscience de nouveau, et de nouveau ressentit le choc des roues sur les pierres. Plus d'une fois aussi, une oscillation violente, analogue au roulis d'un bateau, lui fit redouter que la voiture ne versât, mais alors même qu'il pensait se réveiller, Fabien glissait tout droit dans une sorte de gouffre noir.

Soudain le vacarme et l'agitation cessèrent. Beaucoup plus que la main qui le secouait par l'épaule, ce fut le silence qui tira Fabien de son sommeil. Il sortit de la voiture en trébuchant comme un homme pris de vin et se trouva devant sa maison. Les poings dans les orbites, il essaya de regrouper ses idées et reçut dans la figure son chapeau qu'on lui jetait. En même temps il entendit le vieillard lui crier, dans le grincement des roues qui s'étaient remises à tourner, cette bizarre parole d'adieu :

— Bon voyage !

Il suivit des yeux la voiture jusqu'à ce qu'elle eût tourné le coin de la rue, puis monta chez lui. La lampe brillait sur sa table de travail, répandant sa lumière tranquille sur un livre ouvert et la page inachevée d'un manuscrit. Ces objets, qui le rattachaient à la vie de tous les jours, Fabien les couvrit d'un long regard pensif et, s'asseyant sur la chaise de paille, il se mit à réfléchir. Les roues de la voiture criaient encore dans sa tête et, cependant, il ne pouvait croire qu'il n'eût point rêvé. Cette table, ces livres et cette lumière tombant sur ses mains, tout cela le rassurait, car tout cela était vrai. Pourtant il se rappela l'odeur particulière de la voiture, et cela lui parut également vrai d'une vérité indiscutable. Puis, comme un grand coup de poing en pleine poitrine, le souvenir de la conversation sous les arbres lui revint à l'esprit. Le don...

— Ce n'est pas vrai, dit-il à haute voix. J'ai dormi, j'ai rêvé.

Se levant tout à coup, il courut à la fenêtre dont il écarta les rideaux. Par les fentes des volets, il vit qu'il faisait encore nuit et poussa un soupir de soulagement : cette obscurité lui était garante qu'il n'était pas sorti, et d'ailleurs, n'avait-il pas sa montre pour l'ôter de ses doutes ? Mais l'ayant tirée de sa poche, il la regarda quelque temps sans comprendre : elle s'était arrêtée, en effet, à minuit cinq.

Au bout d'un moment il se coucha.

V

Il s'éveilla fourbu. Sa chambre, qu'il considéra d'entre ses paupières alourdies, lui parut d'une banalité odieuse. Plus pénibles à voir que le reste, ses vêtements jetés sur une chaise et qui, d'une manière indéfinissable, lui *ressemblaient*, mais c'était lui assassiné, ou tordu par la foudre ; les manches vides, surtout, pendaient avec quelque chose de tragique, comme des bras sans vie. Il ferma les yeux et se souvint alors de sa soirée.« Un long rêve confus et sinistre, non sans beauté, pensa-t-il, une espèce de délire métaphysique. »

Un regard jeté sur sa montre le fit sauter de son lit, et moins de dix minutes plus tard il nouait sa cravate devant un miroir aux profondeurs grises. Ce fut alors qu'il lui arriva un accident banal qui se produisait de temps à autre : ses mains tout à coup inhabiles oublièrent la série de mouvements indispensables pour former un nœud. Il essaya plusieurs fois, perdit patience, reconnut enfin que s'il échouait dans une opération aussi simple, c'était parce que son esprit était fortement occupé ailleurs. Or sa pensée, à cette minute, aurait pu se résumer en quelques mots, et ces quelques mots se formèrent d'eux-mêmes sur ses lèvres ; il en entendit le son dans le silence de sa chambre : « Si c'était vrai... »

Un à un, les différents épisodes de la nuit se regroupaient dans sa mémoire avec une précision minutieuse : le voyage en voiture, l'entretien dans la bibliothèque, puis sous les arbres, le retour dans cette même voiture dont l'odeur semblait flotter autour de lui. Il s'aperçut alors que ses mains tremblaient, noua sa cravate comme il put, prit son chapeau et sortit.

Dans la rue, une faiblesse subite le contraignit de s'appuyer au mur du vieil hôtel. Il eut l'impression que le trottoir s'inclinait en avant et qu'il était lui-même soulevé de terre. « Je vais tomber », pensa-t-il avec horreur. Mais il ne tomba pas. Alors seulement il se rendit compte qu'il avait oublié son pardessus et n'avait pas déjeuné. L'idée de remonter chez lui traversa son esprit, mais en fut chassée aussitôt par une autre idée beaucoup plus singulière et qui faillit de nouveau lui faire perdre l'équilibre, car le vertige qui s'emparait de lui obéissait à un rythme particulier que réglait apparemment la récurrence de certains souvenirs. Chaque fois, en effet, qu'il se rappelait les paroles échangées dans le parc avec l'inconnu aux yeux noirs, le sol glissait sous ses pieds comme un tapis qu'on eût tiré par un bout. « Pourquoi, demandait une voix intérieure, te préoccuper du froid et de la faim, puisque toutes les richesses de la ville sont à toi ? Le pouvoir qui t'est départi, qu'attends-tu, imbécile, pour t'en servir ? »

— Mais ce n'est pas vrai, dit-il tout haut, le visage baigné de sueur. La vie réelle ne peut être le prolongement d'un rêve. Il y a deux plans...

Il s'arrêta. Des passants se retournèrent. Un monsieur à moustaches blanches se dirigeait de son côté. Fabien l'attendit, puis faisant un pas vers lui, il demanda :

— Si c'était vrai ?

Un regard étonné fut la seule réponse qu'il obtint et le vieillard s'éloigna dans un grand haussement d'épaules, mais Fabien éprouvait à présent un sentiment d'exaltation inexprimable et une fièvre subite chassait le sang dans ses veines. A la mélancolie de tout à l'heure succédait une légèreté de cœur comme il n'en avait pas éprouvé depuis son enfance, car l'espoir assombri par les doutes faisait place à une certitude grandissante. Une puissance mystérieuse s'installait en lui, empruntait son cerveau pour penser des pensées nouvelles, sa langue pour ordonner les choses les plus difficiles, ses pieds pour aller de l'avant. Tout lui appartenait ; il n'avait qu'un nom à dire et quelques syllabes à prononcer correctement dont le sens, du reste, lui échappait ; et dans l'impatience où il était de mettre ce don à l'épreuve, il se mit à courir à la recherche de la première personne qui lui parût heureuse, mais surtout riche, car il avait faim.

Au coin de la rue il se vit tout à coup dans la glace d'un magasin et s'arrêta net. Pendant une minute il considéra son corps trop maigre, son visage, qui lui parut d'une laideur ardente, ses lèvres avides, et brusquement il fut secoué d'un rire énorme à l'idée qu'un autre que lui allait habiter cette chair sans grâce, alors que lui-même, s'évadant sans cesse de toutes les têtes et de toutes les poitrines, allait traverser l'humanité comme on roule à travers des pays inconnus.

Toutefois, comme son agitation commençait à émouvoir la curiosité des passants, il jugea plus sage d'entrer dans un café pour y réfléchir à sa ligne de conduite. Assis devant une tasse de café qu'il flaira déjà avec une grimace de millionnaire (dans son porte-monnaie, tout juste de quoi payer cette consommation), il essaya de retrouver son calme et de dresser des plans.

« Car enfin, pensa-t-il, tout cela est parfait, mais je suis toujours dans la peau d'un individu appelé Fabien. Si je désirais, quelque jour, faire rentrer mon âme dans son domicile actuel, je ne voudrais pas qu'elle le retrouvât en mauvais état. Il faudra qu'on ait

soin de ce pauvre corps dans lequel je me suis tellement ennuyé. Par conséquent, ne le confions pas à la
légère au premier venu pour le simple plaisir de faire
un bon déjeuner. Selon toute probabilité, ce brusque
échange de domiciles provoquera chez ma victime un
furieux dérangement cérébral. Que le malade soit
donc dorloté *jusqu'à mon retour*, qu'il n'aille pas,
surtout, échouer dans quelque épouvantable asile. »

Il regarda autour de lui, à tout hasard, ne vit personne et plongea de nouveau dans ses réflexions :

« Comment les choses vont-elles se passer ? Un
homme se trouve tout à coup dans ma peau. Selon
toute probabilité il perd aussitôt la raison.
Qu'advient-il alors de lui ? Mais suis-je bête ! Cet
homme, qui a toutes les apparences de Fabien Especel, on examine ses papiers, qui sont les miens, et on
le mène chez moi. Ma mère s'occupera de lui et lui
épargnera les horreurs d'une institution médicale. »

Il ouvrit son portefeuille, s'assura qu'il contenait un
document portant son nom et son adresse et fit signe
au garçon qu'il voulait lui parler.

— Monsieur désire ?

— Vous poser une question, dit Fabien, une simple
question.

Le garçon pouvait avoir cinquante ans. Chauve,
avec une moustache noire barrant une longue figure
blanche.

— Voudriez-vous être à ma place ? demanda
Fabien, qui ne put s'empêcher de frissonner comme si
la porte fût restée ouverte. Comprenez-moi bien, garçon : voudriez-vous être la personne que je suis au
lieu d'être la personne que vous êtes ?

— Ça dépend, fit l'homme au bout de quelques
secondes.

— Évidemment, dit Fabien. Ça dépend, mais tout
de même ?

— Eh bien ! non.

— Pourquoi pas ?

— Voyez-vous, monsieur, ma situation n'est pas ce

qu'on appelle brillante mais si j'étais à votre place il me semble que je serais un peu...

Il toucha son front. Fabien éclata de rire.

— Si vous saviez ce que vous dites et à côté de quoi vous êtes passé ! s'écria-t-il en posant une pièce d'argent sur la table. Gardez la monnaie et permettez-moi de vous féliciter.

— Comme ça tout le monde est content, remarqua le garçon en s'éloignant.

« Curieux, pensa Fabien. On dirait que quelque chose l'a averti. Mais pas de bêtises ! J'ai été à deux doigts d'essayer. »

Il sortit. Dehors le soleil brillait à travers un léger brouillard et une fine odeur de charbon flottait dans l'air matinal. La journée s'annonçait d'une douceur exceptionnelle, avec cette pointe de mélancolie particulière aux jours qui précèdent le printemps. Il y avait dans l'air une sorte de tendresse qui mettait un sourire sur les visages les plus durs et prêtait aux grands immeubles sombres une grâce illusoire, dorant leur banalité.

Fabien jeta un coup d'œil vers l'horloge d'un bijoutier et constata qu'il était neuf heures cinq ; par conséquent M. Poujars se trouvait assis à son bureau depuis cinq minutes. Cette pensée, le jeune homme la savoura.« Vous êtes assis devant vos papiers, monsieur Poujars, et moi je me promène au soleil en regardant les femmes. C'est qu'en effet il faut que vous gagniez votre croûte, alors qu'il m'est donné, à moi, de flâner le long des rues en rêvant à celui que je veux être. »

De nouveau il eut son vertige et dut s'asseoir sur un banc. Autour de lui les gens allaient et venaient sans le voir. Le chapeau en arrière, le visage blanc de fatigue, il considérait ces hommes et ces femmes de ses grands yeux attentifs où brillait une flamme nouvelle. Un pli de gaieté féroce lui tordit les coins de la bouche et, une fois de plus, il éclata de rire. Tout à coup il monta sur le banc et, les bras tendus vers les passants, s'écria :

— Humanité, grande coupe où je vais boire !

Plusieurs personnes s'arrêtèrent. Un peu gêné, il descendit du banc et sauta dans une voiture qui attendait au bord du trottoir, mais ne sut quelle adresse donner au chauffeur. A tout hasard il donna celle de son bureau. Ce serait amusant de voir, une dernière fois, la figure de M. Poujars, de braver son mécontentement jupitérien. A la vérité, Fabien n'éprouvait à l'égard de cet homme qu'une faible rancune : M. Poujars symbolisait à ses yeux la lourdeur bourgeoise et une espèce de tranquillité bovine qui était le signe de la richesse, mais si Fabien en voulait le moins du monde à ce majestueux personnage, c'était à cause de trop d'heures passées au fond d'une pièce obscure ; là se bornaient ses griefs. Que lui importait ce monsieur suffisant qui ne daignait pas même regarder son esclave quand il lui donnait des ordres ? Entre eux deux, quel rapport ?

Quel rapport ? Au moment même où la voiture quittait le boulevard pour traverser le fleuve, un cri monta aux lèvres de Fabien, qu'il étouffa aussitôt. Comment n'avait-il pas déjà songé à une expérience aussi curieuse ? M. Poujars...

Se penchant vers le chauffeur, il lui demanda d'aller plus vite ; ils étaient alors en vue de la gare, dont la façade noircie bouchait sinistrement le ciel, et bientôt remontaient la petite rue qui avait mangé plusieurs années de la jeunesse de Fabien.

— Attendez-moi ! cria-t-il en sautant de la voiture à peine arrêtée.

Dans l'escalier, il s'appuya un instant au mur pour reprendre son souffle et penser aux paroles qu'il allait dire, puis, tout à coup, par un geste qui eût paru incompréhensible à un spectateur non prévenu, il promena ses mains sur son visage et sur sa poitrine à l'endroit du cœur en murmurant : « Adieu ! » avec l'accent d'une joie profonde.

Il franchit l'espace qui le séparait de la porte vitrée et, le chapeau sur la tête, entra dans le premier des deux bureaux.

— Fabien, vous êtes saoul, dit Pitaud de sa place près de la fenêtre.

Avec un mystérieux sourire le jeune homme passa devant lui et fit tourner sur ses gonds la porte qui dérobait au monde la présence de M. Poujars. Ce dernier se trouvait assis à sa table et faisait glisser dans une enveloppe la pointe d'un coupe-papier quand Fabien parut devant lui. La main de M. Poujars interrompit son geste pour demeurer immobile ; ses yeux s'abaissèrent sur les chaussures du jeune homme, remontèrent le long des jambes et du torse, atteignirent enfin le visage. A ce moment, Fabien mit le poing droit sur la hanche et dit simplement :

— Poujars !

Il y eut quelques secondes pendant lesquelles la stupéfaction sembla s'ajouter à la stupéfaction sur le visage de M. Poujars, puis la couleur de ses joues et de ses oreilles fonça très sensiblement et sa lèvre inférieure se mit à trembler.

— Êtes-vous malade ? demanda-t-il d'une voix un peu rauque.

Un sourire moqueur répondit à sa question.

— Soyons sérieux, dit Fabien. Je désire que vous m'écriviez un chèque de mille francs. C'est la somme dont j'ai besoin pour des raisons qui ne vous regardent pas. Allons, Poujars, ne me faites pas ces yeux-là, ils vont tomber sur votre buvard comme deux grosses agates. Non, inutile d'appeler Pitaud, dit-il en saisissant la main que son patron allait poser sur le timbre.

D'un bond, il fut aux côtés de M. Poujars et, se penchant vers lui, il souffla dans son oreille étonnée quelques syllabes dont l'effet parut immédiat, car des deux personnes qui se trouvaient dans cette pièce, l'une s'effondra sur le plancher ; elle avait le visage et le corps de Fabien ; l'autre, sous l'aspect de M. Poujars, tira un mouchoir de sa poche et s'en essuya les tempes : un sourire de triomphe relevait les coins de sa bouche, sous sa barbe.

Il eut l'impression que quelque chose de très lourd appuyait sur ses épaules, comme pour l'obliger à plier les genoux, et il faillit perdre l'équilibre. En même temps les objets autour de lui s'entourèrent d'une sorte de brume.

« Ainsi donc, se dit-il, je suis Poujars. Son corps, ses facultés et, oui, son portefeuille (il porta la main à son sein gauche) sont à moi... Quel ventre ! Il me gêne pour écrire. Que ces grandes manchettes empesées font donc un bruit important, et comme ce mouchoir sent bon dont je m'essuie le visage... Je n'ai pas faim, j'ai bien déjeuné, mais, oh !... qu'est ceci ? Parbleu, oui, ma vieille douleur dans les reins. Car j'ai une vieille douleur dans les reins et il va falloir que je recommence ma cure. Comment ? Je fais une cure, moi ? Mais bien entendu. Depuis quatre ans. Allons je ne resterai pas une minute plus qu'il ne faudra dans la peau de M. Poujars. Je suis tellement respectable que je me donne à moi-même du monsieur. Qu'ai-je donc là dans ma poche ? Ah ! bien sûr, mon petit miroir dont je me sers pour peigner ma barbe. Seigneur ! quelle figure ! Est-il possible que ce soit moi ? (Il se leva.) La subtilité de la chose consiste en ceci que l'homme qui se lève en ce moment n'est pas moi. Mais ne perdons pas notre temps à philosopher et occupons-nous de ce malheureux jeune homme. (Il se rassit et appuya sur le timbre pour appeler Pitaud.) Où est mon chéquier ? Ici même, dans ta poche, Poujars. Et comment est mon écriture ? Belle, nerveuse, impérieuse... »

— Ah ! Pitaud (je ne lève jamais les yeux quand on entre chez moi, je continue à écrire, et c'est bizarre le plaisir que cela me donne de ne pas lever les yeux), oui, ce pauvre Fabien m'a tout l'air d'avoir bu. A neuf heures du matin ! Portez-le sur le canapé. Avez-vous l'adresse de ses parents ? (Sapristi, pensa-t-il, je ne la sais plus, je ne sais même plus s'il a des parents, je ne sais plus que ce que sait Poujars, j'ai oublié ce que sait Fabien. Pourvu qu'il ait des papiers !) Voyez dans ses poches, Pitaud.

Pitaud porta sur le canapé le corps inerte de Fabien et glissa un coussin de cuir sous sa tête.

77

— Allez d'abord chercher de l'eau, commanda M. Poujars. Il m'a tout l'air d'être évanoui.

L'employé disparut et M. Poujars desserra aussitôt le col de Fabien. Ses mains tremblaient. Il redoutait que le jeune homme n'ouvrît les yeux, car il savait trop bien que ce qu'il allait voir dans ces yeux, c'était l'âme épouvantée de M. Poujars.

« Si je pouvais lui expliquer, se dit-il en fouillant dans le veston du jeune homme. Ah ! il a un porte-feuille et voici son adresse. Fort bien. Curieux, je regarde cet être et ne me rappelle plus rien de ce qui le touche, de son entourage, de sa vie. Bien content d'avoir quitté ce triste corps mal vêtu. »

Il rêva un instant et reprit à part soi :

« Je me demande s'il était aimé. »

Tout à coup il claqua des doigts :

« La formule ! (Il se la récita.) Bigre ! il faudra veiller à ne pas la laisser fuir notre mémoire ! Vous avez soixante ans bien sonnés, monsieur Poujars. »

A ce moment, Pitaud revint avec une carafe d'eau et un verre ; M. Poujars regagna sa place à son bureau où il acheva d'écrire un chèque au nom de Fabien Especel.

— Tamponnez-lui les tempes avec un linge mouillé, fit-il tout en écrivant.

Brusquement sa plume hésita.

« Mille francs, pensa-t-il. Pourquoi lésiner ? Dans les circonstances présentes, ce serait folie. Dix mille francs ! Et allez donc ! »

Il tourna les yeux vers Fabien.

« Comment touchera-t-il ce chèque s'il est en léthargie ? Car il est possible qu'il reste en cet état jusqu'à la fin de cette aventure. Bah ! il aura une bonne surprise à son réveil. D'autant plus qu'il se pourrait qu'alors ce fût moi... »

— Ah ! non, jamais ! s'écria-t-il tout haut.

— Monsieur ? demanda Pitaud.

— Je dis que jamais ce garçon ne remettra les pieds ici. Vous préviendrez sa famille. Prenez ce chèque,

Pitaud, et mettez-le dans le portefeuille de Fabien. Quant à moi, j'ai plusieurs affaires importantes à régler et je sors.

VI

Dans l'escalier il se demanda s'il n'était pas allé un peu vite. La prudence conseillait de mener Fabien au domicile de la personne qui pourrait s'occuper de lui, de s'assurer qu'on veillât sur sa santé. Mais il se raisonna aussitôt : « Que m'importe, après tout, puisque ce corps n'est plus le mien ? »

Il n'en était pas tout à fait sûr, pourtant. Un besoin de logique l'obligeait sans cesse à reprendre les données du problème.« Mon moi est toujours le même, avec des attributs différents et un corps tout autre. D'abord qu'est-ce que le moi et où réside-t-il ? Je suis sûr que je ne me trouve plus dans le corps de Fabien. Ses souvenirs ne sont plus les miens, je ne sais plus ce qu'il avait en tête. Non, tout ce qui me reste de ma vie sous l'aspect de Fabien, c'est ce nom qu'il faudra me rappeler coûte que coûte, cette formule sans laquelle je suis perdu (il se la récita) et la certitude que j'ai de pouvoir m'évader du corps que j'occupe. Rien de plus. J'ai la mémoire, la volonté et l'imagination d'un autre. Ceci me fait souvenir d'une chose importante. »

Il tira un carnet de sa poche et écrivit :

« Fabien Especel, environ vingt ans ; grand et maigre ; des cheveux noirs en désordre ; maussade. Adresse : 85, rue des Luthiers. »

— A toutes fins utiles, fit-il entre haut et bas, tout en refermant son carnet. Qui sait si je n'aurai pas un jour à *rebrousser chemin* ?

Dehors, il respira longuement et déboutonna son pardessus. La douceur de l'air lui remit en tête les bons moments de sa jeunesse, et il sourit avec indulgence à de gracieux fantômes. A chaque souvenir que lui livrait sa mémoire il éprouvait un très léger choc, comme devant un événement bien connu, mais oublié. Le « Ah ! bien sûr » ne venait qu'après une ombre d'hésitation, car il était dans son nouveau personnage comme un homme dans un vêtement qu'il n'a pas porté de fort longtemps. Et d'abord il ressentit toutes les variétés du plaisir que donne la surprise, mais au bout d'un moment une lourde tristesse s'empara de lui. Sa vie lui parut dans son ensemble ennuyeuse et même assez médiocre, tout Poujars qu'il était. Il se rappela plusieurs déconvenues sentimentales dans sa jeunesse, une vilaine histoire qui avait failli se terminer par un duel, puis, au hasard, des réussites d'affaires, une maladie assez grave et, tout le long des années, des aventures vénales dont la nécessité l'agaçait et l'humiliait ; enfin cette douleur dans les reins...

Heureusement il pouvait *changer de domicile*, quitter ce gros corps maladroit dont il sentait la pesanteur dans tous ses gestes, dans chacun de ses pas, mais il n'avait qu'un désir modéré d'en sortir, ses désirs n'étant plus, en effet, que les désirs de son âge et de son tempérament. Là résidait un des plus graves dangers de cette aventure : en passant d'une personnalité à l'autre, il courait le risque de se trouver, un jour, dans la peau d'un indifférent et d'y rester. Une frayeur subite le contraignit de s'appuyer à un arbre. Poujars était un faible. Il avait le désir de vouloir et ne le pouvait pas. Comment Fabien ne l'avait-il pas compris ? C'était évident. Et plus il réfléchissait à sa personnalité nouvelle, moins il se sentait capable d'accomplir l'effort indispensable pour changer. Son vieux cœur se mit à battre et une sorte de râle très doux s'échappa de sa bouche barbue.

« Je suis comme un enlisé qui tire sur sa jambe », pensa-t-il. Tout à coup la panique le prit. Il fallait à tout prix réagir, lutter, s'enfuir de cette tombe vivante où il était enfermé. Son regard inquiet se posa sur les passants, mais sa vue incertaine l'obligea à mettre le lorgnon qui pendait à son cou au bout d'un cordon noir. Il remarqua alors un employé de banque coiffé d'un bicorne et portant sous le bras une serviette retenue par une chaîne, mais l'idée d'accoster cet homme et de lui chuchoter de l'hébreu dans l'oreille lui parut monstrueuse, presque inconvenante. Ah ! nul doute que l'autre, Fabien, eût osé ! Mais lui, Poujars, n'avait plus la vivacité et l'impertinence d'un jeune homme, il avait à présent toutes les lenteurs de la soixantaine. Pour excuser sa lâcheté il se dit qu'il ne voulait pas être employé de banque, même pendant un quart d'heure. Et qui pouvait l'assurer qu'une fois employé de banque il ne le resterait pas pendant des semaines ? Car, enfin, aborder quelqu'un dans la rue avec des intentions aussi particulières, ce n'était fichtre pas facile ; il avait peur de se troubler.

Et tout d'abord, avant d'opérer cette seconde transformation, ne convenait-il pas de prévoir certains accidents possibles ? Par exemple, il pouvait se trouver tout à coup — les apparences trompent tellement — dans la peau d'un nécessiteux, et cette perspective avait quelque chose qui démoralisait Poujars, parce qu'il était Poujars. Il avait beau se dire que, nécessiteux, il ne tenait qu'à lui de ne l'être plus un moment plus tard, la crainte de n'avoir pas d'argent dans sa poche le prenait à la gorge. Il semblait donc indispensable de glisser dans la poche de la victime qu'il choisirait quelques billets de banque avant de prononcer la toute-puissante formule.

D'autre part, s'il voulait un jour retrouver ce premier domicile qu'était la personne physique de Fabien, le signalement et l'adresse du jeune homme ne devraient jamais le quitter, mais devenir comme un passeport dans cet étrange voyage à travers l'humanité, car si lui, Poujars, en savait déjà si peu sur le compte de son employé, que saurait la personne suivante dans la série des transformations ?

Son portefeuille qu'il ouvrit ne contenait que trois cents francs. Le plus sage était donc de passer à la banque et d'y toucher une somme importante, propre à aplanir toutes difficultés ultérieures. Et c'est ce que fit M. Poujars. Il se rendit à sa banque et se fit remettre neuf coupures de mille francs et dix de cent, poussant même la prudence jusqu'à demander qu'un de ces billets de cent fût changé en billets de dix et de cinq, car, pensa-t-il, on ne sait jamais...

Or, au moment même où il serrait dans son portefeuille ces rassurants billets, son regard tomba sur le visage du caissier et, pour la première fois de sa vie, il remarqua que ce visage était rose, plein, avec toutes les marques de la santé parfaite. Pourtant M. Poujars connaissait cet homme depuis de longues années, mais il n'avait jamais pensé au caissier de sa banque comme à un homme ayant ou n'ayant pas une bonne santé ; c'était le caissier, simplement. Mais ce matin-là M. Poujars regarda le visage du caissier et pensa : « Tiens ! »

— Mon ami, fit-il à mi-voix en approchant son visage des barreaux de cuivre, j'ai une question à vous poser.

— A votre service, monsieur Poujars.

Le caissier n'ignorait pas que M. Poujars était un des plus anciens clients de la banque. Celui-ci jeta un coup d'œil autour de lui, pour s'assurer qu'on ne l'écoutait pas, puis il dit à mi-voix :

— Que ma curiosité ne vous surprenne pas, mon ami.

Il eut un sourire paternel en disant ces mots ; le caissier sourit à son tour, d'une façon automatique.

— Voici, dit M. Poujars. Je voudrais savoir... Enfin, oui, comment vous portez-vous ?

— Mais bien. Très bien.

M. Poujars s'enhardit :

— Le cœur, le foie, les reins, les reins surtout ?

— Mais... tout fonctionne à merveille.

— Pas de maladie ?

— Eh ! non.

M. Poujars baissa la voix un peu plus et passa le nez entre les barreaux.

— Pas de... vilaine maladie ?

— Monsieur Poujars !

— C'est que je tiens à savoir, mon ami. J'ai des raisons sérieuses pour cela. Autre chose : êtes-vous heureux, là, ce qui s'appelle heureux ?

Il sentit qu'il passait largement les bornes. L'employé devint rouge.

— Excusez-moi, fit M. Poujars. Je vous ai vexé sans le vouloir. J'aurais dû vous dire qu'en témoignage de sympathie, car j'ai de la sympathie pour vous, sans compter que vous travaillez ici depuis bientôt dix ans... enfin, je voulais vous offrir un cadeau.

Sa langue se prit tout à coup. Il s'aperçut que plusieurs clients l'écoutaient et se sentit envahi d'une grande frayeur.

— Tout à l'heure, chuchota-t-il éperdu. Quand vous sortirez...

Et, fonçant vers la porte comme un sanglier, le dos rond, il disparut.

Dehors, il ôta son chapeau et s'épongea le front. « J'ai manqué de cran, pensa-t-il. J'aurais dû, sur-le-champ, prononcer la formule. Mais non, je ne pouvais pas, je n'ai pas l'habitude. Je vais l'attendre ici, ce garçon. Je lui glisserai dix mille francs dans la poche de son pardessus, puis je lui dirai ce que j'ai à lui dire. Le mieux serait que nous fussions assis — par exemple sur ce banc que je vois, car, pour sûr, ce garçon va tomber à la renverse s'il est debout. C'est même l'inconvénient de cette méthode. Si nous pouvions être seuls, dans un endroit clos et couvert... »

L'horloge d'un ministère voisin marquait onze heures et demie. M. Poujars décida que le plus sage était d'aller attendre dans un café des environs le moment où le caissier quitterait la banque. A cet effet il traversa le boulevard et poussa la porte du Mandarin, où des employés du quartier se retrouvaient parfois, après les heures de bureau. C'était un café sombre et tranquille, et qui semblait d'une autre époque. On y parlait bas ; le silence n'y était guère troublé que par le bruit des journaux dont on tournait les pages. Quand M. Poujars y entra, cependant, cet endroit était vide. Le vieillard se laissa tomber sur la banquette de cuir grenat, écarta du doigt le rideau de grosse dentelle pour s'assurer qu'il pouvait voir la banque et, le garçon survenant, commanda de l'eau minérale, « par pitié, pensa-t-il, pour ce malheureux qui va se trouver avoir mes reins d'ici quarante minutes ».

Le temps se couvrait et les ombres parallèles des arbres qui bordaient le boulevard disparurent tout à coup, comme si un escamoteur les eût mises dans sa poche. Le jour devint blême et les immeubles, qui souriaient un instant plus tôt, reprirent leur aspect correct et lugubre. Alors M. Poujars, qui observait ces changements de sa place, éprouva la mélancolie des hommes dont le corps est usé par la vie, et il se demanda dans combien d'années ce corps irait coucher au cimetière, mais ces pensées qui s'agitaient vaguement dans son cerveau n'empêchaient pas que le désir de s'évader fît battre son cœur fatigué, et il ne quittait pas des yeux la porte de la banque. Pour mieux y voir il avait mis son lorgnon et chantonnait tristement un air de sa jeunesse, la *Roussote*, quand la porte du café s'ouvrit d'un seul coup.

Un homme entra. Il était grand. Un instant sa silhouette mince et robuste se détacha en noir sur le fond gris de la rue, puis il referma la porte et se dirigea vers une table, non loin de M. Poujars qui le suivit d'un regard incertain, mais curieux. C'est qu'en effet la démarche de l'inconnu trahissait une assurance singulière et, pour ainsi dire, victorieuse. En trois enjambées il traversa la salle et s'assit, remarqua intérieurement M. Poujars, comme un roi. Puis il ôta son chapeau qu'il jeta sur la banquette avec un geste autoritaire et découvrit une chevelure de cuivre couronnant un visage d'une laideur énergique et dominatrice. Le front était bas, le nez court, épaté comme celui d'un boxeur, la bouche épaisse et rebordée avec quelque chose de bestial dans le dessin des lèvres dont la couleur faisait songer à de la viande crue ; seuls les yeux d'un bleu vif paraissaient beaux, bien qu'ils fussent petits et le regard sournois et dur. Il se carra sur son siège avec une espèce d'insolence, frappa d'un poing roux sur la table, appela le garçon d'une voix rude.

«Tiens ! », se dit M. Poujars en ajustant son lorgnon.

Leurs regards se croisèrent.

« Comme il a l'air méchant ! pensa M. Poujars en baissant le nez. Son regard me foudroie, oui, vraiment. Mon pauvre ami, si tu savais le tour que je pourrais te jouer... Et plus j'y songe, plus la chose me paraît raisonnable. Il a l'air bien constitué. Il doit avoir une bonne digestion. Décidément, il est préférable au caissier. »

Passant d'abord sa main sur sa barbe, il trempa ses lèvres dans l'eau minérale que le garçon venait de poser devant lui. « Mais jamais je n'oserai, reprit-il. Oh ! Poujars, que vous êtes lâche ! Car, enfin, que risquez-vous ? Si cette brute vous donne un coup de poing, comme il est vraisemblable, c'est elle qui en souffrira trois secondes plus tard, après la transformation, et ce sera sa joue, non la mienne, qui enflera. Le gaillard se commande un « pernod »... Comme il me fait peur ! Mais allons, Poujars, le moment est bon, nous sommes seuls, la réussite est certaine. Cette formule d'abord... »

Il se la récita, se leva et fit quelques pas, le cœur battant. Il eut l'impression qu'il avançait à travers de la brume et que les murs du café reculaient sans fin autour de lui. L'effroi lui serrait les entrailles, de telle sorte qu'à un moment il dut s'appuyer à une table et se demanda s'il n'allait pas avoir une attaque. Cette pensée ranima son énergie : « Je ne veux pas mourir dans la peau de Poujars », se dit-il en avançant. « Oh ! la banquette où cet homme est assis... Si je puis seulement l'atteindre je suis sauvé ! »

Le jeune homme, qui avait déplié un journal de sport, abaissa tout à coup ce mur de papier et jeta au vieillard qui venait lentement vers lui un coup d'œil étonné d'abord, puis furieux. M. Poujars se laissa crouler près de lui, sur la banquette.

— Mon ami, souffla-t-il, je crois que nous nous connaissons.

— Du tout ! fit le jeune homme d'un ton sec.

— Si, reprit M. Poujars, et la preuve en est que je vais vous dire votre nom à l'oreille. Mais auparavant permettez que je vous donne ceci qui vous sera utile.

Il tira de sa poche une enveloppe qu'il entrouvrit pour laisser voir les billets de banque dont elle était pleine.

— Ça, par exemple !... murmura le jeune homme.

Ses prunelles se rapprochèrent, il louchait presque. Comme par un geste instinctif, sa main s'abaissa et ses doigts s'écartèrent pour se refermer aussitôt sur l'enveloppe. A ce moment M. Poujars, jugeant l'occasion favorable, se pencha sur son épaule. Et dans le silence du petit café monta le chuchotement magique.

VII

Brusquement le jeune homme fut debout, soulevé par une force irrésistible, par quelque chose de sauvage qui tendait ses muscles dans une espèce d'écartèlement. La tête lui tournait un peu ; il eut envie de sauter par-dessus la table tant son corps lui semblait léger, mais en même temps il éprouva une sensation inexplicable d'obscurcissement. Ce n'était pas qu'il y vît mal ; sa vue, au contraire, plongeait au loin dans la rue et distinguait sans peine les visages des passants sur le trottoir d'en face ; il le constata, non sans fierté. Dans toute sa personne, du reste, il y avait un bien-être un peu vague, une liberté délicieuse, mais il y avait aussi ce sentiment particulier d'un voile jeté sur tout, à la fois épais et invisible ; presque aussitôt il n'y fit plus attention.

Il passa la main sur une de ses épaules, puis il caressa des doigts sa mâchoire. Un sourire béat relevait les coins de sa grande bouche.

— Y a pas à dire..., murmura-t-il.

Les mots qu'il cherchait ne vinrent pas pour exprimer cette joie répandue dans tout son corps, joie turbulente du sang, joie orgueilleuse des membres prêts à courir ou à frapper.

— Y a pas à dire..., répéta-t-il.

Un effort pour trouver autre chose rida son front. Il ne pouvait pas trouver autre chose. C'était le voile.

Il éclata de rire avec une sorte de violence explosive, comme si ce rire disait tout ce qu'il y avait à dire. Tout à coup il s'arrêta. Sa main gauche était crispée sur le rouleau de billets de banque, et pendant quelques secondes il les considéra, les sourcils rapprochés, la bouche entrouverte, essayant de comprendre. Et lentement il se souvint. Ce vieillard qui semblait dormir, près de lui, sur la banquette, la tête inclinée sur la poitrine, c'était lui qui, tout à l'heure, avait prononcé ces mots bizarres à son oreille. « De l'étranger », pensa le jeune homme. « C'était de l'étranger. »

Il réfléchit, glissa les billets dans la poche de son pantalon et mit son chapeau. Quelque chose venait de se passer, il le savait, et par moments il avait l'impression qu'il allait se souvenir de tout et comprendre. Quittant sa table, il se tint au milieu du café et regarda M. Poujars. Un désir singulier lui vint de dire son nom, et à mi-voix il prononça :

— Esménard, Paul. Esménard, Paul.

Il sourit, rassuré, et ajouta en se désignant lui-même du pouce :

— C'est comme ça que je m'appelle, c'est moi, Esménard, Paul.

Soudain il éclata de rire et sortit presque en courant.

Dehors, le vent le souffleta. Il baissa la tête, puis, enfonçant les mains dans ses poches, se mit à siffler, comme par bravade, et marcha à grandes enjambées le long du boulevard. Parce qu'il n'avait pas de pardessus on le regardait, lui semblait-il, avec une certaine admiration, et il éprouva lui-même ce sentiment alors que, traversant une petite rue, il se trouva nez à nez avec son image vue dans la glace d'un chapelier. Sa taille lui parut belle. Il ôta une main d'une poche pour mieux en juger. Et les épaules, qui en avait de plus larges ? Mais le visage n'était pas beau. On le lui avait dit, des femmes le lui avaient dit. Pourtant ses cheveux lui valaient des compliments. Il ôta son chapeau pour les voir et sourit, rassuré. Toute sa force n'empêchait pas qu'il eût sans cesse le besoin d'être rassuré, mais il n'en savait rien. « Pour les cheveux, je ne crains personne », se dit-il. D'abord il en avait beaucoup et ils brillaient ; par conséquent, pensait-il, ils étaient beaux. En réalité ils étaient beaux parce que, malgré la brosse et la pommade, ils se tordaient sur son front bas, comme si des doigts invisibles eussent passé dans tout cet or sombre. « J'ai besoin d'un coup de peigne », remarqua-t-il simplement. Plus difficile à comprendre, l'énigme de sa laideur le rendait maussade. Qu'est-ce que cela voulait dire : être beau ? Il avait, comme tout le monde, un nez, deux yeux, une bouche. Que fallait-il de plus à un visage d'homme ! Ces idées qu'ont les femmes !

Il remit son chapeau et respira profondément, avec le plaisir de sentir les coutures de son gilet et de son veston prêtes à céder sous l'effort des poumons, puis sa main droite qu'il enfonça dans sa poche y rencontra les billets dans leur enveloppe. Combien y en avait-il ? Par prudence il gagna la voûte d'un immeuble pour les compter à l'abri des regards. Son étonnement se traduisit par une série d'exclamations poussées à mi-voix. Il avait cru d'abord trouver dix billets de cent francs, et il en compta neuf de mille en plus. Autant dire une fortune ! Le chapeau en arrière il s'appuya au mur et fronça les sourcils pour mieux réfléchir. Riche, il était riche. Cela voulait dire qu'il mangerait dans des restaurants chers et qu'il allait s'amuser.

Cependant au fond de l'enveloppe il y avait un papier qu'il n'avait pas remarqué tout d'abord. Il le déplia et lut cette adresse :

Fabien Especel, 85, rue des Luthiers.

Plusieurs secondes passèrent et il s'aperçut que sa main tremblait. Il jura. Ne pas comprendre !... Jusqu'à ce jour il ne s'était jamais rendu compte de la souffrance que cela pouvait être. Entre lui et ces noms qui dansaient sous ses yeux il y avait quelque chose qui le faisait songer à de l'ombre ou à du brouillard.

De sa main libre il fit un geste, comme pour écarter l'obstacle invisible, puis, brusquement, la colère le prit et il fut sur le point de déchirer ce papier incompréhensible, mais une prudence instinctive l'en empêcha, et il le glissa dans sa poche avec les billets. L'idée que ce pouvait être l'adresse du vieillard de tout à l'heure lui traversa l'esprit et en fut aussitôt chassée. Il savait que ce n'était pas cela, il le savait d'une façon certaine, et il savait de plus que ce nom qu'il venait de lire était pour lui d'une extrême importance. Son front se plissa. Pour la première fois de sa vie il éprouva un malaise qu'il n'aurait pu seulement décrire ; il eut l'intuition que le sens de beaucoup de choses lui échappait.

Une porte qui s'ouvrait troubla sa méditation et le rendit à lui-même. Son inquiétude disparut d'un coup, et il sortit, effaçant les épaules. Où allait-il ? N'importe où, comme les riches, pensa-t-il, puisqu'il était riche. Les riches font ce qu'ils veulent, c'est connu. Soudain il se rappela qu'il devait retrouver un ami dans ce même café où la fortune venait de lui faire son bizarre sourire. « Marcel ! », fit-il à mi-voix. Ce nom devint pareil à une lampe dans un dédale obscur. Marcel était son camarade depuis six mois qu'ils travaillaient ensemble dans un garage du quartier. Trois jours plus tôt, Paul avait décidé de « chercher autre chose » et n'était pas retourné au garage.

C'était à cause de Berthe. Depuis huit jours Berthe occupait une place importante dans l'esprit de Paul, et cela pour plusieurs raisons des plus simples dont la première était qu'il la trouvait belle et la seconde qu'elle le trouvait laid ; et il la trouvait d'autant plus belle qu'elle ne voulait pas de lui. Elle lui disait qu'il avait une face d'étrangleur et qu'à cause de cela elle avait peur de lui. Cependant elle acceptait ses petits cadeaux avec un sourire dédaigneux où il croyait lire une promesse. Depuis huit jours aussi, Berthe, cuisinière de son état, ne travaillait plus à cause d'un différend qu'elle avait eu avec sa maîtresse, celle-ci ne partageant pas son opinion au sujet de trois cuillers d'argent et d'une louche de vermeil ancien, dont la présence paraissait plus mystérieuse dans une malle de bonne que dans le tiroir de la desserte. Du reste Berthe haïssait l'ardeur des fourneaux presque autant que la voix querelleuse de Madame, et trouvait beaucoup plus agréable de se promener sur les boulevards extérieurs en chantonnant au passage des hommes que de surveiller des casseroles en épluchant des légumes. Petite et noiraude, elle se croyait jolie, ce qui provenait d'une erreur de jugement, mais lui donnait l'assurance et les mines d'une personne à peu près irrésistible. Quelque chose dans la forme de son visage évoquait avec insistance les taloches maternelles, mais elle avait de grands yeux couleur d'encre et des cheveux épais qui sentaient bon ; c'était peut-être à cause de ses cheveux qu'on lui murmurait si souvent à l'oreille des paroles qu'elle écoutait en fermant à moitié des paupières garnies de cils rudes et droits comme ceux d'une vache. Des lèvres d'un rouge éclatant accusaient le blanc de la poudre dont elle enfarinait ses joues, et par un caprice de la nature qui ressemblait à une distraction, son cou, d'une rondeur parfaite, conservait une noblesse étrangère à la vulgarité de la tête et du corps et faisait songer à un fragment de chef-d'œuvre dont on se serait maladroitement servi pour restaurer une statue médiocre.

Rien qu'à la voir marcher on devinait l'opinion qu'elle nourrissait d'elle-même, car elle avançait avec un dandinement plein de suffisance et il y avait dans ses attitudes une sorte de provocation naïve qui n'eût semblé risible qu'à un observateur désintéressé. Ce manque de subtilité était précisément ce qui agissait sans faillir sur les hommes à qui elle désirait plaire, et elle se moquait bien de faire pâtir les autres.

Lorsque Paul se souvint de Berthe, il eut l'impression qu'un grand coup de poing l'atteignait un peu au-dessus de l'estomac. Il avait en effet oublié ses ennuis en sortant du café, mais peu à peu tout lui revenait à la mémoire. S'il avait un rendez-vous avec Marcel, c'était que Marcel avait promis de le faire entrer dans un magasin de sport où l'on gagnait plus qu'au garage, mais les dix mille francs que Paul avait maintenant en poche changeaient l'aspect de bien des choses, particulièrement de la résistance qu'offrait cette fille aux cheveux odorants, et le jeune homme éprouva la griserie d'un très grand espoir.

Toutefois, en même temps que sa mémoire se faisait plus nette, il fut pris de nouveau d'une inquiétude dont la raison lui échappait et qui assombrit sa joie. Il était comme un homme qui rentre chez lui au crépuscule et qui d'abord ne voit presque pas, mais peu à peu reconnaît les meubles, les murs, les portes, et qui sait que dans telle pièce quelqu'un est là qui lui annoncera une grave nouvelle. Tout à coup il s'arrêta. Un nom résonnait dans sa tête avec un bruit confus, comme si une voix l'eût crié du fond de la brume, le nom qu'il avait lu tout à l'heure sur ce papier : Fabien.

Il crut qu'il allait tomber et appuya une main sur le dossier d'un banc. Au cœur de son être il y avait ce nom, et avec ce nom quelque chose qu'il ne parvenait pas à exprimer. Peu à peu, une pensée nouvelle se faisait jour dans son cerveau qu'elle torturait : son corps qui chancelait si bizarrement, comme sous la fureur d'un adversaire invisible, ses grandes mains, sa tête chevelue, son cerveau même où se faisait ce travail douloureux, rien de tout cela n'était lui-même. Celui qu'il était vraiment se trouvait prisonnier d'une chair inconnue, respirait par une autre poitrine que la sienne, luttait avec un cerveau trop faible pour former une suite d'idées claires. « C'est pas moi, Esménard, Paul, murmura-t-il. Faut que je m'en aille ! » Et sa voix lui fit horreur.

Il tomba assis sur le banc et se releva presque aussitôt. On allait croire qu'il était saoul. Il s'éloigna, la main serrant les billets de banque au fond de sa poche, la tête bourdonnante. L'immense effort qu'il faisait pour se souvenir lui donnait un masque hideux. Il répéta : « Faut que je m'en aille ! » parce que ces mots étaient les seuls qu'il trouvât en lui pour traduire l'acte mystérieux et libérateur qu'il se rappelait confusément, mais la phrase maladroite qui sortait de sa bouche l'exaspérait, car il voyait dans cette maladresse la marque de son impuissance. Il eut le sentiment d'une lourdeur terrible, invincible. Ce qui en lui vivait et pensait, ce qui était Fabien, se battait contre une épaisseur dont rien ne pouvait venir à bout. L'instrument était trop manifestement imparfait et dans ce crâne étroit le cerveau demeurait incapable de fournir le travail qu'on lui demandait. Il se rappelait seulement qu'il y avait certaines paroles à prononcer s'il voulait être libre, mais à tout moment son cerveau lui infligeait une nouvelle défaite. « Libre, répétait-il. Qu'est-ce que ça veut dire ? Je ne suis pourtant pas en prison... » « Libre, libre ! » criait alors quelque chose au-dedans de lui sur un ton d'anxiété grandissante.

« Je ne suis donc pas libre », se dit-il avec un étonnement profond. Cette phrase, qu'il se répétait comme pour en saisir le sens, lui semblait chaque fois plus mystérieuse et augmentait son trouble, car il devinait que sa liberté même dépendait de la portée qu'il donnait à ces mots et aussi d'une opération mentale qu'il n'était pas en mesure d'accomplir.

« C'est parce que j'ai pas d'instruction », pensa-t-il avec désespoir.

Tout à coup un frisson le parcourut et il eut la sensation de s'éveiller d'un mauvais rêve. A quoi songeait-il donc ? Il s'étira. N'avait-il pas de l'argent plein sa poche ? Un effort de mémoire lui permit de se rappeler l'adresse de Berthe et aussitôt il se mit à sourire : ça, au moins, il s'en souvenait ; tout revenait à sa place avec cette adresse ; il retrouvait, grâce à elle, son tourment familier, mais ce tourment allait finir.

La maison n'était pas loin. Au bout d'une rue populeuse d'où montait la grosse rumeur d'un marché, sa façade noircie par le temps alignait de hautes fenêtres que Paul croyait voir, au petit jour, pendant ses heures d'insomnie. C'était curieux : elles étaient toutes exactement pareilles, et pourtant l'une d'elles paraissait différente aux yeux de Paul parce que c'était la fenêtre de Berthe. Quand il la regardait d'en bas, de la rue où il allait rôder, il avait l'impression que quelque chose de très fort le soulevait, quelque chose qui ressemblait à de la haine et qu'il prenait pour de l'amour. Cela lui faisait mal de voir ces carreaux noirs où se reflétaient les nuages, et pourtant il aimait mieux avoir mal de cette façon que d'avoir du plaisir autrement. Et d'abord, aucun plaisir n'était plus possible, à cause de Berthe. Elle empêchait tout. Paul n'osait pas se l'avouer, mais elle l'intimidait ; sans cela il l'aurait attendue dans la rue pour lui parler, il savait parler aux femmes ; ou bien il l'aurait attendue dans l'escalier comme il avait fait une fois avec une autre, et il l'aurait secouée un peu, il lui aurait fait peur ; mais il la craignait, il lui parlait doucement et elle riait.

Avec ces billets dans sa poche cependant, il voyait tout d'une autre manière. Alors qu'une heure plus tôt il se sentait privé de tout ce dont il avait envie, de tout ce qui était à vendre, le monde, à présent, lui appartenait. Ces morceaux de papier dans sa poche lui procuraient le sentiment d'un pouvoir qu'il n'avait jamais connu jusqu'alors. Il éprouva un désir confus de dominer. « Elle m'obéira », pensa-t-il, et il lança autour de lui un regard de provocation, comme s'il eût voulu se battre.

Dans l'espèce de rêverie passionnée qui le portait en avant, il faillit dépasser la maison de Berthe et aperçut avec surprise le numéro au-dessus de la porte ; il lui sembla, en effet, qu'il était encore loin de cette maison alors qu'en réalité il marchait à grands pas depuis plusieurs minutes, et brusquement il s'arrêta. Des yeux il chercha la fenêtre au quatrième étage, et, le cœur battant un peu plus vite, constata que les volets n'étaient pas encore ouverts.

« Elle dort », se dit-il.

Et il vit la lourde chevelure épandue comme un flot d'encre autour de ce visage où la chaleur du sommeil mettait des couleurs plus vives. Peut-être aussi Berthe n'était-elle pas seule. Le sang monta à la tête de Paul qui crispa les doigts : il avait pensé à cela ; depuis une demi-heure il ne pensait vraiment qu'à cela, et, d'une façon obscure, il espérait qu'elle ne serait pas seule et qu'il aurait ainsi quelqu'un avec qui se colleter, parce qu'il était en colère.

Un instant plus tard, il montait l'escalier dont la rampe vibrait sous son poing chaque fois qu'il s'appuyait sur elle pour sauter des marches. C'était un escalier en pas de vis, aux murs sales et striés de longues éraflures. A chaque palier, une grande fenêtre rappelait que cette maison avait eu son heure de magnificence, mais à présent le jour tombait lugubrement des vitres grises de poussière. Comme pour lutter contre la tristesse de ce lieu, une voix de femme chantait en nasillant derrière une porte, au fond d'un appartement. Il saisit en passant quelques mots d'une conversation banale dans un bruit d'assiettes ; la pensée lui vint alors que personne ne savait qu'il était là et qu'il entendait cette chanson et ces paroles, et cette pensée lui parut à la fois bizarre et presque comique, mais il ne songea pas à en rire.

Tout à coup il fut devant la porte à laquelle il songeait depuis huit jours. Il ne l'avait jamais vue,

mais son imagination la lui avait montrée toute différente ; il se la figurait verte et elle était noire comme
toutes les autres devant lesquelles il venait de passer,
du reste, mais qu'il n'avait pas remarquées, car à
partir du moment où il était entré dans cette maison
il n'avait rien vu que le visage de Berthe renversé en
arrière dans le désordre de sa chevelure opulente.
Pendant une seconde ou deux, il hésita, ramené à lui
et en même temps déconcerté par cette couleur qu'il
n'attendait pas. Son premier mouvement fut
d'essayer d'ouvrir la porte en tournant le bouton de
cuivre près de la serrure, mais il se ravisa aussitôt et
frappa.

Il n'y eut pas de réponse. Dans la cour, un homme
sifflait un refrain populaire. Paul attendit la dernière
note comme une espèce de signal, puis frappa de
nouveau et beaucoup plus fort. Cette fois il y eut un
bruit de chaises déplacées au fond d'une pièce et une
voix de femme prononça quelques paroles qu'il ne put
saisir. Instinctivement il mit son chapeau en arrière et
serra les poings. Des pas de femme en pantoufles
vinrent jusqu'à la porte et s'arrêtèrent, puis il entendit
un bâillement.

— Qui est là ? demanda Berthe.

N'osant parler trop fort de peur qu'elle ne le recon-
nût, il répondit d'une voix basse et rapide que c'était le
facteur et qu'il avait une lettre recommandée.

Elle eut ce rire qui l'exaspérait.

— Dites, y a pas quinze jours que je suis là, et
personne connaît mon adresse.

Comme elle disait ces mots, il perçut le son d'une
clef qui se déplaçait très doucement dans la serrure.
D'un coup il saisit alors le bouton de cuivre et ouvrit
la porte.

Tout d'abord il ne vit rien dans la pénombre, mais il
étendit la main et sentit le bras de la femme sous ses
doigts. Elle recula en criant et il lui prit la tête dans ses
deux poings. Une sorte d'ivresse s'empara de lui,
brouillant tout dans son cerveau, sinon qu'il fallait
étouffer ces cris qui lui faisaient peur. Car il avait peur

depuis un instant, il avait peur de ces cris, et il avait peur de ce qu'il était en train de faire. D'un bras il emprisonnait ce corps qui se débattait, pendant que de sa main libre il cherchait le visage de Berthe, mais elle agitait convulsivement la tête, secouant sa chevelure dont il sentait la fraîcheur sur sa peau ; enfin il appliqua sa paume sur la bouche qu'il trouva soudain, coupant net ce cri qui se changea en un gémissement sourd.

A présent, il ne savait plus que faire de cette femme hors d'elle-même de terreur et dont les membres raidis et tremblants se tournaient dans un sens et dans l'autre. Il dit tout haut : « N'aie pas peur ! C'est moi, Paul. » Mais elle luttait toujours et il la poussa contre le mur. Un meuble tomba et avec lui un pot à eau dont le contenu se répandit avec le bruit somptueux d'une cataracte. Tout à coup, Berthe essaya de planter les dents dans cette main qui la bâillonnait et elle réussit presque à dégager sa bouche. L'homme répéta : « N'aie pas peur ! » Mais pour qu'elle n'eût pas peur il eût fallu qu'il la lâchât, il eût fallu surtout qu'il n'eût pas peur lui-même alors qu'il s'appuyait contre elle de tout le poids de son grand corps et que la sueur lui coulait sur le front. Et brusquement, exaspéré par cette résistance qu'il dominait mal, il saisit le cou de Berthe dans ses doigts. Pendant une seconde, elle eut le temps de crier, mais d'une simple pression de pouce il la fit taire, puis il serra un peu plus l'étreinte de ses mains jusqu'à ce que, doucement et avec une sorte de tendresse, elle se laissât aller sur sa poitrine. Alors il passa un bras sous cette taille molle et fléchissante et murmura : « Tu seras gentille, hein ? Tu seras gentille avec moi. » Et comme il s'écartait un peu d'elle, elle glissa.

Il la retint, la prit dans ses bras, ne voulant pas comprendre. « Évanouie », pensa-t-il, à la fois heureux et inquiet. Ses yeux s'accoutumant à la pénombre, il fit quelques pas en avant, poussa du pied une porte entrouverte et buta presque dans un lit de cuivre aux couvertures rejetées en tas. La blancheur des draps mettait une sorte de lumière dans cette pièce obscure dont les rideaux d'andrinople avaient été tirés et même épinglés l'un à l'autre. Du linge en désordre jonchait une commode, une robe noire s'étalait sur le dossier d'une chaise. L'homme promena autour de lui un regard curieux et ses narines s'ouvrirent plus grandes : il flottait entre ces murs une odeur pesante où de louches parfums mêlaient à l'héliotrope et au lilas quelque chose qui ressemblait à un relent d'église. Paul avança, posa la femme sur le lit et reconnut alors qu'elle était morte.

Un peignoir blanc et mauve recouvrait son petit corps potelé qui semblait presque celui d'une enfant ; les bras courts et ronds s'échappaient de larges manches à la japonaise, une tresse de cheveux noirs s'épandait sur tout le visage, mais laissait visible le cou meurtri par les doigts.

En une espèce de sourire hagard, les lèvres de Paul se retroussèrent sur ses dents. Il déplaça son chapeau sur sa tête et porta un poing à sa hanche. Depuis quelques secondes, un bruit continu résonnait au fond de ses oreilles, un petit sifflement si léger que dans des circonstances ordinaires il n'y eût pas pris garde, mais ce bruit mince et ténu il l'écoutait tout en regardant la femme immobile, et subitement il enfonça un doigt dans une oreille, puis dans l'autre.

Dans le silence de la petite chambre, à travers les volets et les rideaux, le murmure de la rue arrivait jusqu'à lui, pareil à une grande voix éparse et confuse. Une ou deux minutes passèrent, puis, levant les yeux, il se vit soudain dans un miroir incliné au-dessus du lit et remarqua que sa cravate était de travers ; il répara aussitôt ce désordre de ses grosses mains qui tremblaient un peu.

— Ça, par exemple ! murmura-t-il.

Plusieurs fois il répéta cette phrase sur le ton d'une grande surprise, et, sans regarder le lit, tourna les talons et gagna la porte. Dans l'antichambre il heurta du pied le pot à eau et rit tout bas comme d'une farce, mais le son de sa propre gaieté lui fit un effet désagréable.

Sur le palier il écouta. La même voix nasillarde chantait à l'étage inférieur. Dans la cour quelqu'un riait. Mû par une impulsion subite, il rentra, fermant avec soin la porte derrière lui. Il se sentait plus calme à présent et ce sifflement dans ses oreilles s'était tu.

La porte de la chambre à coucher était restée entrebâillée ; il la poussa doucement et se tint sur le seuil ; de nouveau ce parfum le prit aux narines, se collant à lui. Avec lenteur, l'homme abaissa la vue sur le lit et fronça un peu les sourcils comme pour comprendre ; plus inquiétant que l'immobilité du corps lui parut ce rideau de cheveux noirs qui cachait entièrement la face, et, tout en regrettant d'être revenu, Paul éprouva une satisfaction bizarre à observer ce détail. De même, enfin, il examinait avec un soin particulier les photographies des journaux illustrés où la part la plus large était faite à l'assassinat. Aujourd'hui son destin voulait qu'il se trouvât lui-même à l'intérieur d'une de ces images violentes, ainsi qu'un spectateur qui se verrait subitement transporté sur la scène et au milieu du décor qu'un instant plus tôt il regardait de la salle. Pour la première fois de sa vie il se trouvait dans la « chambre du crime ». Toutefois, contrairement à l'espèce de tradition qui s'était établie dans cet ordre de choses, on ne voyait ici ni sang ni désordre, et il en conçut un vague sentiment de fierté, mais ses mains tremblaient encore quand il tira son mouchoir de sa poche pour s'en essuyer le visage. A cette seconde même, on frappa très doucement à la porte.

VIII

Il retint son souffle et demeura parfaitement immobile, sa main levée tenant le mouchoir dont il n'avait pas eu le temps de s'éponger le front. Une fois de plus il entendit dans ses oreilles le léger sifflement qui semblait accompagner chez lui la terreur. « Dans un instant, pensa-t-il, on va frapper de nouveau. Et alors ? »

Comme si les choses elles-mêmes attendaient ce bruit, tout se taisait dans la maison. A l'étage inférieur la femme ne chantait plus et dans le murmure qui montait de la rue il y eut une interruption subite, mais dans le crâne de l'homme le son bizarre se prolongeait, pareil à un cri perçu à des lieues de distance. Des gouttes de sueur roulèrent lentement sur ses joues sans qu'il y prît garde. Une minute entière passa dans le plus profond silence. « Je me suis trompé, pensa-t-il. J'ai cru entendre... » Et de nouveau il respira, promenant son mouchoir sur sa face ruisselante. Toutefois il n'osait pas encore bouger. On attendait peut-être de l'autre côté de la porte ; on comptait que pendant un moment il se tiendrait tranquille, puis que, rassuré, il se déplacerait dans la pièce ; alors on ouvrirait. Qui ouvrirait ? Il imagina deux sergents de ville, et sa gorge se serra. Tout à coup la voix de femme reprit sa chanson, une voix traînante et distraite qui prolongeait à plaisir certaines notes du refrain ; on imaginait à l'entendre une petite personne débraillée, heureuse, allant d'une pièce à l'autre en savates. Comment n'avait-elle pas entendu les cris poussés par Berthe alors qu'elle se débattait dans l'entrée ? Peut-être, à ce moment, la femme dont il écoutait la voix se trouvait-elle au fond de l'appartement. Par un élan subit de tout son être, il souhaita désespérément d'être ailleurs que dans cette chambre avec ce cadavre, il envia cette femme qui chantait sans savoir ce qui se passait au-dessus d'elle.

Un rayon de soleil glissa à travers une fente des

volets et l'ouverture au sommet des rideaux pour
tomber dans la pièce qu'il coupa en deux, et ce long
trait de lumière immobile rendit plus profondes la
tristesse et l'indéfinissable *solitude* qui régnaient
entre ces murs. L'homme était aux aguets, mal rassuré par le silence. D'un geste d'enfant il avança une
main de manière à la placer dans le soleil et la retira
aussitôt, puis il regarda lentement autour de lui,
évitant toutefois d'abaisser la vue sur la tête enfouie
dans les cheveux noirs. Du coin de l'œil il remarqua
que les mains de la femme demeuraient à moitié
ouvertes, les doigts un peu repliés sur eux-mêmes
comme pour saisir quelque chose ; un pied nu sortait
du peignoir, court et potelé, tel qu'il se l'était imaginé.
Il pensa : « Je vais compter jusqu'à vingt, puis je m'en
irai. » Mais ayant compté il attendit encore. Ce serait
trop bête de se faire prendre pour n'avoir pu rester
quelques minutes de plus sans bouger.

A présent le soleil donnait à plein sur la fenêtre et,
traversant l'andrinople, répandait une lumière rose et
diffuse qui donnait à cette pièce un air d'insouciance
et une sorte de gaieté trouble. Paul tira de nouveau
son mouchoir de sa poche et de ce linge moite il
essuya son cou. Son chapeau lui serrait la tête ; il
l'ôta, puis le remit, ne sachant qu'en faire, n'osant le
poser sur un meuble de peur de l'oublier (il savait
qu'on oublie toujours quelque chose), n'aimant pas
non plus le tenir à la main devant ce corps, à cause de
l'aspect que prenait ce geste qui devenait un geste
d'enterrement. Tout à coup sa poitrine s'enfla pour
laisser échapper un énorme soupir pareil à un cri
étouffé, et sans plus attendre il s'éloigna du lit et
quitta la chambre.

Parvenu à la porte d'entrée, il eut une courte hésitation, puis dans une crise de colère subite il saisit le
bouton à plein poing et ouvrit.

Le palier était vide, mais sur une des marches qui
menaient à l'étage supérieur, Paul vit deux jambes
dans un pantalon de drap noir, le haut du corps étant
rendu invisible par un retour de l'escalier à cet

endroit. Brusquement le jeune homme recula et demeura immobile sur le seuil de la porte qui était restée ouverte. Sa première idée fut de descendre quatre à quatre jusque dans la rue, mais il craignait le coup de revolver qui pouvait l'abattre et ne bougea pas. Comme dans un rêve il remarqua les souliers de l'inconnu, des souliers noirs frottés avec soin, mais fatigués. Quelques secondes s'écoulèrent. Enfin une voix chuchota très distinctement :

— Aucun besoin d'avoir peur.

Paul attendit, puis demanda sur le même ton :

— Qui êtes-vous ?

La voix reprit :

— Mon nom, malheureusement, ne vous dirait rien dans votre état actuel, mais je suis là pour vous aider.

— C'est vous qui avez frappé tout à l'heure ?

— C'est moi.

Il y eut un court silence. La voix dit alors :

— Si vous n'agissez pas avec une extrême prudence, vous allez être pris.

— Qu'est-ce qu'il faut que je fasse ?

— D'abord fermer sans bruit la porte derrière vous, puis monter jusqu'à l'endroit où je me tiens.

Paul hésitait.

— Vous avez tort de ne pas obéir, fit la voix. Approchez-vous un peu de la fenêtre du palier. Entendez-vous qu'on appelle la concierge dans la cour ?

— Oui.

— C'est un homme qui appelle, n'est-ce pas ? Écoutez à présent le nom de la personne qu'il désire voir.

Paul inclina la tête pour mieux entendre le son des paroles qu'on échangeait dans la cour. Soudain il eut l'impression que l'escalier chavirait autour de lui comme un navire : c'était le nom de Berthe qui venait d'être prononcé. Presque sans savoir ce qu'il faisait, il tira la porte et, traversant le palier, monta quatre ou cinq marches, puis s'arrêta net.

— Me reconnais-tu ? fit l'homme.

— Non, dit Paul dans un souffle.

— Allons un peu plus haut.

Ils gravirent trois marches de plus et l'homme se colla au mur en faisant signe à Paul de l'imiter.

— Dans quelques secondes, fit-il, la porte d'en bas va s'ouvrir et l'on va monter jusqu'au quatrième. Nous ne bougerons pas plus que des morts. Puis on frappera à la porte que tu viens de refermer et il n'y aura, bien entendu (ici un très léger coup de coude fut donné à Paul), aucune réponse. On attendra, puis on entrera, comme toi tout à l'heure. A ce moment, mais pas avant, nous descendrons à pas de loup. A cause de l'obscurité de ce petit vestibule où le visiteur se cognera dans les meubles, nous aurons juste le temps qu'il nous faut. Et maintenant silence.

En bas, la porte s'ouvrit et se referma.

Cinq minutes plus tard Paul et son compagnon se trouvaient dans la rue qu'ils remontèrent sans dire une parole jusqu'au boulevard où ils se mêlèrent à la foule. Paul lança un coup d'œil furtif à droite et à gauche et ce geste, qui trahissait une intention secrète, fut sans doute remarqué par l'homme, car celui-ci murmura tout à coup, le regard dirigé droit devant lui :

— Tu n'es pas encore hors de danger, et me fausser compagnie serait une erreur. Berthe a parlé de toi à ses amis. Sais-tu le nom qu'elle te donnait ? L'étrangleur.

— Ça va, fit Paul.

Il fronça les sourcils pour réfléchir et demanda brusquement :

— Comment savez-vous ça ?

L'homme lui prit le bras d'une main solide.

— Nous en reparlerons une autre fois, dit-il. Et j'ai quelque chose à te dire, mais pas ici.

Ils firent encore quelques pas et s'engagèrent dans une galerie couverte où les promeneurs étaient rares. Quand ils furent arrivés au fond de cette espèce de

102

boyau qui ne recevait qu'une lumière incertaine d'une voûte de verre dépoli, l'homme saisit de nouveau le bras du jeune assassin qui voulut se dégager.

— Fabien, dit l'homme.

Paul lui jeta le regard d'un homme ivre, puis il dit tout à coup d'une voix mauvaise :

— C'est Paul que je m'appelle. Et puis laissez-moi, vous savez !

Il leva le poing, mais abandonna aussitôt cette attitude menaçante devant le calme du vieux visage qu'il voulait frapper ; un moment il considéra ce masque blême que l'âge, la réflexion et la méchanceté avaient modelé patiemment, et il dit à mi-voix :

— Quelle tête, quelle sale tête vous avez !

— Si tu tiens à conserver la tienne sur tes épaules, fit le vieillard d'un ton froid, tu feras mieux de rester tranquille et de m'écouter.

— C'est bon, dit Paul.

— Tu vas faire attention à ce que je te dis. Ce matin, tu avais un papier dans ta poche, un papier avec un nom et une adresse. Te rappelles-tu ce nom ?

— Un papier ? Attendez voir.

Il mit la main à sa poche, mais l'homme l'arrêta.

— Essaie plutôt de te souvenir de ce nom.

Le front de Paul se plissa.

— Je ne peux pas, dit-il enfin.

— Je vais t'aider. Tout à l'heure, il y a une minute, j'ai prononcé ce nom.

— Ah !... oui. Attendez... C'était Fa...

Il ferma les yeux et s'appuya au mur. Dans une sorte de tournoiement intérieur il lui sembla voir une foule d'hommes dont les visages étaient pareils de traits et d'expression et qui lui criaient un nom qu'il ne parvenait pas à entendre. Tout à coup, il y eut dans tout son être quelque chose d'analogue aux violents efforts que fait un dormeur pour s'arracher à un mauvais rêve, et presque aussitôt il murmura :

— Fabien.

— Tu vois, dit l'homme. Te souviens-tu à présent ?

103

Paul rouvrit les yeux et le regarda. Son compagnon lui toucha le bras et dit :

— Allons jusqu'au bout du passage, jusqu'à l'entrée. C'est là que nous nous sommes parlé, cette nuit qu'il pleuvait si fort et que tu attendais quelqu'un qui n'est pas venu.

Avec la docilité d'un enfant Paul obéit à l'étrange personnage, dont l'aspect funèbre et surtout la mine blafarde retinrent l'attention de quelques flâneurs qui tournèrent la tête un instant d'un air intrigué, mais le coup d'œil que leur jeta M. Brittomart découragea aussitôt leur curiosité.

— Nous ne resterons pas ici, dit-il entre ses dents lorsqu'ils eurent atteint l'entrée du passage. Trop de monde. Mais il est nécessaire que tu te tiennes à cet endroit une minute ou deux pour rétablir l'ordre dans tes souvenirs.

Il y eut alors un silence pendant lequel le jeune homme fit le geste de s'essuyer le front, puis, abaissant son regard sur ses doigts épais qu'il considéra comme s'il ne les avait jamais vus :

— Quelles mains ! murmura-t-il.

— C'est Fabien qui parle, dit M. Brittomart. Enfin ! Nous pouvons partir.

Quittant le passage, ils traversèrent le boulevard pour s'engager dans une petite rue de mauvais aspect, mais où l'homme noir connaissait une sorte de tapis-franc assez peu fréquenté de jour.

— Bien entendu, fit Brittomart à voix basse, il ne faudrait pas toujours compter sur moi pour te tirer d'affaire. Une autre fois, tu veilleras à choisir une personne instruite quand tu voudras opérer une nouvelle transformation. Je ne comprends pas que le vieux Poujars ait agi aussi étourdiment. Comment pouvait-il supposer qu'avec cette tête que tu as tu pourrais te souvenir de la formule ? Si je m'étais trouvé là... Mais je ne puis être partout à la fois. J'ai tant à faire... Quant à toi, tu es dans la situation d'un homme pris de boisson et qui s'est fourvoyé dans un labyrinthe.

Il remplit les deux verres du gros vin rouge qu'on leur avait servi et promena un regard circulaire dans la grande salle au plafond noirci. Du coin obscur où ils s'étaient assis, ils pouvaient surveiller les allées et venues à l'extérieur du cabaret, la rue demeurant visible à travers les carreaux sales.

— Grande brute sans intérêt, poursuivit M. Brittomart dans une espèce de rêverie. A peine responsable de ce qu'elle a fait et tellement bornée qu'il est presque impossible de lui faire comprendre de quoi il est question. C'est même là la difficulté.

— Essayez toujours, dit patiemment son voisin.

M. Brittomart haussa les épaules.

— Evidemment, je pourrais te laisser cueillir par la police et voir si dans ce milieu... Le commissaire peut-être, ou le juge d'instruction... Leurs physionomies seraient intéressantes à étudier au moment de la transformation.

— Non, dit Paul. J'aime mieux pas avoir affaire aux tribunaux.

— Quand je pense à ce que tu étais encore ce matin... Ce garçon cultivé, réfléchi, presque subtil... Allons, je vais t'apprendre la formule simplifiée pour *minus habens*. Puis nous chercherons quelqu'un et tu feras exactement ce que je te dirai...

Un instant plus tard ils sortaient.

IX

Emmanuel Fruges posa son chapeau noir sur la table de chêne, puis, s'asseyant, il allongea ses grandes jambes et plaça devant lui un livre et une feuille de papier qu'il déplia avec soin. Chacun de ses gestes était lent et précis, mais son visage glabre et sérieux laissait voir que sa pensée voyageait loin de ce cabinet de lecture où il venait passer quelques heures. Peut-être même cet homme eût-il tressailli si on lui eût à ce moment touché le coude. Il pouvait avoir une trentaine d'années, mais l'habitude de la réflexion et de trop longues journées d'étude l'avaient prématurément vieilli. Des cheveux noirs cernaient d'une ligne un peu indécise un front large et luisant qui surplombait des yeux couleur noisette, à la fois distraits et mobiles, et l'on songeait, en voyant ces prunelles enfouies sous la broussaille des sourcils, à des animaux qui se seraient cachés dans des brindilles sèches, au pied d'un mur. Mince et pointu, le nez avançait au-dessus d'une bouche scrupuleuse.

M. Fruges ouvrit son livre, dont il tourna quelques pages jusqu'à ce qu'il eût trouvé le passage qui l'intéressait, puis d'un doigt osseux il écarta une mèche qu'il aplatit sur son crâne et tira de sa poche un pince-nez à monture de métal. Cet instrument fut alors soumis à une série d'épreuves dont l'objet semblait être de le mettre en pièces ; il fut saisi d'abord entre le pouce et l'index et secoué avec vigueur pendant l'espace d'une demi-minute ; après quoi son propriétaire le jeta dédaigneusement sur le livre ouvert, puis s'empara de lui tout à coup d'une main impatiente, le secoua de nouveau et le porta enfin à ses dents comme pour le mordre et le broyer.

Autour de lui, la salle était à peu près vide. Six grandes tables poussées contre les murs l'occupaient sur toute sa longueur, laissant libre une sorte de chenal qui allait de la porte d'entrée à la porte de la bibliothèque. Des chaises droites attendaient les lecteurs, et ces meubles sévères donnaient à ce lieu l'apparence d'une salle de classe, impression rendue encore plus forte par des fenêtres munies de rideaux de toile écrue et placées trop haut pour faire voir autre chose que le faîte des maisons et des nuages dont l'inutile magnificence ne retenait l'attention de personne.

M. Fruges affectionnait cet endroit à cause de l'austérité qu'il y découvrait et qui se trouvait en accord avec ses préoccupations les plus profondes ; il l'aimait comme l'acteur aime le décor de son meilleur rôle, mais on l'eût violemment indisposé en le comparant à un acteur, car il avait la faiblesse de se prendre au sérieux et, pour lui, un acteur ne pouvait être sérieux par la raison que tout ce qui touchait au théâtre relevait directement du mensonge, de la supercherie et de la corruption. On l'eût également beaucoup étonné en lui disant que la vigueur de cette condamnation était la marque d'une vaste inexpérience et d'une grande jeunesse, car il se croyait d'une maturité d'esprit parfaite et pleinement instruit de toutes les erreurs du monde ; par une sorte d'anticipation singulière, il faisait parfois des grimaces de vieillard.

L'une de ces grimaces consistait à fermer les paupières à demi en fronçant le nez, comme font les gens dont la vue baisse ; le visage enlaidi par cette mimique, il promena les yeux autour de lui, et au bout de quelques secondes abaissa de nouveau la vue sur son livre dont il lissa une page avec la paume de sa main. Bien qu'il eût le ferme propos de travailler ce jour-là, il lui semblait que son cerveau était devenu le carrefour de toutes sortes d'idées en voyage d'un point vers un autre, et il n'arrivait ni à les chasser, ni seulement à les grouper dans un ordre quelconque. Elles dansaient, fuyaient, revenaient comme pour le narguer. Il prit sa tête à deux mains et, mentalement, compara ses mains à des œillères qui l'empêchaient de voir autre chose que la tâche à accomplir.

L'ouvrage qu'il avait sous les yeux était le *Cathemerinon* de Prudence, dont il faisait une traduction en vers pour un éditeur de livres pieux. L'éditeur payait mal, mais l'appétit de M. Fruges se manifestait trois fois par jour avec une régularité inexorable et cette circonstance expliquait, tout au moins en partie, la présence de cet homme dans ce cabinet de lecture. Peut-être aurait-il pu emporter chez lui ce volume dont il avait besoin, mais il préférait travailler dans ce décor de livres et de tables qui stimulait son zèle.

Caligo terræ scinditur
Percussa solis spiculo...

M. Fruges était ainsi fait qu'il ne pouvait lire des vers de cette coupe et dans cette langue qu'il n'entendît des chœurs lui redire, syllabe par syllabe, la phrase venue comme d'un autre monde, chantée par des voix un peu incolores, parce qu'elles étaient accoutumées au silence du cloître, et qui, avec une exaltation pleine de douceur, montaient vers le ciel sombre et doré de coupoles byzantines. Il se demandait quelquefois si des vers païens, chantés eux aussi, auraient eu le même pouvoir et si la dérivation de tout son être vers le passé n'était pas due simplement à la façon dont huit notes se trouvaient placées sous quelques paroles d'un latin sévère et naïf, mais aucune substitution profane n'obtenait le même résultat que ces courtes phrases issues des lèvres de la grande magicienne qu'est l'Église.

Souvent, M. Fruges, que sa nature portait à des rêveries de ce genre, éprouvait un léger regret de n'avoir pas une existence plus brillante et il se disait que c'était peut-être à cause de ces chants d'église qui l'ensorcelaient et lui faisaient perdre ce qu'on nomme le sens des réalités, c'est-à-dire des affaires, de l'argent et du succès, mais presque aussitôt il écartait ces pensées comme des tentations dangereuses.

« La richesse est-elle donc si mauvaise ? » demandait alors une voix intérieure dont il connaissait le ton raisonnable... « Et qui nourrira le pauvre si ce n'est le riche ? » Toutefois, ce n'était pas uniquement pour nourrir le pauvre que M. Fruges eût souhaité d'être riche ; plutôt pour... « pour jouir de la vie, des bonnes choses de ce monde, proposait la voix, pour visiter la Grèce et l'Italie, pour entendre de la belle musique et posséder une bibliothèque... — Oui », pensait M. Fruges, les poings à la tête. « En somme, reprenait la voix, pour mener une vie plus intelligente, plus digne de nous. — C'est cela, pensait M. Fruges, c'est exactement cela. — Pour développer notre personnalité,

pour augmenter notre moi... — Eh oui ! — C'est même une sorte de devoir. Aller jusqu'au bout de l'expérience humaine... *Homo sum et nihil humani...*
— *Homo sum* », répéta distraitement M. Fruges en dépliant une feuille de papier sur laquelle il jeta quelques mots.

— La nuit de la terre se divise sous les coups de javelot du soleil, murmura-t-il au bout d'un moment. Quels vers de mirliton cela va faire !

« Aussi la vie ne t'a-t-elle pas été donnée pour aligner des vers de mirliton sur du papier, reprit la voix. La vie, crois-moi, vaut mieux que ce que tu en tires. Quelle jeunesse assommante tu auras eue ! Et au nom de quoi ? Au nom d'un ensemble de propositions invérifiables qu'on appelle la foi. N'as-tu pas honte, en plein vingtième siècle, de raisonner encore comme un moine du quatrième ? Tu n'es pas seulement bizarre, tu es ennuyeux. Tu recrutes tes amis parmi les vieillards et les ratés. As-tu un seul ami qui ait ton âge et qui ait du succès, des aventures, et qui soit beau ? Dis ? En ce moment même où tu fatigues ton pauvre cerveau à désarticuler des phrases, songe à tous les rendez-vous qui se donnent dans cette ville... »

Le sang monta aux joues de M. Fruges qui ôta son pince-nez.

« Il y avait longtemps », se dit-il avec un soupir, car il reconnaissait les approches de la tentation comme un marin flaire la tempête aux premières risées. Rassemblant ses forces, il ferma les yeux et récita intérieurement une oraison jaculatoire, puis une autre, mais, par un phénomène qui lui était familier, les paroles mêmes de ces prières revêtaient un sens de plus en plus suspect, jusqu'à provoquer enfin des associations d'idées monstrueuses. Alors il s'exaspéra, voulut obtenir de lui-même cette chose impossible qui est de ne penser à rien, vider son cerveau ou tout au moins l'emplir de la pensée de ce vide et par là détourner le flot d'imaginations sensuelles ; toutefois il ne pouvait faire qu'une part minime de sa volonté ne fût de mèche avec l'adversaire. Par un dernier effort, il lut encore quelques vers du vieux cantique, mais son attention se divisa aussitôt avec une précision déconcertante, retenue qu'elle était, d'un côté, par les sonorités latines, harcelée de l'autre par d'impérieuses convoitises.

Sunt multa fucis illita...

Dans des moments comme ceux-là, presque toutes les choses de ce monde lui paraissaient barbouillées des fausses couleurs dont parlait le poète chrétien, mais dans ces couleurs quel attrait ! Le jeu même de l'intelligence devenait suspect et, par exemple, le plaisir que trouvait M. Fruges à lire ces vers. Il examina cette idée, s'y accrocha pour essayer de bannir les images de plus en plus nettes qui se proposaient à lui. Comment l'âme, qui était esprit, pouvait-elle pécher par le corps au point de se confondre avec lui, d'éprouver sa faim et de se vautrer dans ses joies ? N'eût-on pas dit que dans le fort des passions elle cherchait à se transformer en corps, alors que dans les révoltes contre la chair, c'était lui, le corps, qui tentait de se transformer en âme ? Mais pourquoi ce mariage de deux éléments contraires qui ne pouvait conduire qu'à des luttes terribles où l'anéantissement de l'un ou de l'autre semblait le but à atteindre ?

Depuis la mort de ses parents, M. Fruges vivait seul dans une chambre carrelée, au dernier étage d'un vieil immeuble qui sentait la misère. En poussant la porte de ce logis démoralisant, le jeune homme se rappelait souvent la parole d'un de ses oncles, qui, le voyant étudier l'Évangile, lui avait dit un jour : « Celui qui aime la vérité ne sera jamais riche. » Or, pour M. Fruges, la vérité s'apprenait dans les livres et il en concluait que les livres l'avaient mené comme dans un cachot, droit à cette pièce étouffante ou glaciale selon la saison, mais toujours triste. Le lit de fer aux couvertures trop minces, la table de bois blanc et, dans un coin, la petite malle noire qui contenait ses livres ; il ne voyait dans ces meubles que les signes d'une vie manquée, et dans une sorte d'ivresse de mélancolie, il s'accoudait à la fenêtre et laissait son âme prendre son vol par-dessus les toits. Pourtant, à certaines époques qui revenaient suivant une espèce de rythme cyclique, il se sentait envahi d'un grand désir de renoncement total qui lui faisait accepter son sort avec une ferveur soudaine. Il regardait alors sa chambre et pensait : « C'est une chambre de saint. Je veux devenir un saint. » Renoncer. Mais renoncer à quoi ? Au désir du bonheur ? A cette fringale de bien-être qui le mordait quelquefois aux entrailles quand le hasard le menait dans la maison d'un riche ?

Son cousin Bornival, qui était prêtre à Saint-Jude, le sondait de temps à autre sur une vocation possible : « Avec ce goût que tu as pour les choses de la religion, comment n'as-tu jamais songé à l'état ecclésiastique ? » M. Fruges soutenait le regard brillant de ces yeux noirs qui semblaient lui fouiller la tête, et il disait : « Non. » « Tu as trente ans. Réfléchis, disait le cousin Bornival. Il faut sortir du monde ou s'y faire une place. Veux-tu que je parle de toi aux demoiselles Froque qui tiennent un magasin d'objets pieux ? Elles ont besoin d'un vendeur. Tu as l'aspect sérieux qui convient. Le soir, tu pourrais corser tes appointements en continuant cette traduction... » Alors M. Fruges considérait son cousin d'un air supérieur, pensait à vingt réponses qu'il aurait pu faire, et, par fierté, n'en faisait aucune. Il ne refusait pas, cependant, les maigres secours dont le gratifiait l'ecclésiastique, mais il les prenait un peu comme son dû, avec une reconnaissance tempérée par une nuance de dédain. Servir chez les demoiselles Froque, lui qui avait signé jadis deux articles sur le semi-pélagianisme dans l'Église primitive ! « Quelle absurdité ! » s'exclamait-il à part soi avec un reniflement bref qui était chez lui le signe de l'orgueil blessé à vif ou, au contraire, de la vanité satisfaite.

Il lui plaisait de parcourir la ville vers la chute du jour, égrenant de ses doigts crispés et impatients un chapelet enfoui dans sa poche. « Tu as mal dîné, se disait-il, et tu dîneras mal encore demain, mais tu vis au niveau de tes rêves, ce qui est inouï par les temps qui courent. » Car il jugeait inférieurs et un peu dégradants tous les métiers qui consistaient à vendre quoi que ce fût qu'on n'eût pas fait de ses propres mains ou tiré de son cerveau. C'eût été là du commerce. Lui, au moins, ne s'était jamais « livré » au commerce, n'avait jamais manié l'argent qu'avec ce détachement rarissime qu'on ne voit qu'à certains pauvres. « Soyons donc un grand pauvre ! » s'écriait-il intérieurement.

Pourquoi fallait-il qu'à d'autres moments moins purs il regrettât que l'or eût l'habitude de refluer presque toujours dans les coffres des imbéciles ? D'étranges désirs de splendeur assiégeaient le cœur de cet homme qui n'avait connu que la pénurie. Sans raison précise, il lui venait soudain une envie de luxe et, pêle-mêle, de meubles où l'on s'étire, de reliures polies comme du marbre, de chère délicate, de vins qu'on hume avant d'y porter la lèvre, de plaisir. La tête dans les mains, il étouffait un gémissement de tristesse et de rage, car il subissait mal le choc des tentations. « Pourquoi ce corps ? se demandait-il. Pourquoi l'esprit est-il lié à une chair d'où lui viennent toutes ces convoitises ? » Et la crise passée, l'esprit tout étourdi de prières, il se disait avec une satisfaction sans modestie : « Je n'ai pas cédé. »

Ce qui le surprenait toujours, c'était que n'importe quel moment parût bon à « l'antique adversaire » pour fondre sur lui. Il ne doutait pas, en effet, que ces épreuves fussent d'origine infernale et que le démon s'intéressât plus particulièrement à lui qu'à d'autres âmes jugées, sans doute, moins alléchantes par ce connaisseur. Ainsi, dans ce cabinet de lecture où il était venu avec le ferme propos de travailler, de gagner honnêtement sa croûte en traduisant Prudence, ces vers, tout à l'heure baignés d'encens et dorés par le reflet des cierges, fléchissaient brusquement, trébuchaient, riaient tout bas, bredouillaient des choses honteuses, comme des hommes pris de vin ; et, consentant à demi, M. Fruges écoutait. Là où des tentations plus subtiles avaient échoué, la vulgaire tentation d'orgueil paraissait devoir réussir. Il suffisait pour cela que M. Fruges se crût invulnérable et qu'après avoir repoussé les premiers assauts, il abandonnât jusqu'aux derniers semblants d'humilité. Ainsi, en se félicitant de n'avoir pas cédé, il provoquait une nouvelle attaque beaucoup plus dangereuse. Le plus étrange était que, par une longue habitude de son cœur et de son cerveau, il le savait. La vieille manœuvre allait emporter la place, mais M. Fruges en éprouvait à présent un sentiment bizarre où je ne sais quel plaisir se mêlait à l'inquiétude. Entre lui et les mauvaises pensées, il n'y avait plus qu'une muraille de brume qu'un souffle allait abattre, et il observait avec une curiosité morbide cette espèce d'évaporation de sa volonté. Comment lui, qui se classait secrètement parmi les meilleurs, pouvait-il céder à des sollicitations aussi basses ? Il y avait là quelque chose de singulier qui retenait et amusait l'esprit de M. Fruges, toujours sensible à l'attrait des raretés psychologiques.

Dans le tumulte intérieur où il se débattait de plus en plus mollement, il se ressouvint tout à coup d'une phrase lue jadis et qui l'avait rempli d'amertume : « Tout mystique a un vice caché. » Un vice caché — ce n'était pas vrai, sa vie était pure, mais d'une pureté aride et revêche, excluant toute charité d'un cœur où il n'y avait presque plus de place que pour lui-même. Cette vertu, qui ne peut avoir de sens que si elle s'allie à l'amour, devenait chez cet homme quelque chose de monstrueux, et par une ironie profonde tendait à rejoindre le vice qui lui était contraire. Appelé peut-être à la vie mystique, mais vaincu par l'orgueil, il semblait condamné à ne voir partout que cette impureté dont il était si fier de repousser les attaques. En réalité elle s'était subtilement glissée et installée dans son cerveau, alors qu'il la croyait encore rôdant autour de lui ; elle était en lui par la crainte et par le désir, avec une intensité qui, précisément, relevait de la vie mystique, car il y a une mystique d'en bas.

Peut-être une faute lui eût-elle fait moins de mal que cette vanité, en quelque sorte surnaturelle ; elle eût peut-être faussé le mécanisme du piège qui se refermait sur lui. Mais il prenait un plaisir trouble à laisser ramper jusqu'à lui les pensées les plus périlleuses, lorsqu'il se croyait sûr de pouvoir les écarter à temps. A d'autres moments, devinant une faiblesse qu'il ne s'avouait pas, il récitait avec une sorte de fièvre des prières qui n'étaient plus dans sa bouche que des formules de conjuration, et il goûtait secrètement ces approches du démon dont il admirait malgré lui les méthodes tour à tour subtiles et violentes.

Aujourd'hui, pourtant, il était allé plus loin, trop loin. Sa volonté, d'ordinaire si vigilante, s'était laissé atteindre, et il s'apercevait avec une sorte d'horreur mêlée à une très grande curiosité qu'il était sur le point d'accueillir la tentation, qu'il ne voulait plus s'y opposer et qu'il ne désirait même plus le vouloir. « Tu as cédé », lui disait une voix. C'était la ruse suprême, car il n'avait pas encore cédé, mais il se laissait mollement persuader que déjà il était vaincu et que, par conséquent, résister devenait futile.

A ce moment la porte du cabinet de lecture s'ouvrit sans bruit, et deux personnes entrèrent. M. Fruges ne les entendit pas, mais il eut bientôt l'intuition de leur présence. Tout d'abord il demeura immobile, la tête dans les mains et les yeux fixés sur ce texte dont les mots n'offraient plus aucun sens à son esprit fasciné par le mal. Puis, se redressant avec lenteur, il s'étira.

Quel plaisir d'allonger ainsi les bras ! Il n'aurait pas cru qu'un geste si simple pût être à ce point agréable. On eût dit qu'une force nouvelle circulait dans ses muscles et que, d'une manière inexplicable, son corps se libérait. Ses scrupules de tout à l'heure lui parurent bien puérils. Que d'histoires pour une mauvaise pensée ! Et souriant sans trop savoir pourquoi, il tourna la tête du côté de la porte.

X

Ses yeux rencontrèrent ceux de M. Brittomart, et la même pensée vint à ces deux êtres : « Toi, je te connais. » L'un et l'autre avaient raison. M. Brittomart connaissait M. Fruges pour avoir patiemment tourné autour de cette âme inquiète, achetée à un prix dont M. Fruges n'avait pas même idée. Quant à M. Fruges, il connaissait M. Brittomart pour avoir lu plusieurs ouvrages où il était question de lui et pour avoir aussi entendu sa voix ; car ce n'était pas l'aspect physique de M. Brittomart qui renseignait M. Fruges, pas plus que l'aspect physique de M. Fruges ne renseignait M. Brittomart, mais au premier coup d'œil ils se reconnurent.

Plusieurs secondes s'écoulèrent sans que l'un ni l'autre fît un geste, puis la main de M. Fruges referma l'eucologe de Prudence et M. Brittomart fit deux pas en avant. Ce fut alors seulement que M. Fruges vit, derrière le personnage qui se dirigeait vers lui, un grand garçon au visage de brute et dont la démarche incertaine trahissait une bizarre incertitude. « C'est un mauvais rêve, pensa M. Fruges, je vais m'éveiller. » La peur lui serra les entrailles et, quoiqu'il fût assis, il se vit obligé d'agripper le bord de la table pour dominer une sensation de vertige ; il lui sembla que la salle tout entière penchait d'un côté, puis lentement se redressait pour couler ensuite dans une sorte de brume noire ; et sans même qu'il en eût conscience, sa tête s'abattit sur son avant-bras.

Il entendit alors une voix qui parlait à quelqu'un, dans un chuchotement à peine perceptible : « ... opération d'une simplicité enfantine. Tu n'as qu'à te pencher sur lui et lui dire ce que tu sais dans l'oreille. » Un bref silence suivit, puis M. Fruges, qui levait un peu le front, sentit un souffle chaud sur son oreille et entendit en même temps le nom de Paul, suivi de plusieurs sons gutturaux. Alors, et presque aussitôt, la pensée lui vint que, sous une pression exercée de l'intérieur de la tête, les os de son crâne se dessoudaient peu à peu ; puis des douleurs le poignirent aux jointures de ses membres, comme si on l'eût écartelé, mais cette torture cessa d'un seul coup pour être suivie d'une curieuse sensation de bien-être répandue dans toutes les parties de son corps ; il allongea et écarta les doigts avec un plaisir animal, heureux de cette force qu'il sentait jusque dans ses pouces. Il n'y avait que dans son cerveau qu'il éprouvât, non pas une souffrance, mais quelque chose qui ressemblait à la confusion due à un excès d'alcool, et il crut en effet qu'il avait trop bu. Le lien entre les pensées se brisa net et les noms des choses parurent se vider tout à coup de leur contenu ordinaire. Ces changements si longs à décrire s'opérèrent dans l'espace de quelques secondes. L'homme, debout, tremblait, mais il soutint le choc et, tournant la tête de côté, il dirigea un regard absolument vide vers M. Brittomart qui l'observait avec une énorme curiosité, puis il abaissa les yeux sur M. Fruges, à l'oreille de qui il venait de se pencher.

M. Fruges se leva en chancelant, comme un homme qui vient de recevoir un coup en pleine poitrine, et il sourit d'un air un peu hagard, la main appuyée sur la longue table.

— L'opération est, en effet, d'une simplicité terrible, murmura-t-il. N'est-il pas possible d'en mourir ?

M. Brittomart haussa les épaules.

— De toute façon, dit-il entre ses dents, le danger ne menace que celui dont vous venez de vous évader. Vous étiez Paul Esménard, il y a une minute. Vous êtes maintenant Emmanuel Fruges. Mais éloignons-nous et laissons là notre Caliban.

Quelques pas les rapprochèrent de la porte.

— Observez-le maintenant, chuchota M. Brittomart, et voyez de quel œil stupide il nous considère. Dans un petit moment il va se demander qui il est, et sa pauvre cervelle va lui dire : « Esménard, Paul. » C'est, du reste, cette lenteur d'esprit qui le sauve : elle amortit le choc de la transformation subite. Ne restons pas là. Si mes instructions ont été comprises, vous devez avoir en poche un rouleau de billets de banque et un papier avec une adresse.

— Il m'a glissé cela, en effet, au moment où il murmurait dans mon oreille son nom et cette phrase rocailleuse.

— Parfait, dit M. Brittomart. Allons-nous-en.

Saisissant alors M. Fruges par le coude, il se dirigea avec lui vers la porte. Sur le seuil, par un dernier mouvement de curiosité, l'un et l'autre se retournèrent vers Paul Esménard, affalé sur une chaise.

— Que va-t-il lui arriver ? demanda M. Fruges en ajustant son pince-nez.

— Rien que de fort banal. Tôt ou tard on l'arrêtera, et un jour il deviendra fou sous le soleil de Cayenne, à moins qu'on ne le guillotine.

— Ce n'est pourtant pas exactement lui qui a tué cette femme.

— Oui et non. En réalité c'est un peu lui, et un peu vous quand vous habitiez son corps. Car ses mains d'étrangleur étaient encore les vôtres, il y a cinq minutes.

— J'aime mieux celles d'Emmanuel Fruges, fit-il en examinant ses longs doigts maigres.

M. Brittomart lui lança un regard aigu.

— Pourquoi ne dites-vous pas mes mains, au lieu des mains d'Emmanuel Fruges ? demanda-t-il.

D'une voix tranquille, son compagnon répliqua :

— Parce que je ne suis pas vraiment et essentiellement Emmanuel Fruges. Je suis Fabien, connu à un moment sous le nom de Poujars dont j'ai emprunté l'apparence, puis de Paul Esménard, puis d'Emmanuel Fruges, que tout le monde appelle M. Fruges.

M. Brittomart leva les sourcils et les fronça presque aussitôt.

— Je vois qu'il sera intéressant de travailler avec vous, dit-il. Mais attention !

Ils étaient à présent sous la voûte, à deux pas de la rue.

— Je serais curieux de savoir ce que devient la personne physique de Fabien, dit M. Fruges. Donnez-moi de mes nouvelles.

— Vous êtes revenu à vous sur le canapé, dans le bureau de M. Poujars, et l'on vous a ensuite conduit chez vous, où votre mère vous a fait mettre au lit et vous soigne. Vous avez un peu déliré. Pour le moment, vous dormez.

— Et M. Poujars ?

— Quelle sollicitude ! Un coup de sang a failli avoir raison de M. Poujars dans ce petit café dont vous vous souvenez peut-être. Il s'en est remis cependant, et après quelques heures brumeuses il est redevenu lui-même à la minute même où vous êtes devenu Paul Esménard.

— J'ai beau faire, je ne me souviens plus très bien de ce que j'allais faire dans ce café, alors que j'étais M. Poujars...

— Rien de plus naturel. Vous vous éloignez de lui.

— Ce qui me paraît plus grave, c'est que je n'arrive pas tout à fait à me souvenir de mon adresse actuelle, ni de toutes sortes de choses qui font que je suis Fruges. Je ne me sens pas Fruges... Pas tout à fait.

— Pas encore, mais n'ayez aucune inquiétude : vous vous ferez au personnage. Il est curieux ; pourtant, faites attention : il est de ceux qui vont trop loin.

— Ah ? fit M. Fruges.

— Oui, dit M. Brittomart.

Et, soulevant le bord de son chapeau noir, il franchit le seuil de la porte et disparut.

Emmanuel Fruges ne chercha pas à retenir M. Brittomart. Il exprima, au contraire, la satisfaction qu'il éprouvait d'être seul par le reniflement qui lui était habituel. « Emmanuel, pensa-t-il. Et Fruges. Un nom sévère qui me ressemble. Car j'ai l'austérité de ceux que dévore une passion secrète. Et je vois le monde par les yeux de cet homme qui s'appelait Fruges. Je suis même cet homme. Avec quelques incertitudes encore, je m'habitue à lui. Je suis Fruges avec quelque chose de plus dans le cœur et dans le cerveau. Je me souviens, en effet, de qui je fus avant lui. Mon cas est comparable à celui d'un homme qui aurait appris en quelques heures plusieurs sujets difficiles. Je sais ce que pense et ce que souffre un vieux monsieur comme Poujars. Je sais ce qui se passe dans l'âme d'une brute comme Esménard et je me promène comme à l'intérieur d'une riche bibliothèque dans le cerveau d'Emmanuel Fruges. J'ai fait ce qu'aucun homme n'a peut-être fait avant moi, ce qu'aucune prédication n'a pu obtenir d'aucun homme : je me suis mis à la place de mon prochain. »

Il rêva un instant à ces choses et reprit intérieurement :

« J'ai même pitié de mon prochain, ce qui est nouveau. C'est parce que je le connais enfin. J'ai pitié de Paul Esménard et si j'écoutais mon cœur, j'ouvrirais la porte de cette bibliothèque et courrais me jeter dans les bras de ce pauvre diable. Scène admirable. Mais je résisterai à ce bon mouvement. Voyons toutefois ce que fait notre Caliban. »

Entrebâillant la porte, il avança prudemment le nez à l'intérieur de la salle de lecture. Courbé à présent sur la table et la tête appuyée sur ses avant-bras, Paul Esménard semblait dormir ; on voyait son crâne arrondi au-dessus de ses épaules puissantes qui donnaient l'impression de supporter un fardeau énorme.

« Il est rendu, pensa Emmanuel Fruges. Sa pauvre tête n'en peut plus de ce surcroît de pensée, et roule, dirait-on, comme si déjà elle se détachait. J'en crois sentir le poids sur mes bras et la chaleur de son sommeil monte à mes propres joues. Et je souffre avec lui, comme on souffre au théâtre, par cette mystérieuse sympathie qui unit au spectateur un personnage inventé ; mais ici le personnage est vrai, et la peur d'être pris qui l'attend au réveil, je — oui, c'est cela — je la savoure.»

Pendant quelques minutes il se laissa aller à la pente d'une rêverie qui amenait parfois l'ombre d'un sourire sur sa bouche étroite, et creusait ses joues hâves de deux petits traits fins, puis il referma la porte avec précaution et regagna la rue.

Il pouvait être cinq heures. Le vent soufflait dans une bonne odeur de poussière qui annonçait des journées plus tièdes et plus longues. Déjà l'on voyait de vieilles femmes assises sur des pliants, dans les encoignures des portes cochères, et le chat d'une marchande de journaux dormait en rond sur la table où des fers à cheval empêchaient les feuilles de voler. Emmanuel Fruges connaissait cette petite boutique noire pour y avoir acheté bien des fois du papier à lettres et des enveloppes, et il y entra, ce jour-là, mû par une curiosité difficilement explicable, mais c'était ce qui restait en lui de Fabien qui *voulait savoir*, car n'étant Emmanuel Fruges que de fraîche date, les choses qu'il aurait dû le mieux connaître gardaient pour lui la saveur particulière aux surprises, bonnes ou mauvaises.

La papetière leva les yeux d'un petit coussin dur où des aiguilles à pendeloques étaient fichées ; elle faisait de la dentelle à ses heures, en effet, et ses grosses mains aux doigts pointus allaient et venaient avec une agilité admirable. C'était une personne massive qui ne se déplaçait qu'en soupirant ; des cheveux gris de fer dissimulaient ses tempes et ses oreilles en bandeaux soigneusement brossés, et ses joues molles qui se couvraient de petites taches d'un jaune terreux semblaient meurtries par les années. Fixant ses grosses prunelles noires sur M. Fruges, elle dit presque à mi-voix :

— J'ai des nouveautés.

— Des nouveautés ? répéta-t-il. Ah ! oui.

Avec une légère hésitation il se dirigea vers le fond du magasin.

— Mais non, fit la papetière qui le suivait des yeux. Le tourniquet, voyons ! A droite, donc !

— Bien sûr ! fit M. Fruges avec un rire forcé. Je ne sais à quoi je pensais.

A présent, dans un coin abrité des regards par une vitrine, il était seul devant le tourniquet aux cartes postales, et reconnut avec une sorte d'effarement l'objet de sa curiosité habituelle :

« C'est pourtant vrai, se dit-il. Moi, l'auteur de plusieurs articles sur les pélagiens, les semi-pélagiens et les monophysites, je regarde, je perds mon temps à regarder... non, je perds mon âme à regarder ces images en elles-mêmes innocentes, innocentes peut-être, mais dont mon esprit a réussi à faire quelque chose de coupable, de vaguement coupable. Je cède à cette tentation un peu comique de contempler le visage banal d'une actrice en vogue. J'oscille perpé-tuellement entre la nostalgie de la vertu et le désir de péchés que je n'ose point commettre, et je me sens à la fois profondément ridicule et profondément malheureux. Le bruit que fait ce tourniquet en se déplaçant sur son axe, cette espèce de miaulement triste, je l'entends quelquefois quand j'essaie de me recueillir, et je l'entendrai sans doute sur mon lit de mort, à l'heure des tentations dernières. »

— Trouvez-vous quelque chose ? demanda la papetière.

Le jeune homme prit une carte au hasard et dit :
— Oui.

« J'étais appelé, poursuivit-il intérieurement, c'est certain. Et cet appel que je n'ai pas voulu entendre a créé autour de moi une solitude infranchissable. En même temps, ce qu'il y avait en moi de bon s'est corrompu. L'habitude de la continence n'a fait que nourrir en moi la bonne opinion que j'ai toujours eue de l'homme que je suis, j'en conviens sans humilité. Pour parler comme les spécialistes, je m'expose à la tentation, mais je ne suis pas passé à l'acte ; je me tiens prudemment à la frontière du mal ; je n'ai, en confession, que des vétilles dont je puisse m'accuser, de mauvaises pensées, — les saints en ont eu, — des paroles désobligeantes. On nous demande de confesser ce que nous avons fait, on ne nous demande point de confesser ce que nous sommes. C'est derrière ces vétilles que je cache ce que je suis. Une grosse faute me *découvrirait*... »

Il prit une autre carte et pensa tout à coup :

« Quel bonheur de pouvoir quitter quand cela me chantera cette répugnante demeure que me font le corps et l'âme de M. Fruges. J'ai momentanément ses goûts, ses craintes, ses scrupules et ses sales curiosités psychologiques, mais il se déplaît à lui-même, et cela me facilitera mon prochain départ, si je puis ainsi parler. Mon cas est vraiment singulier : c'est à l'intelligence d'Emmanuel Fruges que je dois de ne pas tout à fait me confondre avec lui. Ainsi, quand il m'arrive de dire je, c'est Fabien qui parle par Emmanuel Fruges, et Fabien le sait. Quand Fabien était Paul Esménard, il n'en savait rien que d'une manière obscure, parce que le cerveau de Paul Esménard était plein d'obscurité, mais Emmanuel Fruges comprend tout. »

Il en était là dans ses réflexions quand un enfant entra dans la boutique.

XI

Un sarrau noir couvrait son torse et ses bras et lui tombait jusqu'aux genoux que zébraient des égratignures. Il pouvait avoir six ans et promenait autour de lui un regard à la fois étonné et rêveur ; une ardoise qu'il tenait à la main pendait au bout d'une ficelle. Sur son crâne rond aux cheveux coupés ras, la lumière jetait les reflets qu'on voit à la surface de certains velours un peu rudes. Un nez minuscule et relevé du bout ajoutait à l'air d'innocence d'un profil joufflu.

Tout en chantonnant, il fit faire à de grands yeux noirs le tour complet du magasin.

— Eh bien ! mon petit bonhomme, fit la papetière, tu ne dis pas bonjour ?

L'enfant devint rose et, inclinant la tête, dit bonjour à voix basse.

— Je parie que tu ne sais plus ce que ta maman t'a envoyé chercher...

Debout près du comptoir, l'enfant fit glisser le bout de son index le long d'une rainure et ne répondit pas. Un petit rire fit trembler les joues de la papetière, qui interrompit son ouvrage et demanda :

— Voyons, monsieur l'hurluberlu, était-ce un journal ?

L'enfant secoua la tête pour dire non.

— Des crayons ?... Non ? Du fil ?... Du papier ?...

— Des enveloppes ? fit Emmanuel Fruges en sortant de l'ombre. Sa voix lui parut à lui-même d'une douceur exceptionnelle, malgré quoi l'enfant tressaillit et jeta un coup d'œil vers la porte. La longue main osseuse du jeune homme se posa aussitôt sur l'épaule du petit garçon.

— Quand on va à l'école, on n'a pas peur, dit Emmanuel Fruges. N'est-ce pas, madame Bompart ?

Mme Bompart reprit sa dentelle et dit :

— C'est le petit de la fleuriste qui habite au bout de la rue des Orpailleurs. C'est Georges qu'il s'appelle.

« Si j'osais, pensa M. Fruges, je l'embrasserais. J'adore les enfants. Celui-ci est enfermé en lui-même comme je l'étais à son âge, moi aussi. Il a un regard d'une profondeur admirable, avec, dans l'expression, quelque chose de blessé qui me plaît. »

— Georges, fit-il tout haut en tirant de sa poche un porte-monnaie rendu informe par un long usage, j'ai justement un gros sou pour toi... et le voilà ! Ah !

De nouveau l'enfant tourna la tête.

— Maman ne veut pas, murmura-t-il.

— Petit bêta ! fit la papetière. Puisque c'est monsieur qui te le donne. M. Fruges. Tu pourras dire à ta maman que je connais le monsieur qui t'a donné un gros sou.

La commerçante se réveilla en elle tout à coup, et elle dit :

— Veux-tu acheter une toupie avec tes deux sous, ou des billes de verre, ou plusieurs bâtons de réglisse ?

Les yeux de Georges devinrent encore plus grands qu'ils ne l'étaient un instant plus tôt, mais il ne répondit rien.

— Est-il empoté, fit la papetière. Tiens ! regarde. Monsieur va me donner les deux sous et tu vas prendre une toupie dans cette boîte qui est sur la table, près de la porte. Tu diras que c'est Mme Bompart qui te l'a donnée.

Comme par un tour de passe-passe, la pièce de dix centimes disparut dans la poche du tablier de Mme Bompart. L'enfant sourit et alla choisir une toupie multicolore dans la boîte qu'on lui avait indiquée.

« Quelle ravissante ingénuité ! » se dit M. Fruges.

Payant ses cartes aussitôt, il sortit presque sur les talons du petit Georges qui serrait sa toupie dans son poing. L'enfant sautillait comme un moineau, heureux sans doute d'avoir quitté la ténébreuse boutique et ces personnes intimidantes qui lui posaient des questions difficiles. La papetière devinait juste quand elle lui dit que sa mère l'avait sans doute chargé d'une commission dont il ne se souvenait plus ; c'était une bobine de coton qu'il devait rapporter, mais l'épisode de la toupie avait définitivement chassé ce détail de sa mémoire, et il allait à cloche-pied, tout en se parlant à lui-même d'un ton sérieux et confidentiel.

Trois enjambées auraient suffi à M. Fruges pour le rattraper, mais il se contenta de le suivre à une distance de cinq ou six mètres, afin de pouvoir l'observer sans lui faire peur. La rue était étroite et le jour déclinait ; on eût dit qu'avec le soir l'hiver revenait dans la ville ; les femmes ramassaient leurs pliants et disparaissaient sous les voûtes, et les persiennes se fermaient les unes après les autres avec ce bruit mélancolique qui salue l'apparition de la nuit dans les rues. Çà et là, les lumières se mirent à briller ; par un phénomène particulier aux villes le roulement des voitures s'apaisa quelque peu et les passants se turent, comme si le monde eût été sensible à la gravité presque religieuse de cette minute où la lumière sombrait au fond du ciel et ne défendait plus les hommes des ténèbres.

L'enfant s'arrêta devant la vitrine d'une parfumerie dont les flacons de différentes couleurs étalaient aux regards des passants des étiquettes découpées et échancrées comme des ailes de papillons. Sous les rayons d'une lampe à gaz, tenue par un bras de cuivre qui sortait du mur, les liquides brillaient avec une transparence merveilleuse qui permettait de voir le parfumeur avec sa barbe blonde à travers l'ambre doré d'une gigantesque bouteille d'eau de Cologne ; et de même, à travers l'émeraude d'une grande bouteille de *pilocarpine* qui formait le pendant à la bouteille d'eau de Cologne, on voyait le même parfumeur à barbe blonde, mais l'impression qu'on en recevait était autre sans qu'on pût dire au juste en quoi.

Doucement M. Fruges vint se placer devant la vitrine, mais aussi loin que possible de Georges qui, du reste, le nez écrasé contre la paroi de verre, ne prit pas garde au jeune homme. Celui-ci fit un effort pour voir par les yeux de l'enfant tous ces objets proposés à l'admiration du public. Il aimait vraiment l'enfance ; c'était même ce qu'il y avait en lui de moins atteint, de moins suspect. Les dimanches de communion, les bons jours, comme on disait encore dans sa famille, alors qu'il s'agenouillait à la sainte table, il cherchait à se placer tout près d'un enfant, s'il y en avait un, afin de lui voler un peu de cet amour surnaturel dont il sentait que le petit être était l'objet inconscient ; et, ce soir, il surveillait du coin de l'œil le garçonnet qui chantonnait tout seul et dont il admirait l'innocence comme un spécialiste reconnaît et apprécie le spécimen parfaitement venu d'une espèce rare.

« Peut-on être heureux sans le savoir ? se demanda-t-il. Cet enfant chantonne parce qu'il est heureux, mais si on l'interrogeait sur son bonheur que pourrait-il en dire ? Il est pareil à un millionnaire qui n'a que faire de tout son or, alors que moi, pauvre et... »

Comme un coup de tonnerre, l'idée éclata dans son cerveau : devenir cet enfant. Il frissonna et fit instinctivement un pas en arrière. Jamais une tentation pareille n'avait fondu sur lui avec une telle violence, et il en éprouva un choc qui faillit le terrasser. Que pouvaient être les triviaux désirs de la chair auprès de cette concupiscence nouvelle ? Ses yeux se fermèrent. « On n'a pas le droit », pensa-t-il. Pendant quelques secondes, il eut l'impression de grands coups sourds portés à l'intérieur de son crâne et il mit les deux mains à ses oreilles.

Georges vit ce geste et tourna la tête du côté de M. Fruges, qui conserva la même position et rouvrit enfin les yeux. L'homme et l'enfant se regardèrent. L'enfant sourit.

— C'est vous qui m'avez donné la toupie ? dit-il.

Il y eut un bref silence.

— Tu n'as donc pas peur de moi ? demanda M. Fruges.

Georges secoua la tête. M. Fruges fit un pas vers lui et voulut sourire aussi, mais ne réussit qu'à faire une grimace qui découvrit le bout de ses dents.

— Tu as raison, fit-il d'une voix tout à coup incertaine. Il ne faut pas avoir peur. (S'arrêtant pour comme s'éclaircir la voix, il reprit d'un ton un peu plus rassuré :) Quel âge as-tu ?

— J'ai eu six ans la semaine dernière, dit l'enfant.

Il ajouta :

— Maman m'a mené au cirque.

La longue main de M. Fruges se posa sur la tête, puis caressa la joue ronde et ferme dont la fraîcheur le surprit. Sans brusquerie, l'enfant s'écarta.

— Tu vas donc à l'école comme un grand garçon, fit M. Fruges en désignant l'ardoise. Sais-tu lire ?

— Oui, quand c'est écrit gros.

— Quand c'est écrit gros, répéta pensivement M. Fruges.

Il réfléchit un instant ; son cœur se mit à battre un peu plus fort.

— Si je te donnais encore un gros sou, fit-il en tirant son porte-monnaie de sa poche, me ferais-tu le plaisir de lire ce que j'écrirais sur ton ardoise ?

Georges ne répondit pas. M. Fruges lui prit la main.

— Ne restons pas là, mon petit, dit-il d'une voix pleine de sollicitude. Je vais t'accompagner jusqu'au bout de la rue des Orpailleurs et, en chemin, je t'expliquerai ce que tu dois faire. C'est un jeu, comprends-tu ? Tu verras qu'il est amusant, mais il faut être un peu malin pour y jouer.

« Si je parviens à translittérer la formule et à la lui faire lire sur son ardoise, pensa-t-il, le plus urgent de mes problèmes est résolu. Car — attention ! — je vais me trouver avec un cerveau de six ans dans le crâne. L'aventure n'est pas sans danger. Il faudra également que je glisse dans la poche de son tablier ces billets de banque qui seront utiles, non à l'enfant que je vais devenir... (Cette pensée le grisa ; il s'y arrêta une ou deux secondes.)... non à l'enfant que je vais devenir, mais à la personne que je serai ensuite. Je ne veux pas, en effet, m'attarder outre mesure dans la personne de ce petit bonhomme. Et l'adresse de Fabien ne devra sous aucun prétexte *me* quitter. Je la joindrai aux billets de banque. »

Ils avaient dépassé les dernières boutiques et la rue était sombre, mal éclairée par des becs de gaz que le vent menaçait d'éteindre. Tout à coup, la voix de l'enfant demanda, pleine d'inquiétude :

— Pourquoi ne dites-vous rien ?

— Mon petit, dit M. Fruges, je réfléchissais. Je me demandais où nous pourrions nous arrêter pour écrire sur ton ardoise.

Il hésita, s'inclina un peu vers l'enfant comme pour l'embrasser, et devant ce regard où montait la peur, il se sentit tout à coup une âme d'assassin.

— Allons sous cette voûte, dit-il d'une voix sourde et un peu rauque

Sans quitter la main de Georges, il franchit avec lui la porte cochère d'un vieil hôtel après avoir jeté un rapide coup d'œil à droite et à gauche. L'endroit ne paraissait pas mal choisi pourvu qu'on ne s'y attardât pas. Une grosse lanterne en forme de cage d'oiseau était accrochée au mur et répandait une lumière douteuse qui dessinait sur la voûte et sur le sol deux grands cercles jaunes dont les bords frémissaient. M. Fruges prit l'ardoise des mains de Georges et lui demanda un crayon, mais l'enfant se mit à pleurer doucement et murmura :

— Laissez-moi rentrer chez nous !

« Cette voix, pensa M. Fruges, j'aurai cette voix pure et triste et ce petit corps tendre et tremblant. » Et brusquement il se dit : « Qui sait si cet enfant n'est pas appelé comme j'ai cru l'être jadis ? Est-ce qu'alors, moi-même, je ne pourrai pas recommencer, offrir un cœur sans défaut à la convoitise du ciel ? Mais il faut faire vite ce que j'ai à faire. »

Plongeant les doigts dans la poche du petit tablier noir, il en tira un crayon et se rapprocha de la lanterne pour mieux voir. Debout, le dos rond et le poing sur l'ardoise qui crissait, il traça deux lignes en gros caractères, s'arrêtant parfois et reprenant soudain comme par une sorte d'inspiration.

— Si tu peux lire ce que j'ai écrit, fit-il en se baissant jusqu'à frôler du nez la joue pleine de l'enfant, je te donne trois gros sous, non, je te donne un franc !

Georges renifla.

— Et après, je pourrai partir ? demanda-t-il.

— Tout de suite après.

L'enfant prit l'ardoise et fronça les sourcils en voyant les grosses lettres d'un blanc sale qui avaient l'air de se bousculer sur la surface noire.

— Qu'est-ce que ça veut dire ? demanda-t-il.

— Je te le dirai quand tu l'auras lu, fit M. Fruges, dont les doigts se crispaient d'impatience. Lis tout haut et je te donne cette jolie pièce.

Le visage baigné de sueur, dominant le petit garçon de son grand corps aux épaules étroites, il attendit. Jamais aucune passion ne l'avait pris aux entrailles comme en cette minute où l'objet de sa faim monstrueuse n'était ni la chair, ni l'argent, mais une âme. Et tout à coup, dans le silence de la nuit, monta la voix ânonnante de l'enfant qui lisait la formule. Une joie furieuse souleva M. Fruges, qui se mit à trembler. « Il peut la lire ! se dit-il. Les mots sont reconnaissables. Cela suffit pour que je puisse, un jour, m'évader de son corps si je veux. »

Soudain, il se baissa, puis s'agenouilla près de l'enfant qu'il serra dans ses longs bras maigres, saisi d'une émotion qui lui fit oublier et le rouleau de billets de banque et le papier sur lequel était écrite l'adresse de Fabien. Des larmes hésitaient au bord de ses cils et dans une sorte de bredouillement il chuchota :

— N'aie pas peur, petit. Je vais te dire quelque chose à l'oreille. Écoute bien.

Et, haussant le ton, il prononça distinctement son nom, puis les quatre ou cinq mots que Georges venait de lire sur l'ardoise. Il y eut un profond silence, à peine troublé par la plainte du vent. L'enfant, debout au milieu du cercle de lumière, ne bougea pas, puis il regarda l'homme qui devint très pâle.

M. Fruges se leva et en passant la main sur son front fit tomber son chapeau qui roula aux pieds de l'enfant.

— Ça n'a pas réussi, fit-il d'une voix blanche. Pour la première fois. Il y a quelque chose. Un obstacle... un mur.

Georges levait vers lui un regard timide.

— Je peux partir ? demanda-t-il.

— Oui, dit M. Fruges. Pars.

— Vous aviez dit que vous me donneriez...

En un geste plein de colère que l'ombre aussitôt reproduisit sur la paroi, la main osseuse jeta la pièce de monnaie sur le sol, et, comme l'enfant se baissait pour la ramasser, M. Fruges lui arracha son ardoise. Georges s'enfuit. Sous les rayons de la grosse lanterne, il n'y avait plus à présent qu'un homme au visage d'un blanc livide, aux gestes d'épileptique, et qui broyait de son talon une ardoise d'écolier.

XII

Cette nuit-là, M. Fruges ne rentra pas, mais erra par la ville. De ses deux mains enfoncées dans ses poches, l'une jouait avec les grains d'un chapelet, tandis que l'autre serrait le rouleau de billets de banque, et il ne put s'empêcher de voir là un facile symbole de sa situation présente. Les tentations les plus basses lui étaient offertes avec cet argent, mais il les écrasait sans peine, tout à la colère de son échec. Quant à prier...

— Qu'est-ce que la prière m'a donné ? fit-il à mi-voix, au coin d'une rue déserte. Elle m'a retiré du monde sans me faire pénétrer dans le royaume de Dieu. Allons, je raisonne comme si j'étais vraiment M. Fruges, alors que je n'ai que son cerveau et son misérable physique.

Il s'arrêta tout à coup et dit d'une voix plus forte :

— Pour combien de temps ?

Cette pensée qui résumait toutes ses angoisses fit perler la sueur au sommet de son front, car depuis qu'il avait quitté le lieu de sa défaite, il jouait une sorte de partie de cache-cache avec la peur, mais elle le suivait pas à pas, et finalement elle l'avait cerné.

« Suis-je perdu ? » se demanda-t-il.

Comme il ôtait son chapeau pour s'éponger le front, il s'aperçut que ses mains tremblaient, pareilles à des mains de vieillard, et son trouble s'en augmenta. Quelques pas encore le menèrent jusqu'à un des quais les moins fréquentés de la ville et il trouva là un banc où il s'assit. La nuit était noire, mais on devinait la présence de l'eau au vent devenu tout à coup plus froid et aux sons qui se perdaient dans l'espace au-dessus du fleuve. Pour des raisons qu'il n'avait jamais bien su démêler, M. Fruges se sentait attiré par le fleuve, et cette nuit il lui semblait que le fleuve l'appelait de toute sa force. « Il serait peut-être plus simple de se noyer », pensa-t-il.

— Et pourtant non, fit-il tout haut de sa voix un peu rauque. C'est Fruges qui veut mourir, mais moi je ne veux pas. Je saurai pourquoi la transformation n'a pu se faire, je retrouverai ce vieux coquin de Britto-mart.

Il se montait ; quelque chose de tumultueux s'agi-tait dans sa poitrine, et il eut envie de se libérer de sa terreur en criant. Les mains plaquées aux oreilles, il s'inclina en avant et pensa : « Je ne veux pas mourir, je ne veux pas mourir », de même qu'on réciterait une sorte d'incantation. A quoi lui servait d'avoir ce cer-veau rempli de théologie et de littérature, habile à comparer les idées et à retenir toutes les combinai-sons de mots possibles, s'il ne pouvait pas même répéter correctement une formule de dix syllabes ? Car il avait dû se tromper tout à l'heure ; sa langue peut-être avait fourché. Des larmes de désespoir mouillèrent ses joues décharnées et un sanglot long-temps refoulé le secoua tout à coup, un sanglot de rage. Il se souvint des paroles de Brittomart : « Vous êtes de ceux qui veulent aller trop loin. » C'était vrai. Le vieux réprouvé avait raison : il avait voulu aller trop loin. Brusquement il releva la tête. Était-ce donc aller trop loin que de vouloir devenir un enfant ? Tout à l'heure, en murmurant la formule dans l'oreille du petit Georges, il avait eu le sentiment de lancer des pierres contre une muraille ; oui, chacune des paroles prononcées en vain était comme une pierre frappant une grande surface dure. Ainsi donc il y avait des limites au pouvoir qu'il avait reçu, et l'innocence en était une. Seul le péché lui ouvrait l'accès des âmes ; il en revenait aux définitions du catéchisme, et ce qu'on appelait l'état de grâce lui apparut tout à coup comme quelque chose de beaucoup plus intense que la vie du corps, que le voyage du sang dans les veines ou de l'air dans les poumons. Dans une lueur subite, il entrevit ce que pouvait être la foi parfaite, l'assentiment total à toutes les notions religieuses qu'il avait conquises depuis quinze ans et qui n'avaient jamais pénétré plus loin que son cerveau. Tout cela était donc vrai, et il touchait comme avec la main une des données essentielles de la vie de l'âme. Abasourdi, il se leva. Un enfant l'avait vaincu sans effort. « Heureusement, se dit-il enfin, avec un sourire qui plaça deux rides à droite et à gauche de sa bouche, toute l'humanité pécheresse est là, qui m'offre un confortable asile. Si l'accès d'une âme intacte m'est interdit, que de curieuses demeures me sont ouvertes par le vice, la lésine ou l'orgueil ! »

Et tout ragaillardi par de nouveaux espoirs il quitta son banc et se dirigea vers un des quartiers les plus prospères de la ville.

Dans une rue où, de jour, il ne se promenait guère parce qu'elle était bordée de magasins élégants dont la vue le gênait, il s'arrêta un peu avant d'arriver à un cabaret nouvellement ouvert et fréquenté par des gens du monde. Un groom dans un uniforme bleu marine bavardait avec un chauffeur en livrée noire. Tous deux s'interrompirent en voyant M. Fruges sur qui ils posèrent un regard de surprise dédaigneuse, car il s'était rapproché quelque peu et semblait vouloir franchir le seuil de cet établissement dont le nom tapageur, tracé en lettres insolentes, était une sorte d'appel au scandale. Dans ses vêtements de pauvre en deuil, M. Fruges se sentit atteint de face par le fouet des lumières électriques qui le firent grimacer ; il ôta son lorgnon ; ses paupières battirent, puis écartant le groom d'un geste impatient, il entra.

Sans savoir comment, il se trouva presque aussitôt dans une petite salle mal éclairée où le bruit des conversations se mêlait à la rumeur assourdie d'un orchestre invisible. La fumée des cigarettes formait autour de M. Fruges une sorte de voile à travers lequel il ne distingua d'abord que l'ovale des visages et la tache noire des habits tranchant avec dureté sur la blancheur des nappes. Quelqu'un le heurta légèrement et il se sentit chanceler ; à ce moment une chaise fut glissée derrière lui de telle sorte que ses jarrets plièrent et qu'avant même de s'en rendre compte il était assis à une table. Un garçon se pencha vers lui pour prendre sa commande.

— Ce que vous voudrez, dit M. Fruges. De toute façon je n'y toucherai point. Mais je paierai, ajouta-t-il lourdement, je paierai.

La peur agissait sur lui comme une boisson forte. Il avait craint d'abord qu'on ne le jetât dehors, à cause de ses vêtement fripés, mais l'éclairage insuffisant (« insuffisant à dessein », pensa-t-il avec un reniflement presque agressif) empêchait qu'on examinât sa mise de trop près. Et puis, qui donc y songeait ? Il était entré là, mû par le désir incompréhensible de faire quelque chose qui fût déplaisant à la fois pour lui et pour son prochain, de s'ingérer dans un monde inconnu, dangereux, le monde du plaisir. « Je suis dans un lieu de plaisir », se dit-il avec une satisfaction horrifiée. « Je pourrais, si je le voulais, me lever, quitter cet endroit abominable, mais je ne le veux pas, et je reste. »

Par une bizarre coquetterie, il garda son lorgnon dans sa poche et passa ses doigts sur ses cheveux. Peu à peu il se remettait, voyant qu'on ne faisait pas attention à lui, et il planta les coudes sur sa table avec un semblant d'assurance qui acheva de lui rendre son calme. Soudain il rejeta la tête en arrière et partit d'un éclat de rire qui domina un instant les voix bourdonnant autour de lui. « Encore une fois, se dit-il, voilà que je me confonds moi-même avec cet imbécile de Fruges. C'est trop bête. Nous ne sommes ici, lui et moi, que pour nous quitter peut-être. Je vais faire cadeau du personnage à quelqu'un entre ces quatre murs, et je comprends maintenant ce qui me poussait à entrer ici. Voyons un peu. »

Mettant alors son lorgnon, il regarda ses voisins. La

raideur anguleuse de ses gestes, son accès de gaieté
solitaire, tout ce qu'il y avait en lui d'étrangement
caricatural finit par attirer les yeux de son côté et,
d'une manière indéfinissable, mettait entre lui et toutes les personnes qui l'observaient à présent la distance qui sépare une scène de théâtre des spectateurs.
Avec une impertinence dont il ne se rendait pas
compte, il promenait autour de lui son regard de
myope, l'arrêtant, l'appuyant sur tel visage qui lui
paraissait curieux pour une raison ou pour une autre.
Un monsieur d'une cinquantaine d'années devint tout
rouge et leva les sourcils d'un air comminatoire, mais
déjà les yeux de M. Fruges étaient ailleurs, examinant
les traits plus amènes d'un jeune homme vêtu avec
une recherche évidente.

« J'ai longtemps voulu être admiré, pensa M. Fruges. J'ai enragé de ma laideur et ce freluquet a une
jolie figure, mais c'est un sot ; je vois cela à la fatuité
du sourire dont il gratifie sa voisine, et je ne veux pas
loger dans la peau d'un sot, si frisé soit-il. Pourtant
cette femme à qui il parle le convoite, et elle est belle.
Elle est éprise de cette extravagante chevelure, de ce
teint légèrement safrané, de ces yeux gris. J'aurais
donc le bonheur si tout cela était à moi, si tout cela
était moi. Oh ! Fruges, que peux-tu souhaiter de plus
que le bonheur ? Mais je ne suis pas Emmanuel
Fruges, et il faut sans cesse que je domine ses aspirations frivoles, car il y a au fond de lui, comme au fond
de tout mystique manqué, une nostalgie de la débauche. Tout mon problème est là. L'âme est prisonnière
du corps comme l'eau est prisonnière dans la boue. Je
ne puis faire qu'en prenant refuge dans un corps je
n'adopte aussi quelques aspects de l'âme qu'il héber-
geait avant moi, et qui nous donnera donc de démêler
le corps d'avec l'âme ? »

Il trempa les lèvres dans la boisson qu'on venait de
placer devant lui et posa le verre avec un petit frisson
de dégoût. Tout ce qui touchait à la vie de plaisir lui
paraissait mystérieusement ombragé d'une tristesse
dont l'amertume de ce breuvage était une figure. Ce

134

qu'on appelle s'amuser demeurait pour lui quelque chose de difficile et d'obscur, comme un jeu aux règles multiples. Ainsi, toutes ces femmes dont il avait envie (bien que ce désir en soi lui fît horreur), jamais il ne pourrait les obtenir au moment même où il les voulait, c'est-à-dire tout de suite, car il faudrait d'abord trouver le moyen de leur être présenté, puis leur parler avec adresse, alors que dans son cœur il les méprisait ; enfin, jouer une comédie, leur faire oublier son triste physique, amener sur leurs lèvres un sourire qui ne fût pas une moquerie, briller. Briller, lui ? Avec ses phrases dont il sentait la raideur ? Il se leva, humilié par avance, furieux, posa un billet de cent francs sur la table et sortit.

Dans la rue il héla une voiture et jeta l'adresse du premier hôtel de la ville. « Je suis prisonnier d'Emmanuel Fruges, gémit-il intérieurement. J'ai ses réactions, ses tics, ses terreurs. Il faut que je m'habitue, que je l'habitue quelque peu au luxe pour enfin pouvoir agir et m'évader de cette geôle. Quand donc me sera-t-il donné de reposer dans un corps agréable et de penser par le secours d'un cerveau qui ne soit pas au service d'une âme infirme ? »

Au bout de quelques minutes la voiture le déposa devant une porte surmontée d'une fastueuse marquise. Il fit un effort, mit un billet de vingt francs dans la main du chauffeur, — ces dépenses folles que sa conscience lui reprochait avec de grandes clameurs, — puis franchit le seuil de l'hôtel et s'arrêta net à la vue d'un lustre qui prêtait un air de banale splendeur à la salle de réception. Ce gros objet l'éblouit et le choqua plus encore que le tapis rouge qui escamotait le bruit des pas et que les fauteuils dorés comme des trônes, poussés contre de grandes glaces ; par un mouvement de révolte intérieure il serra les poings devant l'étalage de cette richesse grossièrement commerciale, mais sa raison, une fois de plus, domina sa sensibilité. « Si j'écoutais ce nigaud de Fruges, pensa-t-il, j'irais me cacher dans une cellule, à la fin. Il ne peut pas voir un lieu de plaisir ou simplement un hôtel cher sans vouloir jouer au saint. Ce serait trop fort s'il se convertissait, et moi avec lui. Par exemple ! »

— Je veux une chambre absolument tranquille, avec une vue sur la place, dit-il d'un ton ferme à un personnage dédaigneux installé derrière un registre.

Aucune chambre n'était libre.

— Je paie d'avance, fit Emmanuel Fruges en laissant tomber un billet de mille francs sur une page du registre.

A vrai dire il restait bien une chambre, mais doublée d'un salon.

— J'aime les salons.

— Monsieur a-t-il des bagages ?

— Je vous ai dit que je payais d'avance, fit Emmanuel Fruges qui ajouta d'une voix glaciale : Et je n'aime pas les sourcils levés...

Où prenait-il le courage de dire ces choses ? Il n'en savait rien. Peut-être dans le sentiment qu'il avait à certains moments de n'être pas Emmanuel Fruges, et alors que lui importait ce que disait cet homme ?

Quelques minutes plus tard il était seul dans une chambre éclairée par la douce lumière d'une petite lampe à abat-jour rose. Un édredon de soie bleu pâle couvrait un lit spacieux dont le bois s'ornait de petites fleurs en guirlandes tenues par des amours qui semblaient se les disputer. Emmanuel Fruges porta ses yeux d'un point à l'autre de cette pièce, puis il alla palper le velours des rideaux couleur écaille. Tout à coup il s'aperçut dans une glace et demeura immobile, comme devant une apparition. Au milieu de ce décor qui ne parlait que de bien-être, l'austérité de son visage et de ses vêtements produisait un choc, et malgré lui il esquissa un geste d'horreur.

— Une autre fois, je choisirai mieux, murmura-t-il. C'est Brittomart qui m'a valu ce physique absurde. Il n'a eu égard qu'au cerveau.

Pris d'une subite fatigue il se laissa rouler sur l'édredon bleu et fut immédiatement assailli de ce qu'il nommait des pensées badines ; le souvenir d'une

peinture voluptueuse, qui avait jadis dévasté son imagination, lui revint avec une précision intraitable.
D'un seul coup il se releva et raffermit son lorgnon.

— C'est trop bête, dit-il à haute voix. On ne devrait
pas avoir de passions quand on est fait comme
Emmanuel Fruges. Mais nous allons en finir.

Avec une espèce de violence qui trahissait la lutte
qu'il avait à subir contre la timidité naturelle de
M. Fruges, il décrocha le téléphone posé à côté de son
lit et demanda à parler au directeur de l'hôtel. La
réponse, nuancée de surprise, fut qu'à une heure
aussi avancée M. le directeur n'était pas à son bureau.

— Eh bien ! fit M. Fruges non sans pétulance,
qu'on me mette en communication avec lui à son
domicile.

Ici la voix demanda, avec toute la politesse qu'on
pouvait mettre en si peu de mots :

— Mais, monsieur, pourquoi ?

— Parce que, dit M. Fruges avec une douceur
subite qui était plus inquiétante que des menaces, je
suis le rédacteur en chef de l'hebdomadaire *Après-
demain* et que je mène une enquête sur les grands
hôtels du pays.

« Qu'est-ce que je risque ? pensa-t-il. Si on
m'arrête, je me transforme en commissaire de police.
Si on me conduit à l'asile, j'expulse de son corps le
médecin-chef et l'envoie parmi les fous dans le corps
d'Emmanuel Fruges. »

— Voulez-vous me permettre ? fit la voix.

— Tout ce que vous voudrez, mais je ne puis attendre plus de trente secondes.

Il y eut une pause, puis la voix prononça ces mots :

— Je vous passe M. le directeur.

— Allô ! fit alors une autre voix, mais lointaine.

— Allô ! fit Emmanuel Fruges. On vous a dit qui
j'étais ?

— Oui, fit la voix, comme par-delà une rangée de
montagnes.

— Vous êtes le premier sur ma liste, puisque votre

hôtel est le plus important de la ville. Je tiens à vous voir immédiatement.

— Monsieur, c'est impossible. Je fais mes valises, je pars demain pour Budapest.

— Budapest ! s'écria M. Fruges. J'ai toujours voulu aller à... (Il s'arrêta à temps et poursuivit :) Raison de plus pour que je vous voie sans retard. Vous n'ignorez pas que mon journal tire à... quarante mille. Votre hôtel...

La voix du directeur fut tout à coup si proche que M. Fruges eut l'impression qu'elle résonnait à côté de lui, dans sa chambre.

— J'envoie quelqu'un vous chercher, dit-elle.

M. Fruges raccrocha, puis il dit simplement en s'épongeant le front :

— Et voilà.

XIII

Un moment plus tard il pénétrait dans un salon en faux Louis XV et faisait craquer ses articulations devant les gravures un peu libres qui ornaient les murs quand une porte s'ouvrit subitement et un monsieur d'une quarantaine d'années marcha sur lui. Court, rose de visage et serré dans un costume bleu sombre, il portait un mouchoir de soie blanche piqué comme une fleur dans la poche supérieure de son veston ; des guêtres gris clair achevaient de lui donner l'allure d'un homme de plaisir ; c'était du moins l'impression de M. Fruges, qui instinctivement recula. Tout ce qu'il y avait en lui de sérieux et de gourmé protestait contre cette pochette blanche et ces guêtres grises. « Je suis perdu, pensa-t-il. Cet homme n'a pas du tout le physique que j'attendais. Je ne veux pas courir le risque de mourir dans la peau d'un individu pareil, un noceur... »

Sans doute les réflexions du directeur à l'endroit d'Emmanuel Fruges n'étaient-elles pas beaucoup plus favorables, car il planta un regard hostile dans les yeux de l'intrus, et ses mains plongées au fond de ses poches y agitèrent des clefs d'une façon menaçante.

— Eh bien ! mon ami, dit-il d'une voix brève, posez-moi vos questions pour votre journal. Je vous accorde cinq minutes. Comme je vous l'ai dit, je pars demain.

« Pour Budapest, ajouta mentalement M. Fruges. Il va s'amuser là-bas avec des danseuses. Dans son genre, il est aussi horrible que moi. Nous sommes tous les deux horribles. Sûrement il est damné. »

— Monsieur, fit-il tout haut, combien de chambres... ?

Un nuage passa devant ses yeux et il porta une main à son front.

— Puis-je m'asseoir ? demanda-t-il. Un malaise subit...

Brusquement il se ressaisit à l'idée de ce qu'il pourrait faire s'il était à la place de ce directeur d'hôtel. Il irait à Budapest, et là, son portefeuille bourré de billets de banque, il s'offrirait... Un rire bref le secoua et, s'approchant du directeur, il se pencha à son oreille, puis mit sa main en cornet.

— Qu'est-ce que c'est que cette farce ? cria l'homme en reculant d'un pas.

Et d'un geste soudain il frappa M. Fruges en plein visage. Ce dernier ne broncha pas. A peine sa joue hâve se colora-t-elle un peu sous le coup qu'elle venait de recevoir ; et il demeura immobile, stupéfait.

— Dehors ! fit le directeur en ouvrant la porte.

Dans l'escalier, M. Fruges s'appuya au mur et passa les deux mains sur son visage comme pour le consoler. « Quelle honte ! » murmura-t-il à plusieurs reprises, mais ces mots ne répondaient pas à sa pensée secrète et il les disait sans y croire, comme un mauvais acteur débite son rôle. Quelque chose de beaucoup plus torturant que la honte le faisait trembler, en effet, et il dut saisir la rampe pour rester debout. « Je ne puis m'évader, se dit-il. Le corps d'Emmanuel Fruges est déjà mon tombeau, car ce que je suis maintenant, je le serai jusqu'à ma mort. »

De marche en marche, il descendit les trois étages. Un groom bleu azur lui jeta un regard dédaigneux de l'ascenseur qui montait, mais M. Fruges ne s'en aperçut pas. Parvenu au bas de l'escalier, il s'assura machinalement que sa cravate était bien en place, et sous les lumières dont l'éclat offensait ses yeux traversa le hall d'un pas incertain.

Il voulait se plonger dans la nuit, retrouver la rue, le trottoir désert, les coins d'ombre où il pourrait souffrir en paix. Dehors l'air frais baigna son front, ses joues et sa nuque et lui rendit son calme, mais deux grosses larmes de frayeur lui coulaient lentement sur la peau.

— Que faire ? demanda-t-il tout haut.

S'éloignant de l'hôtel il gagna une rue obscure et s'arrêta pour réfléchir. Son premier soin fut de répéter la formule et il fut soulagé de constater qu'il l'avait bien retenue. L'espoir renaissait en lui. Ces deux échecs successifs, si graves qu'ils fussent, s'expliquaient assez logiquement. L'enfant en état de grâce, le directeur refusant d'écouter. A l'avenir, il choisirait avec plus de soin.

— A l'avenir..., murmura-t-il en levant un peu la tête.

Se pouvait-il qu'il y eût pour lui un avenir qui fût autre chose que cet abominable présent ? Il se demanda ce qu'il convenait de faire. Le plus sage, peut-être, était de se tenir dans une rue où passait encore du monde et d'attendre comme un mendiant, exactement comme un mendiant. Qu'était-il d'autre, en effet, qu'un mendiant ? Cette idée, qui lui vint tout à coup, jeta de la lumière dans son cerveau et il se sentit pris d'une sorte d'exaltation à la pensée qu'on allait, d'une façon assez singulière, lui faire l'aumône.

Revenant aussitôt sur ses pas, il s'engagea dans la rue qu'il avait quittée un instant plus tôt et se dirigea vers une place où brillaient plus de lumières qu'ailleurs. Il était de ces natures mélancoliques qui franchissent d'un bond les abîmes entre le désespoir et une joyeuse confiance, quitte à retomber ensuite un peu plus bas qu'auparavant. Son cœur se mit à battre comme celui d'un garçon qui court à un rendez-vous et, sans même s'en rendre compte, il se prit à chantonner. Soudain il s'arrêta net en entendant les paroles qui sortaient de sa bouche : il chantonnait la formule. « De la prudence, fit-il tout haut. Ne livre pas au vent le secret de ta liberté. »

D'un pas plus lent il se remit en marche et fit halte à la porte d'un grand café dont les grands vitrages tendus de dentelle versaient dans la rue une clarté insolente qui semblait provoquer la nuit, le sommeil et toutes les habitudes rangées d'une sagesse conventionnelle. Deux voitures élégantes étaient arrêtées au bord du trottoir. « Ici, pensa-t-il, c'est ici que je vais réussir mon coup. » Et s'adressant à lui-même comme à quelqu'un qu'il s'agissait de rassurer, il chuchota : « Ne t'inquiète pas. Nous allons trouver quelqu'un d'*extraordinaire*, je le sens, j'en suis sûr : un jeune homme à qui personne ne résistera, qui n'en fera qu'à sa tête et qui sera libre de tout scrupule. » Cette dernière phrase le fit hésiter, et il ajouta comme dans un souffle : « Il pensera, malgré tout, un peu à son salut. »

— Car enfin, fit-il tout haut, je ne veux pourtant pas courir le risque d'être damné !

Et d'une voix plus forte, comme pour couvrir le murmure de sa conscience, il dit encore :

— Mais il s'amusera, il s'amusera !

Un passant lui jeta un coup d'œil narquois et M. Fruges se sentit rougir. Pour la première fois depuis qu'il avait quitté l'hôtel, il se rendit compte qu'il était nu-tête, et l'idée lui vint de retourner à sa chambre pour y reprendre son chapeau, mais sans doute ne le laisserait-on pas même franchir le seuil de l'orgueilleux *palace*. « Tant pis, pensa-t-il, j'en aurai un autre, et sous cet autre chapeau, une autre tête. »

Quant au billet de mille francs qu'il avait si sottement jeté sur la page du registre... Un sourire de douleur plissa son long visage et il haussa les épaules. De ses grandes mains nerveuses il tenta de remettre un peu d'ordre dans sa chevelure et s'assura une fois de plus que sa cravate était bien nouée, mais ses efforts demeuraient vains : quoi qu'il fît, il gardait l'aspect d'un de ces demi-fous que l'on croise chaque jour dans les rues des grandes villes et qui se consolent de leurs ennuis en se tenant de longs discours.

Prenant un air aussi raisonnable que possible, il poussa du poing la porte d'un café, mais presque immédiatement il ressortit. On ne voulait pas de lui ; un garçon lui avait barré l'entrée en disant : « Non, puisque je vous dis que c'est non ! » l'ayant pris sans doute pour un mendiant comme il en vient parfois dans les lieux où l'on boit et où l'on s'amuse. A quoi servait donc d'avoir des milliers de francs en poche ? Mais M. Fruges n'avait pas même eu le temps de s'expliquer : il avait eu la brève vision d'une grande salle pleine de lumière, de monde et de fumée, et déjà il était dehors. On l'avait même un peu bousculé. Dans un sursaut de rage, il crispa les doigts sur ces billets de banque dont il ne savait même pas se servir.

« Je vais attendre, pensa-t-il en serrant les dents, attendre ici (du doigt il montra le sol avec autorité). J'aborderai la première personne qui sortira de cet endroit. On verra bien ! »

Plusieurs minutes s'écoulèrent. Pour éviter qu'on le remarquât, il s'était mis dans le renfoncement d'une porte cochère d'où il pouvait surveiller le café. Un vent aigre soufflait de temps à autre, promenant au ras du trottoir des papiers sales que M. Fruges considérait avec amertume. Déjà son courage le quittait, avant même que la porte s'ouvrît.

« Je vais compter jusqu'à cent. A cent je m'en vais. »

Il compta lentement ; à trente, quelqu'un sortit du café : un soldat. M. Fruges n'aimait pas les soldats. C'étaient, à ses yeux, des êtres rudimentaires dont l'utilité ne lui paraissait pas évidente ; leur parler, leurs gestes, leur rire, leur goût traditionnel de la débauche, tout en eux le choquait, le gênait aussi parce qu'il leur voyait faire ce qu'il n'eût jamais osé faire lui-même : cracher, dire des gros mots, etc. A certains moments, toutefois, il aurait voulu être une brute, être heureux comme une brute, au lieu de savoir des langues mortes et toutes les définitions possibles de péchés qu'il ne commettait pas. Ainsi ce soldat qui se dirigeait vers lui sans le voir était une brute, une vraie brute, avec un mufle rendu plus cruel encore, semblait-il, par la façon dont le képi se trouvait posé en arrière d'une oreille, laissant échapper une chevelure annelée aux reflets d'encre.

Emmanuel Fruges se dit que, s'il restait parfaitement immobile dans son coin, il ne serait pas vu de cet homme qui l'intimidait, qui lui faisait peur, en quoi il avait raison, car l'homme passa devant lui, et si près que M. Fruges put voir son gros œil bleu et ses lèvres humides, entrouvertes comme celles d'un enfant. « Sauvé ! » pensa-t-il, déçu, quand le soldat se fut éloigné.

Il le regarda s'en aller dans la nuit ; l'homme, éclairé successivement par les réverbères qui bordaient la place, semblait chaque fois plus petit dans sa capote bleu horizon, puis il s'engagea dans une rue transversale et disparut aux yeux. Ce fut à ce moment que M. Fruges regretta le plus de ne pas l'avoir abordé, et par une résolution subite, il quitta son renfoncement.

D'un grand pas mesuré d'abord, puis un peu plus rapide, il longea le trottoir sous les arbres et se mit enfin à courir jusqu'au coin de la rue que l'inconnu avait prise : elle était déserte lorsque M. Fruges y parvint. Il demeura un instant immobile, hébété, le cœur battant. « J'ai péché par indécision, murmurat-il d'une voix entrecoupée, car le souffle lui manquait un peu. J'aurais dû, tout de suite... C'est ma faute... » Et il ajouta par habitude, sans même se rendre compte de ce qu'il disait : « C'est ma très grande faute. »

Il eut l'impression que la porte d'une prison se refermait sur lui après s'être entrouverte. Aller au bout de la rue n'avait pas de sens. Tournerait-il ensuite à droite ou à gauche ? Il se remit en route pourtant, malgré un point de côté qui le faisait souffrir. Arrivé au bout de la rue, il dirigea les yeux d'un côté, puis de l'autre, et ne vit qu'une très longue rangée de réverbères allumés, à droite comme à gauche, qui se perdait dans le lointain. « Que tu ailles dans un sens ou dans l'autre, tu es damné », fit-il. Avec un rire bref qui ressemblait à un cri, il tourna à gauche. « Il y a un salut pour les brutes, pensa-t-il, parce que leur responsabilité n'est pas entière. Leur vie tout animale est une vie de nature, leurs péchés rudimentaires n'attaquent pas l'âme. Seuls des êtres compliqués comme moi se perdent, parce que le démon voit toujours prospérer ses desseins dans la complication, alors que la simplicité le déconcerte. C'est pour cela que cet artilleur me paraît plus sûr d'aller au paradis que moi. Car, enfin, il y a ce risque effroyable à courir quand la transformation réussit : entrer dans la peau d'un damné et, par accident, y mourir. Quel dommage qu'avec un enfant la chose ne soit pas possible, mais il y a cette difficulté majeure de l'état de grâce dont le rusé Brittomart s'est bien gardé de me dire un mot. »

La rue qu'il suivait était bordée de vieux hôtels dont les façades disparaissaient dans l'ombre au-dessus des réverbères. On distinguait des armoiries au fronton d'une porte ou les cariatides d'un balcon, et partout de hautes fenêtres aux persiennes closes qui semblaient dire : « Allez-vous-en et laissez-nous tranquilles ! » C'était du moins le sens que leur donnait M. Fruges, qui ne put se défendre de rêver à tout ce qui se passait derrière ces murs, aux mauvaises pensées mûrissant dans des cerveaux de vieillards, au délire des amoureux, aux ambitions déçues de femmes sur le retour, à tous les bonheurs et tous les désespoirs qui s'agitaient au fond de grandes pièces silencieuses. Une impérieuse curiosité le travaillait malgré lui à la pensée des destins dont il ignorait tout et qu'une épaisseur de quelques centimètres lui cachait. L'idée lui vint de sonner à une de ces grandes portes ténébreuses, pour voir. Peut-être trouverait-il ainsi celui qu'il voulait devenir, mais il fallait oser, et pour le moment il n'était pas dans la peau d'un homme qui osait. Portant les mains à sa tête, il fit un effort pour élaborer un plan d'action, car enfin il ne pouvait rester toute la nuit dans les rues ; et peut-être à cause de cette attitude recueillie les premiers mots d'une prière se formèrent sur ses lèvres, mais il se ressaisit aussitôt : « Non, dit-il avec fermeté. Non. »

Il rentra chez lui, se jeta sur son lit, attendit l'aube les yeux ouverts. Au petit jour il vit peu à peu se dessiner la croix noire que les traverses de la fenêtre formaient sur le fond du ciel blanc, et brusquement il glissa dans le sommeil comme dans un trou.

Quand il s'éveilla, un rayon de soleil brillait sur ses pieds, et pendant un long moment M. Fruges considéra avec horreur ses chaussures informes qui lui parlaient, mieux encore que ses vêtements, de sa fatigue et de sa misère. Des douleurs dans les jambes le firent grimacer quand il voulut se mettre debout et il fut contraint de s'asseoir sur son lit. Lentement, ses grandes mains frottèrent ses genoux comme pour leur rendre un peu de force, mais il se sentait trop faible pour se lever, et la pensée lui vint qu'il allait tomber malade et mourir seul dans cette pièce. Et alors où irait-il ? Malgré cette lumière qui lui faisait cligner des yeux, il eut l'impression qu'autour de lui montait de l'obscurité, qu'elle sourdait du plancher, des murs. Sans doute la faim et l'épuisement produisaient-ils cette illusion. Un coup d'œil jeté à droite et à gauche l'assura que tout était en ordre dans la petite chambre, les livres sur la table, le dictionnaire latin, la bible en deux volumes, et sur le mur blanc, au-dessus de la commode de pitchpin, une image pieuse fixée avec une punaise. Alors, par un mouvement de révolte qui lui rendit toute sa vigueur, il se leva, arracha cette image et d'un geste rageur la déchira en quatre morceaux, puis, ouvrant la fenêtre, il lança dans le vide ces petits fragments de papier bariolés de couleurs naïves.

« Me voilà revenu au point de départ », pensa-t-il soudain en regardant voltiger entre les murs noirs de la cour ces minuscules carrés bleu et rouge, et l'envie de sauter pour les rejoindre lui traversa l'esprit avec tant de force qu'il s'écarta un peu de la fenêtre. Presque à la hauteur de ses yeux, le toit d'en face montrait ses ardoises grises qui tournaient au blanc et un groupe de cheminées roses dans un ciel d'un bleu royal. M. Fruges ferma la fenêtre.

Une heure plus tard il descendait, vêtu avec plus de soin qu'à l'ordinaire, c'est-à-dire que son col était propre et qu'au lieu des chaussures grossières dont il fatiguait tous les jours les trottoirs de la ville, il avait mis des souliers luisants, réservés à l'événement rarissime qui s'appelait une sortie dans le monde. A part ces dérogations à l'habitude, il présentait l'aspect quotidien qui faisait de lui une sorte d'échappé de séminaire, mais il y avait dans ses yeux, quand il s'engagea dans la rue, une flamme de défi, et le regard qu'il promenait sur les gens annonçait une décision prise avec fermeté. Cet homme dangereux cherchait quelqu'un, et il le cherchait au grand jour, comme il le proclama tout à coup lui-même :

— Parfaitement. Au grand jour.

Un passant se retourna.

— Vous me parlez, monsieur ?

— Non, fit M. Fruges d'un air sombre. Et cela vaut mieux pour vous.

Le passant haussa les épaules et poursuivit son chemin, ce qui procura à M. Fruges le sentiment d'avoir remporté une manière de victoire. Par une de ces rébellions contre lui-même que les timides connaissent bien, il devenait hargneux, agressif, et pour un peu il fût retourné à l'hôtel afin de rendre au propriétaire de cet établissement le soufflet qu'il avait reçu la veille, mais cette tentation fut d'autant plus vite écartée qu'il espérait n'être plus longtemps dans la peau d'Emmanuel Fruges : « Dans cinq minutes, réfléchit-il, il se peut que je ne sois plus quelqu'un qu'on a giflé. Cette gifle me sera ôtée de dessus la joue et je n'en ferai pas plus de cas que de tout ce qui arrive au prochain de fâcheux. Mais avisons à changer notre situation présente. »

Éclairée par une lumière à la fois tendre et forte qui se posait sur chaque feuille d'arbre et sur chaque visage avec une sorte d'indulgence, la rue semblait offrir à M. Fruges la faveur d'une complicité secrète, et il se sentit tout à coup pris de grands espoirs, des espoirs de jeune homme que grise la douceur de l'air. Était-ce parce qu'il se trouvait encore à jeun ? La tête lui tournait un peu et les passants lui semblaient d'une beauté insolite. Il admira le visage humain, non pas avec cette louche convoitise qui empoisonnait ses méditations les plus graves, mais avec un respect qui touchait à la piété. Les paroles du poète sur la face levée vers le ciel revêtirent dans son esprit un sens nouveau. Ces dispositions ne laissèrent pas de l'inquiéter, du reste. « Qu'ai-je donc ? » se demanda-t-il. Il flaira un danger, le danger le plus grand qui pût le menacer à l'heure actuelle : celui de la résignation à son sort. « Je suis en train de m'embobiner moi-même ! s'écria-t-il intérieurement. Je suis perdu si je ne me révolte pas, si je ne fais pas quelque chose pour en finir, pour en sortir. »

S'asseoir à la terrasse d'un café, regarder les gens, choisir ? Mais il avait beau palper de sa main les billets de mille francs qui gonflaient sa poche, aller au café lui parut une extravagance coupable, un gaspillage indigne d'un homme sérieux, car c'était toujours l'homme sérieux qui reprenait le dessus. Finalement, il décida d'entrer dans une boulangerie et de s'y régaler d'un croissant tout en observant le monde qui allait et venait sur le trottoir. De cette façon il ne dépenserait que quelques sous, il n'aggraverait pas cette brèche scandaleuse faite la veille à sa fortune et que sa conscience lui reprochait durement.

La boutique où il entra sentait la farine et le pain chaud, odeur que M. Fruges affectionnait entre toutes parce qu'elle lui faisait ressouvenir des vacances de sa huitième année, dans une maison de campagne toute pleine de cris d'enfants. Un vague sourire étira ses lèvres alors qu'il promenait les yeux autour de lui. Juste au-dessus de sa tête, un plafond de couleurs tendres offrait à ses regards une divinité païenne glissant sur des nuages et M. Fruges ne put se garder de voir un signe de bon augure dans la façon dont cette femme aux cheveux épars le considérait. Ce fut à peine s'il remarqua qu'on le bousculait un peu, car il se tenait près d'une grande corbeille de brioches vers lesquelles s'allongeaient des mains.

Une rousse en tablier bleu lui demanda ce qu'il désirait, mais d'une voix si brusque qu'il en tressaillit comme un somnambule qu'on réveille. Elle avait des yeux fauves pailletés de bleu, et de toute sa robuste personne montait une légère odeur végétale, presque de blé ; à cause de cela M. Fruges la compara intérieurement à une déesse du pain, et il lui sembla qu'elle venait de tomber du plafond avec ce tablier bleu autour de la taille et sur la poitrine. L'envie de la toucher lui vint tout à coup et il s'étonna que ce geste si simple demeurât malgré tout impossible parce qu'il avait peur. Encore une fois il avait peur, il avait peur de cette boulangère comme il avait peur de tout le monde.

— Je désire un croissant, fit-il avec beaucoup d'humilité dans la voix.

Qu'elle était belle avec tout cet or qui lui flambait sur la tête ! Le savait-elle seulement ? Le savait-elle comme il le savait, lui ? Mais personne ne semblait voir qu'elle était belle, alors que lui, il eût renié pour elle tout ce qu'il avait jamais cru, tout ce qu'il avait jamais espéré. Comme devant un abîme, ses yeux se fermèrent, et lorsqu'il les rouvrit elle ne se trouvait plus là, mais un croissant dans son papier avait été logé par elle entre ses doigts, et il entendit la voix de

cette créature admirable qui criait : « Quinze centimes pour monsieur ! »

Des yeux il la chercha et la découvrit derrière un
comptoir où se débitaient des miches de pain. Elle
allait et venait, très remuante, avec des gestes brus-
ques et parfois des attitudes sculpturales (pensait
M. Fruges), quand, par exemple, elle levait ses bras à
demi nus pour atteindre un pain ; sa taille, alors, se
creusait sous l'effort et sa poitrine se dessinait plus
nettement à travers la toile du tablier. Dans une sorte
de vertige, M. Fruges remarqua la blancheur de sa
nuque et il sentit une bouffée de chaleur lui monter
aux joues et aux oreilles. La tentation bouleversante
lui vint de s'approcher de la boulangère et de la saisir
entre ses mains par la taille, par le cou ; au lieu de
quoi il posa quinze centimes sur le petit plateau de
cuivre à cannelures, et, ce geste accompli, ouvrit la
porte et se trouva de nouveau dans la rue.

Qui se doutait de sa grande souffrance ? Éternellement elle demeurerait secrète comme une chose
honteuse, éternellement elle le mangerait, oui, elle le
mangerait. Et lui, comme toujours, gardait cet air
calme et rassis, ces gestes lents et sûrs qui faisaient
dire : « Emmanuel est si placide » ou : « La sérénité
de M. Fruges est admirable. » Il eut envie de jeter son
croissant sur le sol, de le broyer sous ses grands
souliers luisants, de le pousser du bout du pied jusque
dans l'égout afin de se braver lui-même, lui et ses
principes, et d'insulter la chose sainte qu'est le pain,
mais il n'osa, à cause du monde. La pensée lui vint
alors que ce morceau de pain, la boulangère l'avait
tenu, si peu que ce fût, entre ses doigts, et avec une
sorte de rage amoureuse il enfonça les dents au plus
épais du croissant.

Quelques pas qu'il fit comme dans un rêve le menèrent à la devanture d'une petite librairie dont il considéra les livres sans les voir. Au fond de sa poche sa
main triturait le reste du croissant qu'il n'avait pu
manger et dont un morceau demeurait comme une
pierre dans sa gorge. Que de fois il avait connu cette

douleur bizarre que provoque le désir ! Un instant plus tôt, il était calme et brusquement un visage apparu dans une boutique le jetait au fond d'un enfer intérieur. Quelque chose en lui palpitait, battait un peu au-dessus de l'estomac, pareil à un second cœur, mais plus gros, plus lourd. Il pensa au cou de cette femme et ses mains tremblèrent. Jamais encore on ne l'avait aimé. Il y avait eu dans sa vie, autrefois, deux ou trois rendez-vous avec des filles de très bas étage qu'il avait payées et dont la crainte panique des maladies l'avait ensuite éloigné à jamais, mais aucune ne possédait cette gorge ronde dont l'image se présentait à lui avec une souveraine insistance.

« C'est trop bête, pensa-t-il. Je vais la revoir, puisqu'elle est à côté. »

Malgré cette frénésie secrète dont rien ne paraissait au dehors sinon quelque chose de désespéré dans les yeux, il regretta le temps de sa ferveur où, par un grand effort, il écartait les tentations et retrouvait la paix au bout de quelques heures, mais il s'agissait bien aujourd'hui d'écarter la tentation : il brûlait. Écarte-t-on la flamme qui se colle à vous et vous lèche comme une langue ?

De nouveau dans la boulangerie, il chercha la femme du regard et reçut un choc en la voyant. Elle était peut-être moins belle qu'il ne l'avait cru d'abord, mais monstrueusement attirante. La voir devenait une espèce de torture, mais une torture exquise, parce que voir cette femme, pour M. Fruges, revenait presque à la toucher. Son regard se posait sur elle comme une main. Il se demanda si sa raison n'allait pas chavirer quand tout à coup il se passa quelque chose qui le fit tressaillir : jouant des coudes avec insolence, un homme se fraya un chemin jusqu'à la boulangère et, le plus naturellement du monde, saisit un de ces bras nus que M. Fruges caressait de ses yeux d'affamé. Le geste qu'il n'osait faire, un autre le faisait à sa place, comme toujours, et cette main qui n'était pas la sienne s'attardait sur cette chair laiteuse, un peu au-dessus du poignet. Personne n'y prenait garde ; la boulangère elle-même n'avait fait que tourner la tête et sourire en murmurant des paroles que M. Fruges n'avait pas entendues. Et l'homme, d'une voix égale et tranquille, avait répondu : « Bon. On en causera ce soir. » Déjà il ouvrait la porte pour sortir et M. Fruges eut à peine le temps de remarquer sa figure brune sous des boucles noires ; il était vêtu d'un maillot vert amande et d'une culotte de toile bise qui se tendit sur ses cuisses lorsqu'il enfourcha sa bicyclette au bord du trottoir.

Combien de temps avait duré cette scène ? Vingt secondes au plus, et quoi de plus ordinaire ? Mais il semblait à M. Fruges qu'il ne l'oublierait jamais ; elle grandissait dans son esprit hors de toutes proportions et chaque détail prenait une importance tragique ; en même temps, elle gardait à ses yeux quelque chose de presque ridicule à force de banalité. La façon dont l'homme avait manié le bras de cette femme, ce geste de propriétaire, et le sourire servile qui lui avait répondu, tout cela était-il assez clair ? Comment ne pas comprendre ? « On en causera ce soir. » Cette voix chaude et commune dont il croyait avoir encore le son dans l'oreille, M. Fruges l'entendait dire autre chose, tout ce qu'il eût voulu dire lui-même à cette femme ; et il ne pouvait pas la faire taire, cette voix, elle murmurait quelque part en lui, dans sa tête, dans sa poitrine. Il mit les mains à ses tempes. On commençait à le regarder. Brusquement il sortit.

Pendant plusieurs minutes il marcha sans bien savoir où il allait, mais avec la conviction instinctive qu'il fallait bouger à tout prix. Jamais il n'avait plus durement senti le poids et la tyrannie du corps dont la souffrance se mêlait d'une façon si étrange à la souffrance de l'âme. Ce furieux désir lui brûlait le cœur ; il y voyait la réprobation de toute sa vie, de tous ses efforts tragiquement maladroits vers un idéal spirituel, et il se jugea ridicule.

« Je suis d'une laideur ridicule », pensa-t-il en se voyant dans la glace d'une papeterie. D'un regard cruellement attentif, il examina ce visage où la lumière se collait, et pour mieux voir il mit son lorgnon : le front luisant, ridé, le nez pointu, la bouche avare, le regard intelligent sans doute, mais craintif, blessé...

— ... et rusé, ajouta-t-il tout haut.

D'un geste calme, il ôta son lorgnon et le glissa dans sa poche. Avec un physique comme le sien, mieux valait se résigner, dévorer ses mauvaises pensées comme le feu dévore des ordures. L'église de la paroisse se trouvait dans une rue voisine ; il allait s'y rendre.

Dans la pénombre, il se cogna d'abord à un prie-Dieu près de la porte, puis, comme un canard qui barbote dans un étang, sa main s'agita dans le bénitier où elle chercha en vain une goutte d'eau. Peu de choses agaçaient M. Fruges comme cette négligence des sacristains ; il y voyait une paresse qui équivalait presque à un manque de foi : s'ils croyaient, en effet, à la vertu des sacramentaux, à leur pouvoir sur l'esprit malin, ce bénitier ne serait pas à sec. Malgré tout, il se signa et, genou en terre, s'inclina devant le maître-autel avec une lenteur cérémonieuse. Cela, au moins, il le faisait bien. Il priait mal, mais pour les signes de croix et les génuflexions il ne craignait personne. Jamais il ne donnait à Dieu ces marques extérieures de respect qu'il ne se dît en même temps : « Quel prélat j'eusse fait ! » Et il lui semblait alors qu'une soutane lui battait les talons, mais ce jour-là il avait le cœur trop lourd pour s'amuser à des réflexions de ce genre ; son âme suivait son corps, en quelque sorte, et se courbait avec lui dans ce grand salut plein de crainte. Il se releva, gagna un des bas-côtés et pénétra dans une petite chapelle obscure où un recoin derrière un confessionnal offrait un second refuge dans le grand refuge qu'était l'église.

Là, il se laissa tomber sur une chaise et dirigea son regard entre deux colonnes jusqu'au maître-autel dont les ors luisaient vaguement ; il distingua une des branches d'un candélabre et un grand crucifix de cuivre ainsi qu'un bouquet de roses en bronze, objets d'une magnificence banale qui l'émouvaient autrefois comme tout ce qui touchait à l'Église, mais ce temps était loin. Aujourd'hui, pour attiser le feu presque éteint de la religion, il lui fallait beaucoup plus qu'un pieux décor, il fallait l'exceptionnelle faveur d'une grâce de choix, presque un miracle, et c'était un miracle qu'il venait mendier sous ces voûtes grises où tournoyait l'ennui, un miracle comparable à la résurrection de Lazare, la résurrection de l'âme, quelque chose d'immense à quoi il ne croyait presque plus, qu'il ne savait plus demander.

De la rue lui parvint le cri d'un vitrier, puis des appels d'enfants. Une espèce de torpeur s'empara de lui et sa tête s'inclina sur sa poitrine. « Pourquoi m'as-Tu créé ? » demanda-t-il intérieurement. C'était une question qui lui revenait sans cesse à l'esprit depuis quelques années, remplaçant peu à peu les ferventes aspirations de la prime jeunesse. « Tu as été créé pour ma gloire », lui soufflait alors une voix à peine perceptible, mais il se refusait à voir là une inspiration d'en haut ; cette réponse de catéchisme, c'était lui-même qui se la fournissait à lui-même. Pour la gloire de Dieu, ce vieux jeune homme, triste et noir comme un rat malade... Un grand soupir s'exhala de sa maigre poitrine et il tressaillit légèrement. Il se rappela avoir jadis lu des pages d'une érudition mystérieuse sur les âmes qui auraient pu être créées et qui, pour des raisons insondables, ne le furent pas. Ainsi donc, dans l'esprit de Dieu, il y avait eu un choix. Et M. Fruges imagina des millions de destinées humaines retenues dans le néant alors que d'autres s'accomplissaient, se déroulaient de bout en bout. Pourquoi l'être n'était-il pas donné à plus de monde ? Fallait-il voir un acte de miséricorde dans ce refus de la vie à une portion de l'humanité ? Mais le fait d'avoir été choisi ne donnait-il pas à l'être vivant une dignité particulière ?

Cette pensée le réveilla tout à fait. Il avait été

choisi ; il aurait pu ne pas être et il respirait depuis trente ans à la face du ciel. « Je vis, se dit-il. Malgré tout, je vis. » Par un soudain mouvement d'optimisme qui rachetait peut-être beaucoup de médiocrité, il porta les deux mains à sa poitrine comme pour sentir les battements de son cœur. Si sombre et si tenté qu'il fût, il existait. Mais presque aussitôt il se ressaisit. « Ce sont là des pensées d'enfant », murmura-t-il en quittant sa place pour regagner la nef et sortir. Au bout de quelques pas il s'arrêta : « Et qui me dit que la vérité n'est pas, en définitive, une pensée d'enfant ? »

Comme il passait devant un if de fer, il s'arrêta de nouveau, alluma sans hâte tous les cierges et glissa plusieurs billets dans la boîte destinée aux offrandes. Distinctement alors, il entendit une voix intérieure qui lui disait — et cette fois il n'y avait plus aucun doute : c'était bien une voix qui parlait en lui — : « Comme il serait agréable de la voir, n'est-ce-pas, à la lumière de toutes ces petites flammes ! Sur son front, sur tout son visage, le reflet de cette pieuse illumination... »

Il sortit. Dans la rue le soleil l'obligea à baisser la tête, un soleil triomphal qui faisait briller les ardoises des toits comme des écailles de poisson et cernait chaque pierre de la chaussée comme d'un trait dessiné au pinceau. M. Fruges hésita, puis, avec l'incertitude de quelqu'un qui tâtonne dans la nuit, il gagna un carré d'ombre et passa les mains sur ses yeux : « J'ai attendu trop longtemps, pensa-t-il. La ressource de devenir quelqu'un d'autre m'est encore offerte, mais dans un instant je n'y croirai plus. Je me suis trop mêlé à Emmanuel Fruges. J'ai toutes ses peurs jusqu'au fond de l'âme, surtout la peur de risquer mon salut. »

— Il faut pourtant faire quelque chose, dit-il tout haut.

Par une brusque résolution, il pivota sur les talons et se mit bientôt à courir.

DEUXIÈME PARTIE

I

Longue et basse, ses parois assombries par des tentures rouges qui lui donnaient un faux air de magnificence, la salle prenait jour par une grande fenêtre carrée d'où l'on voyait deux marronniers en fleur au milieu d'une cour ancienne. C'étaient ces arbres que regardait Élise comme si, depuis son enfance, elle ne les voyait pas tous les jours, mais elle éprouvait à leur égard les sentiment qu'on aurait pour des personnes d'une grande sagesse et qui seraient à la fois un peu moins et un peu plus que des êtres humains. Ils la rassuraient dans des heures d'inquiétude ; à l'aube, elle écoutait parfois le chuchotement de leurs feuilles et ce bruit l'apaisait ; à l'un et à l'autre, elle avait donné jadis des noms secrets, connus d'elle seule.

Cette nuit encore, elle n'avait pu dormir, tenue éveillée par la douceur de l'air et par le souvenir d'années plus heureuses. De sa chambre au premier étage, elle sentait les premières odeurs du printemps qui flottaient jusqu'à elle à travers les grandes persiennes et la rendaient si triste qu'elle se fût laissée aller à pleurer si l'amour-propre de la dix-huitième année ne l'eût quelque peu retenue.

A présent, assise sur le rebord intérieur de la fenêtre, dans la grande salle rouge, elle observait le mouvement presque imperceptible du feuillage et elle pensait : « Peut-être que le bonheur passe lentement à côté de moi comme ces longs bateaux plats qui descendent le fleuve. » Elle se rappela que deux ou trois heures plus tôt, par une fantaisie subite, elle avait quitté son lit tiède et s'était peignée devant sa glace, dans la lumière incertaine, l'aile du nez et le haut de la joue frappés par un reflet gris argent, pendant que le peigne s'enfonçait dans la grande masse noire et vivante avec une petite crépitation. Vingt fois, trente fois peut-être, elle avait eu ce geste lent et long qui faisait luire sa chevelure comme de l'eau, comme les cataractes dont elle voyait jadis l'image dans une géographie illustrée. De haut en bas, dans la pénombre, dans le silence de la maison endormie, le peigne mordait au plus profond de cette épaisseur qui cédait, qui était heureuse de se sentir griffée et divisée. Était-ce elle, était-ce Élise aussi, toute cette chevelure d'où s'échappait un léger parfum d'herbe et de fruits ? « Mes cheveux... », fit-elle tout bas. Et elle redit ce mot qui avait la douceur d'une caresse. Ce rideau noir qui lui cachait la moitié du visage d'une manière un peu effrayante, elle imaginait de grandes mains le palpant avec un bonheur mystérieux. Brusquement, elle s'arrêta. « Il faut dormir », dit-elle à mi-voix. Et elle se jeta sur son lit, mais ne dormit pas ; sa main sous son oreiller trouva son chapelet aux grains tièdes.

Maintenant, tout habillée, elle regardait les arbres et attendait que la porte s'ouvrît derrière elle et qu'on lui criât bonjour, que la vie recommençât. Si l'on savait qu'au petit jour, devant sa coiffeuse à volants de mousseline, elle avait passé une heure à se regarder au miroir et à se peigner les cheveux, quels éclats de rire ! On l'avait toujours trouvée drôle, du reste. Elle faisait rire avec ses imitations et ses grimaces : la dame anglaise qui arrive à Paris ; la lettre triste et la lettre gaie ; la folle qui se croit duchesse. Petite, mais très droite et les mains croisées sur les genoux, elle recevait de face la lumière un peu dure de ce matin d'avril ; son visage gardait quelque chose du galbe de l'enfance, bien que la peau eût perdu son velouté. Sans être tout à fait jolie, elle attirait par l'expression sérieuse de ses yeux gris et par ce qu'il y avait encore d'incertain dans sa personne. On ne l'admirait pas comme on admirait sa cousine, belle et placide créature de vingt-deux ans, mais André battait des mains et sur le masque sévère d'oncle Firmin lui-même errait l'ombre d'un sourire quand, d'une voix volontairement lugubre, elle annonçait : « Je vais vous faire la dame étrangère dans un grand magasin. » Fronçant alors un petit nez impertinent, elle plissait les yeux et minaudait tout en palpant une étoffe imaginaire de ses doigts délicats comme des serres d'hirondelle. Pourtant, ces imitations lui nuisaient et elle commençait à s'en rendre compte ; à cause d'elles, on ne la prenait pas au sérieux, on n'imaginait pas, par exemple, qu'elle pût se marier, et elle-même se laissait gagner à cette opinion qui ne s'exprimait pas autrement que par certains silences plus troublants que les discours les plus pessimistes. Personne ne parlait de son avenir. Il y avait, en effet, quelque chose qui faisait rire dans la pensée de ce petit singe d'Élise avec un voile sur la tête, non pas un de ces voiles fictifs qu'elle arrivait si bien à faire voir avec sa gesticulation et ses mines — le mariage de la bouchère —, mais un vrai voile de trois mètres de long, comme celui qu'on avait épinglé sur la tête de Stéphanie.

Elle entendit sonner sept heures et ne bougea pas. Derrière elle, tous les meubles de famille qui l'avaient vue grandir : le vaisselier breton, les chaises de velours grenat, la lourde table Henri II, le fauteuil dans lequel son tuteur était mort, mais qui venait d'une autre maison, la desserte en poirier luisant, tout cet ensemble d'une majesté un peu funèbre formait un décor loin duquel Élise se sentait inquiète et mal à l'aise. « Quelle force dans tous ces bouts de bois ! » pensait-elle. Et elle ajoutait tout haut, avec cette bizarrerie qui lui valait sa réputation d'excentrique : « Cette salle à manger est ma forêt natale. Je suis là comme une bête sauvage dans sa jungle. » Aujourd'hui, pourtant, le regard qu'elle jetait sur ces meubles en détournant la vue des arbres n'était pas sans l'anxiété de quelqu'un qui, à la fois, souhaite et redoute qu'un événement se produise.

Quelques minutes passèrent, puis se levant tout à coup, elle poussa un soupir d'impatience et traversa la grande pièce dont le plancher vibra sous ses talons. Avec un peu moins de résolution dans ses attitudes, elle eût paru gracieuse, mais il y avait chez elle une brusquerie plus affectée que naturelle qui lui faisait, par exemple, prendre un livre, l'ouvrir et le remettre à sa place avec quelque chose de subit dans tous ces gestes. Dans sa robe de toile blanche à raies bleues, elle faisait l'effet d'une écolière et il fallait pour deviner son âge la regarder attentivement, si l'on pouvait, car elle remuait beaucoup dès qu'elle se savait observée. Avec une taille souple, mais un peu grêle, elle montrait des bras dont l'arrondi provoquait les éloges en quelque sorte professionnels de son unique admirateur, M. Vergeot, son ancien professeur de dessin dont les visites avaient fait courir des bruits qu'Élise qualifiait d'absurdes, parce qu'elle avait honte de lui et de ses compliments d'homme du métier. D'abord, M. Vergeot allait sur ses quarante ans et elle haïssait le parallèle qu'il ne manquait jamais d'établir entre son élève d'hier et la *Diane de Gabies* dont on voyait un moulage dans la cour d'honneur du lycée. Tout le monde à la maison connaissait ce petit discours et la pauvre fille vivait dans la terreur qu'on ne finît par la nommer Diane ou, pis — mais elle ne voulait même pas y songer —, Gabies (ou Gaby). Il lui paraissait étonnant que cela ne fût encore venu à l'esprit de personne, à André surtout, le plus moqueur de tous, et elle tremblait qu'en y pensant elle-même, elle ne fît naître dans le cerveau de ce garçon de quinze ans l'idée d'un surnom qu'elle exécrait déjà.

Pour le moment, en tout cas, elle était seule. On ne la taquinerait pas avant l'heure du petit déjeuner. Elle pouvait, si elle le voulait, aller et venir dans la grande pièce sombre, faire la maîtresse de maison, ouvrir les tiroirs qui contenaient l'argenterie, plonger les bras dans le placard à linge, déplacer les bibelots sur la cheminée, ranger tout à sa guise.

Justement, elle était devant la cheminée et elle tenait à la main un petit cheval de verre rouge quand elle se vit dans la glace et demeura saisie de l'extrême pâleur de ses joues, mais presque aussitôt son inquiétude fit place à la satisfaction qu'elle éprouvait toujours, et même aujourd'hui, en se voyant dans ce coin de la pièce où il lui semblait que l'éclairage la flattait. Son front petit et volontaire avait la forme incurvée d'un diadème et le trait délicat des sourcils noirs mettait en valeur le gris légèrement bleuté des yeux au regard attentif. Le bas du visage n'avait pas la même finesse ; les narines étaient trop ouvertes, « des naseaux de poulain », pensait Élise, et la bouche trop charnue manquait de fermeté, de dessin, comme elle disait elle-même (empruntant sans le savoir le langage de M. Vergeot). Cependant, en inclinant un peu la tête et en levant les yeux, elle atténuait ces défauts et, dans cette glace bien placée, paraissait plus jolie qu'au grand jour. « Il faudra que je me souvienne de lui parler de ce côté-ci, songeait-elle. Je l'attirerai vers le fond de la salle, à cet endroit. Jusqu'à la grande table, je suis très bien ; plus loin, l'éclairage est dur. J'inclinerai la tête de cette façon... » Ses cheveux surtout lui rendaient courage ; la lumière jouait dans ces tresses d'encre qui semblaient retenir dans leur complication et leur épaisseur quelque chose du mystère de la nuit même.

— On n'est pas laide avec des cheveux comme ceux-là, fit-elle à mi-voix. Ils sont plus beaux que ceux de Stéphanie, plus lustrés, plus...

Une porte qui s'ouvrit tout à coup derrière elle lui fit poser trop brusquement le cheval de verre dont un sabot se brisa. Elle se mordit les lèvres et ne dit rien.

— Élise, fit André en refermant la porte avec précaution, tu es là... Bonjour.

Sans se retourner, elle put le voir dans la glace, dépeigné et le col ouvert.

— Que fais-tu debout à sept heures et quart ? demanda-t-elle.

— Tout le monde est debout. Camille est presque habillé. Je me suis dépêché pour te parler seul avant le retour d'oncle Firmin.

Élise lui fit face avec lenteur et d'un geste adroit glissa le petit sabot de verre derrière un pot à tabac qui se trouvait sur la cheminée. Son regard se planta sur la tête blonde qui semblait répandre de la lumière dans cette partie mal éclairée de la grande salle. Pourquoi n'avançait-il pas ? Il se tenait à quelques mètres d'elle, derrière la table, avec l'air gêné d'un enfant coupable. Plus grand qu'Élise, mais encore plus étroit d'épaules, il avait un visage mince et hâlé qui s'avivait de rose au sommet des joues. Des yeux marron qui contrastaient avec l'or des cheveux en désordre lui prêtaient une expression singulière à laquelle Élise ne s'habituait pas, et dans son esprit elle le comparait à un animal des bois d'une douceur un peu sournoise. Depuis quelque temps et bien qu'elle l'aimât beaucoup, elle éprouvait un certain malaise en sa compagnie ; il l'agaçait quelquefois, sans raison précise, et ce matin elle n'avait pas envie de le voir.

— Eh bien ? fit-elle.

Par une sorte de bond de côté, il contourna la table et vint se placer près de la jeune fille qui recula imperceptiblement.

— Oui, dit-il en suivant le regard qu'elle abaissait malgré elle sur ses jambes, c'est oncle Firmin qui a voulu. Il a dit qu'étant donné la circonstance le pantalon était plus correct que la culotte.

Élise se mit à rire.

— Tu trouves qu'il ne me va pas ? demanda-t-il avec inquiétude. C'est un pantalon que Camille portait au collège et qu'on a retaillé. Pourquoi ris-tu donc ?

— Je ne sais pas, fit-elle en s'arrêtant tout à coup, un peu rouge. Qu'avais-tu à me dire ?

Il écarta une longue mèche qui lui tombait sur les yeux.

— Écoute, Élise. Il y a quelque chose qui ne va pas. Tu comprends, cette visite que je dois faire ce matin avec oncle Firmin et Camille, j'y ai pensé pendant la nuit. Je ne peux pas. Ça m'a empêché de dormir.

« Lui aussi, pensa-t-elle, commence à avoir des ennuis, à souffrir. Mais qu'est-ce que c'est, comparé à moi ? » se dit-elle aussitôt avec le sentiment d'une énorme supériorité.

— Mon pauvre André, fit-elle tout haut en imitant sans en avoir conscience les intonations de sa cousine Stéphanie, tu ne fléchiras jamais oncle Firmin.

— Parle à Camille !

Elle secoua la tête.

— Camille ne peut rien. Il est trop tard. Oncle Firmin a décidé qu'il te placerait chez M. Ballivon si tu ne travaillais pas au collège. Je t'ai prévenu cet hiver.

Il essaya de lui prendre les mains, mais elle les mit derrière son dos.

— Fais quelque chose, Élise. Parle à oncle Firmin. Je ne veux pas aller chez Ballivon, entends-tu ? Je me sauverai.

— Parle toi-même à oncle Firmin.

— Je ne veux pas.

— Tu as peur de lui.

Il frappa du pied, les yeux flambants.

— Je déteste cet homme ! dit-il.

Elle tressaillit et ne put s'empêcher de le trouver beau, à cette seconde, de cette beauté rageuse qu'elle avait observée chez Camille, le nez court et batailleur, la mâchoire lisse, la bouche d'un rouge de viande crue ; mais elle n'aimait pas qu'il ressemblât à Camille : cela la troublait comme une sorte de vol, presque une usurpation. Ils avaient beau être frères : elle en voulait obscurément au plus jeune de ce masque un peu insolent qu'il semblait avoir pris à l'aîné.

— Comment peux-tu parler comme ça ? fit-elle sans conviction. Oncle Firmin est un homme que tout le monde estime, c'est presque un...

— Non ! s'écria-t-il. Ne me dis pas encore une fois

que c'est un saint. Tu ne le crois pas toi-même. C'est idiot !

Élise rougit fortement.

— Je ne l'ai pas dit, balbutia-t-elle. J'ai dit : presque.

A ce moment, la porte s'entrebâilla et la tête de Stéphanie parut tout à coup de profil, sa chevelure blond cendré savamment étagée au-dessus d'un front droit et d'un nez un peu aquilin.

— J'entends beaucoup trop de bruit, fit-elle avec douceur. André, va finir de t'habiller là-haut. Élise, j'aurai un mot à te dire tout à l'heure.

— Pourquoi n'entres-tu pas ? demanda Élise que cette voix polie et contenue exaspérait. Tu ressembles à une tête de cire au bout d'une pique dans un musée de la Révolution.

André s'esclaffa malgré lui, mais la tête en question demeura parfaitement immobile et pas un muscle ne bougea dans ce visage attentif et sévère ; d'un air patient, elle laissa passer la première rafale de gaieté qui secouait l'adolescent, puis, dans le silence qui suivit, elle articula ces mots avant de disparaître :

— Élise est si drôle...

La porte se referma.

— C'est vrai que tu es drôle ! fit André avec une sorte d'enthousiasme.

Et brusquement, il posa sa grande bouche humide sur la joue d'Élise qui tressaillit et recula jusqu'à la cheminée. Elle avait pourtant l'habitude de ces baisers fraternels qu'on lui prodiguait dans la maison, mais ce matin, il lui semblait qu'elle passait une limite, que tout passait une limite ; et cette phrase de Stéphanie lui glaçait le cœur.

— Je sais, dit-elle d'une voix blanche.

— Pense à ce que je t'ai dit, supplia André.

Elle inclina la tête. Restée seule, elle se retourna vers la cheminée. Le grand miroir lui renvoyait l'image d'une petite figure sérieuse où la lassitude fardait les yeux d'une ombre délicate.

— Élise est si drôle..., murmura-t-elle.

Plusieurs secondes s'écoulèrent dans un profond silence que troublaient à peine un bruit de pas au premier étage et, plus près, le battement d'une vieille pendule. Soudain elle prit le cheval de verre dans son poing et le jeta au fond de l'âtre.

La porte qui donnait sur le vestibule s'ouvrit un instant plus tard pour livrer passage à un homme de petite taille vêtu d'un complet gris sombre ; sa cravate noire, nouée lâchement, mais avec beaucoup de soin, s'étalait sur une chemise à plis d'une blancheur sans défaut. Un peu inclinée vers le sol, sa tête grise laissait voir un début de calvitie au sommet du crâne, mais ses cheveux drus et courts se hérissaient au-dessus des oreilles. Il traversa lentement la salle et posa sur la table un missel à tranches rouges recouvert d'une toile bise.

— Bonjour, mon enfant, fit-il sans lever la tête ; et avec un léger soupir il s'assit sur une chaise.

— Bonjour, oncle Firmin, dit-elle. Vous êtes en retard.

— Je suis resté huit minutes de plus à la chapelle, en effet.

Il souffla et passa les deux mains sur un visage rose et mince au nez long, à la bouche droite, puis il dirigea vers la jeune fille le regard aigu de ses petits yeux bleus.

— Élise, fit-il.

Elle se redressa avant de répondre et malgré elle fit mine de se détourner.

— Eh bien ? dit-elle.

— C'est au sujet d'André, dit-il en plaçant la main sur son missel. Les rapports du collège étaient assez mauvais, Dieu sait, mais j'ai eu avec le censeur un entretien dont je n'ai rien dit.

— Ah ? fit Élise. Mais de toutes manières, n'est-il pas entendu qu'André ne retournera pas au collège, puisque vous le menez ce matin chez Ballivon ?

Il soupira tristement.

— Je crains de vous avoir semblé dur, à tous, en prenant cette décision, Élise.

Elle le regarda à la dérobée et vit un sourire inquiet sur le vieux visage.

— Enfin... non, dit-elle.

Tout à coup, les supplications d'André lui revinrent à l'esprit, et elle ajouta :

— Ne pourriez-vous le mettre une dernière fois à l'épreuve avant de le placer chez un commerçant ?

Il baissa les yeux, puis la tête, et murmura :

— C'est malheureusement impossible.

Élise devina qu'il attendait une question de sa part, mais elle garda le silence pendant plusieurs secondes ; enfin elle dit d'un ton un peu plus froid :

— Je ne comprends pas, oncle Firmin.

Sans relever la tête, il dit alors :

— Élise, mon cœur saigne. André est le fils de ma chère sœur que j'ai perdue, voilà cinq ans. Je l'ai recueilli avec sa mère, je me suis chargé de son éducation comme de celle de Camille, j'ai veillé sur lui, sur eux, j'ai, oui, veillé sur vous tous. Et lorsque Camille a épousé Stéphanie, j'ai décidé de rouvrir pour eux deux les pièces du second, les plus belles, entre nous, les plus claires, en attendant que Camille se soit fait une situation et qu'il puisse se loger ailleurs avec Stéphanie — mais je les verrai partir avec tristesse, Dieu sait. En attendant, donc, que Camille se soit fait une situation...

Brusquement, il s'arrêta, et la bouche entrouverte, perdu dans le dédale de ses phrases, il considéra la jeune fille qui ne broncha pas. Il reprit enfin :

— Camille, oui, c'est cela, et André. Je les ai recueillis tous les deux avec leur mère. J'ai pris soin de l'éducation de Camille, et j'ai pris soin de l'éducation d'André. Mais je n'oublie pas que je suis arrière-petit-fils de paysan et que mon aïeul a poussé, comme il disait lui-même, derrière une charrue.

« Où veut-il en venir ? se demandait Élise. L'aïeul et sa charrue m'annoncent un discours. Vous baissez

166

terriblement, mon oncle, vous radotez, oui, pour parler comme vous. »

— Derrière une charrue, reprit oncle Firmin. Et vous aussi, je vous ai recueillies, fit-il avec une chaleur soudaine, toi et ta cousine Stéphanie, alors que vous étiez toutes petites, et le père de Stéphanie pardessus le marché, qui a perdu sa fortune en spéculant malgré tout ce que j'ai pu lui dire. Il est mort dans ce fauteuil là-bas, le fauteuil violine. Une embolie. Quelque chose de foudroyant. Cela fait six personnes à qui j'ai ouvert ma maison après le décès de ma femme (Dieu ait son âme !).

« Sa conscience le tourmente, pensa Élise. Ce doit être à cause d'André ou d'autre chose. Il est particulièrement ennuyeux dans ces moments-là. »

— Je vous ai vues grandir, toi et Stéphanie, poursuivit-il, j'ai cherché à vous rendre heureuses. Vous étiez, vous êtes toujours, mes chers enfants ; et les garçons aussi, bien sûr. Vous avez pris la place des enfants que le Ciel ne m'a pas donnés. Ai-je été bien avisé d'acquérir cette grande maison du temps de ma chère Estelle ! Avisé ? Non (il prit un air fin) : *inspiré*, c'est là le mot.

Élise entendit la voix de Stéphanie qui appelait Camille, au premier étage, et elle souhaita qu'on vînt la délivrer de ce tête-à-tête avec oncle Firmin, mais il continua, intraitable.

— Inspiré, oui. Mais nous parlions d'André. Je le retire du collège. C'est décidé. Et je le mets chez M. Ballivon, mon vieil ami, un digne homme. M. Ballivon *achèvera l'éducation* d'André, comprends-tu ? Il lui apprendra un métier, un métier superbe : le drap. André apprendra à vendre du drap. Et il aimera le drap. C'est là du solide, Élise. Mon aïeul signait d'une croix. Et je n'en ai pas honte. Quelle heure est-il ?

— Sept heures et demie.

Elle s'appuya contre la table. « Et dire qu'il suffirait pour le calmer et le faire taire de s'écrier : "Oncle Firmin, que vous êtes bon !" Il attend une parole de ce genre ; je ne la lui dirai pas. »

— Quand j'ai décidé de retirer André du collège, reprit-il, mon cœur, je te l'ai dit, mon cœur a saigné. Mais il y avait eu cet entretien avec le censeur. Ça n'aurait pas suffi, pourtant.

De nouveau, il baissa la tête et sa voix se fit plus sourde.

— En décidant de retirer André du collège, j'ai agi par inspiration.

Ce dernier mot fut presque chuchoté.

— Je vois, dit Élise.

— Oui, continua oncle Firmin après un bref silence, une inspiration tout à fait subite, imprévue, quelque chose qui m'a été donné en réponse à... à de longues prières. (Une nouvelle pause suivit cette phrase comme pour lui permettre de peser de tout son poids, puis il reprit :) C'est comme pour le mariage de Stéphanie. Exactement. Là encore, j'ai eu, oui, une inspiration. J'ai obéi comme à un ordre. Exactement. C'est cela : j'obéis à un ordre. Je me laisse conduire, comprends-tu ?

Il se leva en prononçant ces derniers mots, les yeux un peu agrandis, et parut sur le point de dire autre chose, puis se ravisa.

— Tu te souviendras, fit-il en logeant le missel sous son bras, que je t'ai dit tout cela en confidence.

Elle hocha la tête.

— C'est que je te sens plus près de moi que ta cousine Stéphanie, ou même que son mari. Je ne parle pas de notre cher André à qui je pardonne sa conduite de grand cœur, oh ! de grand cœur ! Je lui pardonne, oui. Veux-tu m'embrasser, mon enfant ?

Pendant une ou deux secondes, Élise fut sur le point de répondre : « Non » mais elle entrevit les désagréments que cela lui vaudrait, et sans dire un mot, elle toucha de ses lèvres la vieille joue froide et bien rasée qui fleurait la lavande. Oncle Firmin lui tapota l'épaule avec bonté et sortit.

II

Un quart d'heure plus tard, ils étaient tous autour de la table. Huit heures sonnaient. Debout et le dos à la fenêtre, oncle Firmin versait du café dans les tasses qu'on lui présentait. A sa droite, Stéphanie, et à la droite de Stéphanie, Camille. A la gauche d'oncle Firmin, Élise, et à la gauche d'Élise, André ; ordre immuable.

La maison appartenait au vieillard qui l'avait achetée à fort bon compte, six mois après son mariage, alors que la ville ne s'était pas encore étendue de ce côté-là, et à vrai dire, cette maison gardait encore son caractère un peu campagnard au milieu de constructions plus récentes. Carrée et massive, avec de hautes cheminées sur un toit d'ardoise et des chaînons de pierre blanche qui tranchaient sur la brique rose des murs, elle remontait à près de trois siècles en arrière. D'un jardin qui avait dû être assez vaste, à ce qu'on disait, il ne restait plus que la cour où poussaient deux marronniers. Pendant vingt-cinq années, oncle Firmin vécut dans la grande maison avec sa femme qui ne lui donna jamais d'enfants pour la bonne raison qu'il n'était pas capable de lui en faire, et la mort de cette femme fut, pour elle comme pour lui, plus une délivrance qu'une épreuve, car ils ne s'entendaient sur aucun point imaginable et se gênaient cruellement, l'un servant de croix à l'autre.

Demeuré veuf à cinquante-trois ans, il fit rouvrir trois pièces depuis longtemps condamnées et accueillit un parent pauvre, veuf comme lui, père d'une petite fille et tuteur d'une autre plus jeune encore qui était sa cousine. De ces deux enfants, Stéphanie qui avait alors huit ans et Élise qui en comptait cinq, l'aînée était à coup sûr la plus belle et la plus choyée, mais trois mois ne s'étaient pas écoulés qu'une mort subite la priva de son père alors qu'il buvait une tasse de café dans le fauteuil de peluche violine. Oncle Firmin songea d'abord à mettre les deux filles en pension chez des religieuses, puis il se ravisa à la pensée de la maison vide. L'idée de vendre cette maison l'effleura aussi, mais il la chassa comme une mouche importune, car on eût dit que son aïeul, qui avait poussé derrière une charrue, lui avait légué le respect du « bien ». Il se demanda alors si le plus sage ne serait pas de se remarier ; cependant, la dernière expérience qu'il avait faite lui parut, à la réflexion, concluante.

Du temps passa et une gouvernante s'installa dans la maison pour s'occuper des enfants, mais cette femme de caractère difficile troublait le repos d'oncle Firmin. Elle épiait ses petites manies et le gênait dans l'exercice de sa grandissante ladrerie qui s'alliait, du reste, et de façon bizarre, avec de capricieux élans de générosité. Enfin, au bout d'un an, on eût dit que le Ciel intervenait dans les affaires d'oncle Firmin, car le mari de sa sœur fut emporté par une pneumonie et la veuve, une Mme Suzé, vint d'elle-même frapper à la porte de la grande maison.

Oncle Firmin n'aimait pas beaucoup cette femme parce que, étant du même sang que lui, elle devinait trop bien ses pensées ; de plus, elle était son aînée de trois ans et se croyait, pour cette raison, le droit de lui donner des conseils, mais il eut égard à la situation de la malheureuse qui n'avait hérité de son mari que des dettes. « Je la nourrirai, pensa-t-il, mais je la ferai travailler. » Une autre pièce fut donc rouverte pour elle et elle s'y installa avec le plus jeune de ses deux garçons, André, qui avait cinq ans. L'aîné, Camille, à peu près du même âge que Stéphanie, fut mis au collège comme pensionnaire. On congédia la gouvernante.

Mme Suzé, dont le zèle n'avait pas besoin d'être stimulé, se chargea de la maison entière, et comme si cette tâche eût mis sa vaillance au défi, elle eut à cœur de tout faire elle-même, allant même jusqu'à se priver des services d'une cuisinière afin d'épargner l'argent. Ces dispositions ne pouvaient que plaire à celui qu'elle appela une fois ou deux, et quand il le fallait, son bienfaiteur, car il voulait qu'on le crût bon parce qu'il se croyait bon lui-même. Il trouva à sa sœur plus de discrétion qu'il n'avait pensé d'abord et elle le tirait d'un si mauvais pas et soignait si bien ses intérêts qu'il fut près de revenir sur l'opinion qu'il avait eue d'elle autrefois.

On eût dit qu'elle l'aimait avare, avare et pieux. Un peu bigote elle-même, en effet, elle sut réveiller chez cet homme désoccupé l'instinct religieux qui sommeillait en lui depuis sa jeunesse. En peu d'années, elle le domina. C'était une grande femme sans grâce, robuste, taillée en déménageur, mais avec un visage qui n'était pas sans un reste de beauté, le nez et la bouche dessinés avec énergie, les yeux d'un noir profond, tout brûlants d'une passion qui aurait pu être l'amour et qui était devenue la passion du labeur. Elle se jetait sur la besogne avec la joie sombre du fanatique. Les enfants l'aimaient, la redoutaient aussi. En la voyant aller et venir au milieu d'eux, on avait l'impression que les gifles tombaient d'elle comme les poires mûres d'un poirier dans une tempête. Elle passait, semblait-il, dans un perpétuel fracas de taloches. Lorsqu'elle mourut, oncle Firmin était au seuil de la vieillesse, Stéphanie allait sur ses dix-huit ans et Camille, qu'on ne voyait qu'aux vacances, redoublait sa classe de philosophie ; Élise avait douze ans, André six.

Alors se manifesta chez cet homme à cheveux gris l'ingouvernable désir de dominer tout son entourage. D'avoir été si longtemps dominé lui-même exaspérait dans son cœur le goût de l'indépendance au point qu'il ne se sentait pas libre si d'autres l'étaient autour de lui ou témoignaient du désir de l'être. Sans se départir d'une douceur de manières qui lui était naturelle, il devint du jour au lendemain ombrageux et tyrannique. A vrai dire, et pour reprendre l'adage classique, il devint ce qu'il était, mais le choc de cette apparente transformation fut rude pour les quatre personnes qui avaient grandi sous ses yeux et n'avaient vu en lui qu'un personnage débonnaire et détaché du monde, alors qu'en réalité c'était un homme d'autant plus férocement attaché à lui-même qu'il se croyait dégagé de tous les liens de sa volonté propre. Il était pieux, principalement, parce qu'il s'aimait pieux.

Pendant les quelques années qui suivirent et dans le plus parfait aveuglement sur lui-même, il savoura le plaisir de surveiller, de restreindre et quelquefois de punir, mais afin de se mieux tromper lui-même, il tempérait sa sévérité triomphante d'un sourire qu'il croyait d'une évangélique douceur, ou bien il soupirait en annulant une excursion projetée depuis des semaines et se déclarait le premier atteint par cette « déception » qu'il offrait à Dieu d'un cœur presque tranquille. Ce n'était pas un hypocrite, mais un être d'une espèce beaucoup plus particulière. On ne pouvait bien le définir parce qu'il était difficile de savoir au juste ce que l'on pensait de lui. Avec sa cape grise qui lui tombait à mi-jambe, son air modeste, son missel et son chapelet, il faisait aux uns et aux autres une impression très différente et qui allait du respect jusqu'à une sorte de répulsion intérieure et presque physique. Son arrière-grand-père paysan lui fournissait le thème sur lequel s'exerçait avec le plus de bonheur une humilité voyante et il avait gardé de cette ascendance l'air fermé et attentif qu'on voit souvent aux gens de la campagne. Sincère, peut-être, à sa façon, il ne savait ou ne voulait pas savoir qu'avec le lent travail des années et les adroites sollicitations de l'orgueil, il s'était mis à la place du Dieu qu'il pensait adorer, et s'adorait lui-même.

Trois de ses directeurs de conscience avaient successivement essayé de combattre ce dévorant amour de soi, mais il les avait quittés l'un après l'autre et chercha jusqu'à ce qu'il en eût trouvé un à son goût, c'est-à-dire qu'il pût doucement et pieusement circonvenir et dominer. Son obstination obtint le salaire qu'elle méritait dans la personne d'un prêtre naïf et docile, l'abbé Giveau, qui avait peu d'expérience de la vie mystique et aux yeux de qui oncle Firmin correspondait à l'idée que se font des saints ceux qui n'en ont jamais vu. Peu à peu, devant l'admiration discrète qu'il excitait chez son nouveau directeur, le vieillard en vint à se persuader qu'il était peut-être un saint. Après tout, des saints il en fallait bien à toutes les époques. Pourquoi pas lui ? Un jour il édifia l'abbé Giveau en lui révélant qu'il ne priait guère que quelque inspiration ne lui fût donnée, petite ou grande. Désormais il régla sa conduite sur les idées qui lui venaient alors qu'il était en oraison et qu'il prenait tout bonnement pour la voix de Dieu. Ainsi la nuit se faisait de plus en plus épaisse dans ce cœur barricadé par l'orgueil.

Il avait près de soixante-dix ans quand il décida que Stéphanie épouserait Camille, union qui lui paraissait d'autant plus désirable qu'elle ne semblait devoir plaire ni à l'un ni à l'autre des intéressés, mais il avait eu plusieurs inspirations sur ce point et se montra vite intraitable. La prière lui donnait une espèce de férocité qu'il dissimulait sous des sourires de bienheureux et des paroles dont l'élévation le surprenait quelquefois lui-même parce qu'il oubliait qu'il les avait lues jadis dans des ouvrages blasonnés d'imprimatur. Plus attentif aux paroles d'autrui et moins fortement fasciné par le spectacle édifiant qu'il se donnait à lui-même, il eût sans doute deviné que ce projet de mariage lui était adroitement suggéré par une personne qui le voulait avec passion. Stéphanie, depuis deux ans, n'avait de pensée en tête qui n'eût pour objet le garçon avec qui elle avait grandi et qu'elle se promettait bien d'épouser un jour.

Prudente de nature et secrète, elle n'eut aucune peine à dissimuler son amour et comprit assez vite quels écueils il faudrait éviter. D'abord et surtout, il y avait la forme particulière que prenait la méchanceté de son oncle, mais avec l'âge il devenait un peu naïf et, malgré ce que l'expérience lui avait appris, il demeurait sensible à certaines qualités féminines qui faisaient de lui une proie. Stéphanie, qui était belle, le flatta honteusement, l'accompagna à tous les offices qu'il voulut, s'abstint de l'accompagner lorsqu'il ne voulait pas d'elle. Il avait beau se méfier de cette grande fille silencieuse, il la subissait malgré lui et sans même le savoir. Ses colères tombaient devant ce visage hautain pour les autres, mais pour lui d'une humilité ravissante. Il la comparait intérieurement à une Madeleine, sans pourtant hasarder plus loin cette analogie. Par principe, toutefois, il l'eût voulue, pour le bien de l'âme, moins belle et moins heureuse.

Un jour, elle simula un chagrin dont elle se cachait devant lui *avec ostentation* afin de provoquer un interrogatoire, s'essuyant les yeux d'un doigt furtif lorsqu'elle se savait observée dans une glace. De question en question, avec une adresse dont il se félicita lui-même, il finit par lui faire avouer qu'elle était amoureuse du fils de M. Goutte, éditeur de bons livres, et qu'elle en souffrait. Oncle Firmin la prit dans ses bras par un élan instinctif vers la jeunesse et la douleur, mais presque aussitôt il la repoussa. « Je le tente, pensa-t-elle avec horreur. » Et elle ne put se défendre d'un mouvement de pitié devant le visage torturé du vieillard. « Mon enfant, dit-il, je verrai, je prierai pour toi. »

Quelques jours plus tard, elle se trouva de nouveau seule avec lui et se plaignit doucement de Camille. « Je l'exaspère sans le vouloir, dit-elle. C'est sans doute ma faute », ajouta-t-elle humblement. « Ta faute ! s'écria le vieux benêt. Toi, si douce... » Elle pleura. Il se retint de l'embrasser. « Ah ! mon cher oncle, fit-elle après s'être mouchée, il faut que je m'en aille. Si j'ai une prière à vous faire, c'est de parler pour moi au père de M. Goutte. » Il s'agita un peu dans son fauteuil, poussa de grands soupirs et se cacha le visage dans les mains pendant quelques secondes, puis, se levant d'un air accablé, il secoua la tête et dit : « Je verrai, mon enfant, je prendrai conseil. » Elle lui baisa la main et il se retira dans sa chambre, bouleversé d'orgueil à l'idée de ce bonheur qu'il pouvait faire ou détruire. A quelques jours de là, il revint de l'église avec un visage de fer, monta à la chambre de

Stéphanie et lui annonça qu'elle épouserait Camille. Elle s'évanouit. On lui jeta de l'eau au visage ; Élise lui administra d'une main tout à coup vigoureuse plusieurs soufflets que Stéphanie n'oublia pas.

L'objet de tant de manœuvres se montrait d'une docilité qui dépassait les espoirs de Stéphanie et qui déçut si fort oncle Paul que le mariage faillit ne point se faire, car il eût fallu que cette union déplût à tout le monde pour offrir aux yeux du vieillard les marques de la perfection. Néanmoins la cérémonie eut lieu, le plus économiquement possible, mais toute la ladrerie d'oncle Paul n'empêcha pas que la beauté des deux époux ne donnât une splendeur naturelle à cette circonstance.

Le vieillard, tout ému, pleura, mais Élise garda sur son visage l'espèce de masque que lui faisait un sourire immobile.

Oncle Firmin, qui observait avec beaucoup d'attention ceux qu'il appelait ses enfants, éprouvait à l'égard d'Élise une curiosité d'entomologiste pour une espèce rare, car il flairait en elle une qualité de souffrance exceptionnelle dont il pouvait, de plus, se dire un peu l'auteur. La croix sous laquelle Élise se traînait, il l'avait quelque peu rabotée de ses mains. Il avait voulu le mariage de Stéphanie pour toutes sortes de raisons dont l'une était la manière dont Élise regardait Camille. « Je prierai pour Élise », se disait-il en la voyant défaite après une nuit blanche. Et en effet, il priait pour elle, à genoux sur le dur plancher de sa chambre, alors même qu'exténuée et les yeux grands ouverts, elle guettait la venue du jour dans le ciel. A sa façon, il l'aimait, mais il ne l'aimait que malheureuse, la plaignant dans son cœur avec cette mystérieuse sincérité des êtres doubles.

Elle était son souffre-douleur de prédilection ; il admettait qu'elle fît ce qu'il considérait comme des singeries pour amuser la famille, et parfois même il en souriait. Il comprenait. Tout le monde comprenait, sauf André qui était trop jeune. Camille, lui, feignait de ne rien voir ou portait d'un geste machinal la main à sa cravate lorsqu'il sentait le poids de ce regard désespéré sur son visage. Que pensait-il ? Peut-être, de toutes ces personnes enfermées dans leurs problèmes, ce garçon rieur était-il la plus secrète, qui parlait beaucoup sans se livrer. Sa perpétuelle bonne humeur lui épargnait le souci des conversations sérieuses, car à toutes les questions un peu difficiles il opposait un sourire qui désarmait jusqu'à son oncle, et il profitait de cet avantage avec une calme impudeur.

Son frère l'admirait, copiait sa manière d'effacer les épaules, de marcher sans bruit et même de passer furtivement le bout des doigts sur sa mâchoire pour s'assurer qu'il s'était rasé de près. Entre eux deux existait une alliance tacite, André faisant les commissions de Camille qui se portait à son secours dans les circonstances périlleuses ; et souvent Camille tirait André de très mauvais pas, mais ce matin-là il semblait qu'il n'y eût rien à faire. Oncle Firmin avait le visage intraitable qu'on lui voyait au retour de l'église lorsqu'il avait eu une inspiration, et il versait le café dans les tasses avec une espèce de rigueur dans les gestes qui contrastait avec son affabilité coutumière. Pourtant, il se souvint tout à coup qu'il était bon et sourit en tendant sa tasse à chacun.

— Comme le temps est beau, nous irons à pied, fit-il avec douceur.

La minute qui suivit passa lourdement sans qu'une parole fût prononcée, mais André leva des yeux implorants sur son frère.

— Je crois, dit alors Camille, que la nuit a porté conseil à André. Il est résolu, mon oncle, à bien travailler si vous lui permettez de retourner en classe.

Le vieillard, qui s'était assis, baissa un peu la tête en l'inclinant de côté comme un oiseau, puis il posa sa tasse et, d'une voix qu'il mit beaucoup de soin à modérer, il dit lentement :

— Que ne donnerais-je, mes enfants, pour pouvoir dire amen ! Car je suis tout prêt à vous croire, toi, Camille, et toi, mon petit André.

176

Il fit une petite pause et ajouta presque à voix basse :

— Mais ce serait désobéir que de me raviser.

A ces mots, André rougit fortement et repoussa sa tasse à moitié pleine. Oncle Firmin continua, les yeux baissés, l'index levé vers le plafond :

— Ce sont là des ordres, voyez-vous, et des ordres qu'il ne faut pas discuter. Nous irons donc tout à l'heure chez mon vieil ami Ballivon que j'ai prévenu l'autre jour. Camille, tu nous accompagneras jusque-là : c'est le chemin de ton bureau et je tiens à ce que tu dises bonjour à M. Ballivon qui m'a demandé de tes nouvelles.

Stéphanie approuva ces paroles d'un imperceptible hochement de tête. Une robe couleur vert d'eau découvrait son cou jusqu'à la naissance de la gorge et mettait en valeur le ton légèrement doré de cette chair qui semblait toujours éclairée par un reflet de soleil. Oncle Firmin évitait de tourner les yeux de son côté.

— J'ai parlé à André, dit-elle tout à coup de sa voix neutre.

On savait ce que cela voulait dire ; au seul souvenir de ces paroles, André se mordit les lèvres ; il sentait tout le monde contre lui, ce matin-là, et de rage il eût pleuré, s'il n'eût craint de provoquer la vertueuse colère de son oncle et le sourire dédaigneux de Stéphanie. Celle-ci tourna vers son jeune cousin un visage dont les traits donnaient l'impression d'avoir été *repassés* par l'orgueil, comme on repasse à l'encre un dessin au crayon.

— Nous avons pris de bonnes résolutions, ajouta-t-elle.

Et les coins de sa jolie bouche se creusèrent.

— Allons, dit oncle Firmin, tout est pour le mieux, mes enfants.

Camille soupira. Il y eut un grand silence et tous continuèrent leur repas, à l'exception d'Élise qui portait de temps en temps sa tasse à ses lèvres, mais ne buvait pas. Oncle Firmin regardait Élise.

III

Élise regardait Camille. Depuis plusieurs années, elle était assise en face de lui, à cette table, mais ce matin-là, il lui semblait avoir devant elle un inconnu qu'elle voyait pour la première fois. Il n'avait guère changé pourtant, depuis son mariage. A peine son visage était-il plus plein, et le cou s'arrondissait un peu.

Par le souvenir, elle le revit deux ans plus tôt, dans cette sacristie où elle avait si bizarrement souffert, où il lui semblait que des flammes palpitaient autour d'elle dans l'air torride : elle se revit elle-même, avec ce sourire appliqué une fois pour toutes sur un visage livide. Et cette nuit-là, la nuit du mariage, oncle Firmin lui avait dit bonsoir plus affectueusement qu'à l'ordinaire, lui chuchotant dans l'oreille une phrase qui l'avait fait tressaillir : « Toi aussi, tu te marieras. Nous te trouverons un bon mari. » Elle était alors montée à sa chambre, et là — on eût dit que parfois, son corps faisait des gestes dont son esprit ne saisissait pas le sens — elle s'était jetée à plat ventre sur son lit, dans l'obscurité, les bras étendus, et elle était restée ainsi près d'une heure, pareille à une morte, mais les morts ne pleurent pas, et les larmes lui coulaient doucement jusque dans la bouche. « Je ne me marierai jamais », se dit-elle en réponse à la phrase d'oncle Firmin.

Puis elle s'était levée, un peu étourdie et le visage brûlant, et se laissant tout à coup tomber à genoux au pied de son lit, elle s'était mise à prier, toute droite et les paumes des mains appliquées l'une contre l'autre, comme elle avait vu faire à des religieuses. C'était ainsi qu'elle voulait prier et elle récita d'abord toutes les prières qu'elle savait par cœur, puis elle chercha en elle d'autres paroles et ne trouva rien. Il n'y avait en elle que cette tristesse qui ne pouvait pas s'exprimer et dont elle ne savait que faire.

Longtemps elle demeura immobile, attentive au

grand silence de la nuit, attentive aussi à ce grand silence qui était en elle et qui l'effrayait. Si Dieu devait lui venir en aide, n'était-ce pas dans un moment comme celui-ci ? Pourquoi ne lui parlait-il pas ? Quelles souffrances fallait-il donc pour l'attirer vers elle ? Elle se souvint d'avoir lu que le Christ avait enduré toutes nos peines. Reconnaissait-il, cette nuit, la peine qu'endurait Élise ? Entre toutes les souffrances qu'avait connues le monde et dont la somme avait chargé l'âme du Sauveur, il y avait cette souffrance particulière qui était la souffrance d'une jeune fille isolée et perdue au fond d'une grande ville. Du haut de sa croix lointaine, il avait peut-être vu la petite Française agenouillée au pied d'un lit. Entre elle et lui, ce lien existait. Dans ses mains à elle, il n'y avait pas ces clous pareils à d'épouvantables pistils de fer au milieu de fleurs blanches, mais elle avait comme lui une plaie qui ne se voyait pas, dans la poitrine.

« Il a souffert plus que toi », pensa-t-elle, et presque aussitôt elle répondit intérieurement : « Mais je ne pourrais pas souffrir plus sans mourir. » Elle essaya de se figurer l'horreur des pointes de métal froissant les os sous les coups de maillet, mais elle ne le put ; elle n'avait jamais eu que des maux de tête et, dans son enfance, une rage de dents.

Soudain elle imagina les clous s'enfonçant dans les mains de Camille, et elle se leva avec un cri. « Ce n'est pas moi, murmura-t-elle sans savoir ce qu'elle disait, c'est le démon... » Mais elle avait beau faire, son imagination lui représenta le jeune homme tout ruisselant de sang. Les poings sur les yeux, elle se mit à gémir. Cette vision qu'elle ne parvenait pas à écarter devenait d'une précision implacable ; les mains remuaient très faiblement, dans un futile effort pour se libérer, non pas des mains de tableau, mais celles-là mêmes qu'Élise regardait tous les jours et voyait vivre et s'agiter sous ses yeux, avec leurs veines, leur peau et leurs ongles. C'était donc cela, la crucifixion, une partie de la crucifixion... Pour la première fois de sa vie, elle eut l'intuition qu'elle n'avait connu jusque-là qu'un Christ de peinture, une sorte de grande image pieuse devant laquelle elle se mettait à genoux et qui vivait d'une manière incompréhensible ; et tout à coup, des mains humaines, sorties de l'obscurité, se montraient à elle, transpercées et barbouillées de sang, non pas des mains de Christ, mais des mains que d'inexorables clous de fer rendaient semblables aux mains de Dieu. Prise de peur, elle appuya plus fort de ses poings sur ses yeux, comme pour abolir l'apparition. Toutefois, ce n'était pas par les yeux du corps qu'elle voyait ces choses. Elle secoua la tête et dit tout haut : « C'est abominable ! Je ne veux pas voir cela. » Elle voyait pourtant. En vain elle mettait un pied devant l'autre, avançant dans le noir, les mains à présent étendues, elle promenait avec elle cette vision ; l'idée qu'on pût enfoncer des clous dans les mains vivantes de Camille la faisait trembler d'horreur. Brusquement, elle ne vit plus rien.

Elle trouva la lampe au chevet de son lit, l'alluma et prit son chapelet dans un tiroir, non pour prier, mais pour tenir contre elle ces grains et cette croix qui la rassuraient. Tout était à sa place, la commode avec ses vases d'opaline bleue, la petite étagère garnie de livres et le lit qui, non défait, conservait l'empreinte de son corps. Il y avait dans ce décor quelque chose qui l'apaisait, et jusqu'à la tenture à fleurs mauves semblait lui dire à sa façon de ne pas se laisser troubler par les prestiges de l'ombre. Comment pouvait-on croire qu'il y eût autre chose que ce que voient les yeux en pleine lumière ? Son cœur battait, malgré tout ; la chaise contre laquelle, maintenant, elle s'appuyait, ne lui semblait pas plus réelle que ce qu'elle avait vu dans l'obscurité. Elle demeura immobile et au bout d'un moment, plus calme, elle se coucha.

Le lendemain matin, alors qu'elle se baissait pour nouer les cordons de ses souliers, il lui parut qu'une voix intérieure prononçait son nom. Elle ne bougea pas. La voix se tut. Dans le courant de la journée, le souvenir de cette voix lui revint à plusieurs reprises,

180

et chaque fois elle en demeurait interdite. C'était une voix sérieuse et douce, et il suffisait à Élise d'y penser pour que, dans sa tristesse même, elle éprouvât un sentiment de bonheur secret. Par une résolution subite, elle se promit de ne plus jamais lever les yeux sur Camille et, si elle le pouvait, de ne pas regarder ses mains.

Ce soir-là, elle gagna sa chambre, épuisée par l'effort qu'elle avait fourni. Pour ne pas offenser Camille, elle dirigeait malgré tout la vue de son côté lorsqu'elle lui parlait, mais elle considérait un point à droite ou à gauche de cette tête qu'elle réussissait à ne point voir autrement que dans une sorte de brume. Maintenant, agenouillée devant la reproduction d'un primitif flamand qui lui montrait un Christ décharné et livide, elle murmurait des paroles confuses qui la soulageaient. Tout à coup, la phrase suivante se forma sur ses lèvres : « Vos mains sont plus vraies que toutes les mains du monde. » Ces mots lui firent d'abord l'effet de n'avoir aucun sens, mais elle y revint, un peu malgré elle, et bientôt il lui sembla que, d'une façon qu'elle n'aurait su dire, son âme s'en emplissait, mais la joie qu'elle en éprouva se mêlait d'inquiétude, et d'une inquiétude qui ne cessait pas.

Quelques jours plus tard, cependant, elle eut un moment de calme profond qui ressemblait à du bonheur. Elle venait de dire à mi-voix, dans la solitude de sa chambre : « J'offre les mains de cet homme... » Offrir des mains qui n'étaient pas à elle... Que voulait-elle donc dire ? Déjà pourtant elle se sentait plus heureuse d'avoir parlé, et elle ajouta à voix plus basse et comme si ces paroles lui étaient dictées : «... en échange des vôtres. » Et elle tomba à genoux.

Désormais, il lui sembla que sa vie prenait un sens nouveau qu'elle ne démêlait pas encore très bien. Ne pas regarder Camille, ou plutôt s'exercer à le voir sans le voir, devint pour elle une sorte de mise en croix qui lui faisait horreur, mais qu'elle acceptait cependant avec la mystérieuse satisfaction du renoncement. Le matin, alors que son oncle lui-même reposait encore, elle s'échappait de la maison et courait à un petit couvent de clarisses d'où elle revenait avant que le vieillard fût de retour de l'église où il entendait la messe. Cette existence secrète la consolait d'être malheureuse. Elle se tournait vers Dieu avec une sorte de frénésie intérieure ; sa prière était une lutte, lutte contre le doute mais surtout contre le dégoût d'elle-même, et parfois une lutte contre la simple envie de dormir, car elle rognait sur ses heures de sommeil comme pour forcer la grâce à agir. Une nuit, elle fut saisie de terreur à la pensée que peut-être la foi nécessaire lui manquait, qu'à chaque prière elle s'enfonçait un peu plus dans l'illusion, mais si elle en venait jamais à ne plus croire, que lui resterait-il ? Dans son trouble, le souvenir de la voix qui l'avait appelée, un matin, la réconforta malgré tout ; c'était une sorte de preuve, un gage de l'invisible ; elle respira.

Le jour, elle veillait au ménage avec Stéphanie, mais elles ne se parlaient guère que des banalités de la vie quotidienne. Le monde où elles se rencontraient était un monde de recettes de cuisine, de ravaudages, de courses à faire, de visites à rendre, d'argenterie à compter. Il plaisait à Élise qu'il en fût ainsi. Stéphanie avait son secret, qui était Camille. Elle, Élise, avait le sien, qui était... Elle n'osait pas aller jusqu'au bout de cette pensée. Parfois elle se demandait si elle ne perdait pas la raison, si d'orienter sa vie tout entière vers l'intérieur et de mettre, pour ainsi dire, le cap sur l'invisible n'était pas déjà une marque de démence.

L'idée de s'ouvrir à quelqu'un de ce qui se passait en elle ne lui vint que pour être écartée. Elle n'osait pas. Au vieux prêtre qui l'entendait en confession tous les quinze jours, elle parlait seulement, et comme par parenthèse, de tentations. Des tentations charnelles ? Elle redoutait cette expression, elle ne voulait pas que ce fût cela, mais quel nom donner à sa convoitise ? Elle n'en savait rien et ne voulait pas savoir. Savoir pouvait être dangereux. Mieux valait qu'il y eût ce malentendu, puisque de toute manière la tentation n'était pas un péché et qu'elle n'était même pas tenue de s'en accuser. Elle n'était obligée qu'à la lutte contre les pensées mauvaises. Quant à parler de ces choses à quelqu'un de la maison... Personne n'eût été en mesure de la comprendre. En vertu d'une sorte de code lentement élaboré par la famille, il était entendu que les questions religieuses se réduisaient à l'horaire des offices du dimanche et que les difficultés d'ordre intérieur n'existaient pas. Une convention du même genre faisait d'oncle Firmin une manière de saint homme, puisqu'il allait à la messe tous les jours, mais on ne parlait jamais de religion avec oncle Firmin ; il était beaucoup trop intimidant pour cela et l'on n'abordait avec lui que les sujets les plus sûrs, comme le prix actuel du mouton comparé à celui de l'année précédente.

D'ailleurs, pensait Élise, il ne l'eût pas prise au sérieux. Personne ne la prenait au sérieux à cause de ses grimaces. Même à présent, au plus fort de ce débat spirituel qui la déchirait, elle cédait toujours à l'envie de contrefaire le parler fleuri de M. Vergeot et ses gestes ronds quand il la dessinait d'un crayon imaginaire. Si elle ne regardait pas Camille, elle l'entendait rire ; puis, un jour, elle s'aperçut qu'il ne riait plus et s'arrêta, interdite.

Le lendemain matin, au petit déjeuner, comme elle allait porter sa tasse à ses lèvres, elle se dit tout à coup : « J'ai perdu la foi. C'est fini. Je ne crois plus. » Elle posa sa tasse. Un frémissement la parcourut et elle leva les yeux, regardant Camille qui la considérait de cet air un peu satisfait qu'il avait presque toujours. Brusquement, elle sentit qu'une digue s'abattait en elle et que, pareilles à un grand flot, des pensées longtemps contenues se libéraient ; elle en sentit la force sauvage répandue dans toute son âme et presque dans sa chair : « Regarde-le ! Regarde-le ! Regarde-le ! »

Elle s'appuya au dossier de sa chaise et porta les doigts à sa joue.

— Je ne me sens pas bien, fit-elle.

— C'est la chaleur, dit oncle Firmin.

— C'est le café au lait, articula la voix un peu brève de Stéphanie. Le médecin te l'avait défendu.

Élise fit oui de la tête et, se levant, gagna la porte.

Dans sa chambre, elle se laissa tomber en travers de son lit, couchée sur le dos, un bras ramené sur les yeux.

— Dieu me punit, pensa-t-elle.

Elle eut alors l'impression qu'une grande main la rattrapait comme on rattrape un animal qui se sauve, et brusquement elle éclata en sanglots.

Cette nuit, elle demeura une grande heure à genoux, mendiant son pardon, et tout étourdie de fatigue, elle se coucha. « Je crois, se dit-elle avec force, je sais que je crois. » Mais qu'est-ce que croire voulait dire ? Elle croyait que Dieu était présent dans cette chambre et qu'il la voyait. Elle n'en était donc pas sûre ? Elle le croyait seulement ? N'était-ce donc qu'une opinion et une opinion valait-elle la peine qu'on en souffrît à ce point ?

La logique de ces questions la troubla. Soudain elle se redressa dans l'obscurité et s'assit, les mains jointes à se briser les os. « Je sais que vous êtes là », fit-elle à mi-voix. Son cœur battait comme à l'approche d'un grand événement, mais rien ne se produisit. Elle étendit le bras et alluma la petite lampe de chevet qui lui fit voir sa chambre dans la lumière rose pâle qu'elle connaissait si bien, avec le coin de son lit reflété dans la glace de l'armoire. C'était cela qui, à la fois, l'intriguait et l'attristait, que rien ne changeât autour d'elle alors que tout changeait en elle. Le petit fauteuil droit qu'elle poussait de temps à autre devant la fenêtre pour regarder les marronniers, ce meuble banal poursuivait son discours où il n'était question que d'ennui, de journées trop longues. De même, la commode avec ses tiroirs sans secrets, des tiroirs pleins de choses qui n'intéressaient plus la jeune fille. Mais quel rapport pensait-elle établir entre le monde extérieur et le monde intérieur ? Elle ne savait pas.

Pendant un moment, elle essaya de réfléchir à ce problème, puis elle éteignit et ferma les yeux.

Ce fut alors qu'elle éprouva un sentiment de bonheur incompréhensible, pareil à celui qu'elle avait connu quelques semaines plus tôt, lorsqu'elle avait entendu prononcer les syllabes de son nom ; mais cette fois, nulle voix ne l'appelait, au contraire : un silence se faisait en elle, que ne troublait plus aucune interrogation anxieuse. Il lui sembla qu'elle se trouvait tout à coup là où rien ne saurait l'atteindre et lui nuire, dans une sécurité si profonde qu'elle ne pouvait ni se décrire, ni s'expliquer. Au bout d'une minute ou deux, ce sentiment prit fin. Elle essaya de le retenir et, l'ayant perdu, de le retrouver, mais elle n'en put garder que le souvenir.

Le lendemain, elle reprit sa vie au point où elle l'avait laissée, se glissant au petit jour hors de la maison pour revenir chez elle avant le retour de son oncle. Pendant six semaines, elle vit Camille sans jamais le *voir*, le regardant comme une aveugle ou comme une personne qui va perdre la vue et qui ne distingue plus que le contour des choses. Puis le soupçon lui vint qu'à s'efforcer de ne jamais le voir, elle n'en pensait que plus à lui et qu'à ce visage de chair qu'elle repoussait du regard, elle substituait une image intérieure qui finissait par l'obséder. Cette nuit, elle se leva plusieurs fois pour prier et le jour suivant, en proie à une émotion terrible, sa main gauche refermée sur une petite croix qui lui entrait dans la chair, elle dirigea la vue vers Camille.

— Qu'est-ce que tu as ? demanda-t-il en riant. Pourquoi me regardes-tu avec ces yeux-là ?

— Je n'ai rien, dit-elle.

Comme si la nuit tombait tout à coup dans la pièce, elle cessa presque de voir et un malaise la prit qu'elle domina cependant. Au bout d'un instant, elle se remit. « Si l'on savait ! » pensa-t-elle.

A quelque temps de là, elle se demanda s'il ne serait pas plus sage de quitter la maison, de s'enfuir, mais il faut de l'argent pour s'enfuir et elle n'en avait pas.

D'agiter la question lui fit du bien, toutefois. Elle alla même jusqu'à mettre quelques objets dans une valise qu'elle poussa sous son lit, mais son projet s'arrêta là. Tout au fond d'elle-même, dans cette région où s'élaborent nos gestes décisifs, elle savait qu'elle ne partirait jamais, et si cela la soulageait de tirer un peu sur sa chaîne en méditant une fuite impossible, elle ne s'avouait pas que ce supplice de chaque jour lui était nécessaire. A défaut de bonheur, il lui fallait une souffrance où Camille eût son rôle, et cette souffrance était encore du bonheur. Chaque jour, à tout moment, elle renonçait à Camille. Elle le regardait maintenant dans les yeux, et avec un sentiment de victoire intérieure qui la grisait, elle pensait : « Je renonce à toi. » Mais si, pour la seconder dans ce dessein, Camille s'était enfui, elle serait peut-être devenue folle de douleur.

Dieu sait ce que nous mettons dans nos prières, ce que nous demandons en ne le voulant pas. La nuit, Élise priait de toutes ses forces, se jetant, pour ainsi dire, contre elle-même avec une sorte de frénésie mystique, offrant au ciel un cœur dont elle ne disposait plus. Elle s'avoua enfin qu'elle regardait le visage de Camille plus souvent qu'elle ne le devait, peut-être, et qu'elle y prenait plaisir. La question de savoir si oui ou non il y avait là un péché la troubla pendant plusieurs jours, et le dimanche suivant, elle n'osa communier, car elle était scrupuleuse, mais le lendemain, elle s'accusa au confessionnal de mauvaises pensées. C'était assez vague et assez général pour couvrir ses fautes sans qu'elle eût à parler de mauvais désirs, parce que ce mot lui faisait peur, elle ne voulait même pas y songer, encore moins en prononcer les syllabes où il lui semblait entendre un bourdonnement diabolique. Pourtant elle ne communia pas, malgré l'absolution reçue. La terreur du sacrilège la glaça au moment où elle allait quitter sa chaise et il lui vint tout à coup à l'esprit qu'elle cherchait à mentir à Dieu, qu'elle était peut-être perdue.

Rentrée chez elle, son premier soin fut de monter à

sa chambre et de s'y enfermer. Au rez-de-chaussée, on allait et venait et elle distingua la voix monotone d'oncle Firmin qui discutait avec quelqu'un, puis une porte s'ouvrit et se referma. Malgré elle, Élise tendait l'oreille à ces bruits qui lui parlaient d'un monde où il lui semblait parfois qu'elle perdait pied, comme si, à ce monde visible, un autre se substituait, invisible, mais d'une réalité plus forte. « Qu'est-ce que j'ai ? » se demanda-t-elle douloureusement. Tout à coup, elle se jeta sur son lit, un peu comme sur un radeau dans un naufrage, et le visage dans l'oreiller, elle pleura. Quand elle se releva, sa décision était prise : elle ne regarderait plus jamais Camille, elle n'essaierait même plus de le voir sans le voir, elle baisserait les yeux, elle détournerait la tête ; peu lui importait ce qu'on pourrait croire ; on dirait que c'était encore une de ses lubies.

Il y a une ivresse dans ces recommencements. Pendant un mois, elle se crut libérée, sauvée. De Camille, elle ne voyait plus que les pieds dans de grands souliers noirs ou couleur d'acajou ; elle apercevait quelquefois ses mains et avait alors un mouvement spasmodique pour tourner le visage d'un autre côté. Ce jeu cruel la déchirait et l'exaltait. Le printemps revint sans rien apporter de nouveau dans sa vie quotidienne, sinon qu'elle jetait maintenant des regards d'inquiétude sur André qui ressemblait de plus en plus à Camille. Un certain sens du comique la tira d'affaire en cette occasion. « Je ne vais pas avoir peur de ce mioche », se dit-elle. Et elle considérait sans crainte ce visage de quinze ans qui lui rendait regard pour regard avec une nuance de surprise, mais il y avait aussi des moments difficiles où elle se sentait vaciller soudain, n'en pouvant plus.

Dans la solitude de sa chambre seulement, elle trouvait le calme qui lui permettait d'affronter la vie jusqu'au jour où elle n'aimerait plus Camille. Elle se jetait à genoux devant le christ flamand et, d'une voix qu'étouffaient les larmes, elle disait : « Je ne veux aimer que vous ! » Elle retrouvait ainsi un peu de l'émotion qu'elle avait connue en s'entendant appeler, et de cette émotion elle tirait sa prière ; mais elle redoutait le pressentiment de plus en plus net qui lui annonçait une nouvelle défaillance, car, de désillusion en désillusion, elle finissait par se connaître, elle savait que dans deux ou trois semaines elle jetterait sur Camille ce regard avide qui la ravageait et la ravissait à la fois.

Il y eut enfin ce jour où elle cassa le cheval de verre. C'était un geste de rébellion. L'ayant accompli, elle mit un poing sur sa hanche et pensa : « Aujourd'hui, je le regarderai. » Quelque chose bourdonnait sans sa tête. Elle ajouta à mi-voix, comme pour répondre à une objection : « Oui, je sais que je suis une mauvaise femme, mais je le regarderai. » Que lui importaient les déboires d'André, les scrupules de conscience d'oncle Firmin ? A huit heures, ce matin-là, elle était assise à table, comme à l'ordinaire, et la voix d'oncle Firmin tissait des phrases sans couleur, mais déjà Élise levait les yeux sur Camille et un grand frisson de bonheur la parcourait.

IV

A présent, Élise était dans sa chambre. Par habitude, elle jeta les yeux autour d'elle pour s'assurer que tout était en ordre, le couvre-lit à fleurs tiré avec soin sur le lit de cuivre, le plancher bien balayé. A ses pieds, un rayon de soleil passant à travers la mousseline des rideaux faisait briller comme un coin de vitrail un losange rouge du tapis, et elle fixa son regard sur cette tache de couleur. On eût dit qu'elle ne l'avait jamais remarquée ou qu'elle y découvrait tout à coup un sens, car elle demeurait parfaitement immobile, la tête inclinée en avant. Bien des fois, elle avait connu cette espèce de torpeur qui s'emparait d'elle subitement, dans des heures de crise, et lui ôtait jusqu'au désir de bouger, de se lever si elle était assise, de se déplacer si elle était debout ; l'inutilité profonde de sa vie lui apparaissait alors comme une vérité évidente et qui l'accablait.

Elle se demanda pourquoi ce losange était placé là et non ailleurs ; pourquoi cette mince raie blanche qui l'entourait, puis ce curieux dessin en forme de clef, d'un rouge plus grave ; plus loin il n'y avait que de l'ombre où les couleurs s'éteignaient, mais là, au milieu de cette flaque de lumière, il y avait son pied dans un soulier noir, posé sur ce rouge éclatant et joyeux. Cela avait autant de sens que le reste, que tout le reste, pensa-t-elle, autant de sens que toute sa vie.

Mais elle ne pouvait rester là, à considérer son pied. Il fallait faire quelque chose, s'occuper. Avec un effort qui lui arracha un soupir, elle se redressa et avança de quelques pas vers son lit, déplaça une chaise. Deux ou trois mouches dansaient au plafond. Depuis des années, elle se tenait dans cette chambre, à ce moment de la journée, et tout, autour d'elle, semblait si familier qu'elle ne savait plus bien de quoi cette pièce avait l'air. Aujourd'hui pourtant, elle la voyait d'une manière différente, elle la voyait haute et solitaire, triste malgré ce rayon de soleil. Le tic-tac d'un réveille-matin emplissait le silence. Elle haïssait tout à coup cet objet qu'elle mettait, le jour, au fond d'un tiroir, mais qu'elle entendait malgré tout et qui ne lui parlait que de devoirs, de corvées et, oui, de messes trop matinales. Elle n'était pas allée à la messe, ce matin-là. Personne ne l'y obligeait, personne n'en saurait rien, sauf la petite sœur au visage tout jaune qui faisait la quête et qui, sans doute, s'était dit : « Tiens, la demoiselle n'est pas là. »

Regardant de côté et d'autre comme dans la chambre d'une inconnue, elle fut frappée de l'indéfinissable aspect de guignon qu'elle découvrait aux murs, aux meubles, à tout ce qui constituait le décor de sa vie intime. Par une résolution subite, elle ouvrit le tiroir d'où venait le bruit qu'elle entendait depuis dix ans, et saisissant le réveil, elle ôta du cadran le verre qui le protégeait, puis appuya du doigt sur les aiguilles jusqu'à ce qu'elle eût fait taire cette mécanique bavarde. A ce moment, elle entendit Stéphanie qui l'appelait de sa chambre.

Tout d'abord, elle ne répondit pas. Cette voix péremptoire qui lui signifiait de venir... Puis elle se rappela les scènes qu'elle avait eues avec Stéphanie depuis l'enfance, pour les motifs les plus futiles, scènes d'où l'aînée des deux cousines sortait toujours triomphante, le visage un peu pâle et les yeux brillants ; il fallait à Stéphanie une volonté à briser, de temps en temps : Élise, André, Camille aussi, peut-être.

— Je viens, cria enfin la jeune fille, un peu honteuse de sa lâcheté.

Il y avait une vingtaine de marches à gravir, la chambre se trouvant au second. Plus spacieuse et mieux éclairée que celle d'Élise, elle regardait sur une petite place presque toujours déserte où se voyaient des bancs sous des platanes en arc de cercle. De gros meubles d'acajou sombre poussés contre une tenture à fleurs roses donnaient à cette pièce un air de prospérité un peu campagnarde. Aux deux hautes fenêtres, des rideaux de mousseline épaisse répandaient une lumière blanche et l'on avait l'impression qu'en les écartant on allait voir de la neige sur le sol. Le lit de dimensions fastueuses occupait une alcôve sur le mur de laquelle un christ de plâtre étendait les bras au-dessus d'un édredon rouge ; c'était autrefois le lit d'oncle Firmin et de sa femme, un vrai lit de paysan riche, pensait Élise, et qu'il avait abandonné pour aller dormir dans un étroit lit de fer dont son ascétisme s'accommodait mieux.

Jamais Élise ne pénétrait dans cette chambre sans éprouver un malaise dont les signes se laissaient voir aussitôt sur son visage. Ses yeux firent le tour de la pièce.

— Eh bien ? dit-elle.

Stéphanie poussa le tiroir d'un secrétaire et se retourna vers Élise.

— Ferme la porte, dit-elle.

Élise ferma la porte et s'approcha de sa cousine, essayant de lire sur ses traits ce qu'elle avait à lui dire, mais le masque sans défauts ne livrait rien sinon le mécontentement dédaigneux qui en formait l'expression habituelle.

— Puisqu'ils sont partis, nous allons pouvoir nous parler, fit Stéphanie en s'asseyant dans un petit fauteuil. Assieds-toi.

Élise prit une chaise. Pendant une seconde ou deux, Stéphanie la considéra, puis elle dit brusquement :

— Tu comprends, Élise, cela passe les bornes. Il faut que cela finisse. Ne prends pas cette mine étonnée ; je suis sûre, vois-tu, je suis sûre que tu te rends compte...

La jeune fille ouvrit la bouche pour répondre, mais ne dit rien ; le sang lui monta aux joues. « Elle sait, pensa-t-elle. Je suis perdue. »

— Une fois déjà, continua Stéphanie, la chose s'était produite. C'était au début du printemps. Camille et moi, nous n'en avons rien dit, puis je me suis demandé si je n'en parlerais pas à...

Élise se leva.

— Stéphanie ! cria-t-elle.

— Qu'est-ce que tu as ? demanda Stéphanie, stupéfaite.

Elle regarda sa cousine d'un air tout à coup méfiant qui la vieillissait :

— A présent, fit-elle, je suis persuadée que tu te rends compte. Tu es une hypocrite, Élise.

— Ce n'est pas vrai ! Tu n'as pas le droit de me parler comme tu fais.

— Eh bien ! que pensais-tu que j'allais dire, tout à l'heure, quand tu m'as interrompue en criant ?

— Je ne sais pas, je ne comprends rien à ce que tu me dis.

Stéphanie laissa passer quelques secondes.

— Assieds-toi, fit-elle avec autorité. Tu as l'air d'une folle.

Élise haussa les épaules, hésita, puis obéit.

— Cette nuit, dit Stéphanie d'une voix plus calme, tu es entrée dans cette chambre. Je me suis réveillée en sursaut, et j'ai réveillé Camille. J'ai allumé. Tu es allée d'abord vers la fenêtre...

— Moi ?

— Tu as fait le tour de la pièce, puis tu es venue là (elle désigna le pied du lit), tu t'es tenue là.

— Ce n'est pas possible, balbutia Élise.

— Comment ? Ce n'est pas possible ? Me prends-tu pour une visionnaire ? Veux-tu que je demande à Camille, devant toi, si c'est vrai ?

— Non, je ne veux pas.

— Pourquoi ne veux-tu pas, ma chérie ? demanda Stéphanie avec douceur.

— Parce que.

— J'attendais quelque chose de ce genre. Tu es somnambule, Élise. Il n'y a aucun mal à être somnambule. Je te l'ai déjà dit : tu es venue une autre fois dans cette chambre, au printemps, tu t'es tenue au pied du lit. Je ne peux pas dire que tu nous regardais, puisque tu avais les yeux fermés, mais tu avais l'air de nous regarder, comprends-tu, Élise ?

— Je comprends. Je ne savais pas...

— Tu ne savais pas. J'en suis sûre. Tu ne savais pas que tu te promenais la nuit. C'est cela que tu veux dire ?

Élise fit signe que oui.

— Nous ne t'en voulons pas le moins du monde, Camille et moi. Mais il y a quelque chose qui m'inquiète.

— Quelque chose qui t'inquiète ?

— Oui. Et je crois que tu sais...

— Tu crois que je sais, fit Élise sur le point de s'évanouir.

— Ne répète pas tout ce que je dis, fit Stéphanie en crispant un peu ses mains qu'elle avait jointes. Écoute-moi, Élise. Il y a quelque chose qui te guide de ce côté-ci de la maison, vers cette chambre. Ne dis pas non.

— Je ne comprends pas.

— Si. Tu vois, je suis parfaitement calme. Je te parle doucement, Élise. Veux-tu savoir ce que Camille a dit quand il t'a vue, cette nuit ? Je vais te l'apprendre ; je crois qu'il est nécessaire que tu le saches. Il a dit : « Une bonne potée d'eau la réveillerait ! »

Comme si elle recevait au visage cette potée d'eau, Élise se dressa sur ses pieds, toute tremblante.

— Misérable ! fit-elle d'une voix sourde.

Stéphanie ne bougea pas.

— Il faut te marier, dit-elle tout à coup, comme si elle n'avait pas entendu. Tu n'es pas heureuse, Élise. J'en parlerai ce soir à oncle Firmin. Ne me regarde pas comme ça, ajouta-t-elle en se levant à son tour. Je ne suis pas aussi dure que tu le crois, j'ai souffert, moi aussi.

Elle se dirigea vers le secrétaire dont elle ouvrit un tiroir.

— J'ai quelque chose à te donner, fit-elle. Une broche, la broche de maman. Tu te souviens ? Un rubis serti de brillants. Tu n'as pas de bijoux.

Tout en parlant, elle dépliait de ses mains soigneuses un papier de soie contenant l'objet en question et un sourire un peu volontaire releva les coins de sa bouche comme elle tendait la broche à sa cousine. Celle-ci couvrit le bijou d'un regard de fureur et il y eut un très court silence ; dans la paume blanche de Stéphanie, la petite pierre écarlate brillait comme une goutte de sang. Soudain, Élise saisit la broche et la jeta sur le tapis. Le geste fut si rapide que Stéphanie demeura un instant la main ouverte, les yeux agrandis de surprise.

— Tu me prendras donc toujours pour une enfant ! s'écria la jeune fille.

Elle parut sur le point de dire autre chose, se ravisa, traversa la pièce d'un grand pas. Près de la porte, elle se retourna :

— Je n'en veux pas de ta sale broche ! fit-elle d'une voix qui s'étranglait.

Sur le palier, elle dut s'appuyer au mur, comme si, tout à coup, ses forces lui manquaient. Cette partie de la maison ne recevait guère de lumière que si l'on tenait ouverte la porte qu'Élise venait de refermer à grand fracas ; d'une certaine façon, il semblait à la jeune fille que ce bruit se prolongeait dans le silence, et non pas autour d'elle, mais en elle, dans sa tête et dans sa poitrine où son cœur battait à coups sourds et forts.

Elle avança de quelques pas dans la pénombre, posa la main sur la grosse rampe de chêne. « Sa broche..., murmura-t-elle. On m'insulte et puis on croit m'apaiser en m'offrant une babiole. » Deux ou trois pas encore la conduisirent en haut des marches et, toute tremblante, elle s'assit sur la dernière, le front contre le mur. De grosses larmes de colère coulaient avec lenteur sur sa face qu'elle essuya du revers de la main, par un geste d'enfant.

Tout à coup, elle se releva et, traversant le palier, alla frapper à la porte de Stéphanie. Il y eut une pause de quelques secondes, puis elle entendit sa cousine s'approcher de la porte et donner un tour à la clef.

— Stéphanie ! appela Élise.

Elle voulut ouvrir et ne le put. Alors elle donna un grand coup de poing dans le vantail et appela de nouveau. Pas un son ne lui répondit. Du haut en bas de la maison régnait un silence d'une profondeur telle qu'il semblait scandaleux de le troubler par ce bruit. Cependant, Élise frappa de nouveau la porte avec son poing. Elle savait à peine ce qu'elle voulait en frappant ainsi ; que la porte se fût ouverte, elle eût été prise de court. Soudain, un grand cri lui monta aux lèvres :

— Pardon, Stéphanie !

Elle s'arrêta, stupéfaite, haletante, puis une fois de plus, elle frappa le vantail qui résonna sourdement, et comme on appelle au secours, elle cria encore :

— Stéphanie, pardon, pardon !

Elle se tut. On eût dit que ces sons s'engloutissaient dans le silence. Au bout d'un moment, elle s'écarta de la porte à reculons, puis elle gagna l'escalier et descendit.

Ce n'était pas la première fois qu'elle demandait pardon à Stéphanie, mais ce jour-là, ce mot si difficile à dire avait jailli de sa poitrine, et bien qu'elle fût encore rouge de honte dans la salle à manger où elle entra, elle éprouva aussi un sentiment de paix et une subite légèreté de cœur. Elle alla s'examiner dans la glace au-dessus de la cheminée, remit de l'ordre dans sa coiffure. « Tant pis ! pensa-t-elle en se jetant à elle-même un regard de défi. Ils savent tous. Stéphanie, Camille... Camille n'aurait pas dû... » Elle se souvint de la phrase sur la potée d'eau et murmura :

— Quelle grossièreté !

Ainsi, elle était entrée dans leur chambre, au milieu de la nuit. Ses pieds avaient osé la mener jusque-là, sa main ouvrir la porte, mais son âme, plongée dans le sommeil, n'avait rien su de ce que faisait son corps. Son corps avait eu le courage qu'il fallait.

Elle s'approcha de la fenêtre. Le regard perdu dans les arbres, elle rêva quelques minutes à cette nuit singulière et elle se revit, peignant à l'aube sa chevelure dans la glace de sa coiffeuse. Une phrase de Stéphanie lui revint à la mémoire : « Moi aussi, j'ai souffert. » Comment pouvait-elle souffrir, puisqu'elle avait Camille ? Vingt fois elle se posa cette question, un peu comme elle eût récité une prière.

Elle remarqua que le feuillage des marronniers était parfaitement immobile et déjà il faisait si chaud qu'elle décida de fermer à moitié les contrevents. C'étaient des contrevents d'autrefois, lourds comme de grandes portes, et qu'il fallait tirer à soi avec force ; elle étendit donc une main, puis l'autre, et dans la pénombre que faisaient à présent les lattes de bois, elle admira la blancheur de ses bras et, par un geste bizarre, appuya tout à coup la joue sur l'un d'eux, puis la bouche, en imaginant que c'était une autre bouche que la sienne qui se posait ainsi sur sa chair. Le sang lui monta au front. Elle porta les mains à son visage et le sentit brûlant.

— J'ai chaud, dit-elle à mi-voix, comme pour s'excuser. Il fait si chaud ce matin...

Ses yeux firent le tour de la salle à manger. Plongée dans une demi-obscurité, la pièce paraissait plus grande et plus belle. Les trois rangées d'assiettes brillaient sur le vaisselier ainsi que la grande cafetière d'argent dont on ne se servait presque jamais ; et les meubles eux-mêmes, les chaises massives luisaient vaguement autour de la longue table. La veille, on avait ciré le plancher et il flottait encore une légère odeur d'encaustique entre ces vieux murs où la vie semblait se figer. Dans un coin, le fauteuil d'oncle Firmin avait l'air de se cacher. Élise s'approcha de ce meuble, frôla des doigts le velours usé où s'appuyait la tête du petit vieillard et les retira vivement, comme si elle eût touché quelque chose de malpropre. Pourtant, ce fauteuil retint son attention. Il était court, trapu, un peu bossu, mais solide, et d'une manière indéfinissable, il ressemblait à oncle Firmin. Elle s'y assit, tenta comme une petite fille d'imaginer qu'elle était oncle Firmin : « Je suis un vieux monsieur riche et regardant, je me figure que j'irai au paradis parce que je vais tous les matins à la messe depuis des années, je ne suis amoureux de personne. »

— ... de personne, fit-elle tout haut.

Et pensant de nouveau à la phrase de Camille, elle dit en une sorte d'élan : « Il pourrait me jeter des potées d'eau à la tête pendant des heures entières, s'il voulait ! » Cette pensée la fit rire malgré elle.

De la cuisine lui venait le bruit que faisait la vieille Jeanne en lavant les assiettes ; puis un carillon sonna l'heure, au loin. Depuis qu'elle était petite, Élise entendait ces sons et parfois elle leur prêtait un sens connu d'elle seule et qui variait avec les circonstances, car tantôt ils lui disaient : « Sois tranquille. Rien de fâcheux ne t'arrivera. » Et tantôt : « Jusqu'à la mort tu entendras ce tintement de cloches par delà les toits, et le murmure de l'eau dans les conduits de la maison, et le bruit des cuillers et des tasses que la bonne essuie à côté. Ce sera toujours ainsi. »

— Non ! fit-elle tout haut.

Elle se leva et alla pousser la porte de l'office.

— Jeanne, dit-elle, je sors.

La servante parut dans l'encadrement de la porte qu'elle emplissait de sa lourde personne. C'était une vieille femme coiffée d'une perruque rousse qui perdait sa forme avec le temps et ressemblait à un bonnet de laine ; sous cette tignasse se voyait un visage bougon au regard oblique. En toute saison, la même robe noire habillait ce corps appesanti par l'âge, mais telle qu'elle était, Jeanne présentait un aspect sévère et respectable aux yeux d'oncle Firmin qui avait trouvé cette perle dans un bureau de placement tenu par des religieuses.

— Mademoiselle pensera aux chaussures de Monsieur, dit-elle. Elles sont depuis mardi chez le cordonnier. Les chaussures d'oncle Firmin... Élise avait bien autre chose en tête.

— C'est bon, fit-elle. J'y songerai.

Ayant regagné la salle à manger, elle se demanda où elle irait. D'ordinaire, elle attendait pour sortir que Jeanne parût avec son balai et son chiffon, l'air mauvais. C'était alors qu'Élise allait faire les courses de la maison pendant que Stéphanie écrivait des lettres ou lisait le journal que lui avait apporté oncle Firmin en revenant de la messe. Ce matin, pourtant, Élise n'attendit pas l'arrivée de Jeanne pour fuir la salle à manger. Prenant un chapeau de paille qu'elle mit assez hâtivement, elle traversa l'antichambre et sortit.

A peine eut-elle fait quelques pas qu'elle s'arrêta. La chaleur l'enveloppait comme une couverture qu'on lui eût jetée autour du corps, une lourde chaleur qui n'avait pas encore pénétré à l'intérieur des maisons, mais qui déjà les cernait. La jeune fille hésita un instant, puis marcha jusqu'au bout de la courte rue. De là se voyaient les arbres de la longue avenue, des tilleuls gris de poussière. Élise se vit par l'imagination marchant sous ces arbres jusqu'à la grande place rectangulaire où se trouvaient les plus belles boutiques du quartier. Elle entrerait chez l'herboriste pour acheter une bouteille d'eau de rose, puis chez la fruitière. Tout à coup, elle eut le sentiment aigu de la futilité de ces occupations, de toutes les occupations dont l'ensemble constituait sa vie, mais il fallait agir comme si tout cela était important, était vrai. Aller chercher les chaussures d'oncle Firmin, par exemple, de longues chaussures étroites, cauteleuses, prudentes...

— Eh bien, non ! dit-elle à mi-voix. Il fait trop chaud.

Et tournant le dos à l'avenue, elle regagna la maison.

V

Jeanne n'avait pas quitté sa cuisine et la salle à manger était encore vide. Fraîche et sombre, on n'y distinguait presque rien lorsqu'on arrivait de la rue. Dans son esprit, Élise la comparait à une grotte où se devinait une présence hostile ou tutélaire, suivant les jours. Avec un grand geste accompagné d'un soupir, elle jeta son chapeau sur un meuble et attendit que ses yeux se fussent habitués à la demi-obscurité. Une goutte de sueur coulait le long d'un de ses bras. Pendant une ou deux minutes, la jeune fille demeura immobile, et peu à peu la table sortit de sa nuit et autour d'elle, pareilles à des rois et des reines, les chaises à dossiers sculptés ; puis le vaisselier brilla de nouveau, la cheminée de marbre noir, les pincettes de cuivre, et le grand miroir incliné fit voir une pièce qui glissait d'un côté comme le pont d'un navire. Tout revenait à sa place. A ce moment, Élise entendit le pas de quelqu'un qui courait dans la rue.

« Courir par cette chaleur ! » pensa-t-elle.

Elle ne bougea pas, l'oreille tendue vers ce bruit qui se rapprochait. Soudain elle tressaillit. La porte d'entrée venait de s'ouvrir et on l'appelait, mais elle ne répondit pas, et brusquement la porte de la salle à manger s'ouvrit à son tour. C'était André. D'une voix entrecoupée, il chuchota :

— Écoute... Élise.

Les mèches sur les yeux, il était appuyé au chambranle de la porte et le bruit de son halètement déchirait le silence.

— Qu'est-ce qu'il y a ? demanda Élise.

Il ferma la porte.

— Donne-moi un verre d'eau, fit-il.

Elle se dirigea vers le buffet pour y prendre un verre et se ravisa.

— Plus tard, fit-elle. Tu es en nage. Repose-toi un instant.

André se laissa tomber dans le fauteuil d'oncle Firmin.

— Il est arrivé quelque chose, dit-il d'un trait.

Une main posée sur le buffet, Élise ouvrit la bouche pour parler, mais aucun son ne sortit de sa bouche. A l'autre bout de la pièce, André haletait toujours ; pourtant son souffle s'apaisait peu à peu.

— Je vais te donner de l'eau, dit enfin Élise.

Sa main tâtonnait dans les profondeurs du buffet, trouva enfin la carafe à moitié pleine.

— Il est arrivé quelque chose à Camille, fit la voix d'André.

— Non, dit Élise, mais si bas qu'on ne pouvait l'entendre.

Une douleur aiguë la poignait. Elle dit encore d'une voix terne :

— Je vais te donner de l'eau.

— Dans un moment, il sera là, reprit André. J'ai à peine le temps. Donne-moi à boire.

« Dans un moment il sera là. » André avait dit cela. Elle pouvait vivre. Sa main tremblante versa l'eau à côté du verre. Tout à coup elle posa la carafe et cria :

— Mais parle donc !

Traversant la salle, il vint près d'Élise, prit la carafe pour se servir et avala un verre d'eau avec une sorte de gloutonnerie.

— Tout à l'heure, fit-il alors, nous étions sur le cours, moi entre oncle Firmin et Camille. Un homme est venu vers nous. J'ai cru d'abord que c'était un fou. Il était habillé de noir. Sa figure était toute blanche, comme celle d'un mort. Il faisait deux ou trois pas en avant, puis il s'arrêtait.

— Oui, dit Élise. Dépêche-toi.

— C'est d'abord moi qu'il a regardé. Tu ne peux pas savoir l'effet que ça m'a fait quand je l'ai vu fixer les yeux sur moi. On avait beau être en plein jour et en plein soleil... Il est venu vers moi. Je ne savais pas ce qu'il voulait, j'ai fait deux ou trois pas en arrière. Alors il s'est arrêté et il a regardé Camille.

— Et alors ? Parle donc ! souffla Élise.

— Oncle Firmin s'est écarté comme moi. Il a laissé tomber son missel : toutes les images par terre, de tous les côtés. Camille, lui, ne bougeait pas. Il a dit à l'homme : « Que voulez-vous ? » Et alors l'autre, avec une voix... enfin, une drôle de voix : « J'ai quelque chose à vous dire. » Camille a dit : « Je ne vous connais pas. » L'autre est venu tout près de Camille et il lui a chuchoté quelque chose à l'oreille. Alors Camille a reculé un peu et l'homme est tombé par terre.

— Et Camille ? fit Élise. Tu as dit qu'il était arrivé quelque chose à Camille.

— Camille s'est appuyé d'abord à un arbre, puis il s'est mis à rire, pas fort, tout doucement. Je ne l'ai jamais entendu rire comme ça. Oncle Firmin s'est approché de lui et lui a touché le bras. Alors Camille l'a regardé comme s'il ne l'avait jamais vu. Oncle Firmin lui a dit : « Il faut aider cet homme à se relever, il est évanoui. » Camille a dit : « Non. Il est saoul. Je le connais. Il s'appelle Fruges. »

— Fruges, répéta Élise. Je ne comprends pas. Camille...

— Camille a ri de nouveau. Oncle Firmin le prend par le bras et il le secoue, et il lui dit : « Qu'est-ce que tu as, Camille ? Tu ne vois pas qu'on nous regarde ? » Parce qu'il y avait des gens qui venaient de notre côté. Alors, à ce moment-là...

— Eh bien ? Parle donc, André !

— Eh bien ! je suis parti, je suis revenu ici.

— Mais alors Camille n'a rien. Il n'est rien arrivé à Camille ?

André ne répondit pas.

— Que tu es bête avec ton histoire ! reprit Élise en riant tout à coup. En effet, cet homme était sans doute un ivrogne.

Le garçon passa la main dans ses cheveux et alla jeter un coup d'œil par la fenêtre, puis il se dirigea vers la porte qui donnait sur l'escalier.

— Je ne veux pas qu'oncle Firmin me trouve ici, dit-il. Et il disparut.

Pendant quelques minutes, Élise demeura parfaitement immobile, debout derrière la longue table, le regard attaché à la porte. Enfin, avec une brusquerie soudaine, elle quitta sa position et marcha vers la fenêtre dont elle ouvrit un contrevent. L'éclat de la lumière la fit ciller, mais elle porta malgré tout la vue vers les plus hautes feuilles des marronniers qui se détachaient sur un ciel d'un bleu profond. Quelque part dans le voisinage, on enfonçait des clous dans une caisse et ce bruit seul troublait le silence. Elle écouta, les yeux perdus dans le faîte des arbres. On n'aurait pu rêver une matinée plus tranquille, ni d'une banalité plus rassurante. Avec un soupir, Élise quitta la fenêtre et regagna le fond de la pièce où elle s'assit près de la table. « André est un nigaud », pensa-t-elle.

À ce moment, Jeanne parut sur le seuil de la porte avec son balai ; elle parut surprise de voir la jeune fille, mais ne dit rien ; le regard bas sous la frange de la perruque, la carrure virile, elle avança, repoussant les chaises d'un air intraitable. D'un coup de son grand pied chaussé d'une savate noire, elle retroussa le bord du tapis et, sans en lâcher le manche, lança son balai sur le parquet. La jeune fille se leva.

— Jeanne, fit-elle.

— Mademoiselle ?

Le balai glissait dans un sens et dans l'autre sur les lattes, avec une sorte de chuchotement. A présent, la vieille bonne l'envoyait sous les meubles, heureuse de rudoyer les chaises qu'elle écartait à grand bruit, en renversant une qui resta là, les pieds en l'air. Déjà cette partie de la pièce donnait l'impression qu'on s'y était battu. Courbée en deux, Jeanne dirigea ensuite ses efforts vers la région du vaisselier et releva du pied un autre côté du tapis.

— Je suis tout ouïe, fit-elle au bout d'un instant, sans interrompre son travail.

Cette phrase, Élise l'entendait depuis sa huitième année. Elle lui donnait envie de se lancer sur Jeanne et de la battre. Ce matin surtout, alors qu'il lui semblait que son destin se jouait, il fallait que cette maritorne fût là et lui parlât sur le mode ironique qu'elle gardait jadis pour les « enfants ».

— Comment pouvez-vous vous agiter ainsi par cette température ? demanda Élise pour dire quelque chose, et elle soupira ; elle ne savait que faire d'elle-même, où se tenir, où attendre.

Jeanne fit entendre un rire qui ressemblait à une toux.

— La température..., dit-elle, en coiffant son balai d'un chiffon gris. Si Mademoiselle se figure que j'ai le temps d'y penser.

« Elle va me faire un discours, pensa Élise. Elle a deux ou trois discours en réserve, comme oncle Firmin. »

— Je sors, dit-elle tout à coup.

— Au lieu d'entrer et sortir toutes les cinq minutes, commença Jeanne qui se tourna lourdement et fit décrire un arc de cercle à son balai, Mademoiselle ferait mieux...

— C'est vrai, interrompit Élise avec impatience, je

suis sortie tout à l'heure et je suis rentrée parce que j'avais chaud, mais tant pis, je sors.

« Je l'attendrai dans la rue », se dit-elle.

— ... Mademoiselle ferait mieux de se marier, reprit la vieille femme.

Élise tressaillit et demeura la bouche entrouverte.

— Jeanne ! s'écria-t-elle enfin. (Elle pensa : « C'est Stéphanie qui a tout raconté à ce vieux monstre... ») Je vous défends..., ajouta-t-elle avec un geste.

Le vieux monstre haussa une épaule.

— Je sais ce que je dis, ma petite demoiselle. Et je sais ce que je vois.

— Ce que vous savez ne m'intéresse pas, fit la jeune fille qui recula sans se rendre compte de ce qu'elle faisait ; un tremblement de colère la saisit. Je vous prie de vous taire, commanda-t-elle.

A l'instant où elle disait ces mots, la porte s'ouvrit et Camille entra.

VI

Il hésita deux ou trois secondes sur le seuil et promena la vue autour de lui avec une lenteur pleine de curiosité. Incliné un peu en avant, il tourna la tête à droite, puis à gauche et, tirant la porte, fit quelques pas vers le milieu de la grande salle dont une partie demeurait dans l'obscurité. Son regard s'arrêta d'abord sur Jeanne qui poussait des chaises devant la fenêtre ; elle lui jeta un bref coup d'œil et, penchée sur son balai, lui tourna le dos. Il parut alors chercher des yeux quelque chose qu'il ne trouvait pas, alla vers la porte de l'office, et se ravisant tout à coup dirigea ses pas vers la porte qui menait à l'escalier. Sans le savoir, parce qu'il ne s'était pas encore habitué à la pénombre, il passa à deux mètres d'Élise qui se tenait immobile à côté de la longue table. Presque aussitôt il quitta la pièce et s'engagea dans l'escalier.

Il monta, appuyé à la rampe et butant presque à chaque marche. Au premier, il ouvrit une porte et avança la tête. C'était la chambre d'oncle Firmin, grande, claire, meublée seulement d'un lit de fer à couverture brune, d'une chaise de paille et d'une petite table de bois blanc sur laquelle se voyaient quelques livres à tranches rouges. Au mur, un rameau de buis jaunissait au-dessus d'une croix noire. Le jeune homme considéra ces objets l'un après l'autre, puis ferma la porte et ouvrit la porte voisine.

Derrière celle-ci se tenait André. Debout dans l'espèce de réduit que formaient la porte ouverte et le mur, le jeune garçon ne bougeait pas. Camille fit un pas à l'intérieur de la pièce. Son regard voyagea rapidement du lit encore en désordre à la petite armoire de pitchpin et de là aux vêtements jetés en tas sur un fauteuil d'osier. Des images de couleurs vives, épinglées un peu partout, contrastaient avec le vert fané des tentures. Sur la cheminée, un réveil marquait neuf heures dix. Avec un soupir d'impatience, le jeune homme referma la porte.

Il monta encore un étage. Trois portes s'offraient à son choix sur le palier qu'il atteignit, et il les regarda tour à tour ; au bout d'un instant de réflexion, il se dirigea vers celle de gauche qu'il ouvrit doucement, et il entra. C'était la chambre d'Élise. A ce moment s'ouvrit une autre porte sur le même palier ; il n'eut que le temps de refermer et entendit la voix brève de sa femme :

— C'est toi, Camille ?

Sans répondre, il donna avec précaution un tour à la clef et ne bougea pas, l'oreille appliquée à la porte. Sur le vantail blanc, son profil attentif se détachait comme une silhouette dans un album, les cheveux en désordre cachant le front bas, le nez court, la bouche entrouverte et le grand œil noir immobile sous le trait charbonneux du sourcil froncé. Il entendit Stéphanie qui disait à mi-voix :

— C'est curieux. J'aurais juré...

Puis elle referma la porte d'une main énergique. Le jeune homme se redressa et jeta un coup d'œil dans cette pièce où régnait un ordre exemplaire. Quand il vit l'armoire à glace, il tressaillit et se dirigea rapidement vers ce meuble ; là, avec une avidité qui eût paru effrayante à un observateur, il plongea les yeux dans le miroir. Plusieurs minutes passèrent pendant lesquelles il ne fit pas le moindre geste. Fasciné par l'image qui se présentait à lui, il semblait en proie à une stupéfaction profonde et l'on eût dit qu'il craignait, en bougeant, de mettre fin à un prodige. Tout à coup sa vue se brouilla et il s'aperçut que deux larmes coulaient avec lenteur sur ses joues brunes. Il pleurait de joie.

— C'est donc cela, murmura-t-il, être beau !

Ses mains dénouèrent sa cravate et ouvrirent son col, et avec une sorte d'émerveillement qui amena un sourire sur ses lèvres, il toucha son cou, au-dessous de l'oreille, en tournant la tête un peu de côté.

Peu à peu, son attention faiblit et il commença à jeter les yeux autour de lui. « La chambre d'Élise... », pensa-t-il. Il la reconnaissait, il reconnaissait tout, mais cette fois il lui fallait beaucoup plus de temps pour s'adapter à son nouveau personnage. Quitter Emmanuel Fruges lui avait coûté de violents efforts, car même après le choc de la transformation, il avait senti que demeurait en lui le souvenir d'une grande angoisse, comme si sa chair même eût gardé quelque chose de cette crainte qui l'avait fait trembler. A présent, il s'appelait Camille, et ce nom qu'il répéta tout haut le fit sourire. Camille, il l'était de plus en plus, à chaque minute qui s'écoulait.

D'un geste soigneux, il renoua sa cravate et son regard interrogea la glace. « Parfait ! » murmura-t-il. Mais le plaisir vorace qu'il avait pris à se voir tout à l'heure faisait place à une satisfaction tranquille, parce que l'habitude de ce visage lui était rendue. Cinq minutes plus tôt, il examinait ses traits comme s'il ne les eût jamais vus (et, d'une certaine manière, c'était vrai), mais maintenant, il pensait : « Voilà vingt ans que je vois cette figure-là tous les jours. »

Un soupir s'échappa de sa poitrine. Il alla vers la fenêtre entrouverte et considéra les marronniers. La pensée qu'il écartait avec obstination depuis plusieurs secondes finit par s'installer en lui et le troubla : il n'était pas heureux.

Cela lui sembla d'abord impossible et il haussa les épaules. S'il n'était pas heureux, qui pouvait l'être ? Avec sa jeunesse, sa santé, ce visage... Pourtant, une inquiétude le saisit : vingt ans, un teint admirable, c'était ce que l'autre avait vu, ce pauvre déshérité d'Emmanuel Fruges, et il était tombé dans un piège, il avait cru que parce qu'on est beau et bien habillé, nécessairement on est heureux, mais lui, Camille, ne l'était pas. Il eut peur de s'interroger, de savoir, et son esprit lutta pour diriger son attention vers autre chose, vers n'importe quoi qui ne fût pas lui-même, vers les toits des maisons ou les arbres dans la cour. Les deux marronniers le retinrent un instant et il les regarda comme s'il eût voulu en compter les feuilles, mais quelque chose le prenait à la gorge et soudain, avec une espèce de gémissement de rage, il s'écarta de la fenêtre.

— J'ai raté mon coup ! dit-il tout haut.

Il fit quelques pas dans la chambre et, frappant du pied, répéta :

— J'ai raté mon coup !

A présent, il avait plus nettement conscience de sa nouvelle personnalité ; il voyait sa vie actuelle comme un tableau dont on embrasse tous les détails d'un seul regard. Sa mollesse de caractère avait tout compromis. Il s'était laissé dominer par une femme qu'il n'aimait pas, qu'il en venait parfois même à haïr au point qu'elle n'entrait pas dans une pièce où il se trouvait sans l'indisposer, avant même qu'elle eût ouvert la bouche ; elle marchait, lui semblait-il, avec une espèce d'insolence qui le forçait à détourner la tête pour ne pas la voir, et sa façon de dire merci, à elle seule, lui donnait envie de la gifler. Mariage désastreux, rendu possible par l'adresse de l'enjôleuse qui avait su flatter ce pauvre nigaud, le séduire, lui faire croire qu'il était épris parce qu'il la voulait. Si au moins elle l'aimait, mais elle ne l'aimait pas, elle *tenait à lui*, un peu comme on tient à un objet d'art. Et il était à elle.

— Ah ! non ! s'écria-t-il avec fureur.

Le son de sa propre voix le fit revenir à lui et il se mit à rire. « Après tout, se dit-il, qu'est-ce que cela peut me faire ? Dans cinq ou dix minutes, je puis devenir quelqu'un d'autre. Cette fois, je choisirai mieux. Je ne me tromperai pas. Comment ai-je pu ?... Mais aussi, pouvais-je savoir ? Comment l'autre, Fruges, pouvait-il savoir ? J'ai toutes les apparences d'un homme heureux. »

Tout à coup, une pensée lui vint qui lui fit ouvrir la bouche de surprise et de peur comme si quelqu'un lui eût chuchoté soudain un message à l'oreille : déjà il avait quelque peine à se souvenir du nom de Fruges et à chaque battement de son cœur, à chaque inspiration, il se mêlait un peu plus à ce jeune homme dont il surveillait les gestes dans la glace de l'armoire. Ce sang qui avivait ses joues de garçon bien nourri, c'était bien son sang, ce souffle devenu plus bref, c'était son souffle, mais il y avait autre chose. Il s'enlisait. Déjà il avait failli rester dans la peau de Fruges pour s'y être attardé trop longtemps. A présent, son être se fondait dans la personnalité de Camille et le danger de n'en plus jamais pouvoir sortir lui apparut subitement. Il y avait là une sorte de loi obscure qu'il commençait à saisir. Ce qui le sauvait, c'était quelque chose d'irréductible qu'il portait au plus secret de sa mémoire : un prénom. Il pouvait oublier le nom de Fruges, il ne pouvait oublier le prénom de Fabien et par éclairs il se souvenait d'un visage aux grands yeux qu'il avait regardé dans un miroir. Par un geste instinctif, il porta la main à sa poche. A ce moment, la porte s'ouvrit.

C'était Élise. Elle sursauta en voyant Camille et balbutia :

— Je te croyais chez Stéphanie. Qu'est-ce que tu fais ici ?

— Ferme la porte, dit-il.

Elle obéit, puis demeura immobile et comme pétri-fiée devant cet homme qui la considérait d'un air sombre, à l'autre bout de la pièce. Appuyée à la porte qu'elle venait de fermer, elle fit un effort pour articuler une phrase et n'y parvint pas. « Il est dans ma chambre », se répétait-elle stupéfaite. Elle n'eût pas eu l'audace de rêver une chose pareille, et voilà qu'il était chez elle, dans sa chambre. Mais une autre pensée se faisait jour dans son cerveau et la remplissait de frayeur.

— Oui, dit-il enfin. Tu es surprise de me voir là. C'est que je ne voulais pas parler à Stéphanie. Je t'expliquerai une autre fois. Et tout à l'heure, dans la rue, j'ai eu un malaise.

Il alla s'accouder à la cheminée ; elle tourna un peu la tête pour le suivre des yeux.

— Pourquoi me regardes-tu ainsi ? demanda-t-il.

— Je ne sais pas, fit-elle. Je ne m'attendais pas...

Il lui sembla que ses jambes pliaient sous elle et qu'elle allait glisser à terre ; le soupçon qui lui venait et qu'elle repoussait en vain créait en elle une sorte de désarroi panique, comme si tout à coup elle se fût trouvée en présence d'une bête dangereuse. « Il est devenu fou, pensa-t-elle. S'il est ici, dans cette chambre où il ne met jamais les pieds, c'est qu'il est devenu fou. Ce malaise dont il parle, c'était cela. » Elle posa la main sur le bouton de porte.

— Non, dit-il avec douceur. Reste. Tu n'as rien à craindre.

Après une hésitation, Élise laissa retomber son bras. Malgré elle, il lui fallait obéir à cette voix, mais elle se mit à trembler si fort qu'elle redouta qu'il ne s'en aperçût. Même fou, elle l'aimait et c'était ce qui lui faisait peur plus que tout le reste. A la réflexion, cependant, elle pouvait douter qu'il eût perdu la raison, car il n'avait pas l'air d'un dément. Debout près de la cheminée, il la regardait avec attention et, par un geste insolite qui la frappa, passa rapidement les doigts d'une main dans ses cheveux qu'il mit ainsi en désordre, mais ce n'était pas un geste de fou, simplement un geste qu'elle ne lui connaissait pas ; et dans son trouble même, elle ne put s'empêcher de trouver beau ce visage de faune.

— Élise, fit-il, il me semble que nous ne nous sommes jamais parlé.

« Elle est plus jolie que je ne le croyais, pensa-t-il. Elle me rappelle... quelqu'un. Et elle est amoureuse, c'est clair, mais Camille n'a jamais voulu voir ce qui crevait les yeux : il a tellement peur de sa femme... »

— Élise, reprit-il au bout d'un instant avec une tranquillité qui prêtait à ses paroles un accent extraordinaire, ce n'est pas Stéphanie que j'aurais dû épouser, c'est toi.

Elle tressaillit comme s'il l'avait frappée.

« Pourquoi ai-je dit cela ? se demanda-t-il. Elle m'attire. Elle ressemble beaucoup à quelqu'un que je connais. »

— Tu ne dis rien, Élise ? fit-il tout haut.

La jeune fille secoua la tête et, sans se rendre compte de ce qu'elle faisait, porta la main à son cou.

— Tu ne crois pas ce que je te dis ? demanda-t-il sans bouger.

— Je ne sais pas, souffla-t-elle. Il est trop tard.

Il haussa les épaules et, traversant la pièce, tendit une main à Élise qui demeura parfaitement immobile. Devant elle, à moins d'un mètre de son visage, il y avait ce visage qui lui était apparu tant de fois, la nuit, dans la solitude de sa chambre et que, jour après jour, elle avait lutté pour ne pas voir. Elle se dit : « Si je le regarde, je suis perdue. » Et elle baissa les yeux jusqu'à presque les fermer. Le cœur battant, elle l'entendit qui murmurait d'un ton déjà complice :

— Regarde-moi, Élise.

Cette voix grave et impatiente la surprit ; c'était peut-être parce qu'elle l'entendait les yeux fermés que le timbre lui en parut si étrange. Par un effort subit, elle releva les paupières et plongea son regard dans les yeux du jeune homme. A ce moment, une pensée lui vint qui la glaça : « Ce n'est pas Camille. »

D'un geste soudain elle le repoussa et sans presque savoir comment ouvrit la porte et sortit.

Sur le palier, elle lança un coup d'œil vers la chambre de Stéphanie et se jeta dans l'escalier plutôt qu'elle n'en descendit les marches. Parvenue au palier du premier étage elle courut sans hésiter à la porte d'André, se précipita dans sa chambre, et d'une main tremblante tourna la clef dans la serrure. Lorsqu'elle regarda dans la pièce, elle vit le jeune garçon qui l'observait debout en silence :

— Si on frappe, n'ouvre pas ! commanda-t-elle.

Il fit oui de la tête. Élise se laissa tomber sur une chaise.

— Tu as vu Camille ? demanda André.

Elle inclina la tête à son tour et, au bout de quelques secondes, dit à voix basse :

— J'ai une question à te poser. Tout à l'heure, tu m'as dit que sur le cours, alors que Camille et oncle Firmin parlaient de cet homme qui est tombé par terre...

— Camille ne parlait pas. C'était oncle Firmin qui disait : « Il faut faire quelque chose. »

— Enfin, tu t'es sauvé, tu as couru ?

— Oui.

— Pourquoi ?

Il hésita puis, se rapprochant d'Élise, il chuchota :

— Jure que tu ne le diras à personne.

— Mais bien sûr, fit-elle.

— J'ai eu peur.

— Peur de cet homme qui est venu vers vous ?

— Non, dit-il. Peur de Camille.

Lorsqu'il se vit de nouveau seul dans la chambre d'Élise, Camille ferma la porte et réfléchit. La surprise d'avoir été repoussé par la jeune fille agrandissait ses yeux et donnait à son visage une expression d'enfant. « Ce serait un peu fort que je tombe amoureux d'Élise ! » murmura-t-il en souriant ; cependant il ne pouvait faire que quelque chose ne le portât vers elle malgré lui. « Je me connais donc encore si peu ! se dit-il. Qui suis-je donc ? Voilà près d'une heure que je respire dans la peau de cet homme et qu'il garde encore ses secrets. Après l'espèce de choc opératoire de la transformation, je ne m'éveille que lentement et ne me retrouve que peu à peu. Cela vaut-il mieux d'être Camille que... l'autre ? Comment s'appelait-il ? Désormais je noterai tous ces noms. Fruges, c'est cela. J'étais horriblement malheureux dans la peau de Fruges, je souffrais. Je suis encore malheureux dans la peau de Camille, mais d'une manière différente. »

Il regarda autour de lui et ses yeux s'arrêtèrent sur le lit de la jeune fille.

— Pauvre Élise ! dit-il tout haut.

De temps à autre, sa mémoire lui livrait des souvenirs, tous les souvenirs de Camille, mais par saccades et un peu comme une main brusque ouvrirait des tiroirs. Il revit la petite figure blanche tournée vers lui pendant les repas ou se détournant au contraire avec une moue de douleur dont il avait fini par saisir le sens. Depuis des années, peut-être, elle l'aimait ainsi et se torturait, gardant ce long silence qui la tuait. Une autre aurait parlé. Quelle peur la retenait, quels scrupules ? Il la savait à la fois pieuse à ses heures et fantasque, mais visiblement, elle l'aimait. Si elle l'avait repoussé tout à l'heure, c'est qu'elle était singulière, un peu folle même, et ce geste lui ressemblait, cette fuite soudaine... Son bonheur à elle dépendait de lui. Il se rengorgea imperceptiblement et l'ombre d'un sourire erra sur ses lèvres. Tout à coup, il se frappa le front du plat de la main : « Heureuse ! s'écria-t-il intérieurement. Elle serait heureuse si je l'aimais ! » Une phrase lue jadis au collège, une phrase bizarre pêchée dans un grave écrivain classique lui revint à l'esprit : « J'ai vu souhaiter d'être fille... depuis treize ans jusqu'à vingt-deux ans. »

— Eh bien ! fit-il tout haut, c'est peut-être la solution. J'aurai le bonheur, sinon la paix, je connaîtrai le secret de cette âme tremblante, je l'aimerai. Enfin... Camille l'aimera.

Il s'arrêta subitement et se demanda : « En suis-je sûr ? »

Avant de tenter cette nouvelle transformation, en effet, il fallait voir s'il ne s'exposerait pas à des souffrances plus aiguës.

— Je ne veux pas me mettre à la place d'Élise si je ne suis pas sûr que Camille l'aimera, fit-il. Et comment savoir ? Je ne pourrais même pas dire ce qui m'attire en elle aujourd'hui.

Il essaya de mettre de l'ordre dans ses pensées. Était-il ou non amoureux d'Élise ? Amoureux, non, mais ce visage pâle et sérieux lui revenait sans cesse à l'esprit. Les yeux surtout, de grands yeux un peu écartés qui faisaient songer à ceux d'un animal. C'était cela sans doute ; il y avait dans les yeux d'Élise quelque chose qui l'attirait malgré lui, car par ailleurs, elle ne lui paraissait pas belle, mais, à cause de ce regard inquiet, son visage d'une grâce un peu douloureuse lui rappelait un autre visage qu'il avait considéré jadis avec passion. Pourtant, de toutes les femmes qu'il avait aimées, aucune n'avait ces yeux dont la couleur hésitait entre l'azur et le gris léger d'une brume. Et la couleur même n'avait pas beaucoup d'importance. Il y avait autre chose dans l'expression à la fois rêveuse et avide.

Au bout d'un instant, il haussa les épaules. « Je perds mon temps, pensa-t-il. Retrouvons d'abord Élise. Nous verrons alors si j'ai envie de prendre sa place. »

Sans attendre, il ouvrit la porte et descendit rapidement l'escalier.

Dans la grande salle du rez-de-chaussée, il trouva oncle Firmin en conversation avec Jeanne. Tous deux se turent lorsqu'il parut sur le seuil de la porte et le vieillard qui avait gardé son chapeau s'assit sur une chaise droite pendant que Jeanne frottait de son chiffon le dossier d'un fauteuil. Camille jeta un coup d'œil circulaire dans la pièce.

— Où est Élise ? demanda-t-il.

— Élise ? répéta oncle Firmin d'un air de profond étonnement. Tu entres ici, tu me vois et tu me demandes où est Élise ?

— Et que voulez-vous que je vous demande ?

Le vieillard ouvrit la bouche et ne répondit pas. Camille dirigea vers lui un regard aigu. « Vivre avec cela ? pensa-t-il. Jamais. Je vais rendre un fameux service à Camille : je vais le brouiller avec son oncle, je vais embrasser Élise et je vais gifler Stéphanie afin de débarrasser ce pauvre jeune homme des trois envies qui le tourmentent le plus. »

— Camille, dit enfin le vieillard, je ne sais ce qui te prend depuis tout à l'heure. Tu me laisses sur le cours, avec cet homme, tu te sauves...

— Au fait, dit Camille en refermant la porte, qu'est-il arrivé à ce personnage ?

— Cela t'intéresse donc ?

Le jeune homme s'assit à moitié sur le bord de la longue table.

— Un peu, fit-il, je l'avoue.

— Eh bien ! commença oncle Firmin en ôtant son chapeau qu'il déposa soigneusement sur un coin de buffet, puisque cela t'intéresse, je m'en vais te le dire. Je me trouvais donc sur le cours avec cet homme étendu à mes pieds. Tu venais de tourner les talons. André aussi du reste. Où est André ?

Cette question posée d'une voix subitement furieuse n'obtint aucune réponse.

— Camille ! rugit le vieillard. Je te demande où est André.

— Mais je n'en sais rien.

— Je désire que tu le corriges quand il rentrera.

— Que je le corrige, moi ?

— Oui, dit oncle Firmin d'un ton plus calme. Et il

ajouta avec douceur : tu trouveras une lanière derrière la porte du cabinet de toilette. Elle a servi pour
toi jadis.

« Il m'a battu ? » pensa Camille qui se sentit rougir.

— Mon oncle, dit-il tout haut, je ne toucherai pas à
un cheveu d'André.

— Eh bien ! fit le vieillard en passant les mains sur
son visage comme pour effacer un sourire de plaisir,
puisque tu ne veux pas, et quelque peine que j'en aie,
ce sera moi. Oui. Où en étais-je ?

— Nous étions sur le cours.

— Sur le cours, et cet homme inconnu à mes pieds.
Oui. Pauvre homme. Quelques personnes se dirigent
de notre côté et parmi elles... Oh ! (Il s'agita un peu
sur sa chaise et son regard se dirigea vers le plafond)...
un monsieur d'un certain âge, d'une gravité admirable. Rien qu'à le voir... Mais non, c'est indescriptible.
Enfin je me suis senti pour lui une sympathie aussi
vive qu'elle était soudaine. Oui, vraiment. Il est venu
vers moi et, soulevant son chapeau, il me dit : « Monsieur, ou je me trompe fort ou nous nous sommes
croisés plus d'une fois à l'église. » A vrai dire, je ne
m'en souvenais pas. Je me suis contenté de sourire.

— Quelle monstrueuse idylle ! murmura Camille.

— Qu'est-ce que tu dis ?

— Je dis que je suis impatient de savoir la suite.

— Eh bien ! ce monsieur me salue de nouveau et,
se tournant vers les six ou huit personnes qui sont là,
il leur dit qu'il connaît le pauvre garçon étendu à
terre, qu'il se charge, avec mon aide (il me regarde et
incline la tête avec un bon sourire) de le ramener chez
lui, en voiture.

— Un homme providentiel.

— Providentiel. Et il parle avec une si grande autorité que les gens s'écartent. Une voiture passe. Je la
hèle. En deux mots, je mets le chauffeur au courant de
ce qui s'est passé, il nous aide à porter ce jeune
homme qui paraît profondément endormi et à le faire
asseoir entre nous deux. Dans la voiture...

— Dans la voiture...

— Pourquoi répètes-tu ce que je dis ?

— Je ne sais pas. C'est...

— C'est idiot.

— J'en conviens. Vous êtes donc dans la voiture.

— Dans la voiture, mon compagnon donne d'abord une adresse au chauffeur, puis il glisse la main dans la poche du jeune homme et en tire un papier.

— Un papier ! s'écria Camille en se redressant. « Le nom et l'adresse de Fabien, se dit-il. C'est trop bête. J'ai laissé ce papier dans la poche de cet imbécile. Et l'argent... »

— Qu'est-ce que tu as donc ? fit le vieillard. Il prend donc ce papier, le regarde, le plie avec un sourire et le met dans son*portefeuille. Chacun de ses gestes a quelque chose de si... de si noble, oui, c'est le mot, de si grave... Un digne homme. Du reste...

— Comment s'appelle-t-il ?

— J'allais te dire que je l'ai invité à déjeuner. Oui, Jeanne, un couvert de plus.

La vieille femme considéra son maître d'un air stupéfait.

— Mais parfaitement, fit oncle Firmin en appuyant du doigt sur la table. Et il viendra déjeuner demain s'il veut. Et tous les jours, son couvert sera mis tous les jours.

— Mon oncle, fit Camille, vous ne m'avez pas dit son nom.

— C'est juste. Il s'appelle M. Brittomart.

— Brittomart !

— Monsieur Brittomart, corrigea oncle Firmin. Je l'ai quitté au domicile de ce jeune homme. M. Brittomart m'a dit vouloir s'occuper de lui. Avec l'aide du chauffeur, il l'a monté à sa chambre. Dans deux heures il sera ici, oui.

« Dans deux heures, pensa Camille, je serai tout à fait devenu mon nouveau personnage ; je tomberai alors dans les mains de ce vieux fossoyeur qui fera de moi ce qu'il voudra. Camille est une chiffe et de quart d'heure en quart d'heure je m'enlise dans son âme

215

après m'être enlisé dans son corps. Il faut que j'essaie de retrouver dans ma mémoire ce nom qui me fuit. Car pour rien au monde je ne veux avoir à passer par Brittomart, je ne le verrai pas, je quitterai la maison. Profitons de ce qu'il nous reste un peu d'indépendance... »

Il tressaillit en sentant sur son bras la main du vieillard qu'il n'avait pas vu s'approcher de lui, et par un mouvement instinctif il recula.

— Mon garçon, fit oncle Firmin, es-tu malade ?

Camille sourit d'un air dédaigneux.

— Alors, poursuivit le vieillard avec douceur, tu vas te rendre à ton bureau et faire tes excuses à ton chef.

— Pas question.

— J'ai mal entendu, dit le vieillard avec plus de douceur encore. Tu ne m'as jamais désobéi depuis ce fameux jour...

« Quel jour ? se demanda Camille. Ah ! j'y suis ! Les coups de lanière. Je me souviens. Je commence à avoir les souvenirs d'enfance de mon personnage. Plus de temps à perdre. »

— Mon oncle, dit-il tout haut, vous m'ennuyez.

— Tu n'es pas fou ? fit le vieillard d'une voix tout à coup éclatante. Tu me braves ! Sous mon toit... Tu n'as pas peur de Dieu ?

— Je ne crois pas en Dieu, fit Camille d'un ton calme.

Oncle Firmin avança la tête comme s'il venait de recevoir un coup sur la nuque ; sa mâchoire tomba et il demeura un instant la bouche ouverte.

— Tu ne crois pas en...

— Mais non, interrompit Camille avec une subite impatience. Ni vous non plus, du reste.

— Moi ! rugit oncle Firmin. Moi qui use mes genoux sur le pavé des églises...

— Qu'est-ce que cela prouve ? Vous êtes un catholique sans la foi. Vous vous êtes construit à votre usage une église dont la base repose sur un pur néant, vous croyez aux rites, aux cérémonies. Mais vous ne vous demandez jamais sérieusement si vous croyez en Dieu, parce que vous ne l'osez pas. (« Tout cela me vient de l'autre, pensa-t-il, Manuel je ne sais plus quoi. Il avait ces choses-là dans le sang et de plus la terreur de ne pas croire, si j'ai bon souvenir. Quels dégâts je fais dans la vie de Camille ! C'est déjà presque irréparable. Mais je veux être sûr de ne pas rester ici. »)

— Va-t'en ! fit oncle Firmin.

Camille s'assit dans un fauteuil.

— Non, répondit-il, en croisant les jambes, je ne m'en irai qu'à mon heure.

Un tremblement nerveux agitait la tête et les mains du vieillard qui se dirigea vers la porte de l'escalier. Arrivé là, il se retourna vers Camille et, dans une sorte de chuchotement de rage, il lui dit :

— Je te chasse !

Camille haussa les épaules.

D'un geste violent, oncle Firmin ouvrit la porte et voulut appeler, mais le souffle lui manquait tout à coup, et sa voix rauque et sourde articula à grand-peine le nom de Stéphanie. A ce moment, Camille se leva :

— J'oubliais Stéphanie. Ne vous donnez pas la peine, mon oncle, dit-il en passant devant le vieillard, je vais vous la chercher moi-même.

VIII

Les échos de cette scène parvinrent aux oreilles d'André et d'Élise, car entre eux et la grande salle du bas il n'y avait que l'épaisseur d'un plancher. Aux éclats de voix d'oncle Firmin, ils tressaillirent tous deux et se regardèrent. C'était, en effet, la première fois qu'ils entendaient crier le vieillard, et bien qu'il leur fût difficile de distinguer ses paroles, le ton dont elles étaient proférées sembla jeter dans l'étonnement la jeune fille et le jeune garçon. Tout d'abord ils n'osèrent rien dire. Telle était l'autorité de l'oncle Firmin dans la maison qu'il semblait imposer silence même dans les lieux où il n'était pas, mais Élise eut quelque peine à reconnaître cette voix dont les accents habituels étaient humbles et modérés.

— Qu'est-ce qu'il a ? chuchota André en se rapprochant un peu de la jeune fille.

Elle fit un geste pour lui recommander de se taire et s'inclina un peu de côté vers le plancher. Seule, elle se fût couchée de tout son long, l'oreille collée à une des lames de bois. Devant André elle n'osa faire ce geste où il y aurait eu beaucoup plus que de la curiosité : ce n'était pas pour mieux entendre qu'elle se fût allongée ainsi, mais, par un de ces caprices bizarres, pour se trouver ainsi plus près de Camille. Tout à coup, un élan terrible la portait de nouveau vers cet homme qu'elle avait repoussé un moment plus tôt. Par l'imagination, elle se vit étendue à deux mètres au-dessus de lui, juste au-dessus de sa tête, comme un grand oiseau immobile. Enfin, se levant de sa chaise, elle se dirigea vers André qui se tenait debout en face d'elle.

— Tu vas me rendre un service, fit-elle à voix basse. Tu vas aller dans ma chambre où tu attendras que je vienne te chercher. Si, si, je t'en supplie. Il le faut.

Et le prenant soudain dans ses bras elle le serra convulsivement, de toutes ses forces, posant sa bouche sur ses joues et ses yeux avec une sorte de furie. André se débattait.

— Laisse-moi ! disait-il, le sourcil froncé. Mais laisse-moi donc !

Elle se redressa d'un coup, le visage brûlant.

— Monte à ma chambre, ordonna-t-elle, d'une voix changée.

Devant son air résolu, il obéit.

A présent qu'elle était seule, elle hésitait à se jeter sur le plancher, comme elle mourait d'envie de le faire un instant plus tôt, parce qu'à présent cela lui semblait ridicule et que dans son esprit il se mêlait à ce geste quelque chose de trouble. Elle s'assit et se leva aussitôt. Tant que cet homme serait en bas, elle ne pourrait demeurer tranquille dans cette chambre. Des pensées absurdes se pressaient dans son cerveau ; elle imagina, par exemple, un plancher de verre qui lui permît de voir Camille dans la salle à manger, debout, les cheveux en désordre, le teint plus vif. Tout à l'heure, il se tenait si près d'elle qu'elle sentait la chaleur de son souffle sur sa joue, et elle s'était sauvée. « Pourquoi ? se demanda-t-elle. Est-ce que je deviens folle ? » Quelle illusion avait pu lui faire croire que cet homme n'était pas Camille ? Peut-être à force de ne pas vouloir le regarder avait-elle perdu le souvenir de cette expression singulière au fond de ses yeux, ce quelque chose de sauvage et de traqué qui lui avait fait peur. C'était peut-être la passion. Elle-même peut-être avait ce regard-là quand elle attachait enfin la vue sur ses traits et qu'elle plongeait les yeux dans ses yeux. Elle étouffa un cri et se laissa tomber à genoux, non pour prier cette fois, mais par faiblesse. « Je t'aime », murmura-t-elle en couvrant ses oreilles de ses mains comme pour ne pas entendre ces paroles. Quelques secondes passèrent, puis elle se releva. Les deux hommes parlaient toujours. D'après le son de la voix de Camille, elle se guida jusqu'à l'endroit où elle supposa qu'il devait être et là, elle se tint debout, le regard fixé au sol et comme fascinée par ce bruit confus qui montait vers elle. Enfin, elle redressa la tête : la porte d'en bas venait de s'ouvrir et au bout d'un instant elle reconnut le pas de Camille qui montait l'escalier.

Son cœur se mit à battre si fort qu'elle en sentit la répercussion dans toute sa poitrine et jusque dans sa gorge. Des milliers de fois elle avait entendu ce bruit, mais ce matin il l'émouvait au point qu'elle croyait défaillir et elle eut tout à coup l'impression extraordinaire d'être elle-même cet escalier qui résonnait car à chaque pas semblait correspondre un battement de son cœur affolé. Quand le jeune homme fut devant sa porte, elle s'appuya au lit d'André et retint son souffle, mais il continua son chemin et elle en éprouva à la fois une déception et un soulagement.

« Il va peut-être chez moi, pensa-t-elle. Il me cherche. »

Bientôt, pourtant, elle l'entendit entrer chez Stéphanie.

— Naturellement, murmura-t-elle.

Comment n'y avait-elle pas songé ? Il allait parler à sa femme. C'était tellement banal... Tout reprenait sa place. Dans une heure, elle et Stéphanie seraient à table, avec oncle Firmin et André, et Camille. De nouveau elle s'efforcerait de ne pas regarder Camille, et ainsi de suite pendant des mois, jusqu'au jour où il quitterait la maison avec Stéphanie. Et alors, elle...

— Je me tuerai, fit-elle tout haut.

Ces mots parurent la tirer d'un songe. Elle jeta les yeux sur les murs et les meubles qui l'entouraient et se dit : « De quelles pensées j'emplis la chambre de cet enfant ! »

Tout à coup, elle eut le sentiment d'une grande solitude. Ce qu'elle portait en elle la séparait du monde, cette passion qu'elle n'avouait pas et qui la marquait. Elle était singulière et parce qu'elle était singulière, elle souffrait, mais à son chagrin se mêlait un secret orgueil.

— Eh bien ! oui, dit-elle, un poing sur la hanche et du ton de quelqu'un qui répond à une objection.

Cependant, des larmes tremblaient dans ses yeux. Elle avait beau prendre cet air résolu, tenir tête, elle pleurait. « C'est toi que j'aurais dû épouser... » Comment avait-il pu lui dire une phrase aussi cruelle dans sa simplicité ? Se rendait-il compte qu'elle allait garder ces paroles jusqu'à la mort dans son esprit, comme un poison ? Car jamais elle ne serait heureuse. Elle se rappellerait toujours qu'il était venu vers elle et qu'elle l'avait repoussé, qu'elle avait fui. A présent, il était trop tard. Elle s'écria : « Trop tard ! » d'une voix si désespérée qu'elle eut peur. Ces mots lugubres lui firent l'effet d'un glas ; elle les répéta pourtant comme par défi, et l'idée de la mort se présentant à elle, elle eut le fugitif désir de prier, mais en même temps la pensée lui vint que là aussi, il était trop tard et qu'elle avait lassé la patience de Dieu.

— Je ne suis pas de celles qui peuvent se faire aimer, murmura-t-elle sans bien savoir quel sens elle donnait à ces mots ni à qui elle songeait.

Du bout des doigts elle essuya les larmes qui roulaient sur ses joues et jeta un coup d'œil au miroir ; son regard fixe la surprit. Mue par une impulsion soudaine, elle dit tout haut !

— ... mais délivrez-nous du mal !

La phrase avait jailli de ses lèvres sans qu'elle sût bien comment ; elle l'avait récitée tant de fois dans sa vie qu'elle finissait par ne plus songer à ce qu'elle voulait dire, mais il y avait dans le mot qui la terminait quelque chose de noir et de sinistre qui résistait à l'habitude et gardait toute sa force. Être délivrée du mal, elle le voulait, bien entendu, mais dans son esprit mal se confondait vaguement avec malheur et d'ordinaire elle aimait mieux ne pas s'attarder à ces paroles qui jetaient une ombre mystérieuse ; ce matin, pourtant, elle se les répéta comme une sorte de formule magique :

— Délivrez-nous... Délivrez-nous... Délivrez-moi du mal !

Elle alla jusqu'à la fenêtre et regarda la petite place et les arbres dont chaque feuille demeurait parfaitement immobile. L'idée lui vint alors qu'elle n'oublierait jamais cette minute précise où elle s'était tenue devant la fenêtre, parce qu'il lui semblait qu'à aucun moment de sa vie elle n'avait souffert de cette façon. Ainsi, quand elle serait sur son lit de mort, elle s'en souviendrait. Elle se dirait : « Il y a eu cette minute près de la fenêtre. » Pourtant elle ne pleurait plus, mais en elle quelque chose se déchirait, mourait.

Un moment plus tard, elle s'entendit appeler à mi-voix. C'était Camille sur le palier et tout d'abord elle ne bougea pas, puis brusquement elle courut ouvrir la porte. Il entra aussitôt dans la chambre avec elle et, la saisissant par les deux bras, il chuchota :

— Élise, je vais sortir, mais je reviendrai ce soir ou demain... Tu vas souffrir.

De ses longues mains brunes, il encadra le petit visage blême et ajouta :

— Il ne faut pas m'aimer, comprends-tu ? Je te le défends. Pourquoi me regardes-tu comme si je te faisais peur ?

Elle se dégagea. De nouveau elle apercevait dans les yeux de Camille cette lueur qu'elle ne connaissait pas.

— Laisse-moi ! dit-elle.

Il reprit :

— Je te parle aujourd'hui comme je ne te parlerai jamais plus. Ce soir, demain, ce ne sera plus la même chose, ce sera comme tous les autres jours. Si tu continues à m'aimer, tu vas trop souffrir. Me pardonnes-tu ce que je vais te dire ?

Elle recula imperceptiblement et ne répondit pas.

— Me pardonnes-tu d'avance ? demanda-t-il.

— Je te pardonne tout, souffla-t-elle.

— Eh bien ! écoute...

Il hésitait avant de parler, comme on hésite à porter un coup. Elle attendit, blanche, immobile.

— Je ne t'aime pas, dit-il soudain.

Il quitta aussitôt la pièce et redescendit. Dans la grande salle du bas, il retrouva oncle Firmin qui l'attendait, assis sur une chaise droite, en face de la porte et les mains jointes sur les genoux, mais malgré cette attitude recueillie, toute la petite personne du vieillard respirait l'indignation et dans son visage figé par la colère les yeux flambaient ; ainsi qu'il arrive aux hommes de cet âge, il avait par avance le masque de pierre que la mort lui préparait en secret, et l'intensité du regard était d'autant plus saisissante que la vie de ce corps tout entier semblait avoir pris refuge dans ces iris couleur d'encre. Pas un son ne s'échappa de ses lèvres lorsqu'il vit paraître Camille ; celui-ci passa devant lui et alla ajuster sa cravate devant la glace.

222

— Mon oncle, dit-il d'un ton égal, je crois que si vous pouviez me tuer d'un coup d'œil, je serais mort.

« Quelle figure admirable ! pensa-t-il en se regardant. Ce teint, ces traits... Qui pourrait croire, en me voyant, que je meurs d'ennui et que pour cette raison, je vais rendre tout cela à son propriétaire ? »

A ce moment, la voix d'oncle Firmin s'éleva rauque et sourde :

— As-tu dit à Stéphanie de descendre ?

— Stéphanie descendra un peu plus tard, dit le jeune homme sans quitter l'endroit où il se tenait.

— Je veux qu'elle descende tout de suite.

— Peut-être n'est-elle pas en état de vous obéir.

Il y eut un silence de quelques secondes, puis le vieillard demanda :

— Qu'est-ce que tu veux dire ? Je te somme de répondre.

Camille vint se placer devant son oncle, les mains dans les poches.

— Que supposez-vous ? Que je l'ai tuée ? Mais que feriez-vous donc si vous ne l'aviez plus pour vous tenter du matin au soir, si vos regards pieusement réfractaires ne frôlaient malgré vous ces bras, ce cou...

— Ah ! cria oncle Firmin.

— Calmez-vous, reprit Camille. Je l'ai simplement giflée... plusieurs fois. Elle souffre, au moral surtout. Son orgueil souffre, comprenez-vous, mon oncle ? Mais sa joue doit avoir enflé.

Le vieillard fit un geste pour se lever et n'y parvint pas.

— Jeanne ! appela-t-il. Jeanne !

— Il est temps que je m'en aille, fit Camille en se dirigeant vers la porte de l'antichambre. Tout ce que je dis vous agace, ce matin. Je ne voudrais pas vous donner un coup de sang. Ce serait horrible de vous voir mourir de cette manière. Qui sait où vous iriez ensuite ?

Comme pour justifier les craintes de Camille, le vieillard fit entendre une sorte de grondement étouffé et Jeanne qui apparut soudain au seuil de l'office se précipita vers son maître.

Le jeune homme sortit doucement.

IX

Dans la rue, il pensa : « N'ai-je rien négligé pour me fermer cette porte ? Il me semble que non. Je ne veux pas être Camille. »

Tout à coup il fut pris de fou rire à l'idée de l'accueil qui attendait le jeune homme dont il usurpait le visage, le jour où, redevenu lui-même, Camille voudrait retrouver sa place dans cette maison. Il le vit se traînant aux pieds de son oncle et de sa femme sous le regard d'Élise qui le mépriserait dans son cœur et, peut-être, cesserait de l'aimer, car ce physique exceptionnel cachait une âme tremblante, ce beau garçon était un pleutre et il n'avait d'assurance que devant la malheureuse fille dont l'inutile amour flattait sa vanité. Pauvre Élise ! Il s'arrêta brusquement de rire et se dit : « Je sais à qui elle ressemble ! Elle a ses yeux. Elle a dans ses yeux cette tristesse d'une faim qui n'est jamais assouvie. Oh ! Fabien ! »

Ce nom qu'il prononça tout haut avec une sorte d'élan dans la voix lui parut d'une grande douceur, un peu comme le nom d'un pays lointain auquel on a beaucoup rêvé, mais le souvenir qu'il gardait de Fabien demeurait confus. Il ne voyait ni son visage, ni son corps ; toutefois, de temps à autre, il voyait fugitivement ses yeux. Ce n'était pas facile. Sans cesse les souvenirs de Camille s'interposaient comme un écran entre lui et ce regard insaisissable, des visages de femmes surtout, toutes les bonnes fortunes secrètes de ce bellâtre.

A la fin il pensa crier d'irritation et dut s'avouer vaincu : il ne pouvait rien contre la personnalité de

224

celui dont il avait volé le corps et le cerveau. La passion du raisonnement qu'il tenait de Fruges le quittait peu à peu et il se sentait avec horreur devenir un simple imbécile. Dès lors, tout lui parut banal : les maisons, les arbres, les visages. Un univers désenchanté le cernait comme les murs d'une geôle. « Je m'ennuie, pensa-t-il. Tout m'ennuie. »

Arrivé sur le cours, il reconnut l'endroit où la dernière transformation s'était faite et murmura : « C'était bien la peine. » Un vent tiède se levait, promenant de petits nuages de poussière au ras du sol et l'on voyait entre les platanes le ciel qui tournait au gris. Camille se demanda à quoi il allait employer son temps. Rentrer chez lui, il ne pouvait en être question après cet éclat... Aller en ville. Pour quoi faire ? Il aurait voulu s'étendre et dormir. La chaleur, l'émotion l'avaient fatigué. Si quelque chose ne l'eût retenu, il se serait couché sur un banc comme un pauvre, mais l'admirable désinvolture du pauvre lui manquait. Deux étudiantes qui passaient le regardèrent dans les yeux et il leur fit un sourire mécanique. Croyaient-elles qu'on allait les suivre par cette chaleur ?...

Il se dirigea vers une place dont on apercevait les immeubles blasonnés de grandes affiches. De ce côté, au moins, il y avait un peu d'animation. Il jetterait un coup d'œil aux devantures des magasins, et plus tard il trouverait un restaurant. Soudain, les poings aux tempes, il se mit à bâiller, titubant comme un homme pris de boisson. L'ennui de sa vie entière l'accablait tout à coup ; être au monde pour aller au bureau du matin au soir et le reste du temps obéir à sa femme et à son oncle, il n'était pas possible que cela suffît, car simplifié de cette manière son destin lui parut à la fois ridicule et tragique.

Il s'assit sur un banc et réfléchit : « Si j'ai ce mouvement de révolte, c'est que je ne suis pas encore devenu tout à fait mon nouveau personnage, mais déjà mes idées sont moins nettes. Dans une heure qu'en sera-t-il ? Surtout, ne pas dormir ; cela pourrait hâter cette opération intérieure par laquelle je m'ajuste au caractère d'un autre, à son *habitus*... »

— *Habitus* ? dit-il tout haut, interloqué. Ah ! c'est mon prédécesseur qui parle encore. Il avait des mots comme ça dans la tête, celui-là.

Son front s'inclina brusquement, une torpeur subite s'emparait de toute sa personne, de ses jambes qui s'engourdissaient, de son cerveau. Un bruit de pas l'arrêta au bord du sommeil où il se sentait glisser comme dans un trou. Relevant la tête, il vit une petite fille qui se tenait devant lui et le considérait gravement ; elle pouvait avoir six ans ; de longs cheveux noirs tombaient droits de chaque côté de son visage au galbe plein. Quelques secondes passèrent ; ce fut le jeune homme qui rompit le silence :

— Eh bien ? fit-il.

Pour toute réponse, elle éleva un coude en l'air et mit à sa bouche l'extrémité de son petit doigt, puis elle se dandina d'un air coquet et demanda :

— Comment t'appelles-tu ?

Sans hésiter, il répondit :

— Fabien.

Alors elle jeta ses deux bras au-dessus de sa tête et fit un grand pas de côté en répétant :

— Fa... Fa... bien.

Et prise d'une gaieté soudaine, elle éclatat de rire et se sauva, les mains étendues devant elle et ses cheveux soulevés par le vent autour de ses épaules. Il la regarda fuir sous les arbres et se leva tout à coup.

— Fabien, dit-il.

Un moment plus tard, il traversait la place pour s'engager ensuite dans une rue pauvre, bordée de maisons anciennes dont quelques-unes gardaient une sorte de dignité mélancolique dans le délabrement général. De petits marchands s'étaient installés sous les voûtes des portes cochères avec leur camelote dont ils vantaient l'excellence d'une voix rauque, et le long des trottoirs, des voitures de quatre-saisons étalaient fastueusement leurs salades, leurs fleurs et leurs fruits. Camille se fraya un chemin à travers la foule des ménagères et atteignit un petit café sombre où il entra. Une grande glace ternie lui renvoya son image et il se vit, un peu pâle et les cheveux en désordre, derrière une rangée de bouteilles multicolores. Ayant commandé un verre d'eau minérale il le but debout et presque d'un trait, puis il paya et demeura immobile. Avec sa longue rumeur, ses cris, ses appels, la rue le troublait, l'empêchait de réfléchir, et il avait besoin de réfléchir pour ne pas céder à l'effroi qu'il sentait grandir quelque part au fond de son cerveau. « Je ne veux plus être Camille, pensa-t-il. Je veux être moi-même. » Deux expressions banales lui revenaient sans cesse à l'esprit : « Être hors de soi » et « se perdre ». C'était cela. Il était hors de lui et il s'était perdu : très littéralement, il s'était perdu.

— Vous ne connaîtriez pas quelqu'un qui s'appelle Fabien ? demanda-t-il au patron qui essuyait des verres derrière le comptoir.

— Fabien ? répéta l'homme. Inconnu au bataillon !

A ce moment, un coup de tonnerre leur fit dresser la tête à tous deux et presque aussitôt il se mit à pleuvoir. C'était une averse soudaine et violente, qui chassait les passants de côté et d'autre ; dans l'espace de quelques secondes la rue se vida.

Camille commanda un café et s'assit à une table près d'une des fenêtres. Quelle que fût sa tristesse, il éprouvait un secret plaisir à voir tomber cette eau rafraîchissante qui lavait les trottoirs et faisait briller les toits comme de l'émail, et le bruit multiplié des gouttes frappant la pierre avait quelque chose qui l'apaisait et le rassurait ; après quelques roulements de tonnerre, en effet, il n'y eut plus que ce grand murmure sonore de la pluie victorieuse qui fustigeait la ville ; Camille l'écoutait si attentivement qu'il ne vit pas la grosse main ronde posant devant lui un verre de café noir.

— C'est Fabien comment ? demanda la voix du patron.

Camille tressaillit :

— Fabien...

Ses lèvres formèrent en silence un nom qu'elles ne purent prononcer, car au moment même où il allait le dire, il l'oublia.

— Je ne sais pas, fit-il, la sueur au front.

— Ça vous reviendra, dit l'homme en s'éloignant.

D'un air de doute, Camille haussa les épaules et tourna vers la rue un regard désespéré. « J'ai failli me souvenir, pensa-t-il en tambourinant de sa main gauche sur le marbre de la table. Un peu plus je me souvenais. A présent, je ne peux plus, c'est fini. »

Ses longs doigts un peu charnus martelaient doucement la surface lisse et fraîche, s'arrêtant parfois à intervalles réguliers, pour reprendre ensuite comme s'ils s'exerçaient à reproduire exactement le rythme d'un air de musique. Tout à coup, le jeune homme entendit le son de sa propre voix chuchotant des paroles confuses. Il jeta un coup d'œil dans la direction du comptoir pour s'assurer qu'on ne l'avait pas entendu, puis, plus bas encore que la première fois, répéta les sons rauques qui se mêlaient au fracas de l'averse. « La formule ! s'écria-t-il intérieurement. Je n'y pensais plus. Je la sais ! Je la sais ! Peut-être le nom me reviendra-t-il de même. » Par un élan subit il quitta sa place et, jetant une pièce de monnaie sur la table, sortit d'un pas rapide.

Des gouttes de pluie le frappèrent au visage et il huma l'air frais avec une sorte de gourmandise. Déjà le ciel s'éclaircissait au bout de la rue. Camille releva le col de son veston et se mit à courir, le cœur beaucoup plus léger ; au bout de quelques minutes, cependant, il s'arrêta et se demanda où il allait. Courir droit devant soi n'était pas une solution. Il fallait réfléchir, mais réfléchir lui parut plus futile encore que de courir sans but, car la réflexion ne pouvait que le décourager en lui faisant voir l'énormité du problème qu'il cherchait à résoudre. Trouver dans une grande ville un homme dont il ignorait tout sauf le prénom...

228

Ce n'était pas possible. Mieux valait s'en remettre au hasard.

Il entra brusquement sous la voûte d'une maison et fit quelques pas jusque dans une grande cour vide dont les hautes fenêtres avaient quelque chose d'attentif ; sur le seuil d'une petite porte, un chat l'observait. Camille avança, regarda autour de lui, puis mettant une main en porte-voix, il cria :

— Fabien !

Ce nom tomba dans le silence comme une pierre dans un lac. Tout demeura parfaitement immobile. Derrière une fenêtre, pourtant, un enfant écarta un rideau qu'il laissa retomber. Le chat ne bougeait pas ; seule la pluie faisait son petit bruit tranquille que l'ouïe percevait à peine.

Après une hésitation, Camille regagna la rue. De nouveau, il courait, non comme un fugitif ni même comme un homme pressé d'atteindre un but, mais plutôt, ragaillardi par la fraîcheur de l'air, pour dépenser sa force. Pendant quelques minutes, en effet, il se sentit heureux de commander à un corps souple et robuste qui bondissait parfois de côté au passage d'une voiture avec une agilité de danseur, mais bientôt la question de savoir où il allait le troubla une fois de plus. La pluie cessant, la rue s'animait de nouveau et on le regardait avec un léger étonnement et un soupçon de méfiance, car un homme qui court sans raison apparente semble toujours un peu suspect.

Au coin d'une petite rue moins fréquentée il s'arrêta, passa la main dans ses cheveux et rabattit le col de son veston, puis jetant la tête en arrière il fixa des yeux une fenêtre au troisième étage d'un immeuble :

— Fabien ! cria-t-il.

Pourquoi cette maison plutôt qu'une autre ? A cette question qu'il se posa, il répondit mentalement : pourquoi pas ? Qui pouvait dire que cette fenêtre n'allait pas s'ouvrir et que Fabien y paraissant ne demanderait pas : « Que voulez-vous ? » Mais aucune fenêtre ne s'ouvrit. Le soleil frappait les vitres dont quelques-unes reflétaient le ciel et le bord d'un grand nuage. Camille attendit un court moment et poursuivit son chemin.

L'idée d'appeler Fabien, la première fois comme la seconde, lui fit l'effet d'une inspiration soudaine et irrésistible. Ce cri lui sautait de la poitrine avant même qu'il y songeât, venu du plus profond du cœur, et il en demeurait surpris comme si un autre eût crié par sa bouche. D'un pas quelque peu hésitant, il remonta la petite rue qui s'élargissait plus loin pour former sur la gauche une place rectangulaire bordée d'un long mur blanc et de dix arbres maladifs. Il y avait là un couvent dont Camille reconnut l'étroit clocher qui dominait des toits d'ardoise. Plus loin encore, une porte massive peinte en vert sombre s'ouvrait dans un long bâtiment à un étage.

A partir de ce moment, il se passa quelque chose de particulier dans le cerveau du jeune homme : les pierres lui parlaient, non par le souvenir qu'il en avait pour les avoir vues bien des fois, mais, d'une manière indéfinissable, elles semblaient chargées pour lui d'un message obscur qui pouvait se traduire par *oui* ou par *non*. Au bout de cette rue, il demeura immobile, puis tourna à droite et presque aussitôt se trouva devant une porte cochère qu'il franchit.

Une voûte s'arrondissait au-dessus de sa tête ; au mur, une grosse lanterne retint son attention bien que cet objet de fer et de verre n'eût rien que de banal ; il se demanda quelle lumière elle pouvait donner la nuit et quelle ombre elle dessinait sur le sol. Pendant une minute ou deux, il réfléchit à ce problème et fut frappé tout à coup par la bizarrerie de sa méditation. A quoi pouvait lui servir de regarder cette lanterne ? La loge de la concierge se trouvait dans un coin sombre et tout d'abord il ne la vit pas. Il alla taper enfin du doigt sur la porte vitrée et demanda M. Fabien.

— Pas ici, fit une voix sèche.

De nouveau dans la rue, Camille marcha tout droit

jusqu'à une rangée de boutiques, et là, ayant ralenti le pas, il revint en arrière et considéra les bocaux d'un parfumeur avec une curiosité soudaine, mais presque aussitôt il reprit son chemin pour s'arrêter devant une papeterie. A la porte, on voyait sur une planche des journaux que des fers à repasser sans poignée maintenaient à leur place. Un jour douteux éclairait l'intérieur du magasin. Camille entra.

— Monsieur désire ?

La voix venait de derrière un comptoir que dominait le buste d'une femme aux contours massifs ; vêtue de noir et les joues tavelées de bistre, elle penchait un visage arrondi sur un petit coussin dur, tout hérissé de longues aiguilles à pendeloques de bois et ses doigts allaient et venaient au-dessus de cet objet qui brillait comme un gros insecte. Camille entendit tout d'abord le petit bruit bavard que faisaient les pendeloques en s'entrechoquant et qui retint son attention.

— Monsieur désire ? répéta la papetière d'une voix tranquille, sans lever la tête.

— Des cartes postales.

— Des vues ?

Oui, des vues, n'importe quoi. Ce qu'il voulait, surtout, c'était pouvoir regarder autour de lui, parce qu'en regardant autour de lui il avait l'impression d'explorer un coin secret de sa mémoire, de se promener à l'intérieur de son propre cerveau. Les cartes se trouvaient là-bas, près de cette grande vitrine que la papetière désignait d'un geste de la tête afin de ne pas interrompre l'espèce de danse qu'exécutaient ses gros doigts pointus.

Il examina une carte ou deux (dans la pénombre on y voyait à peine), puis de l'index il poussa un peu le tourniquet qui fit entendre une espèce de miaulement. A côté de ce tourniquet, il y en avait un autre qui offrait aux regards des portraits d'acteurs et d'actrices. Camille jeta un coup d'œil sur ces visages satisfaits et se sentit tout à coup envahi d'une tristesse profonde. Ce tourniquet miaulait aussi en se déplaçant sur son axe. « Qu'est-ce que j'ai donc ? pensa le jeune homme. Ce bruit, ce grincement a quelque chose qui serre le cœur. » Au hasard, il prit une carte, jeta quelques sous sur le comptoir et sortit.

Maintenant, il allait plus vite, courait presque. « J'aurais dû interroger cette femme, se dit-il, mais il y avait dans ce magasin un tel... oui, un tel désespoir. Je n'aurais pu y rester une minute de plus. Et maintenant, où cours-tu ? »

Il poussa la porte et fit quelques pas. Jamais encore il n'avait mis les pieds dans cette bibliothèque où deux ou trois lecteurs seulement se courbaient sur des livres. Le silence qui régnait entre ces murs était rompu de temps à autre par le bruit à peine perceptible d'une page qu'on tournait. Personne ne sembla remarquer la présence du jeune homme qui marchait doucement et il put aller et venir dans la longue salle sans même faire lever les yeux au bibliothécaire somnolant sur son journal. D'un air de grande indécision Camille plaça le poing sur sa hanche et se demanda ce qu'il fallait faire. Peut-être Fabien se trouvait-il parmi ces gens absorbés, chacun dans son rêve, car un homme qui lit est un homme qui dort et qui rêve qu'il pense. Cependant aucun des lecteurs ne répondait à l'image que le jeune homme se formait de Fabien : deux d'entre eux avaient des cheveux tout gris, le troisième était une vieille demoiselle hâve et blanche, un autre, un roux déplaisant, se grattait la tête et arrondissait des épaules de portefaix au-dessus d'un dictionnaire, mais tout au fond, près d'une mappemonde, un garçon en uniforme de collégien regardait un grand album. « Trop jeune, pensa Camille. J'ai sûrement plus de quinze ans. Mais qui sait ? »

Une idée lui vint tout à coup. Se dirigeant vers la porte, il se retourna avant de sortir et à mi-voix appela :

— Fabien !

Le collégien fut le premier à dresser la tête, mais après avoir jeté les yeux vers Camille, il regarda à droite et à gauche pour voir qui allait répondre. Des visages tout englués de songes se tournèrent alors vers celui qui appelait. Il sortit.

Si pauvre d'aspect qu'elle fût, la grande maison l'attirait et il allait traverser la rue pour entrer, lorsque le sentiment d'un très grave danger le retint et il demeura immobile à quelques mètres d'un petit groupe d'hommes et de femmes qui parlaient en désignant une fenêtre au troisième étage. Camille leva la tête à son tour. Il la voyait bien, cette fenêtre, et quelque chose en lui reconnaissait les persiennes grises et les rideaux d'andrinople qu'on distinguait à travers les vitres. Avec une curiosité subite et dévorante, il remarqua ces détails comme si sa vie et son bonheur en eussent dépendu. « C'est là, pensa-t-il, sans bien savoir ce que ces mots voulaient dire, c'est certainement là. » Peut-être Fabien habitait-il cette maison et cette fenêtre était la sienne. Mais pourquoi la montrait-on avec ces gestes ? Comme il aurait voulu traverser la rue, monter en courant l'escalier jusque là-haut ! Une prudence instinctive l'empêcha de bouger.

— Depuis trois jours, disait une femme, on voyait que les rideaux étaient tirés et que les persiennes restaient ouvertes.

— Depuis trois jours ! répéta une autre femme sur un ton d'horreur.

— Il faut dire que c'était une drôle de locataire et qui recevait du drôle de monde, déclara une ménagère qui paraissait bien informée.

— Ah ? firent plusieurs personnes d'un air d'intérêt.

La ménagère hocha la tête et considéra la fenêtre en question d'un œil sombre.

— Voilà ce que c'est, conclut-elle.

— L'assassin finira bien par se faire pincer, fit un petit homme à lunettes. On dit qu'ils reviennent toujours et que c'est comme ça qu'on les attrape.

Le cœur battant, Camille s'éloigna.

Midi sonnait. Il suivit le boulevard dans un sens puis dans l'autre en changeant de trottoir. De grandes flaques d'eau reflétaient le ciel redevenu bleu et les feuilles mouillées brillaient au soleil. Comme il passait devant les cafés et les magasins, le jeune homme se demanda ce qu'il faisait dans cette partie de la ville et le regret lui vint de n'être pas entré tout à l'heure dans la maison qui l'attirait si fort, mais à la dernière seconde il avait eu peur, troublé par ce que disaient ces gens. A présent, il regardait autour de lui d'un œil distrait. L'idée de crier le nom de Fabien lui traversa l'esprit ; il se retint pourtant, par une timidité subite. Appeler dans une rue déserte lui paraissait moins difficile que donner de la voix sur un boulevard plein de monde.

Un peu découragé, il jeta la vue dans la vitrine d'un fondeur et s'arrêta devant les statuettes de bronze dont les attitudes convenues lui parurent comiques. Qui pouvait trouver beaux ces personnages levant les bras ou tendant des fleurs ? Cette femme, le doigt au coin de la bouche et les cheveux au vent, s'appelait *La Source,* on ne savait pourquoi. Et à côté d'elle, un héros demi nu remettait son sabre au fourreau d'un air sombre. Plus loin, Camille reconnut un troubadour jouant du luth qu'il avait vu jadis dans le salon de ses parents.

La boutique formait un angle que le jeune homme contourna sans le savoir, absorbé par un détail, puis par un autre. Tout à coup il eut l'impression que le ciel se couvrait de nouveau et redressant la tête il se vit dans un passage qu'il fréquentait beaucoup alors qu'il était plus jeune, et au même instant il éprouva une espèce de secousse intérieure analogue à ce qu'il avait ressenti devant la maison du crime. « C'est ici ! pensa-t-il avec une émotion presque douloureuse. Peut-être se trouve-t-il là, parmi tous ces gens qui flânent. »

Quelques pas le menèrent jusqu'à un endroit où le passage formait un coude ; arrivé là, Camille s'arrêta net. Si Fabien se trouvait dans le passage, comment l'empêcher d'en sortir ? Autour de lui, les promeneurs allaient et venaient sans hâte et bientôt il se rendit compte que son air indécis et sa façon de regarder à droite et à gauche attiraient l'attention. Il s'en fut un peu plus loin et cria tout à coup :

— Fabien !

Le nom résonna sous les voûtes de verre et sembla voyager jusqu'au bout de la longue galerie à la recherche de l'absent. Plusieurs personnes s'arrêtèrent ; deux écoliers qui passaient avec leur cartable aux épaules reprirent ce nom de leurs voix aiguës et le lancèrent aux échos :

— Hé ! Fabien !

Le jeune homme tressaillit et devint rose. Le mieux était de quitter ce lieu puisque Fabien ne répondait pas. Une fois de plus, un aveugle pressentiment l'avait leurré, une fausse intuition. Non sans une brusque poussée de colère, il gagna la sortie du passage pour s'engager dans une ruelle qui ne recevait de soleil qu'au faîte des maisons ; on voyait, en effet, un long trait de lumière au bord des toits, mais les murs salis par le temps et les fenêtres aux carreaux tout gris de poussière ne parlaient que de ruine et d'abandon.

Il hésita, prit à droite puis, se ravisant, revint sur ses pas et marcha vers la gauche. Avant tout, il fallait quitter cette ruelle et presque malgré lui ses pieds le portèrent de plus en plus vite ; bientôt il courait à toutes jambes au milieu de l'étroite chaussée, et chacun de ses pas se réverbérait entre ces maisons noires avec un bruit sec. Encore quelques mètres et il déboucherait sur une petite place bordée de tilleuls, mais non, la ruelle était plus longue qu'il ne l'aurait cru ; elle tournait, semblait-il. Peut-être la place qu'il cherchait se trouvait-elle dans la direction opposée ; il connaissait mal ces rues pauvres ; il aimait les grandes artères bien éclairées, les façades blanches, les magasins bien tenus, non ce décor de misère. Soudain il s'arrêta. Ce bruit que faisaient ses semelles lui portait sur les nerfs, et il s'aperçut qu'il haletait un peu. Pourquoi courir et courir si vite ? Qui donc le poursuivait ? Il était seul. Mais courir l'occupait tout entier et l'empêchait de réfléchir, le délivrait de son inquiétude, alors que s'arrêter ou marcher à pas lents le rendait à ses doutes et à sa peur. Il fallait courir, donc.

La grande rumeur de la ville parvenait jusqu'à lui, mais ne dominait pas le son rauque de son souffle qui le fit songer au souffle d'une bête. Au bout de quelques minutes il reprit sa course.

— Fabien ! cria-t-il.

La maison était haute et sombre ; elle donnait l'impression de se rejeter en arrière, dans le ciel bleu, offrant au soleil un fronton classique percé d'un grand œil-de-bœuf. Un lourd balcon étalait en travers du premier étage la broderie massive de sa ferronnerie, et au-dessous, une porte cochère peinte en vert olive semblait défendre l'accès de cette demeure au monde entier, car les deux battants étaient fermés, mais dans le battant de gauche s'inscrivait une porte plus petite ; cette porte s'entrouvrit, laissant voir une personne que Camille prit d'abord pour une fillette, mais il remarqua aussitôt les rides profondes du minuscule visage blanc entouré d'un châle de laine noire.

— Qui demandez-vous ? fit cette femme presque sans desserrer les lèvres.

— Monsieur Fabien.

Attentivement, elle le regarda, puis de sa bouche qui semblait close sortirent ces mots :

— Monsieur Fabien comment ?

Il avança d'un pas et mit doucement son pied dans la porte.

— Je suis son cousin, dit-il.

— Vous venez bien tard, dit la bouche close.

La porte tourna sur ses gonds pour s'ouvrir un peu plus, et il entra ; comme elle se refermait derrière lui avec un bruit sourd et profond qui ressemblait à un coup de tonnerre, une douleur subite poignit le jeune homme au cœur.

X

Il fallait quelques minutes pour s'accoutumer à la pénombre. La main soigneuse de Mme Fève avait rapproché les persiennes de telle sorte qu'il passait bien un rayon de soleil, mais si mince qu'il coupait la petite chambre en deux comme par un fil et allait frapper la moulure de la plinthe près de la cheminée. C'était ce point qui fixait le regard de la vieille dame. Elle tenait entre ses doigts son chapelet de nacre, mais elle ne priait plus depuis un long moment, car on eût dit que la minuscule tache lumineuse fascinait son esprit. Des souvenirs de bonheur lui revenaient à la mémoire ; elle se voyait petite dans une chambre de campagne tendue de perse rouge et bleu et du bout de son ongle elle essayait de faire sortir d'une rainure du parquet une perle de verre qui s'y trouvait prise. Pour voir un objet aussi menu, il fallait l'œil d'un enfant. Elle se penchait et ses boucles lui balayaient douce-ment les joues comme des plumes ; à ce moment un rayon de soleil brilla sur sa main et sur cette perle et sur toute cette partie du plancher, et elle se mit à rire. « Pourquoi ris-tu ? » lui demanda sa bonne qui cou-sait près d'elle. L'enfant ne répondit pas. Elle riait parce qu'elle était heureuse et d'un bonheur si singu-lier qu'elle n'aurait pu le décrire, car il lui semblait que tout à coup les choses autour d'elle n'existaient plus et que seule demeurait cette joie étrange qui emplissait son cœur ; elle en éprouvait même une sorte d'oppression, et soudain tout cessa, elle se retrouva telle qu'elle était auparavant, le doigt sur la perle qu'il s'agissait de faire sortir de la rainure, mais ce moment particulier s'isola dans la suite des heures, puis des jours et des années, elle ne l'oublia jamais ; il y eut d'autres moments de bonheur, mais dont elle connaissait la raison, il n'y eut plus ce bonheur sans cause apparente et dont elle ne parla jamais à per-sonne. Et si elle y pensait aujourd'hui, c'était parce que le soleil brillait sur la plinthe. « C'est le même soleil, se dit-elle, mais j'ai soixante-sept ans et alors j'en avait huit.» Sa tête s'inclina sur sa poitrine et elle s'endormit.

Depuis trois jours, elle et sa fille se partageaient la tâche de veiller sur Fabien. Ce lourd sommeil où elles le voyaient plongé et qui n'était ni la mort, ni la vie, remplissait les deux femmes d'une inquiétude qui allait souvent jusqu'à une terreur qu'elles ne s'avouaient pas, mais à d'autres moments elles se réconfortaient à le voir si tranquille. Il respirait ; cela devait leur suffire. Son souffle égal et léger qu'on entendait à peine les rassurait aux heures difficiles de l'aube où monte le désespoir ; on eût dit que leur âme vivait de ce faible bruit qu'elles accompagnaient d'un chuchotement de prières comme pour le soutenir et le porter jusqu'au jour. Le jour, en effet, elles souffraient moins de la peur, mais, la nuit, il y avait autour d'elles une sorte de gouffre. Elles considéraient avec horreur le banal décor de cette petite chambre, la lampe brillant derrière un paravent qui dissimulait à moitié le lit du jeune homme, et à son chevet, un flacon d'eau de Lourdes voisinant avec un missel et des fioles de pharmacie sur un tabouret de cuisine. D'abord elles veillèrent ensemble, mais à partir du second jour, elles convinrent de se relayer, la charge plus pénible de veiller la nuit reposant sur les épaules de la mère qui dormait le matin et reprenait son poste dès les premières heures de l'après-midi. Toutes deux fort taciturnes, elles n'échangeaient que peu de paroles et à voix basse, comme si elles eussent craint de troubler cette incompréhensible immobilité que l'ignorance du médecin consulté appelait d'un nom grec.

L'objet de tant de soins se voyait à peine dans l'obscurité où les deux femmes semblaient vouloir le cacher pour que la mort ne le trouvât pas. Sur la blancheur de l'oreiller, la tête de Fabien faisait une grande tache sombre et en s'approchant on distinguait le front cerné du trait noir des cheveux en désordre, les paupières et enfin la bouche d'un rouge tournant au violet qui tranchait sur la pâleur du visage. Le masque étroit aux joues hâves avait cet air indéfinissable qui apparente les dormeurs aux morts, les uns comme les autres poursuivant le cours d'on ne sait quelle pensée secrète et patiente avec une sorte d'obstination qui abaisse les sourcils et creuse les commissures des lèvres. A qui les observe attentivement, il semble même qu'une série d'expressions différentes effleure ces traits immobiles et qu'y passent tour à tour, non la tristesse et le désespoir, mais le dédain du monde, la pitié, et parfois quelque chose de plus troublant que le reste et qui ressemble à un sourire. Dans le visage de Fabien il y avait un peu de tout cela mêlé à une espèce de sournoiserie, comme si dans les profondeurs du sommeil il eût découvert un secret qu'il gardait pour lui seul. Ses mains posées sur le drap étaient quelquefois parcourues d'un mouvement presque imperceptible qui écartait un peu les bouts des doigts.

Un moment après que Mme Fève se fut assoupie, des nuages couvrirent le ciel et la petite chambre devint plus sombre ; pendant un quart d'heure un silence presque surnaturel régna entre ces murs. Le menton sur la poitrine, la vieille femme était assise à peu de distance du lit, son dos rond tourné à la fenêtre, les mains sur les genoux, et son chapelet, qui avait glissé d'entre ses doigts, luisait vaguement sur le bout de sa bottine noire. Des papiers couvraient la longue table dans le désordre d'un travail interrompu et les livres occupaient leur place habituelle sur les rayons des étagères, mais tout dans cette pièce avait l'aspect insolite que semble donner aux choses la menace de la mort.

A mesure que l'obscurité se faisait plus épaisse, la blancheur du lit se détachait plus vivement dans cette sorte de nuit en plein jour et l'on finissait par ne plus voir que ce grand rectangle couleur de neige où gisait Fabien.

Soudain une clarté aveuglante frappa les murs de la

petite chambre et le visage du jeune homme parut dans l'éclair livide, les joues exsangues, les paupières violettes, toute sa chair meurtrie par une fatigue mortelle. Étroit et long, son corps nu se dessinait sous le drap dont on l'avait seul recouvert à cause de la lourde et sinistre chaleur qui précédait l'orage et semblait monter d'un brasier. Presque aussitôt, l'ombre se reforma. Ce fut comme un œil qui s'ouvre et se ferme ; et le bruit du tonnerre déferla sur la ville. Il y eut de nouveau un profond silence, puis le fracas de l'averse fit résonner les toits. Peu à peu, le ciel s'éclaircit et la pluie cessa. Une fois de plus le rayon de soleil coupa en deux la chambre du malade, posant un peu plus bas que tout à l'heure une pointe de diamant sur le mur.

Quinze ou vingt minutes s'écoulèrent ensuite et ce fut alors que la bouche de Fabien s'entrouvrit pour laisser échapper un murmure à peine perceptible ; en même temps, ses mains furent prises de crispations qui ramenaient les bouts des doigts vers le creux des paumes, et ses ongles griffaient le drap avec un petit bruit d'insecte ou de rongeur. Brusquement, son corps fut traversé des pieds à la tête d'une secousse violente et il se retourna sur le flanc gauche par un mouvement subit qui enroula son torse et ses jambes dans le drap moite. Il se mit alors à se débattre et à gémir, les yeux fermés et les mains agrippées à cette toile comme à quelque chose qui l'empêchait de tomber dans le vide. A ce moment on frappa à la porte d'entrée.

Tout d'abord, le jeune homme sembla écouter ce bruit qui cessa bientôt : la tête posée de côté sur le lit, et le cou tendu, il demeurait immobile, quand on frappa une fois encore, et avec une lenteur de rêve, il se redressa sur sa couche et se leva. Quelques pas le menèrent à l'entrée du couloir. Le drap qu'il retenait des deux poings lui tombait d'une épaule et cachait à demi un corps débile et chancelant, surmonté d'une tête de dormeur que la mort a surpris. Il alla un peu plus loin, frôlant un mur, puis l'autre dans l'étroit passage, jusqu'à ce qu'il fût parvenu à moins d'un mètre de la porte contre laquelle il parut se jeter ; là, dans la position d'un homme qui s'arc-boute pour ne pas glisser à terre, il demeura immobile à nouveau, la joue collée au vantail. Une voix se fit entendre de l'autre côté de la porte en un chuchotement rauque, à la fois impérieuse et suppliante : « Ouvrez ! » disait-elle.

Fabien ne bougea pas. La voix reprit : « M'entendez-vous ? » Elle attendit une ou deux secondes et demanda encore : « Fabien, est-ce vous ? » Du temps passa, puis le jeune homme articula avec effort : « Fabien. » « Fabien ! s'écria la voix de Camille derrière le vantail. Si vous pouvez m'entendre, écoutez, écoutez de toutes vos forces le nom que je vais vous dire et les paroles qui suivront ! »

Alors Camille chuchota son nom, puis, déformés, mais reconnaissables, les sons doux et rudes de la phrase secrète traversèrent l'épaisseur de la porte pour tomber dans l'oreille de Fabien. Il y eut un silence ; enfin Camille s'éloigna de la porte et son pas résonna dans l'escalier.

Au bout d'un moment, Fabien ouvrit les yeux et tomba sur le plancher en étouffant un cri.

Deux heures plus tard, il se trouvait de nouveau dans son lit, mais vêtu cette fois d'un pyjama blanc et le dos appuyé à deux oreillers. Trois personnes se tenaient debout devant lui.

— Du repos, répétait le docteur Caronade, des soins, le régime habituel.

Sa grosse moustache d'argent suivait le mouvement de ses lèvres comme pour scander ces paroles. C'était un grand vieillard mince aux yeux d'un gris bleuté qui souriaient derrière un lorgnon ; de toute sa personne s'exhalait une très légère odeur de savon parfumé qui complétait d'une certaine manière sa mine fleurie et sa voix pleine d'inflexions encourageantes.

— Allons, dit-il en prenant son chapeau qu'il avait posé sur la table, dans deux ou trois jours, notre jeune malade pourra reprendre ses occupations, mais pas d'exercices violents, pas de veilles prolongées, aucun excès d'aucune sorte. Du calme, surtout du calme.

Sur ces mots fidèlement accompagnés par sa moustache blanche, il prit congé des personnes présentes et disparut dans le petit couloir à la suite de Mme Especel qui désirait « lui parler seul ».

Lorsqu'ils eurent quitté la pièce, Fabien tourna les yeux vers Mme Fève.

— Grand-mère, fit-il à mi-voix, ai-je dit quelque chose dans mon sommeil, pendant ces trois jours ?

— Non, dit-elle en s'appuyant sur le pied du lit. Tu as seulement crié un peu, comme un enfant qui ferait un mauvais rêve.

— Donne-moi du papier et un crayon et le grand atlas qui est sur la table. Je veux écrire quelque chose.

— Il ne faut pas que tu travailles, petit, le docteur ne le veut pas.

Fabien saisit la vieille dame par un bras qu'il secoua.

— C'est important, dit-il. Je t'en supplie !

La vieille dame se leva en soupirant.

— Je ne devrais pas, fit-elle. Tu vas nous faire attraper par ta mère.

Dès qu'il eut les objets qu'il avait demandés, il se mit à écrire d'une main rapide, mais s'arrêta presque aussitôt.

— Trop fatigué, murmura-t-il en se laissant retomber dans ses oreillers. J'essaierai de me souvenir plus tard.

— Tu vois ! s'écria Mme Fève. Je n'aurais pas dû.

— Grand-mère, reprit Fabien sans répondre, qu'ai-je dit quand vous êtes venue me relever tout à l'heure ?

— Mon enfant, tu étais sans connaissance. Oh ! tu m'as fait peur !

Elle éleva vers le plafond de petits bras courts, serrés dans des manches noires.

— Tu nous as fait peur à tous, reprit-elle, mais à moi surtout. Et quand je t'ai vu sur le plancher, dans ce drap, j'ai cru m'évanouir, moi aussi.

— Tu n'avais pas entendu frapper à la porte ?

Elle secoua la tête.

— C'est ce qui m'a réveillé, moi, dit Fabien. Je sais qu'on a frappé.

Comme il prononçait ces mots, sa mère parut sur le seuil de la chambre.

— Non, Fabien, dit-elle avec douceur.

De petite stature, mais très droite, elle parlait un peu du bout des lèvres, sans qu'un muscle de son visage remuât, et de temps à autre, par une sorte de tic, effaçait légèrement les épaules comme pour en faire tomber un poids invisible. Son masque osseux trahissait une volonté intraitable, mais sur sa peau d'une blancheur jaunâtre se voyaient les flétrissures de la fatigue ; bordées de mauve, ses paupières se fermaient à demi sur des yeux d'un noir d'encre pour se relever tout à coup lorsqu'elle était émue, et l'on voyait alors flamber dans ses prunelles une lueur de fièvre. Comme sa mère, elle portait avec une pointe d'ostentation la robe noire qui la proclamait veuve et inconsolable.

— Personne n'a frappé, reprit-elle en avançant jusqu'au pied du lit, personne n'est monté. Tu as rêvé et, tout à l'heure, un peu déliré. C'est normal. Je viens d'en parler au docteur Caronade qui est tout à fait de mon avis. Qu'est-ce que c'est que ce papier ?

Presque sans hésiter, il le lui tendit :

— « *Camille* », lut-elle tout haut. « *Emmanuel*. » Je ne comprends pas. Ce sont des gens que tu connais ?

— Oui, dit-il. Camille est venu tout à l'heure.

Mme Especel regarda Mme Fève.

— Mon enfant, dit Mme Especel en joignant les mains, je t'assure qu'il n'est venu personne. Il faut retrouver le sens de la réalité, vois-tu ? Tu as rêvé. Souvent les rêves nous semblent aussi vrais que...

— Je vous dis qu'il est venu, fit le jeune homme d'une voix tout à coup plus sourde. Il a couru jusqu'ici, jusqu'à moi. Si j'en avais eu la force, je lui aurais ouvert, mais il m'a parlé à travers la porte, je le sais.

De nouveau les deux femmes échangèrent un regard, puis Mme Especel fit son geste des épaules.

— Eh bien ! fit-elle, il se peut que tu aies raison. Je ne veux pas discuter.

Elle poussa doucement une chaise contre le mur et déplaça quelques livres sur la table, comme pour mettre un peu d'ordre dans la pièce, mais on la devinait troublée et inquiète. Une fois de plus ses yeux croisèrent ceux de Mme Fève qui leva les sourcils d'un air de tristesse.

— Rentre chez toi, lui dit tout bas Mme Especel. Moi je reste ici.

A présent, la mère et le fils étaient seuls dans la petite chambre. La nuit venait chargée d'une odeur de feuilles, et de terre mouillée, et les cheminées des maisons se détachaient en noir au bord d'un ciel clair. De temps à autre, Mme Especel se proposait de tirer les persiennes, mais à chaque fois son fils la retenait, car il voyait le ciel de son lit et guettait les premières étoiles. Pendant un assez long moment ils gardèrent le silence, absorbés tous deux par des pensées différentes, unis malgré tout dans l'admiration du grand carré bleu où tremblaient des points d'or. Bientôt la pièce fut plongée dans une ombre totale. Alors, avec une tendresse un peu gauche d'enfant timide, Fabien chercha la main de sa mère et ne la trouva pas, mais n'osa rien dire. Il ne savait pas parler à Mme Especel. Pourtant, si leurs mains avaient pu se toucher, il semblait à Fabien qu'il se serait jeté dans les bras de cette femme si difficile à aimer et qui souvent lui faisait peur. Sans doute n'aurait-elle pas compris, elle aurait appliqué sur son front ces lèvres froides qui se desserraient à peine en parlant. Mais cette nuit, elle lui apparaissait comme une autre personne ou plutôt il la voyait un peu telle qu'il l'aurait vue s'il l'avait beaucoup aimée et il chercha quelque chose à lui dire, une parole où il n'y eût ni méfiance, ni calcul, ni secrète ironie, mais il ne trouva rien. Au bout de quelques minutes il lui demanda à mi-voix si elle dormait.

— Mais voyons ! fit-elle.

— Je vais beaucoup mieux, reprit Fabien. Je ne serai plus malade.

— Je l'espère bien, dit Mme Especel. Tout le souci que tu m'as donné depuis trois ans... Je me demande quelquefois si tu te rends compte de la croix que cela représente pour ta mère.

Un long silence suivit ces paroles.

— Ce n'est pas ta maladie que je te reproche, dit-elle tout à coup. Naturellement. C'est ton indolence, ton peu de sérieux, ton manque de respect pour tes aînés. Ainsi avec M. Poujars qui est la bonté même, qui t'a fait ramener ici le jour où tu as perdu connaissance dans son bureau...

— Eh bien ? demanda le jeune homme subitement attentif.

— Eh bien ! il paraît que tu lui avais parlé d'une façon absurde ce matin-là, que tu lui avais tenu des propos déplacés, bouffons. On dirait qu'il y a en toi un instinct de révolte.

— Et avant ? fit-il avec une chaleur soudaine.

— Que veux-tu dire ?

— Oui, avant cette syncope dans le bureau de M. Poujars, qu'est-ce qu'il y a eu ? Qu'ai-je fait ? Jeudi saint...

— Jeudi saint ! dit Mme Especel. J'espère que tu as fait tes Pâques. Qu'est-ce qui te prend, Fabien ? Tu ne vas pas recommencer comme tout à l'heure...

— Maman, fit-il d'une voix que l'inquiétude rendait un peu rauque, je ne me rappelle plus ce que j'ai fait à partir de mercredi soir, le soir de mercredi saint. Il y a un trou, comprends-tu ? Depuis mercredi soir jusqu'au moment où j'ai perdu connaissance. Et ce moment-là même, je ne m'en souviens que parce que tu en parles. J'ai dit, en effet, quelque chose à M. Poujars et alors... je suis tombé. Après cela il y a eu... Je ne me rappelle plus du tout. J'ai écrit les noms sur le papier que tu as vu tout à l'heure. Maman, allume et trouve ce papier !

Elle se leva mais n'alluma pas et sa voix brève se fit entendre dans la nuit :

— Il faut te reposer, mon enfant. Je veux que tu sois raisonnable. Demain nous retrouverons ce papier. Ferme les yeux. Je vais rester auprès de toi encore un peu.

Elle se rassit. Fabien sentit qu'elle ne plierait pas. « Quand elle sera partie, pensa-t-il, je chercherai moi-même. » Une torpeur subite le prit et il se demanda tout à coup quelle importance ce carré de papier pouvait avoir. Rien n'avait beaucoup d'importance quand on était aussi las, mais il aurait voulu que sa mère l'embrassât et qu'elle prévînt ce désir sans qu'il eût à le formuler. Un étrange besoin de tendresse envahit son cœur. Il lui semblait qu'il aurait pu aimer les personnes les plus différentes de ce qu'il était lui-même, qu'il aurait pu aimer tout le monde, et soudain il se sentit heureux sans raison précise, mais ce bonheur vague et profond grandissait en lui au point qu'il avait envie de rire ou de pleurer. La voix lointaine de sa mère lui parvint au bord du sommeil.

— Fais bien ta prière, petit !

Prier, oui. Il essaya. Les premiers mots du *Pater* lui vinrent aux lèvres, mais cette joie mystérieuse s'empara de lui, une fois de plus, et sa langue demeura immobile.

Au bout d'une demi-heure, Mme Especel alluma la lampe derrière le paravent. Fabien était couché sur le côté droit, un bras sous son oreiller, l'autre allongé sur le corps. Tout d'abord, le regard de sa mère se posa sur lui, puis fut attiré par le papier blanc qu'il réclamait tout à l'heure et qui avait glissé sur le plancher. Elle le ramassa et l'examina de nouveau avec une curiosité un peu irritée. Au-dessous des noms de Camille et d'Emmanuel, il y en avait un autre qu'elle n'avait pas remarqué d'abord et que Fabien avait barré d'un trait : *Brittomart.*

Pendant quelques minutes, elle rêva sur ces lettres tracées d'une main impatiente, puis elle reprit sa place et songea : « J'entends son souffle. » Mais c'était son propre souffle qu'elle entendait et qu'elle voulait prendre pour celui de son fils.

« Mort, pensa-t-il. Je suis mort. C'est moins difficile qu'on ne croit. Et il ne se passe rien... »

Il écouta le souffle un peu haletant de sa mère. S'il avait pu parler, il eût essayé de lui rendre la paix en lui expliquant que tout cela n'était pas grand-chose.

Tout à coup, on plaça discrètement un cercueil près de son lit, sur des tréteaux, et il se mit à hurler, mais ce qu'il prenait pour un hurlement n'était qu'un petit cri à peine perceptible qui le tira pourtant de son sommeil.

— J'ai rêvé, fit-il en se redressant.

Et sa chambre autour de lui répéta en silence : « Rêvé... » La lampe, les livres, la grande fenêtre, toutes ces choses n'avaient cessé de l'observer, alors que, le front sur les avant-bras, il se promenait dans un autre monde, et il fit un immense effort pour rattraper les lambeaux du songe qui s'éparpillaient autour de sa tête, mais rien ne restait, pas même l'ombre d'une ombre.

Il se frotta les yeux, déçu, et son regard tomba sur un journal de la veille qu'il avait lu distraitement. Un fait divers l'avait retenu : « *Imminente arrestation d'un escroc. La police va enfin mettre la main sur un escroc recherché depuis plus de six mois pour émission de chèques sans provision, faux et usage de faux, extorsion de signatures, captation d'héritages et autres manœuvres frauduleuses. Ferdinand Brittomart, 56 ans, sans profession, aura également à répondre d'un vol commis dans l'église de Sainte-Opportune ainsi que de menaces de chantage. Il a failli être appréhendé hier soir à l'entrée du passage du Caire, mais a pu s'enfuir cette fois encore. Son arrestation n'est plus qu'une question d'heures, si ce n'est déjà chose faite.* »

Il regarda sa montre.

— Minuit. C'est raté.

Debout maintenant, il redit avec tristesse :

— Passage du Caire...

Soudain le nom de Brittomart lui vint aux lèvres. Il en répéta les syllabes avec un mélange de curiosité et d'inquiétude :

— Quel drôle de nom ! fit-il. Brittomart ! Brittomart !

A ce moment, on frappa doucement à la porte.

Fabien tressaillit. Ce bruit léger dans le silence nocturne avait quelque chose de troublant. Si l'on avait sonné, cela eût paru moins insolite, mais frapper, frapper doucement, à minuit...

Le cœur battant, il demeura parfaitement immobile et laissa passer quelques secondes, puis il demanda :

— Qui est là ?

Il y eut un rire bref derrière la porte.

— Excusez-moi, fit une voix d'homme, une voix un peu sourde, je passais, j'ai cru que vous appeliez.

— Non. Vous vous trompez.

— Tout le monde peut se tromper sur cette terre, monsieur. Je vous souhaite une bonne nuit.

Fabien se garda de répondre. Il entendit un pas lourd et mesuré s'éloigner de la porte et descendre l'escalier, et malgré lui, il écouta. Ce qui lui parut curieux, au bout d'un instant, c'est que l'inconnu n'en finissait pas de descendre. Le jeune homme eut l'impression que ces pas pouvaient résonner pendant des heures.

— En tout cas, fit-il, je vais voir qui ça peut être.

Et il courut à la fenêtre qu'il ouvrit toute grande. Là, les mains sur la barre d'appui, il attendit. Le temps passait. Il attendit plusieurs minutes. L'horloge d'une église lointaine sonna un coup.

248

— Minuit et quart, murmura Fabien. Je ne vais pourtant pas attendre toute la nuit.

Après une hésitation, il ouvrit la porte de l'escalier et n'entendit rien. Ce fut alors qu'il décida de se recoucher et la demie de minuit n'avait pas sonné qu'il dormait profondément.

Il rêva qu'il était à l'entrée du passage du Caire et qu'il attendait son rendez-vous, et il pleuvait... Les gouttes tombaient dru sur le toit de verre. Il pensa : « Par un temps pareil, elle ne viendra pas. » A ce moment, il entendit derrière lui des pas mesurés et tranquilles qui venaient de l'autre bout du passage, mais qui n'en finissaient pas d'arriver et semblaient venir de beaucoup plus loin... Fabien tourna la tête et jeta un cri. L'homme était tout près de lui, immobile, un vieillard aux yeux gris attentifs.

— Je crois que nous nous connaissons, fit-il doucement...

Paris, 19 février 1947.

Œuvres de Julien Green

ROMANS

Mont-Cinère
Adrienne Mesurat
Léviathan
L'Autre Sommeil
Épaves
Le Visionnaire
Minuit
Varouna
Si j'étais vous...
Moïra
Le Malfaiteur
Chaque homme dans sa nuit
L'Autre
Le Mauvais Lieu
Les Pays lointains
Les Étoiles du Sud
Dixie

NOUVELLES

Le Voyageur sur la terre
Histoires de vertige
La Nuit des fantômes, *conte*
Ralph et la quatrième dimension, *conte*

THÉÂTRE

Sud — L'Ennemi — L'Ombre
Demain n'existe pas — L'Automate

AUTOBIOGRAPHIE

Jeunes Années

BIOGRAPHIES ET ESSAIS

Pamphlet contre les catholiques de France
Suite anglaise
Ce qu'il faut d'amour à l'homme
Qui sommes-nous ?
Liberté chérie
Une grande amitié
(*correspondance avec Jacques Maritain*)
Frère François, *vie de François d'Assise*
Le Langage et son double, *essai bilingue*
Paris
L'Homme et son ombre, *essai bilingue*

JOURNAL

Dans la gueule du Temps
journal illustré, 1926-1976, épuisé
Journal du voyageur
avec 100 photos
par l'auteur, 1990

ŒUVRES COMPLÈTES
(en cours)

Tomes I, II, III, IV, V, VI, VII
Bibliothèque de la Pléiade

ŒUVRES EN ANGLAIS

The Apprentice Psychiatrist
The Virginia Quarterly Review
Memories of Happy Days
New York, Harper ; Londres, Dent
The Green Paradise, *Londres, Marion Boyars*
South, *Londres, Marion Boyars*
The Apprentice Writer, *Londres, Marion Boyars*

TRADUCTIONS EN ANGLAIS

Œuvres de Charles Péguy :
Basic Verities, Men and Saints, The Mystery
of the Charity of Joan of Arc, God Speaks
New York, Pantheon Books

TRADUCTION EN FRANÇAIS

Merveilles et Démons
nouvelles de Lord Dunsany

EN ALLEMAND

Les statues parlent
*Texte de l'exposition des photos
de Julien Green sur la sculpture
à la Glyptothèque de Munich*

À PARAÎTRE

L'Étudiant roux, *pièce en trois actes*
Le Grand Soir, *pièce en trois actes*
Jeunesse immortelle
Idolino, *poème en prose*
Ralph disparaît, *conte*

IMPRIMÉ EN FRANCE PAR BRODARD ET TAUPIN
Usine de La Flèche (Sarthe).
LIBRAIRIE GÉNÉRALE FRANÇAISE - 43, quai de Grenelle - 75015 Paris.
ISBN : 2 - 253 - 13834 - 7